골렘

Der Golem

골렘

Der Golem

구스타프 마이링크
김재혁 옮김

민음사

일러두기

번역 및 해설에 사용된 텍스트는 다음과 같다.

1   Gustav Meyrink, *Der Golem*. Mit 25 Illustrationen
      von Hugo Steiner-Prag. Nachwort
      von Dr. Eduard Frank. Ullstein Verlag. 1998.

2   Gustav Meyrink, *Der Golem*.
      Fischer Taschenbuch Verlag. 2011.

3   Gustav Meyrink, *Der Golem*. Mit Illustrationen
      von Hugo Steiner-Prag. Boer Verlag. 2020.

차례

후고 슈타이너 프라크가
구스타프 마이링크에게
1931년 9월 『골렘』의
새로운 판 출간을 기념하여 쓴 편지

친애하는 마이링크 씨,

벌써 삼십 년이 넘은 일이군요. 우리는 어두운 여름밤에 고도(古都) 프라하의 위쪽 하라드신에 있는 상이군인 묘지의 무른 담장 위에 걸터앉아 있었지요. 성 로레토 교회가 드리운 희미한 그림자에 잠긴 채 말입니다. 우리는 그런 시간이면 항상 새롭고 이상한 경이로움을 선사하는 그 밤의 도시를 수시로 누비며 그곳에 올라가곤 했었지요. 모든 것이 우리가 원했던 대로였습니다. 허물어져 가는 묘비들 위에 스치는 달빛, 기괴하게 뒤틀린 나뭇가지 사이로 불어오는 으스스한 바람 소리, 그리고 음산한 기운을 풍기는 검푸른 심연에서 들려오는 올빼미의 울음소리. 우리는 각자 자신의 경험을 찾아 헤맸죠. 당신은 당신의 것을, 그리고 저는 저의 것을. 나중에 클라인자이테의 작은 카페 '라데츠키'에서 한 잔의 '멜란지'를 놓고 앉아, 구식 속물들과 신식 '멍청이들' — 당신이 오스트리아-헝가리 군대의 장교들을 반어적으로 통칭했던 — 틈에서 우리가 매일 관찰하던 삶의 여러 가지 불길한 것과 기괴한 것들에 대해 조심스럽고 부드럽게 대화를 나누었습니다. 그 시절, 우리는 젊은 작가와 예술가 들로서 작은 모임 안에서 친밀한 관계를 유지하고 있었고, 당신은 어느 날 갑자기 이미 틀이 확고히 잡혀 있던 우리 모임에 들어왔습니다. 당신은 우리보다 나이가 많았고, 형식에 구애받지 않고 혈기가 들끓는 우리의 보헤미안적인 모습과는 잘 어울리지 않았기에, 우리는 세간에 은행원 마이어로 잘 알려진 멋진 스포츠맨인 당신이 왜 이 모임에 끼게 되었는지 의아했습니다. 우리는 도시가 다 아는 것처럼 당신에 대한 이야기를 정말 많이 들었지요. 신문은 당신의 센세이셔널한 사건들로 도배되었어요. 당신이 프라하 연대의 전체 장교단을 상대로 벌인 명예로운 행동에 대한 기사가 신문에 실렸지요. 또한 당신이 그 전체 장교단을 법정에 세운 더 놀라운 재판들, 그리고 소문에 민감한 대중에게 모닝커피와 함께 악의적으로 제공된 당신에 관한 험담들이 있었습니다.

　우리는 당신이 캄캄한 이 모든 세상에서 최악의 지하 밀고자들에 맞서 스스로를 방어해야 했다는 것과, 권력에 취한 오스트리아-헝가리 제국 군대와 당신을 겨냥한 관리 계급의 분노를 인지하고 있었습니다. 당신은 이러한 공격을 용감하게 물리쳤고, 결국 패배하여 쓰러진 것은 당신이 아니었습니다. 당시 사람들이 당신에 대해 어떤 이야기를 꾸며 냈는지 혹시 들으셨나요? 우리의 고도 프라하는 세간의 명성대로 그 시절 다른 어떤 곳보다 수다스러웠고, 당신과 당신의 삶을 안주 삼아 떠들어 대곤 했습니다.

사람들은 당신을 금 만드는 사람이나 연금술사로 여겼으며, 밀교(密敎)에 정통한 인물로 생각했습니다. 결코 기독교인이 아니라 브라만이며, 여러 아시아계 종교 조직의 일원이라고 했습니다. 인도 승려들이 유럽을 여행하며 프라하를 방문했다는 설도 있었습니다. 또한 당신이 왕족의 혈통을 가졌다고 주장하며 환상적인 증거를 제시하는 사람도 있었습니다. 오직 소수의 사람만 접근할 수 있는, 매우 기이하게 꾸며진 당신 집에 대해서는 모험적인 이야기들이 무성했으며, 그곳에서는 설명할 수 없는 신비로운 일들이 일어났다고 전해졌습니다. 당신은 선한 프라하 사람들에게 모든 면에서 특별한 인물로 여겨졌고, 저는 심지어 당신이 마지막에는 불안해했을 것이라고 생각합니다. 왜냐하면 당신은 '독일 카지노' 사회의 협소하고 제한된 세계와 고정된 관념과 전혀 어울리지 않았기 때문입니다.

우리 젊은 예술가들은 당신 주위에 모였습니다. 당신은 우리에게 경험과 영감을 주었고, 우리는 당신과 함께 고도를 거닐기도 하며, 담배 연기 자욱한 악명 높은 술집에서 함께 시간을 보냈습니다. 클라인자이테에 있는 '드라이아이헬른'(세 그루 참나무)에서, 그 거리의 인적 드문 비탈진 골목에서 밤마다 맹인 하프 연주자가 옛 체코 민요를 들려주었습니다. 여명이 비치기 시작하는 차가운 겨울 아침에는 과일 시장의 가게 '바이센 크렌츠헨'(하얀 화환)에서 시장 아낙들과 마차꾼들 사이에 있었습니다. 그리고 매일 밤 페터 광장의 '세라보나'에서 있었던 의심스러운 모임의 구성원들은 우리가 그들의 활동에 보인 관심을 점차 이해하게 되었습니다. 종종 고풍스러운 음식점 '춤알텐운겔트'의 낮은 뒷방에서 우리의 젊은 머리는 열정적인 대화로 뜨거워졌고, 당신의 날카로운 논리와 재치 있는 위트가 논쟁을 끝내곤 했습니다.

그리고 당신은 종종 조용하고 절제된 목소리로 이야기를 꺼냈습니다. 당신 자신과 여러 가지 경험, 진실인지 허구인지 곧 잊어버릴 이야기들을 들려주었지요. 당신의 가녀린 손, 그 중 한쪽에는 크고 이상한 반지가 끼어져 있었지요. 당신은 그 손으로 당신 이야기에 나오는 사람들을 크고 강렬한 제스처로 허공에서 끌어내려 우리 앞에 설득력 있게 보여 주었습니다. 그리고 그 오래된 도시, 독특하고 특별한 프라하, 당신이 다른 이들과는 전혀 다르게 바라본 그 도시는 이 인물들에게 환상적인 배경이 되었습니다. 그러던 어느 날, 당신은 직접 쓴 이야기 중 하나를 우리에게 낭독해 주었습니다. 그것은 이후로 아주 유명해진 이야기 「뜨거운 군인」이었습니다.

그 후 많은 세월이 흘렀습니다. 이 첫 번째 이야기 뒤에는 다른 많은 이야기들이 이어졌고, 그중 일부는 우아한 검 찌르기나 찰싹 울리는 뺨 때리기로 그 당시의 공공연한 또는 숨겨진 적들을 처리했습니다. 당신은 감정 없이 단호하게 행동했고, 당신의 두 손안에서 오스트리아-헝가리 제국의 장교들, 제국의 관료들, 정의로운 경찰 수사관들과 무오류 수사 판사들, 중위와 대위 들, 심지어는 빨간 줄무늬 바지를 입고 금색 테두리의 초록색 깃털을 단 모자를 쓴 참모 장교들과 장군들도 버둥거렸습니다. 그리고 당신이 프라하를 떠날 때(우리 젊은 세대들은 당신을 떠나 온 세계로 흩어졌습니다.) 당신은 그곳과 작별하며 조지 매킨토시 이야기를 들려주었습니다. 그는 자기 집 지하에서 탐욕스럽게 금맥을 찾는 프라하 사람들을 속이며, 이름의 첫 글자인 G. M.(당신의 이름과 매우 비슷한!)을 거대한 규모로 도시의 주택 지역에 새기게 했습니다.

삼십 년 전의 그 모든 일들 위로 이제는 이미 잡초가 자랐습니다. 친애하는 마이링크 씨, 아마도 당신은 그 시절, 그 사람들, 그리고 오래된 매혹적인 프라하를 회상하며 감상에 젖어들게 될 것입니다.

오늘날의 이 시끄러운 대도시에는 옛날의 바로크적이고 유령 같은 낭만을 위한 공간이 거의 없습니다. 과거의 아름다움은 자신의 위신과 유익한 관광에 도움이 되는 한도 내에서 아량 있게 보존되었지만, 이 도시는 예전에 이 도시와 연결됐던 독특한 삶의 피가 흐르는 맥락을 잃어버린 '관광 명소'의 박물관이 되어 버렸습니다. 오래된 모퉁이나 골목만이 아주 은밀하게 오늘날로 이어지는 흔적을 여기저기 남기고 있을 뿐입니다.

당신도 동의하시겠지만, 그 당시의 프라하는 정말로 기묘하고 매우 이상한 도시였습니다. 단순히 골목과 집들로만 이루어진 것이 아니라, 그곳 사람들과 함께 과거에 붙박여 있으려 했던 도시였습니다. 그래서 많은 골목과 클라인자이테 광장들의 울퉁불퉁한 포석 사이에는 풀이 자라났고, 자랑스러운 문장(紋章)으로 장식된 고풍스러운 귀족 저택의 우아한 아치 아래에는 금은 장식을 번쩍이며 위풍당당한 모습으로 문지기들이

서 있었으며, 조용한 골목에서는 마주치면 모두가 빙긋 웃게 되는 독특함을 지닌 기이한 인물들을 만날 수 있었습니다. 이들은 당시 환경과 아주 잘 어울렸습니다. 골목에는 불행한 출생이나 인생의 운명으로 인해 비극적이거나 희극적인 인물로 변한 가련하고 착한 미치광이들이 있었고, 시장과 축제에는 인형극 배우, 점쟁이, 거리 노래꾼들이 있었으며, 예배당과 성상들 앞에는 경건한 기도자들과 기이한 성인들이 노래하며 성대한 행진을 하며 모습을 드러냈습니다. 블타바강의 왼편에는 귀족들의 구역과 궁전들이 나란히 서 있었고, 오른쪽에는 오래된 시민 도시가 있었으며, 강력한 교회의 그림자 속에 숨어 있던 옛 게토, 즉 한때는 엄격하게 폐쇄된 비자발적 자유 지대였던 구 유대인 도시가 수십 년에 걸쳐 범죄 밀집 지역으로 변모해 있었습니다. 이곳에는 기묘한 대조를 이루며 오래된 음산한 유대교의 예배당들이 악명 높은 범죄자들의 술집과 수많은 매춘굴 옆에 자리하고 있었습니다. 이곳에서는 종종 황홀한 기도자들의 중얼거림 속으로 싸구려 술에 취한 이들의 역겨운 고함이 섞였지요. 마치 불길하고 믿기 힘든, 거칠게 꿈틀대는 돌의 바다처럼 이 구역의 죽어 가는 집들 사이에는 유령 같은 유대인 묘지가 펼쳐져 있었고, 환상적으로 가지를 뻗은 엘더 나무들이 묘지를 덮고 있었습니다. 엘더 나무들은 봄이 되면 천 개, 만 개의 묘석이 있는 이 가라앉은 세계를 꽃으로 장식해 주었고, 그곳에는 비밀스러운 힘으로 '골렘'을 창조했다고 전해지는 명망 높은 랍비 뢰브의 석관도 있었습니다.

1916년 겨울의 거센 폭풍 속에서, 북해의 외딴섬에서 저는 당신이 이 신비로운 존재의 이름을 붙인 책을 처음 읽었습니다. 첫 페이지부터 마지막 페이지까지 숨을 죽인 채 멈추지 않고 읽었습니다. 읽어 들어갈수록, 잊힌 젊은 시절의 모든 기억이 되살아났고, 기억 속 사람들의 모습과 기묘한 세계가 당신의 이야기 속 사건들과 뒤섞였습니다. 저는 한때 이 사람들과 어두운 방에 함께 앉아 밤을 지새우기도 하고, 이 오래된 도시의 구불구불한 골목에서 자주 마주치기도 했습니다. 모두 다시 알아볼 수 있었습니다. 오래된 아치형 문턱의 그늘에서 그들은 무언가를 기다리고 있었고, 눈이 먼 듯 흐릿한 창문에서 저를 바라보며 제가 그들에 대해 두려움을 느끼는 것을 보았습니다. 그 두려움은 꿈속에서도 계속되었습니다. 결국 사람들, 건물들, 교회와 궁전, 대리석 분수가 있는 귀족 정원과 고통과 걱정으로 얼룩진 빈민가 등 모든 것이 하나의 비극적인 체험으로 뭉쳐져 당신의 책『골렘』속에서 부활했습니다.

당신의 책은 오래된 프라하였고, 그 속에 나오는 인물들은 우리 시대의 사람들이었습니다.

그해 1916년, 당신의『골렘』을 보고 제가 그린 스물다섯 점의 석판화가 세상에 나왔고, 그중 일부는 이 새로운 판에 축소된 형태로 실렸습니다.

1931년 9월,
발트해의 벤도르프에서,
진심을 담아
당신의 후고 슈타이너 프라크

꿈결

달빛이 내 침대 발치에 떨어져 마치 크고 밝은 납작한 돌멩이처럼 놓여 있다.

보름달이 차츰 작아지기 시작해, 마치 늙어 가며 한쪽 뺨부터 주름살이 늘어 가는 어느 수척한 얼굴처럼 오른편이 허물어지기 시작할 즈음, 밤마다 이런 시간이면 나는 서글프고 고통스러운 불안감에 사로잡힌다.

나는 자고 있는 것도 아니고 깨어 있는 것도 아니다. 반수면 상태에서 내 마음속에는 내가 겪은 일들과 책에서 읽거나 다른 사람들에게서 들은 이야기들이 한데 뭉쳐서 온갖 빛깔로 반짝이며 흘러가는 강물이 되어 뒤섞인다.

나는 잠자리에 들기 전에 고타마 싯다르타의 생을 다룬 책을 읽었다. 거기서 읽은 글이 첫머리부터 시작하여 거듭해서 내 마음속을 수천 가지 모습으로 뚫고 지나갔다.

"까마귀 한 마리가 비곗덩어리처럼 생긴 돌멩이를 향해 날아가면서 이렇게 생각했다. '어쩌면 저기 맛있는 게 있을지 몰라.' 그렇지만 까마귀는 거기서 맛있는 것을 찾지 못하고 날아갔다. 그 돌멩이를 향해서 다가갔던 까마귀처럼 우리 유혹자들은 고타마와 같은 수행자를 그냥 버려두고 떠나간다. 그에게 더 이상 매력을 느끼지 못하기 때문이다."

그리고 한 조각의 비곗덩어리처럼 생긴 그 돌멩이의 모습은 내 머릿속에서 엄청난 크기로 자라난다. 이제 나는 바싹 마른 강바닥을 거닐면서 매끄러운 조약돌 몇 개를 집어 든다. 이번엔 고운 먼지가 살짝 덮인 회청색 돌멩이들이다. 그것들을 손에 들고 나는 골똘히 생각에 잠긴다. 그렇지만 그것들의 쓸모를 알지 못하겠다. 이번엔 유황색 반점이 듬성듬성 박힌 검은 돌멩이들이다. 그 모양새를 보면 마치 땅딸막한 점박이 괴물을 만들어 보려는 아이의 생각이 굳어서 돌멩이가 된 것 같다. 그리고 나는 그 조약돌들의 모습을 멀리 떨쳐 버리려 하지만, 아무리 애를 써도 그것들은 언제나 내 눈길 주변을 맴돈다.

내 인생에서 나름대로 역할을 한 돌멩이들이 모조리 나타나 내 주위를 둘러싼다. 그중 어떤 것들은 밀물 때 모습을 드러내는 큰 점판암색 가재들처럼 모랫바닥에서 빛을 향해 올라오려고 안간힘을 쓰고 있다. 모두 나의 시선을 저희 쪽으로 끌어들이려고 안달하는 듯하다. 내게 더없이 중요한 이야기를 들려주려고. 그중 또 다른 것들은 지쳐서 힘없이 다시 원래의 구멍 속으로 떨어진다. 뭔가 말하려던 허망한 시도를 포기하면서.

가끔 나는 이 반수면 상태의 어스름에서 깨어나 불룩해진 이불 끝자락 위에 마치 한 개의 크고 밝은 납작한 돌멩이처럼 놓여 있는 달빛을 잠시 다시 한번 바라본다. 그러다가 다시 가물대는 의식의 안쪽을 맹인처럼 더듬는다. 나를 괴롭히는 돌멩이를 찾아서. 내 기억의 폐허 더미 어딘가 비곗덩어리 같은 모습으로 숨겨져 있을 그 돌멩이를 찾아서 끊임없이.

언젠가 그 돌멩이 옆에는 빗물받이 홈통이 빗물을 흘려보

내며 서 있었던 것 같다. 가장자리는 녹이 슬고, 살짝 휜 모습으로. 그렇지만 혼란스러운 내 생각들을 속여서 잠재우기 위해 나는 온 힘을 다해 이 이미지를 마음속에 강제로 떠올리려 한다.

그러나 나는 성공하지 못한다. 나의 마음속에서는 고집스러운 목소리가 멍청할 정도로 끈질기게 — 일정한 간격으로 바람결에 계속 벽에 부딪치며 덜거덕거리는 덧문처럼 지칠 줄 모르고 — 이렇게 말한다.

"그건 전혀 그렇지 않아. 비곗덩어리처럼 생긴 것은 결코 돌멩이가 아니야."

그리고 나는 그 목소리에서 벗어날 수가 없다. 내가 백 번 넘게 그따윈 중요치 않다고 우기면 그 목소리는 잠시 침묵했다가는 몰래 다시 깨어나 오히려 더욱 끈질기게 이렇게 말한다.

"좋아, 좋아, 알겠어. 그렇지만 비곗덩어리처럼 보이는 것은 돌멩이가 아니야."

서서히 나는 참을 수 없는 무력감에 사로잡힌다. 어떻게 이런 상황이 되었는지 모르겠다. 내가 자발적으로 저항을 포기한 것인가, 아니면 내 생각들이 나를 압도하고 억누른 것인가? 내가 아는 것은 다만 내가 침대에 누워 자는 동안 나의 감각은 분리되어 더 이상 몸과 연결되어 있지 않다는 것이다.

여기 있는 '나'란 도대체 누구인가? 갑자기 묻고 싶어진다. 그 순간 나는 내게는 그런 질문을 할 수 있는 기관(器官)이 없다는 것을 깨닫는다. 그때 나는 그 멍청한 목소리가 다시 튀어나와 돌멩이와 비곗덩어리에 대한 끝없는 신문(訊問)을 또다시 시작하지 않을까 두려움을 느낀다.

나는 고개를 돌린다.

낮

나는 갑자기 음산한 정원에 서 있었다. 내 눈에 좁고 지저분한 건너편 거리의 한 붉은 아치형 대문 사이로 가게 문에 기대어 서 있는 유대인 고물 장수의 모습이 들어왔다. 가게 벽에는 낡은 철제 도구와 부서진 연장, 녹슨 등자들과 스케이트 그리고 그 밖에 버려진 수많은 물건들이 걸려 있었다. 그 모습은 고통스러우리만치 단조로운 것이어서, 마치 행상인처럼 매일매일 우리 감각의 문지방을 수시로 넘나드는 인상들이 그렇듯이 내게 어떠한 호기심도 놀라움도 불러일으키지 않았다.

나는 이미 오랫동안 이 환경에 익숙해졌다는 것을 깨달았다. 이 감정은 내가 얼마 전까지 경험했던 것들과 대조되는데도 불구하고, 내가 여기 어떻게 오게 되었는지 의문이 있음에도 불구하고, 나에게 아무런 깊은 인상을 남기지 않았다.

'어디선가 돌멩이와 비곗덩어리의 그 기묘한 비교에 대해서 들은 것도 같아.'

내 방으로 통하는 닳고 닳은 돌계단을 올라가면서 돌 문지방의 그 번드르르한 외관을 보자 이런 생각이 불현듯 떠올랐다.

그때 나는 위층 계단에서 뛰어가는 발소리를 들었다. 내 방문 앞에 도착했을 때 나는 그것이 고물 장수 아론 바서트룸의 딸인 열네 살 난 빨간 머리 로지나임을 알았다. 나는 그녀 옆을 지나쳐야 했고, 그녀는 계단 난간에 등을 기댄 채 유혹하듯 몸을 뒤로 젖혔다. 그녀는 지저분한 손으로 철제 난간을 잡고 있었고, 나는 희미한 어둠 속에서 그녀의 맨팔이 창백하게 빛나는 것을 보았다. 나는 그녀의 눈길을 피했다. 그녀의 치근대는 미소와 밀랍 목마 같은 얼굴이 너무나 싫었다.

'저 애의 몸뚱어리는 전에 새 장수의 도롱뇽 우리에서 본 아홀로틀[1]처럼 허옇고 푸석푸석할 거야.' 하고 나는 생각했다.

'빨간 머리의 속눈썹은 어린 집토끼의 것처럼 역겨워.'

나는 열쇠로 문을 열고 재빨리 닫았다. 창문 너머로 고물 장수 아론 바서트룸이 아직도 자기 가게의 아치형 문 앞에 서 있는 모습이 보였다. 그는 어두운 가게 문 문간에 기대어 서서 집게로 손톱을 다듬고 있었다. 빨간 머리의 로지나는 그의 딸인가, 아니면 조카인가? 두 사람은 닮은 데가 전혀 없었다. 매일같이 한파스가세 거리에서 마주치는 유대인들 얼굴 사이에서 나는 뚜렷하게 여러 가지 혈통을 구별할 수 있다. 이 혈통은 개인적으로 피를 나누어 가진 가까운 친척이라도 마치 기름과 물이 섞이지 않듯이 그 차이가 쉽게 지워지지 않는다. 저기 저 사람들은 형제간이나 부자간이라고는 결코 말할 수 없다. 저 사람은 이 혈통에 속하고, 또 이 사람은 이 혈통 사람이다, 그것이 그들의 얼굴 특징에서 읽을 수 있는 전부이다. 설사 로지나가 늙은 고물 장수와 얼굴이 비슷하다고 해도, 그런 사실이 말해 주는 것은 거의 없다. 이 혈통들은 서로 간에 은밀한 적대 의식을 품고 있으며, 이는 심지어 가까운 혈연의 경계를 넘어선다. 그러나 그들은 위험스러운 비밀을 숨기듯이 이 감정을 외부 세계

---

1   멕시코 원산의 수생 도롱뇽의 일종으로 성체가 되어도 올챙이 형태를 유지하며, 주로 애완동물로 길러진다.

"여기 있는 '나'란 도대체 누구인가?"

에 드러나지 않게 감추는 법을 알고 있다.

그것은 아무도 들여다볼 수 없는 비밀이다. 그들은 그러한 비밀을 숨기면서 가슴속에 증오심을 품고 지저분한 밧줄 하나를 잡고 가는 맹인들과 같다. 어떤 맹인은 밧줄을 두 손으로 꼭 움켜쥐고 가지만, 다른 맹인은 마지못해 한 손가락으로 잡고 간다. 그렇지만 모두 이 공동의 버팀목을 버리고 뿔뿔이 흩어지는 순간, 끔찍한 재앙을 마주할지 모른다는 미신 같은 공포에 사로잡혀 있다.

로지나는 빨간 머리카락 때문에 다른 혈통에 비해 유독 역겨움을 주는 혈통에 속한다. 이 혈통의 남자들은 가슴이 좁고, 닭처럼 목이 길며, 울대뼈가 툭 불거졌다. 그들은 대부분 주근깨가 많고, 일생 동안 터져 나오는 욕정을 억누르느라 고통을 겪는다. 이 남자들은 욕정에 맞서 끝없이 승산 없는 싸움을 하며, 욕정을 쫓다 건강을 잃을지도 모른다는 역겨운 걱정에 늘 시달린다.

내가 왜 로지나가 고물 장수 바서트룸과 혈연관계라고 생각했는지 모르겠다. 나는 그녀가 그 노인과 함께 있는 것을 본 적이 없으며, 두 사람이 서로에게 무슨 말이라도 건네는 것 또한 목격한 적이 없다. 그녀는 꽤 자주 우리 집 마당에 와 있거나, 아니면 우리 집 어두운 모퉁이나 복도를 살금살금 돌아다녔다. 어쨌든 나의 이웃들은 그녀를 그 고물 장수의 가까운 친척 혹은 적어도 그의 보호를 받는 사람으로 여겼지만, 나는 그 누구도 그러한 추측에 대해 티끌만 한 증거도 제시할 수 없을 것이라고 확신했다.

나는 로지나에 대한 생각을 떨쳐 버리려고 내 방 열린 창문을 통해 한 파스가세 거리를 내려다보았다. 내 시선을 느꼈는지 아론 바서트룸은 내가 있는 쪽으로 얼굴을 홱 돌렸다. 빤히 쳐다보는 흉측한 얼굴. 희번덕거리는 물고기 눈깔에 토끼의 입술처럼 갈라진 언청이 입술. 마치 죽은 듯이 가만히 숨어 있다가 제 거미줄을 살짝만 건드려도 금세 파닥대는 인간 거미 같다는 생각이 들었다.

그는 무엇을 먹고살까? 무슨 생각을 할까? 그의 계획은 무엇일까? 나는 도무지 알 수가 없었다. 그의 가게의 사방 벽에는 해가 바뀌어도 날마다 변함없이 낡고 하찮은 물건들이 그대로 걸려 있었다. 나는 눈을 감고도 얼마든지 그것들을 그릴 수 있었다. 밸브가 떨어져 나간 찌그러진 트럼펫, 기묘한 형태로 모여 있는 군인들을 그린 색 바랜 그림. 그리고 가게 앞쪽에 가게 문간을 지나갈 수 없을 만큼 줄을 지어 빽빽하게 쌓여 있는 둥근 철제 난로판들.

이 물건들의 수는 늘지도 줄지도 않았다. 그러다가 가끔 지나가던 사람이 발걸음을 멈추고 이것저것 물건값을 물어보기라도 하면 고물 장수는 격한 흥분 상태에 빠지곤 했다. 그는 언청이 입술을 끔찍하게 삐죽이 내밀면서 열에 들떠 뭔가 알아들을 수 없는 말을 낮은 소리로 더듬더듬 내뱉었다. 그러면 물건을 사려던 사람은 더 물어보고 싶은 생각이 싹 사라져서 겁을 먹고 얼른 돌아섰다.

아론 바서트룸의 눈길은 번개처럼 빠르게 내 눈에서 떨어져 나가 지금은 흥미진진한 무엇이라도 발견한 듯이 내 집 창문과 이웃집이 면해 있는 민숭민숭한 벽에 가서 고정되어 있다. 그는 그 아래쪽에서 무엇을 보고 있는 것일까?

"빨간 머리의 로지나는 그의 딸인가,
아니면 조카인가? 두 사람은
닮은 데가 전혀 없었다."

내가 사는 집은 한파스가세 거리를 등지고 있다. 창문들은 모두 안마당을 향해 있고 그중 하나만 거리로 나 있다. 우연히, 나와 같은 층에 있는 방 — 아마도 한쪽 구석에 있는 아틀리에인 것 같다 — 에 지금 이 순간 사람들이 들어온 것 같다. 벽 너머로 갑자기 남자와 여자가 이야기하는 소리가 들렸기 때문이다. 그러나 고물 장수가 저 아래에서 그 소리를 들었을 리는 없다!

문 앞에서 누군가 움직이는 기척이 났다. 내 추측으로는 로지나가 틀림없었다. 그녀는 지금 어둠 속에 서서 내가 안에서 불러 주기만을 가슴 졸이며 기다리고 있는 것이다. 그리고 반층 아래에서는 얼굴이 얽은 남자가 엿듣고 있는 중이다. 발육 장애가 있는 로이자는 혹시라도 내가 문을 여나 싶어서 계단에서 숨을 죽이고 있다. 나는 그가 내뿜는 증오의 숨결과 들끓어 오르는 질투심이 내가 있는 곳까지 올라오는 것을 분명히 느낀다. 그는 가까이 다가왔다가 로지나의 눈에 띌까 봐 두려워한다. 배고픈 늑대가 자기에게 먹이를 주는 지배자에게 그런 것처럼 그는 그녀에게 의존하고 있으면서도 동시에 펄펄 날뛰면서 미친 듯이 분노를 터뜨리고 싶어 안달이다!

나는 작업 테이블에 앉아 핀셋과 조각칼을 꺼냈다. 나는 아무것도 할 수가 없다. 나의 손은 침착성을 잃어서 섬세한 모양의 일본 조각을 복원할 수가 없다. 이 집에 서려 있는 음침하고 우울한 분위기는 내 마음을 가만두지 않아, 항상 여러 가지 오래된 이미지들이 연이어 내 안에서 떠오른다.

로이자와 그의 쌍둥이 형제인 야로미르는 로지나보다 한 살 정도 많지 않을까 싶다. 성찬용 밀전병을 구워 팔던 그들의 아버지를 나는 더 이상 기억하지 못한다. 지금은 그들을 한 노파가 돌봐 주고 있는 것 같다. 그렇지만 나는 마치 은신처에 숨어 있는 두꺼비들처럼 이 건물에 숨어서 살고 있는 많은 인간들 중에서 그 노파가 누구인지 알지 못한다. 어쨌든 한 노파가 두 소년을 돌봐 주고 있다. 말하자면 그녀는 그들에게 잠자리를 제공하고 있다. 그 대가로 그들은 훔치거나 구걸한 것들을 무엇이든 그녀에게 바쳐야 한다. 그 노파는 그들에게 먹을 것도 줄까? 노파가 매일 밤늦게 귀가하는 걸로 봐서 그런 것 같지는 않다. 사람들 말로는 그 노파의 직업은 염장이라고 한다.

나는 로이자와 야로미르와 로지나가 아직 어렸을 때 마당에서 함께 노는 천진난만한 모습을 자주 보았다. 그러나 그 시절은 이미 오래전에 지나가 버렸다. 이제 로이자는 온종일 그 빨간 머리 유대인 소녀의 꽁무니만 쫓아다닌다. 가끔은 한참 동안 그녀를 찾아 헤매기도 한다. 그러다가 그녀를 아무 데서도 찾지 못하면, 그는 내 문 앞에 살금살금 숨어 들어와 얼굴을 잔뜩 찌푸린 채 그녀가 몰래 이곳으로 오기만을 기다린다. 작업을 하며 앉아 있을 때면 그 녀석이 복도 모퉁이에 숨어 있는 모습이 그려진다. 뭔가 엿들느라 여윈 목덜미의 머리를 앞으로 숙이고서. 그러다가 가끔 정적을 깨고 시끄러운 소리가 들려온다.

귀머거리에 벙어리인 야로미르의 머릿속은 로지나를 향해 들끓는 끊임없는 욕망으로 가득 차 있다. 그래서 그는 시기심과 의심으로 반쯤은 미쳐 마치 야수처럼 집 안을 헤매면서 짐승처럼 분명치 않은 소리를 질러 댄다. 그 소리가 어찌나 끔찍한지 그 소리를 들으면 핏줄이 막히는 것 같다. 그는 두 남녀가 지저분한 은신처 어디엔가 함께 숨어 있을 거라고 생각하고 그들을 찾아 미친 듯이 이곳저곳을 돌아다닌다. 그는 로지나에게 그것이 뭔지도 모르면서 아무 일도 일어나지 않도록 쌍둥이 형의 뒤를 쫓아야 한다는 강박관념에 사로잡혀 있다. 그리고 그 장애인의 끊임없는 고통이 바로 로지나를 끊임없이 다른 사람, 즉 로이자와의 새로운 관계로 이끄는 자극제임을 나는 느꼈다. 그녀의 마음이 식거나 자기한테 별 관심을 보이지 않으면, 로이자는 로지나의 욕정을 다시금 불러일으키기 위해 늘 새로이 끔찍한 짓을 생각해 내곤 한다. 그러면 로이자와 로지나는 귀머거리에 벙어리인 야로미르에게 붙잡히는 척하면서, 미친 듯 날뛰는 그를 컴컴한 복도로 유인한다. 그들은 그곳에다 밟으면 위로 튕겨 오르는 녹슨 둥근 링과 이빨이 위를 향하게 돼 있는 쇠갈퀴로 덫을 설치해 놓고는 그가 덫에 걸려 피를 흘리게 한다.

때때로 로지나는 고문의 강도를 한층 높이기 위해 스스로 뭔가 끔찍한 것을 고안해 내기도 한다. 가령 그녀는 갑자기 태도를 바꿔 야로미르가 좋아졌다는 듯 행동한다. 그녀는 특유의 영원히 미소 짓는 얼굴로 그 불구자에게 솔깃한 말을 속삭여 준다. 거기에다 그녀는 신비스럽게 보이는, 거의 이해할 수 없는 수화를 생각해 냈고, 그로 인해 그 농아는 불확실성과 불꽃 같은 희망의 빠져나올 수 없는 그물에 꼼짝없이 갇히고 마는 것이다.

언젠가 나는 그가 마당에서 그녀 앞에 서 있는 모습을 보았다. 그녀는 입술을 격하게 움직이면서 몸짓까지 취해 가며 그에게 뭔가를 지껄여 댔다. 그는 흥분으로 금세라도 쓰러질 것 같았다. 그녀가 일부러 그렇게 모호하게 쏜살같이 퍼붓는 말을 어떻게든 알아들으려고 낑낑대느라 그의 얼굴은 땀으로 범벅이 되었다.

다음 날 그는 종일 기대감에 부풀어 좁고 지저분한 한파스가세 거리 안쪽에 있는 반쯤 허물어진 집의 컴컴한 계단에서 몸을 숨기고 그녀를 기다렸다. 그는 모퉁이에서 사람들에게 몇 푼 구걸할 시간을 놓쳐 버렸다. 그러다가 한밤중에 배고픔과 흥분으로 녹초가 되어 집으로 돌아가려 했지만, 그때는 노파가 이미 오래전에 문을 걸어 잠근 뒤였다.

여자의 깔깔대는 웃음소리가 근처 아틀리에에서 벽을 넘어 내 귀에까지 들려왔다. 웃음소리라니! 이런 지역에서 쾌활한 웃음소리라니? 이런 게토 어디에도 저렇게 쾌활하게 웃을 수 있는 사람은 없을 것이다.

그때 내 머리엔 꼭두각시 인형극 놀이를 하는 츠바크 노인이 해 준 이야기가 떠올랐다. 고귀해 보이는 한 젊은 신사가 그의 아틀리에를 비싼 세를 내고 임대했다는 것이다. 아마도 마음에 둔 여인과 남의 눈에 띄지 않게 함께 지내기 위해서인 것 같다는 것이다. 그 뒤로 매일 밤 그 건물에 있는 어떤 사람도 눈치채지 못하게 새 세입자의 값비싼 가구들이 조금씩 위층으로 올려졌다고 한다.

그 마음씨 좋은 노인은 그 이야기를 내게 들려주면서 흐뭇한 듯이 양손을 비볐다. 그리고 그 낭만적인 연인들이 자신들과 함께 살고 있다는 사실을 세입자 중 어느 누구도 전혀 눈치채지 못하도록 모든 것을 멋지게 처리한 자신의 솜씨를 놓고 아이처럼 즐거워했다. 그리고 오직 세 집을 통해서만 남의 눈에 띄지 않고 그 아틀리에까지 올라갈 수 있다고 그는 말했다. 심지어 그곳에 이르는 비밀 문이 있다는 사실도 알려 주었다!

그래, 지하실 철문을 밖에서 열면 ── 이 문을 여는 것은 식은 죽 먹기이다 ── 내 방 옆을 지나 우리 집 계단에 이르는데,

우리 집 계단을 출구로 이용해서……. 쾌활한 웃음소리가 다시 한번 들려온다. 그 웃음소리를 듣자 내가 그 집 안의 귀중한 고대 유물들을 손질해 주기 위해 자주 불려 가곤 했던 어느 호화로운 귀족 가문의 모습이 어렴풋이 떠올랐다.

그때 갑자기 이웃에서 찢어지는 듯한 외마디 소리가 들려왔다. 나는 소스라치게 놀라 귀를 기울였다. 철문이 격하게 덜커덩 소리를 내더니, 다음 순간 웬 숙녀가 내 방으로 뛰어 들어왔다. 헝클어진 머리카락은 회벽처럼 희고 벌거벗은 어깨에는 금색 브로케이드 숄을 걸치고 있었다.

"페르나트 선생님, 저 좀 숨겨 주세요. 제발! 이유는 묻지 마시고, 저를 여기에 좀 숨겨 주세요!"

내가 대답할 틈도 없이 내 방문이 다시 활짝 열렸다가 순식간에 다시 닫혔다. 끔찍한 가면 같은 고물 장수 아론 바서트룸의 히죽대는 얼굴이 문틈으로 잠깐 보였다. 반짝이는 둥근 얼룩이 내 눈앞에 떠오른다. 그리고 달빛 속에서 나는 다시 한번 내 침대의 발치를 알아본다.

잠은 아직도 내 몸 위에 묵직한 모직 외투처럼 놓여 있다. 그리고 페르나트라는 이름이 금빛 글자로 내 기억 속에 떠오른다. 이 이름을 내가 어디서 읽었을까? '아타나시우스 페르나트'라는 이 이름을?

오래전에, 아주 오래전에, 어디선가 실수로 다른 사람 모자를 내 것인 줄 알고 썼던 기억이 난다. 당시에 나는 그 모자가 내 머리에 너무 꼭 맞아서 신기했다. 나 스스로 내 머리 모양이 남다르다고 늘 생각했기 때문이다. 그때 나는 그 낯선 남자 소유의 모자 안쪽을 들여다보았다. 거기엔 하얀 안감에 금빛 글자로 이렇게 새겨져 있었다.

아타나시우스 페르나트

그 모자가 웬지 꺼림칙하고 싫었다. 그렇지만 왜 그런지는 알 수 없었다. 그때 갑자기 내가 잊고 있던 목소리가 화살처럼 나를 향해 날아왔다. 그 목소리는 여전히 비곗덩어리처럼 생긴 돌멩이가 어디 있는지 궁금해한다.

나는 얼른 마음속으로 빨간 머리 로지나의 모습을 떠올린다. 달콤하게 씽긋 웃는 그녀의 뚜렷한 모습을. 그런 식으로 나는 그 목소리의 화살을 피한다. 그 화살은 곧 어둠 속으로 사라지고 만다.

그래, 로지나의 얼굴!

그녀의 얼굴은 그 멍청한 목소리보다 훨씬 강하다. 내가 당장 한파스가세 거리의 내 방으로 다시 돌아가게 된다면, 나는 편안함을 느낄 수 있을 것이다.

1자

누군가가 나를 찾아올 생각으로 내 뒤에서 일정한 간격을 두고 계단을 올라오고 있다는 느낌이 틀리지 않다면, 그는 지금 대략 마지막 계단에 서 있을 것이다. 지금 그는 호적계원인 셰마야 힐렐의 집이 있는 코너를 돌아, 닳고 닳은 붉은 포석 위를 걸어 붉은 벽돌이 깔린 가장 꼭대기 층 복도로 들어서고 있다.

이제 그는 벽을 더듬으면서 걸어온다. 그리고 지금, 바로 지금, 어둠 속에서 힘겹게 문패에 적혀 있는 내 이름의 철자를 하나씩 읽고 있을 것이다.

나는 방 한가운데 똑바로 서서 문 쪽을 응시한다. 그때 문이 열리고 그가 들어왔다. 그는 나를 향해 두서너 걸음 더 다가왔고, 모자를 벗지도 않았으며, 인사의 말조차 한마디 하지 않았다. 나는 그가 마치 자기 집에 온 것처럼 행동한다고 느꼈다. 그리고 나는 그가 바로 그런 식으로 행동하는 것을 너무나 당연하게 여겼다.

그는 주머니에 손을 넣더니 책을 한 권 꺼냈다. 이어 한참 동안 그 자리에 서서 책장을 넘겼다. 그 책은 금속으로 장정되어 있었고, 장미와 인장 모양의 움푹 들어간 곳에는 작은 보석들이 박혀 있었으며, 유색 에나멜로 칠해져 있었다. 그는 원하던 페이지를 찾아 손가락으로 그곳을 가리켰다. 그것은 '이부르'라는 제목이 붙은 장이었다. 그것을 나는 '영혼의 다산(多産)'이라고 해독했다. 금색과 붉은색으로 장식된 큼직한 이니셜 'I'가 한 페이지의 절반가량을 차지하고 있었고, 나는 그 페이지를 나도 모르게 훑어보았다. 그 글자는 가장자리가 손상되어 있었다. 그 글자를 복원해 달라고 가져온 것이었다.

이니셜은 내가 지금까지 본 여러 고서들에서처럼 양피지에 접착제로 붙여진 것이 아니라, 두 개의 얇은 금속판으로 이루어져 있었는데, 글자 가운데 부분을 납땜했고, 끝부분은 양피지의 가장자리를 덮고 있었다. 그렇다면 그 글자가 박혀 있는 곳에는 종이에 구멍이 나 있지 않을까? 만약 이것이 사실이라면 다음 페이지에는 'I' 자가 반대로 있을 수밖에 없지 않을까? 나는 책장을 넘겨 보았다. 그리고 나의 추측이 맞았음을 확인했다. 나도 모르게 그 페이지를 쭉 읽어 내려갔다. 그리고 맞은편 페이지도. 계속해서 읽고 또 읽었다. 그 책은 꿈이 그러는 것처럼 내게 말을 걸었다. 단, 더 명쾌하고 더 분명하게. 그것은 마치 무슨 질문처럼 내 마음을 움직였다.

보이지 않는 입에서 쏟아져 나온 말들이 생명을 얻어 나를 향해 다가왔다. 그것들은 내 앞에서 화려하게 차려입은 노예들처럼 빙빙 돌면서 움직이다 땅속으로 가라앉거나 은은히 반짝이는 안개처럼 허공으로 사라지며 뒤따라오는 것들에게 자리를 내주었다. 각자 잠시 멈추어 서서 내가 다음에 올 것들을 기다리지 말고 자신을 선택해 주기를 바랐다.

그들 중 어떤 것들은 반짝이는 의상을 입고 공작새처럼 뻐기면서 돌아다녔다. 그들의 발걸음은 느리면서도 차분했다. 그

중 일부는 여왕들 같았다. 하지만 늙어서 초췌해진 모습들이다. 눈꺼풀에는 색칠을 하고, 입가에는 창녀처럼 음탕한 기색이 감돌고, 주름을 진한 화장으로 감추고 있었다.

나는 그것들을 지나쳐 내게 다가오는 것들을 보았다. 그리고 나의 눈길은 잿빛 얼굴과 형체들의 한없이 긴 행렬 위로 미끄러졌다. 너무나 평범하고 무표정했기 때문에 그것들을 기억하자면 엄청난 집중력이 요구될 것 같았다. 이어서 그것들은 한 여자를 끌고 왔다. 여자는 완전히 발가벗은 차림이었는데 황동 거인처럼 몸집이 거대했다. 그 여자는 잠시 내 앞에 멈춰 서더니 허리를 굽혀 인사했다. 그녀의 속눈썹은 내 키만큼이나 길었다. 그녀는 말없이 자기 왼쪽 손목의 맥박을 가리켰다. 그녀의 맥박은 지진이 난 듯 뛰었다. 나는 그녀 안에 온 세계의 생명이 깃들어 있다고 느꼈다.

멀리서 코리반트 무리가 우르르 몰려왔다. 한 남자와 한 여자가 서로 얼싸안고 있었다. 나는 그들이 멀리서 다가오는 것을 보았다. 그들 무리는 성난 파도처럼 점점 더 가까워졌다. 이제 바로 내 근처에서 황홀경에 취한 무리가 천지가 진동하도록 노래를 부르는 소리가 들렸다. 내 눈은 서로 얼싸안고 있는 한 쌍을 찾았다. 그러나 그 쌍은 반은 남자요 반은 여자인 하나의 모습으로 변해서, 그러니까 자웅 동체가 되어 진주로 만든 왕좌에 앉아 있었다. 그리고 그 자웅 동체가 쓴 왕관은 끝부분이 붉은 판자로 마무리되어 있었다. 그 붉은 판자에는 파괴의 벌레가 이빨로 쏠아서 써 놓은 신비스러운 룬 문자가 적혀 있었다.

눈먼 어린 양 떼가 먼지구름을 일으키면서 종종걸음으로 빠르게 뒤따라왔다. 그것은 그 거대한 자웅 동체가 자신의 코리반트 무리를 먹여 살리려고 데리고 다니는 양식용 가축이었다. 보이지 않는 입에서 쏟아져 나온 형상들 중에는 가끔 무덤에서 나온 자들도 몇몇 있었다. 그들은 얼굴을 수건으로 가리고 있었다. 그들은 내 앞에 멈춰 서더니 갑자기 몸에 걸친 것들을 벗어 던지고 굶주린 맹수의 눈빛으로 내 심장을 노려보았다. 순간, 얼음처럼 차가운 공포가 나의 머리를 뚫고 지나갔고, 갑자기 하늘에서 떨어진 바윗덩어리에 맞은 강바닥처럼 나의 핏줄은 막혀 버렸다.

한 여자가 내 곁을 스쳐 지나갔다. 나는 그녀의 얼굴을 보지 못했다. 그녀는 고개를 돌리고 있었다. 그리고 그녀는 흐르는 눈물로 된 외투를 입고 있었다. 가면을 쓴 행렬이 깔깔깔 웃어대며 춤을 추며 지나갔다. 그들은 나 따위는 신경조차 쓰지 않았다. 피에로 하나만 가다 말고 진지한 눈빛으로 나를 쳐다보고 되돌아왔다. 그는 내 앞에 우뚝 서서 마치 거울을 들여다보듯 내 얼굴을 뜯어보았다. 그는 이상야릇한 표정을 짓고 팔을 들어 흔들었다. 때로는 느리게, 때로는 번개처럼 빠르게. 그 몸짓이 얼마나 기이하던지 나도 모르게 신들린 듯 그의 몸짓을 따라 눈을 찡긋거리고, 어깨를 으쓱하고, 입을 씰룩거리고 싶은 충동에 사로잡혔다.

그때 그는 뒤에서 밀려오는 형상들에 의해 옆으로 밀쳐졌다. 모두 지나가면서 나의 시선을 끌려고 했다. 그렇지만 그들 중 어느 누구도 영원히 그럴 수는 없었다. 그들은 비단실에 꿰어져 있다가 굴러떨어지는 진주들처럼, 보이지 않는 입에서 흘러나오는 단 하나의 곡조를 위한 낱낱의 소리에 불과했다.

내게 말을 건네고 있는 것은 더 이상 책이 아니었다. 그것은 목소리였다. 내가 아무리 애를 써도 알 수 없는 것을 내게 어서 불라고 요구하는 목소리였다. 그 목소리는 열에 들떠 알아들을 수 없는 질문을 계속 던져 나를 괴롭혔다. 그러나 이렇게 눈에 보이는 말들을 건넨 목소리는 죽어 사라져서 메아리조차 없었다.

현재의 세계에서 울리는 모든 소리는 많은 메아리를 갖고 있다. 이것은 모든 사물이 하나의 큰 그림자를, 그리고 수많은 작은 그림자를 갖고 있는 것과 같다. 그러나 이 목소리는 더 이상 메아리를 갖고 있지 않았다. 그것은 이미 아주 오래전에 사라져서 잊히고 말았다. 나는 그 책을 끝까지 읽었다. 나는 그 책을 아직 손에 들고 있었다. 그때, 지금까지 줄곧 내가 내 머릿속만을 뒤적거렸을 뿐 그 책은 아직 건드리지도 않은 것 같은 느낌이 들었다!

그때 그 목소리가 내게 말해 준 모든 것을 나는 내가 사는 동안 가슴속에 지녀 왔다. 다만 그것들은 숨겨지고 잊혔을 뿐이다. 내 오성의 무게에 눌려 지금까지 숨겨져 온 것이다.

나는 고개를 들었다.

나한테 책을 가져온 남자는 어디로 갔을까?

가 버린 걸까?!

수선이 다 끝나면 그는 책을 가지러 올까?

아니면 내가 책을 그에게 가져다주어야 하나?

그렇지만 그가 사는 곳을 내게 말해 주었는지 기억할 수가 없었다. 그의 외모를 다시 한번 떠올리려 했지만 소용이 없었다.

그는 어떤 옷을 입었지? 나이가 많았던가, 젊었던가? 그리고 그의 머리칼과 수염은 무슨 색이었지? 전혀 아무것도 떠올

"그는 원하던 페이지를 찾아 손가락으로 그곳을 가리켰다.
그것은 '이부르'라는 제목이 붙은 장이었다."

릴 수가 없었다. 내가 그에 대해 만들어 낸 이미지들은 모두 전혀 손쓸 도리 없이 사라져 버렸다. 그것들을 내 마음속에 고정하기도 전에.

나는 눈을 감고 손으로 눈꺼풀을 지그시 눌렀다. 그의 모습 중에 아주 작은 부분이라도 잡아 볼 생각으로. 아무것도, 정말 아무것도 떠오르지 않았다. 나는 아까 그가 왔을 때처럼 방 한 가운데로 가 서서 문을 바라보며 그가 나를 찾아오는 장면을 머릿속으로 그려 보았다. 이제 그는 모퉁이를 돌아서고 있다. 이제 그는 타일이 깔린 바닥을 걸어오고 있다. 이제 그는 방 밖에서 '아타나시우스 페르나트'라고 적힌 내 문패를 읽고 있다. 그리고 이제 그는 방 안으로 들어온다. 그러나 모두 헛된 일이었다. 그가 내게 나타났을 때의 모습이 어땠는지 기억의 한 가닥도 잡을 수가 없었다.

나는 책상에 놓여 있는 그 책을 바라보면서, 그 책을 주머니에서 꺼내 내게 건네주던 손을 마음속으로 그려 보려고 했다. 손에 장갑을 끼고 있었는지, 아니면 맨손이었는지, 아니면 젊은 손이었는지, 아니면 주름투성이의 손이었는지, 반지를 끼고 있었는지, 아니면 끼고 있지 않았는지, 도무지 기억해 낼 수가 없었다. 그때 묘안이 떠올랐다. 그것은 저항할 수 없는 영감과 같은 것이었다.

나는 외투를 입고 모자를 쓴 뒤 복도로 나가 계단을 걸어 내려갔다. 그런 다음 다시 내 방을 향해 천천히 발걸음을 옮겼다. 천천히, 그가 왔을 때처럼 아주 천천히. 그리고 방문을 열었을 때, 나는 내 방에 황혼이 가득 차 있는 것을 보았다. 방금 전 내가 나갈 때만 해도 밝은 대낮이 아니었던가?

나는 시간이 얼마나 흘렀는지도 모를 정도로 도대체 얼마나 생각에 골몰해 있었던 것인가? 나는 그 미지의 남자의 걸음걸이와 거동을 흉내 내려고 했지만 전혀 기억해 낼 수가 없었다. 그의 외모에 대한 단서가 없는데 어떻게 그의 거동을 흉내 낼 수 있단 말인가? 그러나 전혀 뜻밖의 상황이 벌어졌다. 나의 피부와 근육, 나의 몸뚱어리가 나의 뇌에 알리지도 않고 모든 것을 기억하고 있었다. 그것들은 내가 원하거나 의도하지 않은 동작들을 했다. 사지가 더 이상 내 것이 아닌 것처럼! 방 안에서 두서너 걸음 걸었을 때, 갑자기 나의 걸음걸이는 비틀거렸으며 낯설어 보였다.

　'이건 언제라도 앞으로 고꾸라질 사람의 걸음걸이야.' 나는 혼잣말을 했다. '맞아, 맞아, 그의 걸음걸이가 바로 이랬어!'

　이제 나는 그의 모습이 그랬다는 것을 또렷이 알게 되었다. 나의 낯선 얼굴은 수염이 없었으며 광대뼈가 툭 불거지고, 눈은 비스듬히 처져 있었다. 내겐 그렇게 느껴졌다. 그렇지만 나의 낯선 얼굴을 볼 수는 없었다.

　'이건 내 얼굴이 아니야.'

　나는 소스라치게 놀라 그렇게 소리치려 했다. 얼굴을 만져 보려고 했지만 손이 내 뜻대로 움직이지 않았다. 오히려 내 손은 주머니 속으로 들어가더니 책을 한 권 끄집어냈다. 아까 그가 했던 것과 똑같은 동작으로.

　갑자기 나는 다시 모자도 쓰지 않고 외투도 입지 않은 채 내 책상에 앉아 있다. 나는 나다. 나, 나.

　아타나시우스 페르나트.

　공포와 경악이 나를 휘저었다. 나의 심장은 터질 듯이 고동

쳤다. 그때 나는 방금 전까지만 해도 내 머릿속을 뒤지던 그 유령의 손가락이 이제 그 짓을 그만두었음을 느꼈다. 그러나 아직도 나의 뒤통수에서는 그의 차가운 손길이 느껴졌다.

나는 이제 그 낯선 자가 어떤 존재인지 알게 되었다. 그리고 원하기만 하면 언제라도 그를 내 마음속에서 느낄 수 있을 것 같았다. 그렇지만 눈앞에서 얼굴을 맞대고 있는 것처럼 그의 모습을 그려 보이는 일은 여전히 할 수 없었다. 그리고 앞으로도 영원히 할 수 없을 것이다.

'그는 음화(陰畫) 같았어. 눈에 보이지 않는 거푸집 같았어.' 나는 깨달았다. '그것의 윤곽을 나는 이해할 수가 없어. 그 거푸집에서 나올 형상과 표정을 내 마음속에서 떠올리려면 나 자신이 그 거푸집 속으로 미끄러져 들어가야 할 거야.'

내 책상 서랍 속에는 쇠로 만든 조그만 상자가 있었다. 나는 그 책을 그 상자 속에 보관해 두기로 결심했다. 정신적 질병 상태가 사라질 때까지 그곳에 둘 작정이었다. 그때 그 책을 다시 꺼내 손상된 'I' 자를 손볼 생각이었다.

나는 책상에서 책을 집어 들었다. 그때도 그것을 손에 쥔 느낌은 전혀 들지 않았다. 상자를 들어 올릴 때도 마찬가지였다. 나의 촉각이 나의 의식 속으로 들어오려면 짙은 어둠이 깔린 머나먼 거리를 쉬지 않고 달려오기라도 해야 하는 것처럼. 사물들과 나 사이에 엄청난 세월의 틈이 벌어지기라도 한 것처럼. 그것들이 이미 오래전에 내 곁을 스쳐 간 과거의 것인 것처럼.

어둠 속에서 나를 찾기 위해 내 주위를 맴돌면서 돌멩이와 비곗덩어리에 대한 질문으로 나를 괴롭히던 목소리는 결국 나를 보지 못하고 지나쳐 버렸다. 나는 그 목소리가 잠의 나라에서 온 것임을 알게 되었다. 그러나 내가 방금 겪은 것들은 현실이었다. 그렇기 때문에 그 목소리는 나를 보지도 못했으며 헛되이 나를 찾아 헤맨 것이다. 그렇게 나는 생각했다.

프라하

내 옆에는 낡고 얇은 외투의 깃을 올린 모습의 대학생 차루세크가 서 있다. 추위에 그의 이가 심하게 맞부딪치는 소리가 들렸다.

"이렇게 맞바람이 심하고 얼음장처럼 차가운 문간에 서 있다가는 이 친구 얼어 죽을지도 몰라."

나는 혼잣말로 중얼거렸다. 그래서 나는 그에게 함께 내 집으로 가자고 권했다. 그러나 그는 거절했다.

"고맙습니다, 페르나트 선생님." 그는 추위에 덜덜 떨면서 중얼거리듯 말했다.

"지금 시간이 없어서요. 서둘러 시내에 나가 봐야 하거든요. 게다가 지금 당장 거리에 나섰다가는 몇 걸음 못 가서 뼛속까지 흠뻑 젖을 거예요. 이놈의 소낙비는 도무지 누그러질 것 같지가 않군요!"

소낙비는 지붕 위로 휘몰아치면서 건물의 얼굴을 따라 마치 눈물 줄기처럼 쏟아져 내렸다. 머리를 조금 뒤틀어 보면 저편 4층에 있는 내 방 창문을 볼 수 있었다. 흘러내리는 빗줄기 때문에 창문의 유리창들이 누긋누긋하고, 철갑상어의 부레처럼 불투명하고 울퉁불퉁했다.

지저분한 누런 빗물이 골목으로 흘러내렸다. 그리고 문간은 지나가던 사람들로 가득 찼다. 모두 폭우가 그치기만을 기다렸다.

　"저기 신부의 부케가 떠내려가네요."

　차루세크가 갑자기 그렇게 말하면서 지저분한 빗물을 따라 떠다니는 시든 은매화 꽃다발을 가리켰다. 그것을 보고 우리 뒤에 있던 누군가가 크게 웃었다. 뒤를 돌아보니, 흰머리에 말쑥하게 옷을 차려입은 늙은 신사였다. 얼굴에 살이 많아 두꺼비 같았다. 차루세크도 잠깐 뒤를 돌아다보고 무언가 중얼거렸다. 그 노인 때문에 분위기가 좋지 않아졌다. 나는 노인에게서 고개를 돌렸다. 나는 추한 빛깔의 집들을 훑어보았다. 집들은 버림받은 늙은 짐승들처럼 쏟아지는 빗줄기를 맞으며 나란히 웅크리고 앉아 있었다. 모두 섬뜩하고 타락한 듯 보였다! 그 집들은 땅에서 잡초가 아무렇게나 솟아오르듯 아무런 계획 없이 지어져 있는 듯했다.

　과거에 규모가 웅장했던 건물의 유일한 잔존물인 노란색의 낮은 석조 벽을 버팀목 삼아 사람들은 두 개의 건물을 아무렇게나 지어 올렸다. 200년 또는 300년 전에 사람들은 두 건물을 지을 때 주위의 다른 건물들을 고려하지 않았다. 두 건물 중 하나는 반쯤 기울어 이마가 쑥 들어갔으며, 바로 옆에 있는 다른 하나는 송곳니처럼 툭 튀어나와 있었다. 오늘처럼 하늘이 우중충한 날에 그 건물들은 마치 잠을 자고 있는 듯 보였다. 가을 저녁 골목에 안개가 깔려 그 건물들이 짓는 조용한 표정 변화를 숨겨 줄 때면 사람들은 그 건물들에서 뻗쳐 나오는 적대감이나 악의 섞인 분위기를 전혀 느끼지 못했다.

이 나이가 되도록 이곳에 오래 살다 보니 내게 확실하게 자리 잡은 인상이 하나 있다. 그 인상이란 이 두 건물이 한밤중의 특정한 시간이나 이른 새벽 시간에 소리 없이 신비스러운 대화를 주고받는다는 것과, 가끔 이 건물들의 벽이 까닭 모르게 약하게 흔들리고 이상한 소리가 지붕 위로 올라갔다가 낙숫물 홈통 속으로 떨어진다는 것이다. 그러면 우리는 그것이 어디서 나는 소리인지 캐지 못한 채 우리의 둔한 청각으로 그 소리를 그냥 견딜 뿐이다.

나는 꿈속에서 자주 이 집들이 유령처럼 그들끼리 교류하는 것을 목격했다. 그리고 나는 공포심을 느끼면서, 그것들이 이 거리의 숨겨진 실제 주인이라는 것을, 그것들이 자신들의 삶과 감정을 드러내 놓고 있다가 다시 자신에게 가져간다는 것을, 다시 말해 그것들이 자신들의 삶과 감정을 낮 동안에는 이곳에 살고 있는 사람들에게 빌려주었다가 밤이 되면 터무니없는 이자를 붙여 다시 돌려달라고 요구할 수 있다는 것을 깨닫곤 했다.

나는 그 건물들의 벽 안쪽에서 마치 허깨비처럼, 피와 살이 없는 존재들처럼 살면서 사고와 행동이 아무렇게나 조각조각 조합된 듯한 그 이상한 사람들을 차례로 떠올린다. 그러면 나는 그러한 꿈들이 그 어느 때보다 그 자체 내에 희미하나마 진실을 내포하고 있다고 믿고 싶어진다. 내가 깨어 있을 때는 그러한 진실들이 영혼의 깊은 곳에서 어느 동화의 희미한 무지갯빛 인상들처럼 얼비칠 뿐이다.

그러면 내 마음속에는 언젠가 이곳 게토 지역에서 카발라에 정통한 랍비가 흙으로 만들었다는 인조인간, 신비스러운 골렘의 전설이 떠오른다. 그 랍비는 골렘의 이빨 안쪽에 마법의 숫자를 끼워 넣어 골렘을 사고 능력이 없는 로봇 같은 존재로 만들었다고 한다. 그리고 이빨 안쪽에 끼워 넣은 생명의 은밀한 부호를 빼내는 순간 골렘이 진흙 형상으로 굳어 버렸듯이, 이곳에 사는 모든 인간도 그들의 뇌에서 어떤 작은 생각이나 하찮은 목표 의식, 또는 무의식적인 습관, 혹은 너무나 막연하고 불확실한 것에 대한 희미한 기대감 같은 것을 제거하는 순간 혼이 빠져나가 쓰러질지도 모른다. 어딘가 숨어서 기다리고 또 기다리는 것이 이곳 사람들의 끔찍하고도 영원한 신조인 것 같다!

이곳에 사는 사람들이 일하는 모습을 본 사람은 아무도 없다. 그럼에도 그들은 꼭두새벽부터 일어나 숨을 죽이고 기다린다. 이제껏 한 번도 일어난 적이 없는 희생 같은 것을. 그러나 만약 실제로 어떤 무방비한 존재가 그들의 영역으로 들어와 그들의 욕심을 채울 수 있을 것 같은 기미라도 보이면, 갑자기 온몸을 얼어붙게 만드는 공포가 엄습하여 그들을 방구석으로 다시 몰아넣는다. 그러면 그들은 무서워 벌벌 떨면서 모든 계획을 포기해 버리고 만다. 그들은 너무나 겁이 많아 누구도 자신을 제어할 만큼의 용기를 가지지 못했다.

"더 이상 힘도 없고 무기도 없고 이빨까지 빠진 퇴화한 맹수들이죠."

차루세크가 머뭇거리며 말했다. 그러고는 나를 쳐다보았다.

'내가 무슨 생각을 하고 있는지 그가 어떻게 알았을까?'

'생각을 너무 진지하게 하다 보면 생각의 파편이 불똥처럼 튀어서 옆에 있는 사람의 뇌에까지 전해질 수 있는 거야.' 나는 이렇게 생각했다.

"저 사람들은 뭘 먹고 살지?" 내가 잠시 후에 말했다.

"뭘 먹고 사냐고요? 저 사람들 중엔 백만장자도 많아요."

나는 차루세크의 얼굴을 쳐다보았다. 도대체 이 친구 무슨 소리를 하는 거지? 그러나 그 대학생은 말없이 구름만 바라보았다. 문간 안에서 웅성대던 소리는 이제 그쳤고, 들려오는 것은 세차게 쏟아지는 빗소리뿐이었다. "저 사람들 중엔 백만장자도 많아요."라는 그의 말은 도대체 무슨 뜻일까? 이번에도 차루세크는 내 생각을 알아챈 듯싶었다. 그는 손가락으로 바서트룸의 낡은 가게를 가리켰다. 그 가게 앞에서는 빗물이 누런 흙탕물 웅덩이에 고여 소용돌이치면서 잡동사니 철기들의 녹을 씻어 내고 있었다.

"아론 바서트룸 말입니다! 이를테면 그 사람이 백만장자예요. 이 게토 지역의 3분의 1이 그의 소유예요. 그걸 모르고 계셨어요, 페르나트 선생님?"

나는 놀라서 말문이 막혔다.

"아론 바서트룸. 고물 장수 아론 바서트룸이 백만장자라고?!"

"아, 저는 그 사람에 대해 잘 알아요."

차루세크는 단호하게 말했다. 마치 내가 다시 질문해 오기를 기다리고 있었던 것처럼.

"저는 그 사람의 아들인 바소리 박사도 잘 압니다. 혹시 그 사람 얘기 못 들으셨나요? 유명한 안과 의사인 바소리 박사 말입니다. 일 년 전만 해도 온 도시가 그 사람 얘기로 떠들썩했어요. 사람들은 그를 위대한 전문가라고 불렀지요. 사람들은 그의 성이 얼마 전까지만 해도 바서트룸이었다는 사실을 알지 못했어요. 그는 세상을 등진 학자의 태도를 보여 주었고, 대화 중

"내 마음속에는 언젠가 이곳 게토 지역에서
카발라에 정통한 한 랍비가 흙으로 만들었다는
인조인간, 신비스러운 골렘의 전설이 떠오른다."

에 상대방이 자신의 출신을 물어 오면 겸손하고 감동 어린 목소리로 자기 아버지는 게토 출신으로, 말할 수 없는 근심과 고난 속에서 무일푼으로 시작해 마침내 햇빛을 보신 분이라고 비껴 말하곤 했어요. 그래요, 숱한 근심과 고난 속에서 말입니다! 그렇지만 그는 구체적으로 그게 누가 치른 어떤 근심과 고난이었는지는 전혀 말하지 않았어요! 하지만 게토의 사정에 대해 저는 잘 알고 있습니다!"

차루세크는 내 팔을 잡고 마구 흔들며 말했다.

"페르나트 선생님, 저는 너무 가난해서 그게 무슨 뜻인지 모르겠습니다. 저는 뜨내기처럼 이렇게 헐벗은 차림으로 거리를 헤매잖아요. 여기 좀 보세요! 그래도 저는 의대생이에요. 배운 사람이지요!"

그는 외투를 벗었다. 놀랍게도 외투 안에는 상의는 고사하고 셔츠도 입고 있지 않았다. 맨몸에 외투만 걸쳤던 것이다.

"저는 그때도 이미 가난했어요. 그때 저는 그 야수 같은, 전지전능하고 명망 있는 바소리 박사를 몰락시켰습니다. 그런데 지금까지 제가 그 일을 꾸민 주인공이라는 사실을 아는 사람은 아무도 없어요. 이 도시의 모든 사람은 그의 엉터리 시술법을 만천하에 공개하여 그를 자살에 이르게 한 사람이 사비올리 박사라고 믿고 있어요. 선생님께 말씀드리지만, 사비올리 박사는 제 꼭두각시일 뿐입니다. 저 혼자 계획을 도모하고 증거물들을 수집했습니다. 저는 바소리 집의 토대를 남몰래 야금야금 파고 들어갔습니다. 이윽고 폭약의 스위치만 살짝 누르면 모든 것을 끝장낼 수 있는 상황에까지 이르렀지요. 이 세상의 돈을 다 끌어오거나 게토 지역에서 그 어떤 음모를 꾸민다 해도 그의 몰락은 막을 도리가 없게 되었어요. 장기를 둘 때처럼 말입니다. 그래요, 장기를 두는 것과 똑같아요. 제가 바로 그 주인공이라는 사실을 아는 사람은 아무도 없어요! 고물 장수 아론 바서트룸은 문득문득 떠오르는 불길한 예감 때문에 잠을 이루지 못하고 있습니다. 장기판에 직접 나선 게 틀림없는 주인공이, 그러니까 사비올리 박사가 아닌 다른 인물이 늘 그의 곁을 맴돌고 있기는 한데, 얼굴도 모르는 데다 가까이 있지만 위치를 알 수 없어서 붙잡을 수 없기 때문이지요. 바서트룸이 석조 벽까지 꿰뚫어 볼 수 있는 눈을 가진 사람이기는 하지만, 그 작자는 치밀하게 계산해 눈에 보이지 않는 긴 독바늘로 벽을 뚫고 주춧돌과 황금과 보석을 지나 벽 안쪽에 있는 그의 생명의 핏줄을 찌를 수 있는 두뇌의 소유자가 있다는 사실은 인정하지 않으려고 합니다."

차루세크는 이마를 치며 미친 듯이 웃었다.

"아론 바서트룸은 곧 알게 될 겁니다. 그가 사비올리를 죽이려는 바로 그날에 말입니다. 저는 이번 장기를 마지막 수까지 계산해 놓았어요. 이번 장기는 왕의 주도권을 건 장기판이 될 겁니다. 장기판이 무참하게 끝날 때까지 저는 상대방의 공격에 한 수도 그냥 지나치지 않고 치명적으로 응수할 겁니다. 선생님께 말씀드리지만, 이번 장기판에 끼어드는 자는 그 누구든 가느다란 줄에 매달린 멍청한 꼭두각시처럼 허공에서 달랑거리게 될 겁니다. 제가 그 줄을 잡고 흔들 테니까요. 제 말을 새겨 두세요. 제가 그들을 제 마음대로 조종할 겁니다."

차루세크는 열병에 걸린 사람처럼 마구 떠들어 댔다. 나는 당혹스러운 표정을 지으며 그의 얼굴을 쳐다보았다.

"대체 바서트룸과 그의 아들이 자네한테 무슨 짓을 했길래 그토록 미워하는 건가?"

차루세크는 격한 몸짓을 취하며 내 질문에 대한 답변을 피하려 했다.

"그 이야기는 하지 않는 게 좋겠어요. 차라리 무엇이 바소리 박사의 목숨을 끊어 놓았는지 물어보세요. 아니면 그 이야기는 다음에 할까요? 비가 그쳤군요. 집에 가는 게 어떨까요?"

나는 고개를 저었다. 그는 갑자기 침착성을 되찾은 사람처럼 목소리를 낮추어 이렇게 말했다.

"요즈음 녹내장을 어떻게 치료하는지 들어 보신 적 있나요? 없다고요? 그러면 먼저 그 얘기를 해야겠군요. 그래야 모든 상황을 정확히 이해하실 수 있으니까요, 페르나트 선생님! 잘 들어 보세요. 녹내장이란 안구 내부에 생기는 아주 고약한 질병으로, 심하면 실명을 초래합니다. 녹내장의 진전을 막는 방법은 딱 한 가지뿐입니다. 그것은 이른바 홍채 절제술이라고 하는 것이죠. 홍채 절제술이란 눈의 홍채에서 병든 부분을 쐐기 모양으로 도려내는 것입니다.

이 수술의 피할 수 없는 부작용은 심한 눈부심입니다. 이 증상은 평생 동안 계속됩니다. 그렇지만 실명은 대체로 피할 수 있습니다. 그런데 이 질병의 초기에는 뚜렷한 증상이 사라진 것처럼 보이는 독특한 시기가 있습니다. 그러한 경우 의사는 비록 아무런 질병의 징후를 찾을 수 없다 하더라도 그에 앞서서 다른 진단을 내린 의사가 오진을 했다고 확정적으로 말해서는 안 됩니다. 그러나 홍채 절제술은 당연히 건강한 눈이나 병든 눈에 대해 모두 시술할 수 있으므로 일단 수술을 한 뒤 실제로 녹내장이 있었던 것인지 없었던 것인지 확인할 수 없습니다. 바소리 박사는 바로 이런 사실들에 근거를 두고 계획을 꾸민 것입니다. 시도 때도 없이 그는 특히 여자 환자들이 찾아오면 별로 대수로울 것 없는 시각 장애를 놓고 녹내장이라는 진단을 내렸던 거죠. 그러고는 수술을 해야 한다면서 힘들이지 않고 많은 돈을 벌어들인 겁니다. 그렇게 해서 그는 힘 없는 사람들을 손아귀에 넣고 주물렀습니다. 그들의 주머니를 터는 건 식은 죽 먹기였죠!

보세요, 페르나트 선생님, 그렇게 해서 그 타락한 야수는 무기나 힘을 쓰지 않고도 그의 먹이를 마음대로 찢어 먹을 수 있는 상황을 만들었습니다. 아무것도 걸지 않고 말입니다! 아시겠어요? 눈곱만큼의 대가도 치르지 않고서 말이에요! 학술지에 엉터리 논문을 계속해서 발표함으로써 바소리 박사는 타의 추종을 불허하는 전문가의 명성을 얻게 되었습니다. 심지어 그의 속을 간파하기에는 너무나 순진하고 예의 바른 동료들의 눈까지 속였습니다. 그의 진찰을 받기 위해 환자들이 몰려드는 것은 당연한 일이었습니다. 사소한 눈 질환 때문에 환자가 진찰을 받으러 찾아오면, 바소리 박사는 즉시 미리 준비한 계략대로 행동했습니다.

먼저 그는 환자에게 일반적인 질문을 던졌습니다. 그때 그는 언제나 기민하게 녹내장의 징후를 드러내 줄 만한 환자의 답변만을 기록했습니다. 혹시 나중에 있을 우발적인 사고에 대비하기 위해서였죠. 무엇보다 그 전에 진단을 받은 적이 있는지 없는지에 대해 조심스럽게 물어보았지요. 대화 중에 그는 학계의 중요한 일 때문에 해외에서 급박하게 초빙을 받아 내일 당장

출국해야 한다는 말을 슬쩍 흘렸습니다. 이어서 그는 전기 불빛을 사용해 눈을 검사하면서 고의로 환자가 가능한 한 많은 고통을 느끼게 했어요. 물론 이것은 다 계획적인 것이죠! 검사가 끝나고 환자가 불안한 마음에 혹시 걱정할 만한 문제라도 있는지 물어 오면, 바소리는 바로 그때 장기판의 첫 번째 수를 두었습니다. 그는 환자 맞은편 의자에 앉아 잠시 침묵을 지키다가 심각한 목소리로 다음과 같은 진단을 내렸습니다.

'당장 두 눈의 실명을 피할 수 없겠습니다!'

이후 상황은 차마 눈 뜨고 볼 수 없는 일이었습니다. 사람들은 실신하기도 하고, 울거나 절규하면서 갑작스러운 절망감을 이기지 못해 바닥에 뒹굴기도 했습니다. 실명한다는 것은 모든 것을 잃는 것을 의미하니까요. 그리고 불쌍한 희생양이 바소리 박사의 무릎을 붙잡고 하느님이 만든 이 세상에 도대체 아무런 방도가 없는 것인지 하소연하면, 그때 그 야수는 두 번째 수를 두었습니다. 그 자신이 모든 은혜를 베풀 수 있는 하느님이 되는 것이지요.

페르나트 선생님, 이 세상의 모든 일은 장기를 두는 것과 다를 바 없습니다! 그러면 바소리 박사는 신중한 목소리로 이렇게 말했습니다.

'조속한 수술만이 아마 실명을 막을 수 있는 유일한 방법일 겁니다.'

그런 다음 그는 탐욕에 사로잡혀 갑자기 입에 거품을 물고 이런저런 예를 들어 가면서 이번의 경우도 전에 보았던 것들과 희한할 정도로 유사하다고 떠들어 댔습니다. 그러고는 수없이 많은 환자들이 오로지 자기 덕분에 시력을 보존할 수 있었다고 허풍을 떨었습니다. 그는 인간들의 행복과 불행을 좌지우지할 수 있는 최고의 의사로 대접받고 싶은 생각에 푹 빠져 있었어요. 반면 어찌할 도리가 없는 그의 희생양은 낙담한 채 바소리 박사 앞에 앉아 있었어요. 식은땀이 흐르고 애간장이 탔지만, 자신을 구원할 수 있는 유일한 사람인 박사의 마음을 상하게 하면 어쩌나 하는 두려움 때문에 그에게 말도 붙이지 못했지요.

바소리 박사는 유감스럽지만 자신이 몇 달 뒤 여행에서 돌아온 뒤에나 수술이 가능하다고 말했습니다. '이런 경우에도 언제나 희망을 버리면 안 됩니다. 그때 가서 하더라도 너무 늦지 않기를 바랄 뿐입니다.' 그는 늘 이런 식으로 말을 끝냈죠. 그러면 환자들은 소스라치게 놀라 자리에서 벌떡 일어나 결단코 단 하루도 더 기다릴 수 없다고 말하죠. 그러면서 그들은 시내의 다른 안과 의사들 중에서 수술을 담당할 만한 사람이 누구인지 알려 달라고 애원합니다. 바로 그때가 바소리 박사가 환자들에게 결정적인 타격을 가할 순간입니다. 그는 깊은 생각에 잠겨 방 안을 이러저리 서성이면서 잔뜩 이맛살을 찌푸리며 걱정스러운 듯 마침내 다음과 같은 말을 던졌습니다.

'다른 의사가 개입하면 유감스럽게도 눈을 다시 한번 전기 불빛으로 검사해야 하는데, 그것은 환자 자신도 잘 아는 것처럼 아주 고통스러운 일이지요. 게다가 눈부신 광선 때문에 치명적인 결과를 낳을 수도 있어요. 다시 말해 다른 의사는 — 그 의사들 대부분이 홍채 절제술을 해 본 경험이 거의 없다는 것은 차치하고 — 외과 수술에 앞서 눈 검사를 다시 해야 하는데, 검사를 위해서는 시신경이 다시 회복될 때까지 장시간 기다려야 하지요.'"

차루세크는 두 주먹을 불끈 쥐었다.

"우리는 이것을 장기판에서 쓰는 말로 '초읽기'라고 합니다, 페르나트 선생님! 이제 남은 것은 초읽기뿐이었습니다. 상대방이 한 수 두고 나면 제한된 시간 안에 얼른 한 수를 둬야 하는 거지요. 이제 환자는 절망감에 거의 미쳐 가며 바소리 박사에게 제발 은혜를 베풀어 하루만 출발을 늦추고 직접 수술을 해달라고 간청했습니다. 자신의 경우는 급사를 당하는 것과 다르다고, 즉 언제 눈이 멀게 될지 모른다는 공포는 마치 고문처럼 끔찍한 것이라고 하면서요. 그 날강도 같은 놈이 만약 출발을 늦추면 자신이 엄청난 손해를 입게 된다면서 시큰둥하게 버티면 버틸수록 환자들은 알아서 더욱더 많은 돈을 주겠다고 말했습니다. 마침내 돈의 액수가 만족스러운 정도까지 올라가면, 바소리 박사는 못 이기는 척하면서 당장 그날로 수술을 하겠다고 말했습니다. 혹시라도 자신의 계략이 탄로 나지 않도록 말입니다. 그렇게 해서 그 불쌍한 환자는 멀쩡한 두 눈에 치명적인 손상을 입게 되는 겁니다. 평생토록 늘 눈부심의 고통을 당해야 하는 거지요. 반면에 바소리 박사는 범죄의 흔적을 완전히 지워 버리는 겁니다.

그렇게 해서 바소리 박사는 타의 추종을 불허하는 명의라는 명성을 얻었습니다. 환자들을 눈앞에 닥친 실명의 위기에서 모두 구해 주었으니까요. 동시에 그는 자신의 끝없는 금전욕과 허영심을 채울 수 있었습니다. 육체와 재산상의 손상을 입은 희생자들이 아무것도 모르는 채 그를 생명의 은인이라고 칭송했으니까요.

게토 지역에서 태어나 그곳에서 자란 사람만이, 그러니까 게토 지역에 모든 뿌리를 두고 있고, 사소하지만 무시할 수 없는 수많은 자금원을 갖고 있으며, 어린 시절부터 시내의 모든 사람과 그들의 사소한 인간관계나 재산 정도까지 소상히 알고 꿰뚫어 볼 수 있어서 사람들로부터 '뒤통수에도 눈이 달린 사람'이라는 말을 듣는 사람만이 그토록 끔찍한 짓을 그렇게 여러 해 동안 성공적으로 저지를 수 있는 것입니다. 제가 아니었다면 그는 지금까지 그 나쁜 짓을 계속했을 겁니다. 그는 그 짓을 노인이 되어서까지 계속해서 나중에는 그를 따르는 사람들로부터 존경스러운 족장이라는 소리까지 듣고, 자라나는 젊은 세대에게는 빛나는 모범이 되어 인생의 말년을 근사하게 살 수 있었겠지요. 늙어 죽을 때까지 말입니다.

그렇지만 저 역시 게토에서 자랐습니다. 제 피도 그곳의 지옥 같은 간교함에 물들어 있죠. 그렇기 때문에 제가 그를 몰락시킬 수 있었던 겁니다. 보이지 않는 사람들이 청천벽력처럼 한 인간을 몰락시킬 수 있듯이 말입니다. 그의 정체를 밝혀 낸 사람은 독일계 젊은 의사인 사비올리 박사입니다. 저는 사비올리 박사를 내세워 증거를 차곡차곡 수집해 갔습니다. 마침내 검사가 바소리 박사 사건에 개입할 때까지 말입니다. 그때 그 야수가 자살을 한 것입니다. 오, 축복받은 순간이여! 마치 그의 그림자가 옆에 서 있다가 그를 이끌기라도 한 것처럼 그는 플라스크에 들어 있는 아밀 아질산염을 먹고 스스로 목숨을 끊었습니다. 그것은 제가, 그에게 진찰을 받고 그로 하여금 녹내장이라는 거짓 진단을 내리게 하던 날 그의 진찰실에 일부러 놓고 나온 것이었습니다. 그 아밀 아질산염이 그에게 최후의 일격을 가하기를 간절히 바라면서 말입니다. 마을 사람들은 그가 뇌졸

중으로 죽었다고 말했어요. 물론 아밀 아질산염을 흡입하면 뇌졸중과 유사한 증상이 나타납니다. 그러나 진상은 오래가지 않아 밝혀졌어요."

차루세크는 뭔가 풀리지 않는 문제에 푹 빠져 있는 것처럼 갑자기 멍한 표정으로 앞만 바라보았다. 그러더니 아론 바서트룸의 고물상이 있는 쪽을 쳐다보며 어깨를 으쓱해 보였다.

"이제 저자는 저곳에 혼자 있어." 그는 중얼거렸다.

"자신의 탐욕 그리고 자신의 밀랍 인형과 함께 혼자 있는 거야!"

나는 심장이 목젖까지 치고 올라오는 것을 느꼈다. 나는 공포에 질린 눈으로 차루세크를 쳐다보았다. 이 친구가 미친 건 아닐까? 아마도 심각한 열병에 걸려서 마음속에 그런 모습들이 떠올랐을 거야. 맞아! 분명히 이 친구가 이야기한 것은 모두 꾸며 낸 거야. 아니면 꿈꾼 것이든지. 그 안과 의사에 대한 끔찍한 이야기는 사실일 리가 없어. 차루세크는 폐결핵과 뇌막염에 걸렸어.

그래서 나는 몇 마디 농담으로 그를 안정시키고 그의 생각을 편안한 방향으로 돌려놓으려고 했다. 그때, 내가 채 말을 꺼내기도 전에, 언청이 입술을 한 바서트룸의 얼굴이 섬광처럼 내 기억 속으로 뛰어들었다. 얼마 전에 툭 불거진 눈으로 열려 있는 문으로 내 방을 올려다보던 바로 그 모습이었다.

사비올리 박사! 사비올리 박사! 아, 그래. 그것은 인형극을 하는 츠바크가 그의 아틀리에를 세놓는 건과 관련해서 내게 슬며시 들려준 적이 있는 바로 그 젊은 신사의 이름이었다. 사비올리 박사! 그 이름이 거의 울음소리가 되어 내 가슴속에서 떠올랐다. 일련의 희미한 영상들이 꼬리에 꼬리를 물고 내 마음 속을 주마등처럼 훑고 지나갔다. 그러면서 내게 끔찍한 추측들을 몰고 왔다.

나는 차루세크에게 물어보고 싶었다. 그리고 그 당시 내가 겪은 엄청난 일을 그에게 모두 털어놓고 싶었다. 그러나 그는 갑자기 기침 발작을 일으켜 고꾸라질 것 같았다. 내가 머뭇거리는 사이, 그는 두 손으로 벽을 짚어 가며 빗줄기 속으로 주춤거리며 들어갔다. 그러고는 내게 가볍게 목례를 했다.

그래, 그의 말이 맞아. 그는 열병에 걸려서 헛소리를 지껄여 댄 게 아니다. 눈에 보이지 않는 범죄의 유령이 사람들이 사는 이 골목 저 골목을 밤낮으로 누비고 있어. 그 유령은 허공에 떠 있지만 우리는 그것을 보지 못해. 그러다가 그것은 갑자기 인간의 영혼을 급습하는 거야. 우리는 그것의 존재에 대해 무감각해. 우리가 그 존재를 알아차리는 순간, 그것은 사라져 버리고 모든 것은 끝나 버리는 거야. 고작 어떤 끔찍한 사건에 대한 모호한 말들만이 우리를 향해 다가올 뿐이야.

나는 불현듯 내 주변에 살고 있는 자들의 정체를 깨달았다. 그들은 눈에 보이지 않는 자기(磁氣)의 흐름에서 생기를 얻어 이 삶의 강물 속을 싫든 좋든 떠다니는 것이다. 아까 신부의 부케가 지저분한 도랑 속을 떠다녔듯이. 그리고 지금은 온갖 사악하고 적대적인 얼굴을 한 집들이 내가 있는 쪽을 응시하는 것 같았다. 그 집들의 대문들은 썩어 문드러진 혀가 달린 크게 벌린 검은 입이요, 언제라도 찢어질 듯이 절규를 터뜨릴 것만 같은 목구멍이었다. 너무나 날카롭고 적의로 가득 찬 그 소리는 우리의 마음 가장 깊은 곳까지 공포로 가득 채워 놓을 것만 같왔다.

마지막에 그 대학생이 늙은 고물 장수에 대해 뭐라고 했더라? 나는 그의 말을 다시 한번 되새겨 보았다.

'아론 바서트룸은 이제 자신의 탐욕, 그리고 자신의 밀랍 인형과 함께 혼자 있는 거야.'

그가 밀랍 인형이라고 한 것은 무엇을 의미할까? 비유였을 거야. 나는 스스로를 안심시켰다. 분명 차루세크가 자주 사용하는 병적인 비유 중 하나였을 거야. 당장 들었을 때는 무슨 소리인지 모르지만, 우리에게 익숙하지 않은 사물들의 모습이 갑자기 비치는 환한 빛살에 의해 드러나듯이 나중에 가서 느닷없이 생생한 모습으로 나타나 우리를 깜짝 놀라게 하는 그런 표현 말이야.

나는 마음을 가다듬고, 차루세크의 이야기에서 받은 끔찍한 인상을 털어 버리려고 깊이 심호흡을 했다. 나는 나와 함께 문간에 서서 기다리는 사람들의 얼굴을 좀 더 자세히 쳐다보았다. 내 옆에는 이제 그 뚱뚱한 노인이 서 있었다. 조금 아까 불쾌하게 웃었던 바로 그 사람이었다. 그는 검은 프록코트를 입고 장갑을 낀 채, 툭 불거진 눈으로 맞은편 건물의 문간을 뚫어져라 쳐다보고 있었다. 면도는 말끔하게 했지만 불쾌하고 속된 표정이 어린 그의 얼굴은 흥분으로 경련을 일으켰다.

나는 나도 모르게 그의 시선을 좇다가 그의 시선이 맞은편 골목에 서 있는 빨간 머리 로지나에게 고정되어 있음을 알아차렸다. 그녀는 언제나처럼 입가에 미소를 띠고 있었다. 노인은 그녀에게 신호를 보내려고 낑낑대고 있었다. 그녀는 그것을 보았으면서도 모르는 척하고 있었다. 노인은 더 이상 참지 못하고 그녀가 있는 쪽을 향해 걸어가기 시작했다. 그는 물이 괸 웅덩이들 위를 마치 커다란 검은 고무공이 튀듯이 우스꽝스러운 모습으로 껑충껑충 뛰면서 갔다. 사람들은 그 노인을 아는 듯했다. 그의 등 뒤에 대고 온갖 험담을 늘어놓았기 때문이다. 목에는 붉은 털목도리를 두르고 머리에는 푸른 군인 모자를 쓰고 귀 뒤에는 버지니아 여송연을 꽂은 작자가 입을 실룩거리면서 내가 알지 못하는 온갖 빈정대는 말들을 뱉어 냈다. 나는 다만 이 유대인 거리에서는 사람들이 그 노인을 '프리메이슨 회원'이라고 부른다는 것을 알게 되었을 뿐이다. 그들의 언어로 이 별명은 미성년의 소녀를 자주 건드리면서도 경찰을 구워삶아 어떤 처벌도 받지 않는 사람을 지칭했다. 그러는 사이 로지나의 얼굴은 노인과 함께 건너편 건물의 어두운 현관 안으로 사라져 버렸다.

펀치

작은 내 방에서 담배 연기를 내보내기 위해 창문을 열었다. 차가운 밤바람이 불어와 문에 걸려 있던 털외투 자락을 살며시 펄럭거리게 했다.

"프로코프의 멋진 모자 장식이 날아가고 싶어서 안달인 것 같군."

츠바크가 말하며 그 음악가의 커다란 모자를 손가락으로 가리켰다. 모자는 둥근 테를 검은 날개처럼 흔들고 있었다. 요수아 프로코프는 명랑한 표정으로 눈을 찡긋해 보였다.

"저 모자는……." 그가 말했다.

"저 모자는 아마도……."

"저 모자는 로이시체크 주점의 음악에 맞추어 춤을 추고 싶은 거지."

프리슬란더가 그의 말을 가로챘다. 프로코프는 웃으면서 지붕 위를 지나는 겨울바람이 내는 달그락 소리에 맞추어 한 손으로 박자를 두드리기 시작했다. 그러더니 벽에 걸려 있던 나의 망가진 낡은 기타를 집어 들고 끊어진 줄을 튕기는 척했다. 그러면서 그는 아주 높은 가성으로 특정한 부분에 악센트를 넣어 가며 로트벨슈[2]로 멋진 노래를 불렀다.

---

2   로트벨슈(Rotwelsch)는 독일어권에서 사용되는 방언 중 하나로, 주로 범죄자나 사회적 소외 계층이 서로 소통할 때 쓴다. 이 방언은 독일어, 히브리어, 이탈리아어 등 다양한 언어의 단어와 구문이 혼합되어 있어서 일반적인 독일어 사용자는 이해하기 어렵다.

안 바인-델 폰 아이-젠

　레히트 알트,

　안 슈트란-첸 넷 가르

　아 조 칼트,

메신웅, 아 로이헬르

　운트 로온,

운트 이머르으 누르 푸츠-엔……

"자네 어디서 그런 깡패 말을 배웠나!"
프리슬란더가 큰 소리로 웃더니 함께 흥얼대기 시작했다.

운트 슈토크-엔 지히 아우프추크

　운트 피프

운트 슈말에른 안 아이제르네스

그쥐프.

유흐,

운트 한트슈우크렌, 하롬 넷 산…….³

"이 기묘한 노래는 로이시체크 주점에서 매일 밤 불린다네." 츠바크가 내게 알려 주었다.

"두 눈 위에 초록색 빛 가리개를 쓴 열정적인 네프탈리 샤프라네크가 이 노래를 부르면, 화장을 진하게 한 여자가 손풍금을 연주하며 큰 소리로 가사를 읊조리지. 언제 우리와 같이 그 주점에 가세, 페르나트. 펀치를 다 마시고 나서 가면 어떨까. 어떤가? 오늘이 자네 생일 아닌가?"

3　이 노래는 내용상으로 노동의 고단함과 일상의 단조로움을 담아 내면서도 그 속에서 느껴지는 소소한 즐거움과 유머를 함께 표현하고 있다.

"그러세, 우리와 함께 가세." 창문을 다시 닫아 걸면서 프로코프가 말했다.

"그런 건 누구나 한번은 직접 봐야 해."

우리는 둘러앉아 뜨거운 펀치를 마시며 각자 깊은 생각에 잠겼다. 프리슬란더는 꼭두각시 인형을 깎고 있었다.

"요수아, 자네가 우리를 외부 세계와 그렇게 멋지게 단절시켜 놓았구먼." 츠바크가 정적을 깼다.

"자네가 창문을 닫은 뒤로 아무도 한마디도 하지 않으니 말이야."

"나는 아까 외투 자락이 바람에 펄럭일 때 이런 생각을 했어. 생명이 없는 것들을 바람이 꿈틀대게 하는 게 참 신기하다고 말이야."

침묵을 변명이라도 하듯 프로코프가 얼른 말했다.

"평소에는 늘 죽은 듯이 누워 있던 사물들이 갑자기 펄럭이기 시작하면 정말 놀랍다는 생각이 들어. 자네는 그런 걸 느껴 보지 못했나? 언젠가 나는 텅 빈 광장에 서서 커다란 종잇조각들이 분노에 찬 듯 주변을 빙빙 돌면서 서로 쫓고 쫓기는 광경을 본 일이 있네. 그 모습이 꼭 서로를 죽이려는 것 같았어. 나는 건물로 막혀 있는 곳에 있었기 때문에 바람 한 점 느끼지 못했지. 잠시 후 그것들은 휴전을 하기로 작정한 것 같았어. 그러나 그것들은 갑자기 다시 미친 듯한 분노에 사로잡혀 서로 잡으려고 길길이 날뛰더니 한 모퉁이로 몰려갔어. 그리고 다시 순식간에 흩어졌다가는 모퉁이 뒤로 사라졌지. 두꺼운 신문 뭉치만은 그것들을 따라가지 못했네. 그것들은 보도 위에 누워서 증오심에 불타 헐떡거렸어. 힘이 다 빠진 듯 숨을 가쁘게 몰아쉬

"어느 날 거리에서 어떤 일이 일어나면
골렘이 다시 살아나는 거야. 골렘이다!"

면서 말이야. 그때 내 머릿속에는 이런 생각이 떠올랐어. '결국 우리 인간이라는 존재도 저런 종잇조각과 같은 것이 아닐까? 우리의 눈에 보이지 않는, 알 수 없는 바람이 우리를 이리저리 몰고 다니며 우리의 행동을 지시하는 것 아닐까? 그런데도 우리는 순진하게 모든 걸 우리 뜻대로 할 수 있다고 생각하고 있는 것은 아닐까?' 우리 안의 생명이 수수께끼 같은 회오리바람이라면 어떨까? 성경에서 말하는 그 바람 말일세. '너는 회오리바람이 어디서 와서 어디로 가는지 아느냐?' 우리가 가끔 물속을 더듬어 은빛 물고기를 잡는 꿈을 꾸다가 깨어나면 우리 두 손에는 차가운 공기의 흐름만이 느껴지지 않는가?"

"프로코프, 자네 페르나트 같은 투로 말하는군. 어디 아픈가?" 츠바크는 이렇게 말하면서 그 음악가를 미심쩍은 눈으로 쳐다보았다.

"아까 우리가 나눈 그 '이부르'라는 책에 대한 이야기가 — 유감이군. 자넨 늦게 오는 바람에 그 이야기를 듣지 못했으니 — 저 친구를 저렇게 심각하게 만들어 놓은 모양이야."

프리슬란더가 말했다.

"한 권의 책에 대한 이야기인가?"

"사실은 어떤 책을 들고 온 이상하게 생긴 사람에 대한 이야기지. 페르나트는 그 사람의 이름이 뭔지, 어디 사는지, 뭘 원했는지 아무것도 모른다네. 그런데 그의 외모가 매우 눈에 띄었다네. 하지만 그의 모습을 제대로 묘사할 수가 없다는 거야."

츠바크는 귀를 기울였다.

"정말 이상한 일이군." 그가 잠시 후에 말했다.

"혹시 그 낯선 사람이 수염이 없고 눈이 비스듬하게 달려 있지 않았나?"

"그런 것 같기는 한데." 내가 대답했다.

"맞아, 맞아. 확실해. 자네 혹시 그 사람을 아나?"

그 인형극 놀이꾼이 고개를 저었다.

"'골렘'이 생각나서 한 말일세."

화가 프리슬란더가 조각칼을 내려놓으며 말했다.

"골렘이라고? 그 이야기는 많이 들었네. 자네는 골렘에 대해서 잘 아나, 츠바크?"

"누가 골렘에 대해 뭘 안다고 말할 수 있겠나." 츠바크가 대답하며 어깨를 으쓱해 보였다.

"사람들은 평소엔 골렘을 전설로 생각하지. 그러다가 어느 날 거리에서 어떤 일이 일어나면 골렘이 갑자기 다시 살아나는 거야. 그러면 사람들은 누구나 한동안 골렘 이야기를 한다네. 그렇게 해서 소문이 눈덩이처럼 불어나는 거야. 그러다 보면 그 소문은 마침내 그 황당무계함 때문에 오히려 사그라지고 마는 거지.

사람들 말에 따르면, 골렘 이야기는 17세기로 거슬러 올라간다네. 이미 오래전에 소실된 카발라 문서에 따르면, 한 랍비가 자기를 도와 회당의 종을 치고 그 밖의 온갖 허드렛일을 하는 하인으로 쓰려고 골렘이라는 인조인간을 만들었다는 거야. 그러나 그는 완전한 인간을 만들지 않았어. 다시 말해 골렘은 외부에서 뭔가를 넣어 줄 때만 생명을 얻었지. 그것도 낮 동안만 가능했다는 거야. 그의 이빨 안쪽에 꽂혀 있는, 이른바 우주의 자유로운 별들의 힘을 빨아들인다는 마법 부적의 힘으로 말일세.

그런데 어느 날 밤 그 랍비가 취침 기도를 올리기 전에 골렘의 입에서 부적을 빼내는 것을 잊어버린 거야. 그날 밤 골렘은 광란에 빠져 어두운 골목들 사이를 날뛰면서 눈앞에 닥치는 대로 모든 걸 박살 냈어. 결국 랍비가 그에게 달려들어 부적을 없애자, 골렘은 생명이 빠져나가 무너져 내렸고 그에게 남은 거라곤 난쟁이처럼 생긴 진흙 형상뿐이었다네. 그건 지금도 구회당에 가면 볼 수 있어."

"그 랍비는 언젠가 황제의 부름을 받고 궁으로 가서 마법으로 죽은 사람들의 영혼을 불러내 눈에 보이게 했다지?"

프로코프가 끼어들었다.

"현대의 과학자들은 그가 그때 환등기를 사용했다고 주장하지."

"그래, 그래." 츠바크가 태연하게 말을 이었다.

"그런 설명은 오늘날을 살아가는 사람들의 마음을 사로잡기에는 너무나 멍청하군. 환등기라니! 평생 그런 것들에 매료됐던 루돌프 황제가 그딴 사기를 첫눈에 알아채지 못했을 거라고 생각하는가! 물론 나는 골렘 이야기가 어떻게 시작되었는지 알지 못하네. 그렇지만 이것 하나만은 알지. 이 골목에 죽지 않는 어떤 존재가 우리와 함께 살고 있다는 것 말이야. 우리 가문은 조상 대대로 이곳에서 살아왔지. 그러니 주기적으로 나타나는 골렘을 직접 목격한 경험에 얽힌 이야기들을 나보다 더 잘 아는 사람은 없을 거야!"

츠바크는 갑자기 말을 멈추었다. 그의 생각이 과거로 거슬러 올라가는 것이 느껴졌다. 그는 턱을 괴고 테이블에 앉아 있었다. 그의 젊어 보이는 붉은 뺨이 등불에 비쳐 하얀 머리카락과 야릇한 대조를 이루었다. 그 순간 나는 나도 모르게 마음속으로 그의 표정을 그가 종종 내게 보여 주었던 그의 꼭두각시들의 굳은 얼굴들과 비교해 보았다. 이 늙은 친구가 정말 이상하게도 그것들을 닮아 가고 있군! 얼굴 표정도 똑같고, 이목구비도 같아!

이 세상의 많은 것들은 서로 분리될 수 없다고 나는 생각했다. 츠바크의 소박한 일생을 마음속에 떠올려 보다가 나는 갑자기 무섭고 섬뜩한 생각이 들었다. 선조들보다 교육도 많이 받고 배우가 될 수도 있었던 그가 갑자기 별 볼 일 없는 꼭두각시 인형극을 하겠다고 돌아와서는 이곳저곳 장이 서는 곳마다 옮겨 다니며 그의 조상들이 그랬듯이 꼭두각시들을 앞세워 서툰 몸짓으로 따분한 이야기나 보여 주고 있으니 말이다. 츠바크는 꼭두각시 인형들과 떨어져 있는 것을 참을 수가 없었다. 그것들의 삶은 그의 삶과 밀접하게 연결되어 있었다. 그가 멀리 떠나 있으면 꼭두각시 인형들은 그의 뇌 속에 들어가 살면서 그를 끊임없이 졸라 마침내 그가 고향으로 돌아오도록 만들었다. 그래서 그는 지금 그것들을 사랑하고, 그것들에게 멋진 옷을 입혀 주는 것이다.

"츠바크, 이야기를 좀 더 해 주지 않겠나?"

프로코프가 그 노인에게 이야기를 청하면서 동의를 구하기 위해 나와 프리슬란더를 쳐다보았다.

"어디서부터 이야기를 해야 할지 모르겠군."

노인이 주저하면서 말했다.

"골렘에 대한 이야기를 하기는 쉽지 않아. 아까 페르나트가 말했듯이 말이야. 그 미지의 인간의 모습이 어떤지는 분명히 알지만, 묘사하기는 힘들다고 했잖아. 대략 삼십삼 년마다 우리가 사는 이 골목에서 어떤 사건이 반복해서 일어나. 그 자체로는 그다지 자극적이지 않지만 널리 공포를 퍼뜨리는 사건이 말이야. 어떻게 설명하거나 해명할 수 없는 그런 사건이지. 그러니까 계속해서 다음과 같은 일이 벌어지는 거야. 수염이 없는 누런 얼굴빛의 몽골인 타입의 낯선 인간이 옛날풍의 낡은 옷을 입고 알트슐가세 방향에서 금방이라도 앞으로 고꾸라질 것처럼 비틀대는 일정한 걸음걸이로 게토 지역으로 성큼성큼 걸어왔다가는 갑자기 사라져 버리는 거야. 대개 그는 어느 모퉁이를 돌아 사라져 버리지. 그런데 한번은 그가 한 바퀴 원을 그리며 자기가 출발했던 곳으로 되돌아온 적도 있다고 해. 그것은 유대인 회당 근처에 있는 아주 오래된 건물이었어. 몇몇 사람은 흥분된 목소리로 이런 이야기도 했네. 그들은 그가 모퉁이를 돌아 자신들을 향해 걸어오는 것을 보았다는 거야. 그렇지만 그들은 그가 오는 쪽으로 용감하게 걸어갔지. 그런데 뚜렷하던 그의 모습은 마치 저 멀리로 멀어져 가는 듯 점점 더 작아지더니 마침내 완전히 사라져 버렸다는 거야.

육십육 년 전만 해도 골렘이 불러일으킨 공포는 이루 말할 수 없이 끔찍했던 것 같아. 왜냐하면 당시 어린 꼬마였던 나의 기억으로, 사람들은 알트슐가세에 있던 그 건물을 위에서부터 아래까지 이 잡듯이 뒤졌으니까 말이야. 실제로 이 건물에는 격자창이 달린 방이 하나 있다는 사실이 밝혀졌어. 그런데 그 방에는 입구가 없었지. 사람들은 그 건물의 모든 창문 밖으로 빨래를 내걸었어. 골목에서 실제로 확인을 하기 위해서였어. 그렇게 해서 그 방이 어느 방인지 알아볼 수 있었지. 그 방으로 갈 수 있는 다른 방도가 없었기 때문에, 남자 하나가 몸에 밧줄을 매고 지붕에서 내려가서 방 안을 들여다보려고 했어. 그런데 그가 창문 가까이 접근하는 순간 밧줄이 끊어져 버렸고, 그 불쌍한 사람은 길바닥에 머리를 찧고 죽어 버렸어. 그 뒤 사람들은 다시 한번 시도해 보려고 했지만, 창문의 위치를 놓고 의견이 분분했기 때문에 결국 포기하고 말았어.

나는 내 인생에서 처음으로 골렘을 본 적이 있어. 삼십삼 년 전쯤의 일이지. 나는 그를 문간채라고 부르는 곳에서 보았어. 우리는 부딪히겠다 싶을 정도로 서로를 향해 달려왔지. 당시 그와 마주쳤을 때 내 마음속에서 무슨 일이 벌어졌는지는 확실하게 기억할 수 없어. 하느님은 해가 뜨나 달이 뜨나 골렘을 만났으면 하는 끊임없는 기대로 인생을 허비하는 것을 누구에게나 금하시는지. 그러나 바로 그 순간, 내가 그의 얼굴을 보기도 전에 내 가슴속에서 무언가가 찢어질 듯이 소리를 질렀어. '골렘이다!' 그리고 그때 누군가가 컴컴한 문간에서 비틀대며 걸어 나왔어. 그리고 그 미지의 남자는 내 곁을 스쳐 지나갔어. 바로 다음 순간 놀라서 창백하게 질린 얼굴들이 나를 향해 우르르 밀려와 내게 질문을 퍼붓는 것이었어. 골렘을 보았느냐고. 그리고 대답을 하는 순간, 나는 생전 처음 겪은 마비 증세 같은 상태로부터 혀가 풀려나는 것을 느꼈어. 나는 사지를 움직일 수 있는 것을 알고 적잖이 놀랐어. 그리고 내가 비록 잠깐 동안이지만 놀란 나머지 마비 상태에 빠졌음을 뚜렷이 알게 되었지.

나는 그 뒤로 어디를 가나 그것에 대해 곰곰이 생각해 보았어. 그리고 내가 생각하기에 가장 진리에 가까운 결론을 얻었어. '한 세대에 한 번씩 하나의 정신적인 전염병이 번개처럼 이 게토 지역을 훑고 지나가면서 우리가 알 수 없는 그 어떤 목적을 위해 사람들의 영혼을 습격한다. 그때 어떤 특별한 존재의 윤곽을 신기루처럼 나타나게 한다. 어쩌면 이곳에 수백 년 전에 살았던 그 존재가 이제 형태와 모습을 갖추고 싶어 하는 것인지도 모른다. 어쩌면 그 존재는 우리 한가운데 숨어 있는지도 모른다. 다만 우리가 그것을 인식하지 못할 뿐이다. 우리의 귀 역시 소리굽쇠가 나무를 건드려 나무와 함께 공명하기 전에는 윙윙 울리는 소리굽쇠의 소리를 듣지 못한다. 어쩌면 그 존재는 영혼의 예술 작품 같은 것인지도 모른다. 의식이 부재하는 예술 작품 같은 것. 영원불변의 법칙에 따라 무형의 것에서 자라나는 수정(水晶)처럼 생겨나는 예술 작품 같은 것.'

그걸 누가 알겠는가? 무더운 날 대기 중의 전기 압력이 계속 올라가 더 이상 견딜 수 없는 지점에 이르면 마침내 번개가 치듯이, 이 게토 지역의 공기를 오염시키는 정체된 생각들이 계속 쌓이다가 어느 순간 쾅 하면서 폭발이 생겨나는 게 아닐까? 영혼의 폭발이 우리의 무의식 속 꿈을 백일하에 드러내 주는 게 아닐까? 그래서 번개처럼 하나의 유령을 만들어 내는 게 아닐까? 이 유령은 표정이나 걸음걸이, 거동 등 모든 면에서 한 치의 오류도 없이 대중의 마음을 상징하는 것이 아닐까? 만약 우리가 여러 모습들의 비밀스러운 언어를 온전히 읽을 수 있다면 말일세. 그리고 많은 자연의 현상들이 다가오는 번개를 미리 알려 주듯이, 어떤 무서운 전조들 역시 그 유령이 우리의 현실계에 곧 나타날 것임을 예고해 주는 걸세. 껍질이 하나둘 벗겨져 나가는 낡은 담벼락의 마른 회반죽은 걸어가는 사람의 모습을 띠고 있고, 유리창에 낀 성에는 굳은 얼굴 표정들을 만들어 보여 주네. 지붕의 모래는 평소와 다른 모습으로 떨어지며, 의심의 눈초리로 그것을 바라보는 사람에게 이런 인상을 심어 준다네. '혹시 빛이 두려워 뒷전에 숨은 영혼이 낯선 온갖 윤곽을 남몰래 만들려고 우리에게 모래를 떨어뜨리는 것은 아닐까.' 우리의 눈이 단색의 돗자리에 가든, 아니면 우리의 거친 피부에 가든, 우리는 곳곳에서 이 같은 불길하고 의미심장한 모습들을 찾아내는 불쾌한 재능에 늘 사로잡혀 있네. 이런 모습들은 우리의 꿈속에서는 거인처럼 커진다네. 그리고 일상의 벽을 뚫고 뛰쳐나오려고 낑낑대는 이 생각의 무리 사이를 언제나 다음과 같은 고통스러운 확신이 진홍색 실타래처럼 관통하고 있다네. 우리의 가장 깊은 내면은 아무리 우리가 막으려고 해도, 혹은 어쩌면 우리의 뜻에 따라서 자꾸만 흡수되어 말라 버리고, 그 유령만 더욱더 뚜렷한 모습을 만들어 간다는 확신 말일세.

조금 아까 페르나트가 수염이 없고 눈이 비스듬하게 달린 남자를 만났다는 말을 했을 때 내 앞엔 골렘이 서 있었네. 어렸을 때 보았던 그 모습대로 말이야. 땅에서 솟은 것처럼 그는 내 앞에 서 있었어. 그리고 나는 잠깐 동안 또다시 설명할 수 없는 그 무언가가 가까이 와 있구나 하는 두려움에 사로잡혔네. 내가 아주 어렸을 때 느꼈던 두려움과 똑같은 거였어. 당시 골렘이라는 처음 들어 본 섬뜩한 단어가 그 그림자를 내 앞에 던졌었지.

지금으로부터 육십육 년 전의 일이야. 어느 날 저녁이었지. 그날 누나의 신랑 될 사람이 결혼 날짜를 잡으러 우리 집에 찾아왔어. 우리는 재미 삼아 납을 부었어. 나는 놀라서 입을 벌리고 그 옆에 서서 그 모든 게 무슨 의미인지 호기심을 갖고 바라보았지. 나는 어린애 같은 혼란스러운 마음에 그것을 곧장 할아버지께 자주 들었던 골렘과 연결시켰어. 그리고 언제라도 문이 열리고 그 미지의 인간이 들어오리라고 생각했어. 누나는 녹은 납을 국자로 떠서 물통에 부으면서, 휘둥그런 눈으로 바라보고 있는 나를 보고 웃었어. 나의 할아버지는 늙어서 떨리는 손으로 납덩어리를 꺼내어 불빛에 비추어 보았지. 이내 사람들 사이에 흥분이 일었어. 사람들은 큰 소리로 떠들어 댔고, 나도 사람들 틈으로 비집고 들어가려 했지만 그들은 나를 막았어. 내가 좀 더 컸을 때 할아버지는 그때 있었던 일을 내게 들려주셨지. 그 당시 녹은 납이 굳으면서 조그맣고 뚜렷한 머리 모양이 되었다는 거야. 마치 주형에 부어서 만든 것처럼 말이야. 섬뜩할 정도로 골렘의 표정을 닮아 있었고, 그래서 모두 깜짝 놀랐던 거지.

나는 호적계원인 셰마야 힐렐과 그 일에 대해 자주 이야기를 나누었어. 그는 유대교 구회당의 용구들뿐만 아니라 루돌프 황제 시절에 만들어진 것으로 보이는 진흙 형상도 보관하고 있었지. 그는 카발라에 대해 많은 연구를 했고, 그의 말로는 사람의 사지가 달린 그 진흙 형상은 아마도 그것이 만들어지던 당시에 하나의 전조 역할을 했으리라는 거야. 나에게 납으로 만들어진 머리 형상이 그랬듯이 말이야. 그의 말에 따르면, 우리 구역에 출몰하는 그 미지의 사나이는 그 중세의 랍비가 확실한 형체를 주기도 전에 그의 머릿속에서 태어난 상상의 산물이라는 거야. 그런데 이 미지의 사나이는 일정한 간격을 두고, 자신이 만들어졌던 때와 똑같은 별자리가 형성되면 다시 나타난다는 거야. 형체를 갖고 싶은 충동을 이기지 못해서 말이지. 죽은 힐렐의 아내도 생전에 골렘을 정면으로 보았다고 해. 그때 그녀도 내가 그랬던 것처럼 그 수수께끼 같은 존재가 근처에 머무르는 동안 몸이 마비되는 것을 느꼈다고 하더군. 그런데 그녀는 자신이 마주 본 것이 자기 몸에서 빠져나온 그녀 자신의 영혼이었다고 굳게 믿었다는 거야. 끔찍한 공포에 사로잡혔음에도 불구하고, 그녀는 자신과 마주 섰던 것은 자기 내면의 일부라는 확신을 한순간도 버리지 않았다고 해."

"정말 믿기지 않는 일이군."

프로코프가 생각에 잠겨 중얼거렸다. 화가 프리슬란더 역시 골똘히 생각에 빠져 있는 것 같았다. 그때 노크 소리가 나더니, 저녁마다 내게 물과 그 밖의 필요한 물건들을 갖다 주는 노파가 들어와 질그릇 항아리를 바닥에 내려놓고는 아무 말 없이 다시 나갔다. 우리 모두는 고개를 들어 방금 잠에서 깨어난 듯 방 안을 둘러보았다. 그러나 한참 동안 정적이 흘렀다. 그 노파와 함께 새로운 기운이 방 안으로 들어온 듯, 마치 모두가 거기에 먼저 적응해야 할 것만 같았다.

"맞아! 빨간 머리 로지나. 그녀의 얼굴 역시 우리가 떨쳐 낼 수 없는 얼굴이야. 이 모퉁이 저 모퉁이에서 계속 나타나는 얼굴이야." 츠바크가 뚱딴지같이 그렇게 말을 꺼냈다.

"나는 예의 그 굳어 버린, 히죽거리는 미소를 평생 보아 왔어. 처음엔 할머니에게서, 다음엔 어머니에게서! 언제나 같은 얼굴, 변함없는 그 표정! 늘 로지나라는 똑같은 이름. 그러니까 언제나 한 여자는 다른 여자의 부활일 뿐이야."

"로지나는 고물 장수 아론 바서트룸의 딸이 아니던가?"

내가 물었다.

"그렇게들 말하지." 츠바크가 말했다.

"그러나 아론 바서트룸에게 아들과 딸이 많긴 하지만 사람들은 그들에 대해 아무것도 몰라. 로지나의 외할아버지가 누구였는지 아무도 몰라. 로지나의 어머니가 어떻게 되었는지에 대해서도 마찬가지야. 열다섯 살에 아이를 하나 낳고 그 뒤 잠적했다는 거야. 내 기억이 맞다면, 그 잠적은 그녀로 인해 이 집에서 벌어졌던 살인과 관련이 있어. 지금 그녀의 딸이 그러는 것처럼, 그녀도 당시에 어린 녀석들의 머리를 돌게 만들었어. 그들 중 하나는 아직도 살아 있어. 난 그를 자주 보기는 하지만 이름은 잊어버렸어. 다른 아이들은 얼마 안 있어 모두 죽었고. 내가 기억하는 건 그 시절의 일화 몇 가지뿐이야. 그 일화들은 내 머릿속에서 빛바랜 사진들처럼 맴돌고 있지.

그러니까 그 당시에 머리가 좀 모자라는 인간이 하나 있었어. 그는 밤마다 이 술집 저 술집을 돌면서 몇 푼의 돈을 받고 손님들에게 검은 종이를 잘라 실루엣을 만들어 주었어. 사람들이 주는 술을 받아 먹고 취하면 그는 말할 수 없는 슬픔에 젖어 눈물을 흘리며 훌쩍이면서 종이를 잘라 실루엣만 만들었어. 쉬지도 않고, 언제나 똑같은, 어느 소녀의 뚜렷한 실루엣을 말이야. 가진 종이가 다 떨어질 때까지 만들었어. 이제는 기억이 가물가물한 당시의 정황으로 미루어 볼 때, 그는 아직 어린 나이였음에도 어떤 로지나를, 그러니까 어쩌면 지금의 로지나의 할머니를 열렬히 사랑한 나머지 머리가 돌아 버린 거였어. 지금으로부터 햇수를 따져 보면 그것은 틀림없이 로지나의 할머니였어."

츠바크는 말을 멈추고 의자 등받이에 몸을 기댔다.

'이 집을 둘러싸고 운명은 돌고 도는 것 같다. 돌고 돌아 다시 원래의 출발점으로 돌아오는 것이다.'

 나는 그런 생각이 들었다. 그리고 언젠가 내가 본 끔찍한 광경이 눈앞에 떠올랐다. 그것은 바로 한쪽 뇌를 다친 고양이가 미친 듯이 같은 원을 그리며 뱅글뱅글 도는 모습이었다.

 "이제 드디어 머리가 나타난다."

 나는 갑자기 화가 프리슬란더가 밝은 목소리로 말하는 것을 들었다. 그러더니 그는 주머니에서 둥근 통나무를 꺼내 조각하기 시작했다. 나는 피곤해서 눈꺼풀이 무거웠다. 그래서 안락의자를 빛이 환한 쪽에서 어두운 안쪽으로 옮겼다. 펀치에 넣을 뜨거운 물이 주전자에서 부글부글 끓고 있었다. 요수아는 우리의 잔을 돌아가면서 다시 가득 채웠다. 나직이, 아주 나직이 닫힌 창문을 통해서 흥겨운 음악 소리가 들려왔다. 그 소리는 때로 완전히 잠잠해졌다가 다시 나직하게 깨어나곤 했다. 바람이 들고 오다가 도중에 잃거나, 우리가 있는 방까지 들고 올라오는 대로. 술잔을 부딪치러 가지 않겠냐고, 조금 시간이 흐른 뒤 화가가 물었다. 그러나 나는 대답하지 않았다. 몸을 움직이기가 싫었기 때문이다. 입을 움직이는 것조차 싫었다.

 나는 내가 잠들어 있다고 생각했다. 지금 나를 사로잡고 있는 내면의 고요는 돌처럼 굳었다. 내가 정말로 깨어 있는 것인지 확인하기 위해서 나는, 끊임없이 나무를 깎으면서 나무 부스러기를 만들어 내고 있는 프리슬란더의 조각칼의 반짝이는 칼날을 이따금 넘겨다보아야 했다. 아주 멀리서 들리는 듯 츠바크의 목소리가 웅얼거렸다. 그는 또다시 꼭두각시 인형들에 대한 멋진 이야기와 그가 생각해 낸 꼭두각시 인형극의 극적인 줄거리에 대해서 이야기했다. 그들은 이제 사비올리 박사와, 사비올리 박사의 은밀한 아틀리에로 몰래 찾아오던 어느 귀족의 부인인 아름다운 숙녀에 대해 이야기했다. 그리고 나는 다시 마음속에서 조롱이 가득 담긴 아론 바서트룸의 의기양양한 표정을 보았다. 나는 당시에 일어난 일을 츠바크에게 알려 주어야 하는지 생각해 보았고, 이윽고 그럴 필요가 없다고 결론을 내렸다. 게다가 지금 그 이야기를 시작한다 해도 나의 의지가 그에 상응하는 노력을 하지 않을 것이라고 생각했다.

갑자기 식탁에 앉아 있던 세 사람이 내 쪽을 넘겨다보았다. 프로코프가 큰 소리로 말했다.

"저 친구 잠들었군."

그 소리가 얼마나 크던지 질문을 던지는 걸로 여겨질 정도였다. 그들은 소리를 낮춰 이야기를 계속했다. 나는 그들이 내 이야기를 하고 있다는 것을 알아차렸다. 프리슬란더의 조각칼은 이리저리 춤을 추면서 등불에서 쏟아져 내리는 빛을 받아들였다. 그 반짝이는 빛 때문에 나는 눈이 부셨다.

"정신병에 걸린 것 같아."

그것이 내가 알아들은 말이었다. 나는 그들이 나누는 대화에 귀를 기울였다.

"골렘 같은 이야기는 페르나트 앞에서는 꺼내면 안 돼."

요수아 프로코프가 질책하는 투로 말했다.

"아까 그가 '이부르' 책 이야기를 꺼냈을 때도 우리는 더 이상 묻지 않고 그냥 잠자코 있었다고. 내 단언하지만 그 모든 건 꿈이었어."

츠바크가 고개를 끄덕였다.

"자네 말이 맞아. 그것은 마치 촛불을 켜 들고 벽과 가구가 온통 두터운 먼지로 덮여 있고 바닥에는 얇은 부싯깃들이 두텁게 쌓여 있는 방에 들어가는 것과 같아. 살짝 건드리기만 해도 대번에 사방에서 불이 일어날 거야."

"페르나트는 정신 병원에 오래 있었나? 참 안됐어. 사십 초반밖에 안 돼 보이는데 말이야."

프리슬란더가 말했다.

"나도 몰라. 그가 어디서 왔는지, 전에는 무슨 일을 했는지 전혀 모르겠어. 외모상으로는 훤칠한 체격과 잘 기른 턱수염 덕분에 옛날 프랑스 귀족처럼 보이는데. 여러 해 전, 잘 아는 늙은 의사가 나한테 부탁을 해 왔어. 그를 좀 돌봐 달라고. 그리고 그에게 신경을 쓰거나 그의 과거에 대해 캐묻는 사람이 없을 이 골목에 작은 집을 하나 구해 달라고 했어."

츠바크가 다시 몸을 움직이며 내 쪽을 쳐다보았다.

"그때부터 그는 이곳에 살게 됐지. 골동품을 수선하고 보석을 다듬으면서 그런대로 재산을 모았어. 그래도 저 사람이 자신의 정신병 이력과 관련된 모든 것을 다 잊은 것 같아 참 다행이야. 그의 기억에서 과거의 사실을 떠올리게 할 만한 질문은 절대 하지 말게. 의사도 그 점을 내게 신신당부했어. 의사는 늘 이렇게 말하곤 했어. '츠바크, 우리는 그것을 다룰 수 있는 방법을 알아냈어. 우리는 그것 주위에 벽을 둘러쳤지. 과거의 슬픈 기억이 되살아나지 않도록, 사고가 발생한 지점을 벽으로 둘러싸듯이 말이야.'"

그 인형극 놀이꾼의 말은, 방어할 도리가 없는 짐승을 손도

"게토에도 방이 하나 있다.
어느 누구도 입구를 찾을 수 없는 방.
그리고 그 방에 유령 같은 존재가 있다."

끼가 내려치듯 내 가슴을 쳤다. 그리고 무자비한 붉은 손으로 내 가슴을 쥐어짰다.

옛날부터 나는 원인 모를 고통에 시달려 왔다. 누군가가 내게서 뭔가를 빼앗아 간 듯한 느낌과, 내가 내 인생에서 긴 시간을 몽유병 환자처럼 심연의 가장자리를 헤매느라 허비한 것은 아닌가 하는 느낌 때문에 말이다. 그렇지만 나는 한 번도 그 원인을 밝혀낼 수 없었다. 이제 그 수수께끼는 풀렸고, 내게 아물지 않은 상처처럼 참을 수 없는 고통을 주었다. 흘러간 과거의 일들을 되살리고 싶어 하지 않는 나의 결벽증, 내가 들어갈 수 없는 방들이 즐비한 어느 집에 내가 있는, 가끔씩 계속해서 반복되는 이상한 꿈, 그리고 어린 시절과 관련된 것들을 전혀 기억하지 못하는 나의 고통스러운 기억 장애, 이 모든 것의 원인이 갑자기 끔찍스럽게 밝혀졌다. 그러니까 나는 미쳤었고, 최면 요법으로 치료를 받았던 것이다. 그리고 그들은 내 뇌 속 방들과 연결되어 있는 '방'을 차단하여, 나를 둘러싸고 있는 삶의 한가운데에서 나를 실향민으로 만들어 놓았던 것이다. 그리고 잃어버린 내 기억을 언젠가 되찾을 전망은 없다!

이제 나는 나의 모든 사고와 행동의 원천이 잊힌 다른 세계에 숨겨져 있었음을 알게 되었다. 나는 다시는 그 원천을 깨닫지 못할 것이다. 그러니까 나는 접붙인 식물이었다. 종자가 다른 뿌리에서 자라난 나뭇가지였던 것이다. 설령 내가 그 폐쇄된 '방'의 문을 부수고 들어간다 해도, 나는 금세 다시 그곳에 갇혀 유령들의 손아귀에 붙잡히지 않을까?

한 시간 전에 츠바크가 들려준 골렘 이야기가 내 마음을 스치고 지나갔다. 그리고 나는 그 미지의 인간이 살고 있다는 문

없는 방과 나의 의미심장한 꿈 사이에 존재하는 신비스럽고 놀라운 연관성을 깨닫게 되었다. 바로 그거다! 설사 '밧줄이 끊어진다 하더라도' 나는 내 마음속의 창살로 차단된 창문 안을 들여다보아야 한다. 그 신기한 연관성은 내 마음속에서 더욱 뚜렷해졌고, 그럴수록 더욱더 섬뜩하게 여겨졌다. 이 세상에는 파악할 수는 없지만 긴밀하게 연결되어 있는 것들이 있는 것 같다. 이것들은 길이 어디로 나 있는지 몰라 제멋대로 날뛰면서도 결국엔 나란히 달리는 눈먼 말들과 같은 것이다.

게토에도 방이 하나 있다. 어느 누구도 입구를 찾을 수 없는 방. 그리고 그 방에 유령 같은 존재가 있다. 그는 가끔 길거리로 나가 터벅터벅 걷는다. 그러면서 사람들의 마음속에 공포와 전율을 심어 놓는다!

프리슬란더는 여전히 머리 형상을 조각하고 있었다. 그의 칼질 사이로 나무가 벗겨지는 소리가 들렸다. 그 소리가 듣기 싫어, 나는 그 일이 끝나려면 아직 멀었나 하며 그쪽을 넘겨다보았다. 화가의 손안에서 이리저리 몸을 트는 머리 형상이 마치 의식이 있어 방 안 구석구석을 살펴보는 것 같았다. 그러다가 그 머리 형상의 시선이 내게 와서 고정되었다. 마침내 나를 찾아냈다는 사실에 만족하는 것 같았다. 나 역시 시선을 돌릴 수가 없었다. 그래서 나도 그 조그만 얼굴 형상을 빤히 쳐다보았다. 잠시 화가의 조각칼이 머뭇거리며 무언가를 찾는 것 같더니, 단호하게 선을 하나 새겨 넣었다. 그렇게 해서 나무로 만든 머리 형상은 갑자기 끔찍스러운 생명을 얻었다. 나는 지난번에 내게 책을 들고 왔던 낯선 사나이의 누런 얼굴을 알아보았다. 그러나 그 이상은 식별할 수 없었다. 그 모습은 아주 잠깐 동안 지속되었고, 나의 심장은 박동을 멈추고 고통스럽게 펄떡거렸다. 그럼에도 그 얼굴은 지난번처럼 내 마음속에 남았다. 나는 그 얼굴이 되어 있었고, 프리슬란더의 품에 누워서 주변을 살펴보고 있었다. 나의 두 눈은 방 안을 이리저리 돌아다녔고, 어느 낯선 손이 나의 머리를 어루만졌다.

그때 갑자기 나는 츠바크의 흥분된 얼굴 표정을 보았다. 그리고 그가 외치는 소리를 들었다.

"자, 이게 바로 골렘이야!"

그리고 잠깐 동안 다툼이 벌어졌다. 프리슬란더가 만든 조각을 그의 손에서 서로 낚아채려고 했기 때문이다. 그러나 그는 그들의 손을 뿌리치고 껄껄 웃으면서 이렇게 소리쳤다.

"이게 자네들이 원하는 거지. 하지만 완전히 실패작이야."

그는 돌아서서 창문을 열고 그 머리 형상을 길거리로 던져버렸다. 그와 동시에 나의 의식도 사라졌다. 나는 은은히 반짝이는 금빛 줄이 뻗어 있는 깊은 어둠 속으로 무한정 침몰했다. 그리고 내가 느끼기에 아주 오랜 시간이 흐른 뒤에 깨어났을 때, 비로소 나는 그 나무 조각이 털썩 소리를 내며 보도 위에 떨어지는 소리를 들었다.

"정말 깊은 잠을 잤나 보군. 우리가 흔드는 것도 몰랐으니."

요수아 프로코프가 내게 말했다.

"펀치는 다 마셨고, 자넨 재미있는 건 다 놓쳤어."

그때, 조금 전에 내가 들은 얘기들로 인한 쓰린 고통이 다시한번 나를 엄습했다. 나는 이렇게 목이 터져라 소리를 지르고 싶었다. 내가 그들에게 들려준 '이부르' 책 이야기는 꿈이 아니라고, 그 책을 나의 상자에서 꺼내 그들에게 보여 줄 수도 있다고. 그러나 나는 이 생각들을 말로 만들 수가 없었다. 그리고 나의 손님들이 자리를 뜨려는 분위기도 막을 수 없었다. 츠바크는 억지로 내 어깨에 외투를 걸쳐 주면서 큰 소리로 말했다.

"우리하고 같이 로이시체크 주점으로 가세, 페르나트. 거기 가면 기운이 좀 날 거야."

밤

　나는 츠바크의 성화에 못 이겨 하는 수 없이 계단을 내려갔
다. 거리에서 건물 안으로 들어오는 안개 냄새가 갈수록 더 짙
게 느껴졌다. 요수아 프로코프와 프리슬란더는 몇 걸음 앞서서
걸어갔고, 그들이 거리로 나서서 문간 앞에서 이야기하는 소리
가 들려왔다.

　"그게 아무래도 하수구 뚜껑 속으로 떨어진 것 같아. 그렇
게 해서 지옥으로 떨어진 거지."

　우리는 거리로 나왔다. 그때 나는 프로코프가 허리를 구부
리고 그 머리 형상을 찾는 것을 보았다.

　"그 빌어먹을 머리 형상을 못 찾으니 난 기분이 좋은걸."

　프리슬란더가 마뜩잖은 투로 말했다. 그는 담벼락에 기대
어 서 있었다. 그의 얼굴이 환하게 밝아졌다가 이내 어두워졌
다. 그가 성냥불의 불꽃을 파이프 속으로 힘껏 빨아들였기 때문
이다. 프로코프는 팔로 격하게 저지하는 몸짓을 해 보이며 더욱
허리를 구부렸다. 그는 보도 위에 거의 무릎을 꿇고 있었다.

　"조용히 좀 해 봐! 아무 소리도 안 들려?"

　우리는 그에게 가까이 다가섰다. 그는 말없이 하수구 뚜껑
을 손가락으로 가리키며 손을 귀에 대고 엿들었다. 잠시 우리

는 움직이지 않고 서서 하수구 쪽에 귀를 기울였다. 아무 소리도 들리지 않았다.

"도대체 무슨 소리가 난다는 거야?"

마침내 늙은 인형극 놀이꾼이 말했다. 그렇지만 프로코프가 얼른 그의 손목을 잡아끌었다. 한순간 — 심장 박동이 한 번 뛰는 것보다 짧은 시간 동안 — 저 아래에서 누군가의 손이 들릴까 말까 한 소리로 하수구 뚜껑을 두드리는 것 같았다. 잠시 후 내가 그것에 대해 생각했을 땐 모든 것이 끝난 다음이었다. 다만 그 소리는 내 가슴속에서 마치 기억의 메아리처럼 계속해서 울렸다. 그러다가 그 소리는 서서히 뭐라고 말할 수 없는 공포의 감정으로 변했다. 거리를 따라 올라오는 발소리들이 그런 인상을 쫓아 버렸다.

"자, 가세. 여기 둘러서서 뭐 하는 건가?"

프리슬란더가 재촉했다. 우리는 줄지어 서 있는 집들을 따라 걸어갔다. 프로코프는 마지못해 따라왔다.

"내 목을 걸겠어." 그가 중얼거렸다.

"저 아래에서 아까 누군가가 죽음의 공포에 질려 소리를 질렀단 말이야."

우리 중 어느 누구도 그의 말에 대답하지 않았다. 그러나 나는 서서히 다가오는 어떤 불안 같은 것이 우리의 혀를 옴짝달싹 못하게 묶어 놓고 있다고 느꼈다. 얼마 뒤 우리는 붉은 커튼이 쳐진 어느 술집의 창문 앞에 가 섰다. 마분지에는 다음과 같은 광고 문구가 적혀 있었다.

로이시체크 살롱

오늘 밤 그랜드 콘서트

마분지 가장자리는 빛바랜 여성들의 사진들로 장식되어 있었다. 츠바크가 문손잡이에 손을 갖다 대기도 전에, 안쪽에서 문이 열렸다. 머리에 기름을 바른 건장한 남자가 문간에 서 있다가 허리 굽혀 인사하며 우리를 맞이했다. 그는 칼라도 없이, 맨살의 목에 녹색 실크 넥타이를 매고 있었으며 연미복 조끼에는 돼지 이빨 꾸러미 장식을 달고 있었다.

"자, 손님들 더 들어갑니다. 파네 샤프라네크, 어서 팡파르 부탁해!"

그는 고개를 뒤로 돌려 이미 손님들이 가득 찬 술집 안쪽을 바라보며 급히 환영의 말을 지껄여 댔다. 그러나 대답으로 들려온 것은 한 마리 쥐가 피아노 줄 위를 마구 뛰어다니는 듯한 서툰 소음뿐이었다.

"자, 손님들 더 들어가요. 손님들 더 들어갑니다. 자, 여기 좀 봐 줘, 웨이터."

건장하게 생긴 그 친구는 계속 지껄여 대면서 우리가 외투 벗는 것을 도와주었다.

"그럼요, 오늘 저녁엔 이 마을의 높으신 분들이 모두 저희 집에 모이셨습니다."

프리슬란더의 놀란 표정을 보고 그가 의기양양하게 말했다. 프리슬란더는 난간과 두 개의 계단으로 술집의 다른 공간과 분리된 안쪽에서 야회복을 우아하게 차려입은 몇몇 젊은 귀족을 보았던 것이다. 테이블마다 눈을 찌르는 담배 연기가 구름처럼 떠 있었고, 테이블들 뒤 벽 쪽에 붙어 있는 긴 의자에는 온갖 군상이 앉아 있었다. 머리도 빗지 않은 지저분한 차림에 맨발인 데다 야한 빛깔의 숄로 꽉 동여맸지만 젖가슴이 훤히 드러난 창녀들, 그 옆에는 파란 군인모를 쓰고 귀 뒤에 담배를 꽂고 있는 포주들, 주먹에 털이 숭숭하고 움직일 때마다 비열한 근성을 드러내는 살찐 손가락의 거간꾼들, 바쁘게 기웃거리며 다니는 뻔뻔스러운 눈빛의 웨이터들, 그리고 체크무늬 바지를 입은 얽은 얼굴의 점원들이었다.

"자, 여깁니다. 방해받지 않도록 장막을 쳐 드리지요."

건장하게 생긴 그 남자가 기름기 흐르는 목소리로 말했다. 다음 순간, 우리가 앉은 구석 테이블 앞에는 춤추는 중국 아이들의 모습이 그려진 장막이 쳐졌다. 그리고 이제는 크게 울리는 하프 소리가 웅성대는 인간들의 목소리를 지워 버렸다. 잠시 멜로디가 끊기자 모두 숨을 죽인 듯 실내가 조용해졌다.

그때 너무나도 뚜렷하게, 가스관이 허공을 향해 하트 모양의 불꽃을 내뿜으면서 내는 쉿 소리가 들려왔다. 그러나 이어진 음악이 그 소리를 덮쳐 삼켜 버렸다. 마치 이제 막 생겨난 듯 두 개의 신기한 실루엣이 짙은 담배 연기 사이로 내 눈앞에 나타났다. 하얗게 물결치는 예언자 같은 긴 수염을 가진 노인이 대머리에는 유대인 가장들이 쓰는 작고 오래된 검정색 실크 모자를 쓰고 푸른 우윳빛의 유리알 같은 먼 눈을 천장에 고정한 채 앉아 있었다. 그는 소리 없이 입술을 움직이며 독수리 발톱처럼 생긴 마른 손가락으로 하프의 현을 뜯고 있었다. 그 옆에는 기름 얼룩이 진 번쩍이는 검은 드레스를 입고 목과 팔에는 개명된 시민의 상징인 흑석 장식을 한 뚱뚱한 여자가 앉아 있었다. 그녀의 무릎에는 아코디언이 놓여 있었다. 그들의 악기는 마구 비틀대는 소리를 내뱉었다. 그러더니 이윽고 지친 듯 곡조는 단순한 반주로 변했다. 노인은 몇 번 공기를 깨물더니 시커먼 충치가 보일 정도로 입을 크게 벌렸다. 그는 배에 힘을 주어 천천히 소리를 냈다. 히브리어 특유의 목구멍 소리를 내며 그는 거친 저음의 목소리로 노래를 부르기 시작했다.

"둥 ― 글 ― 고, 파아란 별."

"리티팃."

(그사이에 여자가 찢어질 듯한 소리를 질렀다. 그러더니 말을 너무 많이 했다는 듯 얼른 수다스러운 입을 다물었다.)

"둥글고, 파란, 별,

꿀 과자를 난 즐겨 먹지.

리티팃.

붉은 수염, 초록 수염,

모든 별 ―

리티팃, 리티팃."

사람들은 짝을 이루어 춤을 추기 시작했다.

"저건 '부풀어 오른 축복'의 노래야."

인형극 놀이꾼이 미소 지으며 우리에게 설명했다. 그러면서 그는 특이하게도 식탁의 고정된 줄에 매달려 있는 숟가락으로 나직이 박자를 맞추었다.

"지금으로부터 100년도 더 전의 일이야. 붉은 수염과 초록 수염이라는 두 제빵사가 유월절 첫 안식일 저녁에 별 모양의 빵과 초승달 모양의 빵에 독을 넣었어. 그렇게 해서 게토 지역 사람들을 한꺼번에 다 죽일 작정이었지. 그러나 유대인 회당의 심부름꾼인 메쇼레스가 하느님의 계시로 적시에 그것을 알아차리고 두 범인을 경찰에 넘길 수 있었어. 그렇게 죽음의 위험에서 구원받은 것을 기리기 위해서 당시에 '란도님'과 '보혈레흐'가 그 신비스러운 노래를 만든 거야. 그런데 우리는 지금 여기서 그 노래를 유곽에서 유행하는 춤곡 형태로 듣고 있는 거지."

"리티팃 — 리티팃.

붉은 별, 파란 별……."

노인의 부르짖는 목소리는 점점 더 공허하고 환상적으로 실내에 메아리쳤다. 갑자기 멜로디가 혼란스러워지더니 점차 보헤미안의 '슐라팍'⁴ 리듬으로 넘어갔다. 이 춤은 짝끼리 땀에 젖은 뺨을 서로 밀착시키고 추는 슬라이딩 댄스였다.

"정말 멋지군. 에헤! 헵, 헵!"

연미복을 입고 한쪽 눈에 모노클을 낀 늘씬한 젊은 멋쟁이가 단상에 앉아 있다가 하프를 켜는 노인을 향해 소리쳤다. 그는 조끼 주머니를 뒤져 은화 한 닢을 꺼내 노인 쪽으로 던졌다. 그러나 동전은 목표물에 도달하지 못했다. 나는 그 동전이 춤추는 사람들의 머리 위로 반짝이며 날아가다 갑자기 사라져 버리는 것을 보았다. 한 깡패같이 생긴 녀석 — 그의 얼굴이 무척 낯익었다. 그는 최근 비가 퍼붓던 날 차루세크 옆에 서 있던 녀석이 틀림없었다 — 이 파트너의 브래지어 속에서 젖가슴을 더듬고 있던 손을 빼내 한 박자의 음악 소리도 방해하지 않고 원숭이보다 더 잽싸게 허공으로 손을 뻗어 동전을 움켜잡았다. 그 녀석은 얼굴 근육 하나 움직이지 않았다. 그의 곁에서 춤을 추던 두세 쌍의 남녀가 싱긋 웃었을 뿐이다.

"민첩한 몸놀림으로 보아 '부대'에서 온 녀석인가 보군."

츠바크가 웃으면서 말했다.

4   목동의 춤곡이다.

"페르나트 선생은 '부대'에 대해 들어 본 적이 없을 거야."

프리슬란더가 매우 빠르게 덧붙이며, 내가 눈치채지 못하게 인형극 놀이꾼을 향해 눈을 찡긋했다. 나는 그것이 무슨 뜻인지 다 알고 있었다. 그것은 내 방에 있던 때와 똑같은 뜻을 담은 것이었다. 그들은 내가 병에 걸려 있다고 생각하고 나를 즐겁게 해 주려는 것이었다. 그래서 츠바크는 무슨 이야기든 해야 했다. 그 착한 노인이 동정 어린 눈길로 나를 쳐다보는 것을 보면 나는 가슴속에서 자꾸만 뜨거운 눈물이 솟구쳤다. 그의 동정이 얼마나 내 마음을 아프게 하는지 그가 알았으면 좋으련만!

나는 그 인형극 놀이꾼이 들려준 이야기의 첫 구절을 흘려들었다. 나는 피를 흘리면서 죽어 가는 중인 것만 같았다. 아까 내가 나무로 만든 얼굴상이 되어 프리슬란더의 무릎 위에 누워 있었을 때처럼 내 몸이 자꾸만 차갑게 굳어 가는 듯했다. 그러다가 나는 갑자기 그가 들려주는 이야기 한가운데에 들어와 있었다. 그 이야기는 이상하게 나를 감싸 주었다. 나는 내가 독본(讀本)에 실려 있는 한 편의 생명 없는 이야기 같다고 생각했다. 츠바크가 이야기를 시작했다.

"법학자 훌베르트 박사와 그의 부대에 얽힌 이야기. 글쎄, 어떻게 이야기를 시작할까? 그 사람 얼굴은 사마귀투성이었고 다리는 닥스훈트처럼 굽어 있었어. 이미 어렸을 때부터 공부밖에 몰랐지. 무미건조하고 정말 지루한 공부 말이야. 별별 고생을 다 해 가며 아이들을 가르쳐서 번 돈으로 그는 병석에 누워 있는 어머니를 부양해야 했어. 내 추측으로 그는 푸른 초원과 꽃이 만발한 언덕, 그리고 숲이 어떻게 생겼는지를 책을 통해서나 알았을 거야. 프라하의 어두운 골목에 햇살이 얼마나 안

비치는지 자네들도 잘 알지! 그는 아주 우수한 성적으로 박사 학위를 받았어. 그것은 사실 당연한 일이었지.

시간이 흐르면서 그는 아주 유명한 법학자가 됐어. 얼마나 유명했던지, 판사든 변호사든 혹여 모르는 게 있으면 그에게 물으러 왔지. 그렇지만 그는 여전히 거지처럼 타인호프 쪽으로 창문이 난 어두운 다락방에 살고 있었어. 세월이 흐를수록 법률 분야 최고 권위자로서의 홀베르트 박사의 명성이 온 나라 사람들 입에 회자되기에 이르렀지. 그러나 벌써 머리가 하얗게 세기 시작한 데다 법률 이외의 다른 이야기는 좀처럼 하는 법이 없는 그런 남자가 부드러운 사랑의 감정을 느낄 수 있으리라고는 아무도 생각하지 못했을 거야. 하지만 오히려 그처럼 꼭 닫힌 가슴속에서 그리움이 가장 뜨겁게 타오르는 법이지.

홀베르트 박사가 학창 시절부터 꿈꿔 온 목표를 이루던 날, 그러니까 그가 빈에 있는 황제 폐하에게서 이곳 대학교의 총장으로 임명받은 바로 그날, 사람들 입을 통해 그가 어느 가난한 귀족 가문의 젊고 아름다운 처녀와 약혼했다는 소문이 나돌았어. 실제로 그때부터 홀베르트 박사의 인생에 행복이 찾아온 것만 같았어. 비록 그의 결혼 생활에 아이는 없었지만, 그는 젊은 아내를 여신처럼 떠받들며 살았어. 그리고 아내의 눈에서 아내가 원하는 것을 어떻게든 읽어 내 그 무엇이든 만족시켜 주는 것이 그에겐 최고의 기쁨이었어. 그러나 그는 행복한 가운데서도 보통 사람들이 그렇듯이 고통을 겪고 있는 주변 사람들을 잊지 않았어. 언젠가 그가 이런 말을 했다지. '하느님께서 제 소망을 들어주셨습니다. 그분은 어린 시절부터 제 눈앞에 환한 빛살처럼 어른거리던 환상을 현실로 만들어 주셨어요. 이 세상에서 가장 사랑스러운 여인을 제 품에 안겨 주셨으니까요. 그렇기에 저는 제 힘이 닿는 한 이 행복의 빛살이 다른 사람들에게도 비치도록 할 작정입니다.'

그는 어느 날 한 가난한 대학생을 집에 데려가 친자식처럼 돌봐 주게 되었어. 아마도 자신이 그와 같은 은총을 입었으니 그 학생도 젊은 시절 어렵고 힘든 때에 그러한 은혜를 입어야 한다고 생각했던 것 같아. 그러나 이 세상에는 다른 인간을 위해 베푸는 선량하고 고결한 행위가 고작 배신의 열매를 거두는 경우가 자주 있지. 그것은 우리가 씨를 뿌릴 때 그 씨가 유익한 싹을 품고 있는지 아니면 해로운 싹을 품고 있는지 구별할 수 없기 때문이야. 여기 홀베르트 박사의 경우에도 동정하는 마음에서 뿌린 선행의 씨앗에서 그 자신을 위해 가장 고통스러운 싹이 돋아난 거야. 그의 젊은 아내는 곧 그 대학생과 남몰래 불타는 사랑을 나누게 되었어. 홀베르트 박사가 어느 날 자신의 사랑을 표현하기 위해 아내의 생일 선물로 장미 꽃다발을 준비해서 그녀를 깜짝 놀래 주려고 예고 없이 집에 돌아왔더니, 아내가 그의 하해(河海) 같은 은혜를 입은 그 대학생의 품에 안겨 있는 게 아니겠어. 정말 무참한 운명이야. 아름다운 용담꽃은 우박이 쏟아지는 궂은 날씨를 예고하는 창백하고 푸르스름한 번개를 갑작스레 맞으면 원래 빛깔을 영원히 잃어버린다고 하지. 마찬가지로 그 노인의 영혼도 그의 행복이 산산조각 난 날 영원히 눈이 멀고 말았어. 그날 밤, 평생토록 무절제가 뭔지 모르고 살았던 그 노인은 이곳 로이시체크 주점에서 거의 의식을 잃을 정도로 싸구려 브랜디를 퍼마셨어. 동이 틀 때까지 말이야. 그날부터 로이시체크 주점은 그의 망가진 인생의 남은 부분을 위한 거처가 되었어. 그는 여름에는 신축 건물 공사장에서 자고, 겨울에는 바로 여기 나무 의자에서 잤지.

이후로도 사람들은 그의 교수직과 두 개의 법학 박사 학위를 아무 말 없이 그냥 인정했어. 누구도 차마 그 유명한 학자를 두고 사람이 변해서 참으로 유감이라고 비난하지 못했어. 서서히 그의 주변에는 게토 지역의 그늘에서 건달 노릇으로 먹고사는 불량배들이 모여들기 시작했어. 그렇게 해서 오늘날 우리가 '부대'라고 부르는 희한한 공동체가 형성되기에 이른 거지. 홀베르트 박사의 해박한 법률 지식은 경찰의 시선을 받고 있는 모든 사람을 위한 보루가 되어 주었어. 형을 마치고 나온 죄수가 굶어 죽을 지경이 되면, 홀베르트 박사는 그를 벌거벗은 채로 알트슈테터링 지역으로 보냈어. 그러면 그곳에 있는 이른바 '피쉬방카' 직원이 그에게 옷을 제공하지 않을 수 없었어. 어떤 창녀가 마을에서 떠나라는 명령을 받으면 그는 그녀를 그 지역에 주민등록이 되어 있는 건달과 얼른 결혼시켰어. 그렇게 해서 그녀는 그곳에 정착할 수 있었지. 홀베르트 박사는 그렇게 법망을 빠져나가는 방법을 수없이 많이 알고 있었어. 그의 꾀 앞에서 경찰은 속수무책이었지. 사회에서 배척받은 그 사람들이 벌어들인 돈은 한 푼도 빼놓지 않고 공동 재산으로 적립됐어. 모두 거기서 필요한 생활비만 꺼내서 썼지. 한 번도 어느 누구도 눈곱만큼이라도 속이는 일이 없었어. 이러한 철저한 규율 때문에 아마도 '부대'라고 불리게 된 것 같아.

그 노인이 불행한 일을 당한 12월 1일에는 이후 해마다 밤이 되면 로이시체크 주점에서 신기한 잔치가 열렸어. 수많은 사람이 이곳에 모여 어깨에 어깨를 맞대고 서 있었어. 거지들,

부랑자들, 포주들과 창녀들, 술주정뱅이들, 넝마주이들 할 것 없이 말이야. 그리고 예배를 볼 때처럼, 바늘 떨어지는 소리까지 들릴 정도의 정적이 감돌았어. 그러면 홀베르트 박사가 지금은 저 두 음악가가 앉아 있는 구석 자리에서 일어나 황제 폐하의 대관식 사진 바로 아래에서 자신이 살아온 인생 역정을 이야기하기 시작했어. 어떻게 밑바닥으로부터 올라가 박사 학위를 따고 대학 총장까지 되었는지 말이야. 이야기가 그가 장미 다발을 들고 아내의 생일을 축하하기 위해, 그리고 지난날 그녀에게 청혼하여 승낙을 얻어 낸 순간을 기념하기 위해 아내의 방에 들어갔던 대목에 이르면 그는 더 이상 말을 잇지 못하고 식탁에 털썩 주저앉아 엉엉 울었어. 그러면 가끔 길거리 여자가 다른 사람들이 눈치챌까 봐 쑥스러워하면서 그에게 살금살금 다가가 그의 손에 시든 꽃을 쥐여 주곤 했지. 그렇지만 그의 이야기를 듣던 사람들 중에서 움직이는 사람은 한 명도 없었어. 그들은 울기에는 마음에 너무나 두꺼운 굳은살이 박인 사람들이었지. 그들은 발을 내려다보면서 불안스레 손가락만 꼼지락거렸어.

어느 날 아침 홀베르트 박사는 블타바강 하류의 한 벤치에서 죽은 채 발견됐어. 동사한 듯했어. 그의 장례식 장면이 지금도 눈에 선해. '부대' 사람들은 장례식을 가능한 한 성대하게 치르기 위해 자신들이 가지고 있던 것을 있는 대로 다 털어서 내놓았어. 맨 앞에서는 성장(盛裝)을 한 대학교 수위가 황금 사슬을 올려놓은 진홍색 쿠션을 들고 걸어갔고, 영구차 뒤로는 끝이 보이지 않을 정도로 많은 '부대' 사람들이 따라갔어. 맨발에 너절한 누더기 차림으로. 그들 중 하나는 가진 것을 모조리 팔아 장례식에 보냈기 때문에 신문지 조각으로 팔과 다리뿐 아니라 온몸을 둘둘 감고서 따라갔지. 그렇게 그들은 그 노인에게 마지막 경의를 표한 거야. 교회 부속 묘지에 있는 그의 무덤에는 흰 비석이 하나 세워져 있는데, 거기에는 세 개의 형상이 새겨져 있어. 그것은 두 명의 도적 사이에 있는 예수의 모습이지. 그 비석을 누가 세웠는지는 아무도 몰라. 사람들이 수군대는 말로는 훌베르트 박사의 아내가 세웠대.

그런데 그 죽은 법학자의 유언장에는 유증(遺贈) 내용이 들어 있었어. 그가 남긴 돈으로 '부대' 사람들은 누구나 점심때 로이시체크에서 공짜로 수프를 먹을 수 있다는 내용이었지. 그래서 여기 식탁에 있는 이 숟가락에 줄이 매어져 있는 거야. 그리고 여기 식탁의 우묵하게 파인 곳은 그릇인 거야. 매일 정오가 되면 여종업원이 양철로 만든 커다란 뿜이개를 들고 와서 여기에 수프를 담아 놓지. 이 식탁에 앉은 사람이 스스로 '부대'의 일원임을 증명하지 못하면 그녀는 수프를 도로 가져가. 이러한 방식은 이 식탁에서부터 시작되어 이제는 전 세계적으로 유명해졌어."

나는 그 술집의 소란스러운 분위기 때문에 무기력감에서 벗어났다. 츠바크가 들려준 마지막 이야기가 아직도 내 마음속에서 희미하게 어른거렸다. 내 눈에는 여종업원이 수프를 담아 주었다가 다시 가져가는 장면을 실감 나게 설명하기 위해 츠바크가 보여 주었던 손놀림이 여전히 선명하게 남아 있었다. 이어서 우리 주변에서 벌어졌던 장면들이 눈앞에 주마등처럼 빠르게, 그러면서도 섬뜩할 정도로 뚜렷하게 지나갔기 때문에,

그 순간 나는 나 자신을 완전히 잊고 내가 살아 있는 시계의 톱니바퀴가 되어 있는 것 같았다.

실내는 손님들로 발 디딜 틈이 없었다. 단상에는 검은 연미복을 입은 한 무리의 신사들이 앉아 있었다. 하얀 커프스에 반짝이는 반지가 돋보였다. 지휘관 견장을 단 기병 장교의 제복도 보였다. 안쪽에는 연어색 긴 타조 깃을 단 숙녀용 모자도 보였다. 난간의 창살 사이로 위쪽을 올려다보고 있는 로이자의 찡그린 얼굴도 보였다. 그는 두 발로 간신히 서 있었다. 야로미르도 그곳에 있었다. 그도 위쪽을 빤히 올려다보고 있었다. 보이지 않는 손이 짓누르는 듯 등을 벽에다 바싹 붙인 채. 갑자기 춤을 추던 사람들이 동작을 멈추었다. 지배인이 손님들을 향해 뭔가 소리친 게 분명했다. 경고의 말 같은 것을. 음악은 계속 연주되고 있었다. 그러나 아주 조용하게. 음악 소리는 그 무언가에 감히 대들 엄두를 못 내는 것 같았다. 음악 소리가 떨고 있는 게 분명하게 느껴졌다. 그렇지만 지배인의 얼굴에는 음흉하고 거친 기쁨의 기색이 남아 있었다.

문간에 갑자기 제복을 입은 경감이 나타났다. 그는 아무도 나가지 못하게 하려고 한쪽 팔을 벌리고 서 있었다. 그의 등 뒤에는 경찰관이 한 명 서 있었다.

"이 집에서 춤을 추는가? 금지된 것 몰라? 이 집 문을 닫아야겠군. 어이, 주인장, 당장 파출소로 갑시다. 여기 있는 사람들, 하나도 빠짐없이 다 파출소로 간다!"

그의 목소리는 꼭 명령하는 것처럼 들렸다. 건장하게 생긴 지배인은 아무 대답도 하지 않았다. 그러나 그의 얼굴에는 여전히 음흉하게 히죽거리는 표정이 남아 있었다. 단지 표정이 좀 더 굳어졌을 뿐이다. 아코디언은 속으로 소리를 삼키고 삑삑거리기만 했다. 하프 역시 꽁무니를 뺐다. 그때 갑자기 모든 사람의 얼굴이 옆모습으로 보였다. 그들은 모두 기대에 찬 눈길로 단상 쪽을 올려다보고 있었다.

그때 고상하게 보이는 검은 실루엣이 침착하게 두서너 계단을 걸어 내려오더니 천천히 경감에게 다가갔다. 경찰관의 두 눈은 걸어오고 있는 검은 가죽 구두에 고정되었다. 예의 그 기병 장교는 경감 바로 앞에서 걸음을 멈추고 그를 머리에서 발끝까지 찬찬히 훑어보았다. 단상에 있던 다른 젊은 귀족들은 난간 위로 허리를 구부린 채 실크 손수건으로 입을 막고 낄낄댔다.

그 기병 장교는 금화 한 닢을 눈에 끼우고, 발아래 있던 여자의 머리에 입에 물고 있던 담배 꽁초를 퉤 하고 뱉었다. 경감은 안색이 변해 어쩔 줄 모르고 그 자리에 서서, 그 젊은 귀족의 셔츠 앞에 달려 있는 진주만 계속 뚫어지게 쳐다보았다. 경감은 말끔하게 면도를 한, 미동도 없는 매부리코 얼굴에서 뻗어 나오는 차분하고 냉정한 눈빛을 더 이상 참을 수 없었다. 기병 장교의 눈빛은 경감을 마구 흔들어 대고 그의 기를 꺾어 놓았다. 술집 안의 죽음 같은 정적이 갈수록 참기 힘들어졌다.

"고딕식 교회에 가 보면 양손을 포개고 석관에 누워 있는 기사상들이 있는데, 바로 저런 모습이야."

화가인 프리슬란더가 기병 장교를 쳐다보면서 속삭였다. 그때 젊은 귀족이 마침내 침묵을 깼다.

"에, 흠." 그는 지배인의 목소리를 흉내 냈다.

"자, 손님들 더 들어갑니다. 자, 여기 좀 봐 줘, 웨이터."

그릇들이 쨍그랑거릴 정도로 술집 안에서 환호성이 터졌

"둥글고, 파란, 별, 꿀 과자를 난 즐겨 먹지. 리티팃.
붉은 수염, 초록 수염, 모든 별, 리티팃, 리티팃."

다. 젊은 녀석들은 배를 움켜잡고 웃었다. 병 하나가 벽을 향해 날아가 부딪치며 요란한 소리와 함께 박살이 났다. 건장하게 생긴 지배인이 사람들을 쳐다보며 아첨하는 투로 말했다.

"페리 아텐슈테트 후작 전하이십니다."

후작은 경감에게 명함 한 장을 내밀었다. 불쌍한 경감은 그것을 받아 들고 양발 뒤꿈치를 붙이면서 거듭 경례를 붙였다. 실내는 다시 조용해졌다. 사람들은 앞으로 무슨 일이 일어날지 숨을 죽이고 귀를 기울였다. 젊은 기사가 다시 말했다.

"여기 계신 분들은 모두 다 내 손님들이오."

후작 전하가 아주 느린 동작으로 사람들을 가리켰다.

"경관님, 여기 계신 분들에게 소개해 드릴까요?"

경감은 억지로 미소를 지으며 사절의 뜻을 표했다. 이어서 경감은 정신 나간 표정으로 더듬거리면서 '꼭 해야 할 일'이 있다고 말하며 이렇게 덧붙였다.

"지금 보니 이곳은 모든 게 정상이군요."

그 말에 기병 장교는 더욱 의기양양해졌다. 그는 단상 안쪽에 있는 타조 깃을 꽂은 숙녀의 모자를 향해 성큼성큼 걸어가더니, 단상에 있는 젊은 귀족들이 환호성을 질러 대는 가운데 로지나의 팔을 당겨 춤추는 홀로 내려갔다. 그녀는 술에 취해 몸을 흔들며 눈을 감고 있었다. 크고 값비싼 모자는 그녀의 머리 위에 삐딱하게 놓여 있었다. 그녀는 맨몸에 긴 장밋빛 양말만을 신고 신사용 연미복을 걸치고 있었다. 신호가 가고, 음악이 요란하게 울리기 시작했다.

"리티팃 — 리티팃."

음악 소리가 저편 벽에 기대어 서 있던 농아 야로미르가 로

지나를 발견하고 질러 대는 '어버버버' 소리를 휩쓸어 갔다. 우리는 자리에서 일어서기로 했다. 츠바크가 여종업원을 불렀다. 그러나 너무나 시끄러운 소음이 그의 목소리를 삼켜 버렸다. 내 앞에서 벌어지고 있는 광경은 아편을 먹은 자들이 벌이는 광란 같았다. 기병 장교는 거의 벌거벗은 로지나를 끌어안고 음악에 맞추어 주위를 빙빙 돌았다. 사람들은 그들을 위해 흔쾌히 자리를 비켜 주었다. 그때 나무 의자들이 있는 쪽에서 중얼거리는 소리가 들렸다.

"로이시체크, 로이시체크."

모두 목을 길게 빼고 바라보았다. 춤을 추고 있는 커플에 또 다른 커플이 가세했다. 그들의 모습은 좀 더 그로테스크했다. 장밋빛 트리코 차림에 금발의 머리칼을 어깨까지 치렁치렁 늘어뜨리고 입술과 뺨에는 창녀처럼 화장을 한, 여자처럼 생긴 청년이 눈꺼풀을 요조숙녀처럼 내리깔고 얼굴을 아텐슈테트 후작의 가슴에 묻은 채 실내를 빙빙 돌았다. 하프에서는 달콤한 왈츠의 선율이 흘러나왔다. 토할 것 같은 광경이었다. 나의 눈길은 공포에 가득 차 출입구를 찾았다. 경감이 그곳에 서 있었다. 그는 아무것도 쳐다보지 않으려고 등을 돌린 채 순경에게 무언가 급히 속삭이고 있었다. 순경은 뭔가를 주머니에 성급하게 집어넣었다. 수갑 소리 같은 것이 났다. 두 사람은 얽은 얼굴의 로이자 쪽을 바라보았다. 그러자 그는 한순간 몸을 숨기려고 했으나, 몸이 굳은 듯이 가만히 서 있었다. 얼굴은 새파랗게 질리고 두려움으로 일그러져 있었다.

내 눈앞에 하나의 이미지가 불현듯 떠올랐다가 금세 사라졌다. 그것은 내가 한 시간 전에 본, 하수도 뚜껑 위로 몸을 구

"나는 그가 들려주는 이야기 한가운데에
들어와 있었다. 그 이야기는
이상하게 나를 감싸 주었다."

부리고 엿듣고 있던 프로코프의 모습이었다. 그리고 죽음의 공포에 휩싸인 누군가의 목소리가 땅속에서 들려오는 것 같았다. 나는 소리를 지르고 싶었으나 그럴 수가 없었다. 차가운 손가락들이 내 입안으로 들어와 내 혀를 붙잡아 앞니 쪽으로 꽉 누르고 있는 것 같았다. 내 입안은 혀로 가득 차서 한마디도 소리를 낼 수 없었다. 나는 그 손가락들을 볼 수가 없었다. 나는 그 손가락들이 눈에 보이지 않는다는 것을 알지만 그 손가락들이 실체가 있다고 느꼈다. 그때 내 머릿속에 분명하게 떠올랐다. 그 손가락들이 한파스가세 거리에 있는 내 방에서 내게 '이부르'라는 책을 건넨 그 유령 같은 손에 속한 것이라는 생각이.

"물, 어서 물을 가져와!"

츠바크가 내 옆에서 소리쳤다. 그들은 내 머리를 붙잡고 촛불을 들고 내 동공을 들여다보았다.

"어서 이 친구가 사는 곳으로 옮겨. 의사를 부르자고. 호적계원인 힐렐이 잘 알 거야. 그 사람한테 데려가자고!"

그들은 중얼중얼 상의했다. 이윽고 나는 들것 위에 마치 시체처럼 꼼짝하지 못하고 누워 있었다. 그리고 프로코프와 프리슬란더가 나를 밖으로 운반하여 나왔다.

깨어나

츠바크가 앞장서서 계단을 올라갔다. 내 귀에는 호적계원 힐렐의 딸 미리암이 무슨 일인지 걱정스레 캐묻는 소리와 그녀를 안심시키려고 애쓰는 츠바크의 목소리가 들려왔다. 나는 그들이 나누는 얘기를 엿들으려 하지 않았다. 나는 말로 듣는 것보다 더 많은 것을 추측할 수 있었다. 츠바크는 그녀에게, 내가 갑자기 기절했으며 우선 응급 처치로 의식을 회복시키려고 찾아왔다고 말하는 중이었다.

여전히 나는 사지를 움직일 수가 없었다. 보이지 않는 손가락들이 내 혀를 꽉 붙잡고 있었다. 그러나 나의 의식은 뚜렷하고 차분했다. 두려운 느낌도 사라지고 없었다. 나는 내가 어디 있는지, 그리고 내게 무슨 일이 일어났는지 정확히 알고 있었다. 그리고 그들이 나를 마치 죽은 사람처럼 위층으로 운반해 셰마야 힐렐의 방에 들것과 함께 내려놓고는 혼자 내버려둔 것에 대해 이상하게 생각하지 않았다.

나는 오랫동안 집을 떠나 있다가 돌아왔을 때 느끼는 조용하고도 자연스러운 만족감으로 가슴이 벅차올랐다. 방 안은 컴컴했다. 골목에서 어렴풋이 비쳐 드는 안개의 빛 때문에 희미한 창살이 십자가 모양으로 두드러졌다. 내겐 모든 것이 당연하게 여겨졌다. 그래서 힐렐이 유대교 안식일에 쓰는 일곱 개의 초가 달린 촛대를 들고 들어온 것이나, 마치 기다리고 있던 사람에게 하듯 나를 향해 침착하게 인사를 한 것이나 전혀 이상하게 느껴지지 않았다.

내가 그 건물에 사는 동안 내내 전혀 의식하지 않았던 것 ─ 비록 우리가 일주일에 두서너 번씩 계단에서 마주치기는 했지만 ─ 을 나는 그때 갑자기 그에게서 알아보았다. 즉 그가 방 안을 들락거리고, 옷장 속 물건들을 정리하고, 똑같이 생긴 또 다른 일곱 개의 양초에 새로 불을 붙일 때 거의 완벽에 가까운 그의 몸매와 얼굴의 뚜렷한 윤곽, 고상하게 생긴 이마를 본 것이다. 촛불에 비친 모습으로 보니 나보다 나이가 많은 것 같지는 않았다. 많아야 마흔다섯 살 정도 되어 보였다.

"자넨 내가 기대했던 것보다 몇 분 더 일찍 왔어."

그가 잠시 후 말했다.

"그렇지 않았으면 내가 미리 촛대에 불을 켜 놓았을 텐데 말이야."

그는 두 개의 촛대를 손가락으로 가리키면서 들것 쪽으로 걸어왔다. 움푹 들어간 검은 두 눈은, 내 눈에는 보이지 않지만 내 머리맡에 서 있거나 무릎을 꿇고 있는 누군가를 쳐다보고 있는 것 같았다. 그가 입술을 움직여 뭔가 중얼거리는 것 같았다. 그렇지만 아무 소리도 들리지 않았다. 그러자 보이지 않는 손가락들이 당장 나의 혀를 놓아주었다. 몸의 마비 증세도 풀렸다. 나는 몸을 일으켜 뒤를 돌아보았다. 방 안에는 나와 셰마야 힐렐뿐이었다.

그렇다면 '자네'라는 호칭과 '기대했다'는 그의 말은 나를 향한 것이었단 말인가! 더 의아한 것은, 이 두 가지 상황 자체가 사실 의아한 것임에도 내가 그에 대해 전혀 의구심을 품지 않았다는 것이다. 힐렐은 나의 생각을 읽은 듯했다. 왜냐하면 그는 다정한 미소를 지으면서 내가 들것에서 몸을 일으키는 것을 도와준 뒤 한쪽 의자를 가리키며 이렇게 말했기 때문이다.

"이상하게 생각할 것 없네. 사람들에게 끔찍한 공포를 일으키는 것은 유령 같은 존재들뿐이야. 그것들은 털외투에다 그러듯, 우리의 생에 흠집을 내고 우리의 생을 태워 버리지. 그러나 정신적인 세계의 햇살은 온화하고 따스한 거야."

나는 침묵을 지켰다. 대꾸할 말이 떠오르지 않았기 때문이다. 그 역시 내게 대꾸를 기대하지 않은 모양이었다. 그는 내 앞에 와서 앉더니 계속해서 말했다.

"은거울에도 감각이 있다면 닦일 때 고통을 느낄 거야. 반짝반짝 윤이 나도록 일단 한번 잘 닦이면 거울은 자기에게 비치는 모든 것들을 잘 반사하지. 고통이나 흥분 없이 말이야."

"자기 자신에 대해서 '나 역시 잘 닦여 있어.'라고 말할 수 있는 사람은 복받을 거야." 하고 그가 조용히 말을 덧붙였다. 그는 잠시 깊은 생각에 빠졌다. 나는 그가 히브리어로 이렇게 중얼거리는 것을 들었다.

"리슈오에코 키비시 아도셈."[5]

이윽고 그가 말하는 소리가 뚜렷하게 다시 내 귀에 들어왔다.

"자네는 깊은 잠에 빠져서 내게 왔어. 그리고 나는 자네를 잠에서 깨운 거야. 다윗은 그의 「시편」에서 이렇게 노래했지. '그때 나는 혼잣말로 이렇게 말했나니. 하느님의 권능이 나의

---

5 '오 하느님이시여, 당신의 도움을 청하여 기도하나이다.'라는 의미이다.

이 같은 변화를 가져왔느니라.' 사람들은 잠자리에서 일어날 때 자신들이 잠을 털어 버렸다고 생각하지. 그들은 알지 못하고 있어. 이제 그들이 감각의 제물이 되어, 자신들이 방금 떨쳐 버렸다고 생각한 잠보다 훨씬 더 깊고 새로운 잠의 희생물이 된다는 사실을 말이야. 진정한 깨어 있음은 한 가지밖에 없어. 자네는 지금 바로 그것을 향해 다가가고 있는 거야. 사람들에게 그 이야기를 하면 그들은 자네가 정신병에 걸렸다고 생각할 거야. 왜냐하면 자네 말을 이해하지 못할 테니까. 그러니까 사람들한테 그것에 대해 이야기하는 것은 쓸데없고 끔찍한 일이야. 그들은 강물처럼 흘러갈 뿐이야. 그들은 잠과 같아. 그들은 곧 시들어 버리는 풀과 같아. 저녁이면 베어져 시들어 버리는 풀과 같은 존재들이지."

"내 방으로 찾아와서 내게 '이부르' 책을 건네고 간 그 낯선 사내는 도대체 누구지? 나는 그를 깬 상태에서 본 건가, 아니면 꿈속에서 본 건가?"

나는 이렇게 묻고 싶었다. 그러나 그 말이 내 입에서 채 나가기도 전에 힐렐이 내게 이렇게 대답했다.

"내 말 좀 들어 보게. 자네가 골렘이라고 부르는, 자네를 찾아왔던 그 사내는 자네가 자네의 깊은 정신적 삶을 통해서 불러낸 사자(死者)의 부활을 상징하네. 지상의 모든 사물은 영원한 상징일 뿐이야. 먼지의 옷을 걸친 상징이지. 자네는 눈을 통해 생각하지? 자네가 보는 모든 형태를 눈을 통해 생각하지? 지금 형태를 이루고 있는 모든 것은 전에는 유령이었어."

나는 지금까지 내 마음속에 굳게 닻을 내리고 있다고 믿었던 개념들이 제멋대로 풀려나 키도 없는 배처럼 끝없는 바다 위를 떠다니고 있는 듯한 느낌을 받았다. 힐렐은 평화롭게 계속 말했다.

"한번 깊은 잠에서 깨어난 자는 더 이상 죽지 않아. 잠과 죽음은 똑같은 걸세."

"그러면 내가 다시는 죽지 않는다고?"

온몸이 마비되는 듯한 고통이 나를 휘감았다.

"두 갈래 길이 나란히 나 있네. 하나는 생명의 길이고, 다른 하나는 죽음의 길이지. 자네는 '이부르' 책을 읽었어. 자네의 영혼은 이제 생명의 정신을 잉태한 거야."

그가 이렇게 말하는 것이 들렸다.

"힐렐, 내가 모든 사람이 가는 길을 갈 수 있게 해 줘. 죽음의 길을 말이야!"

내 안의 모든 것이 거칠게 소리쳤다. 그러나 셰마야 힐렐의 얼굴은 진지하다 못해 굳어졌다.

"보통의 인간들은 결코 길을 걸어간다고 볼 수 없어. 그들은 생명의 길도 가지 않고, 죽음의 길도 가지 않지. 그들은 바람에 날리는 왕겨처럼 이리저리 흩날릴 뿐이야. 『탈무드』에 이런 말이 있지. '하느님께서 세상을 만드시기 전에 당신의 피조물들에게 거울을 보여 주었다. 그들은 거기서 삶의 정신적 고통과 그 결과로 얻는 기쁨을 보았다. 그때 그들 중 몇몇은 고통의 짐을 짊어졌다. 그러나 다른 몇몇은 그것을 거부했다. 그러자 하느님은 이들을 생명의 서(書)에서 지워 버렸다.' 그러나 자네는 자신의 의지로 선택한 길을 걸어가고 있어. 비록 자네가 지금은 그것을 깨닫지 못하고 있지만 말이야. 자네는 스스로 부름을 받은 거야. 너무 고통스러워하지 말게. 깨달음이 오면 서서히 기억도 찾아올 테니까."

이 말을 들려줄 때 힐렐의 그 다정하고 애정 어린 말투는 내게 다시 평화로움을 가져다주었다. 마치 병든 아이가 제 곁에 아빠가 앉아 있는 것을 깨달았을 때처럼 나는 포근함을 느꼈다. 나는 고개를 들었다. 그때 갑자기 많은 형상들이 우리를 빙 둘러싸고 있는 것이 보였다. 그들 중 몇몇은 지난날 랍비들이 입었던 것과 같은 하얀 수의를 입고 있었고, 다른 몇몇은 삼각모를 쓰고 은빛 버클이 달린 신발을 신고 있었다. 그때 힐렐이 손으로 내 눈 위를 슬쩍 훑었다. 그러자 방 안은 다시 텅 빈 모습이었다. 그는 나를 아래층으로 내려가는 계단 앞까지 배웅했다. 그리고 내가 내 방까지 잘 찾아가도록 촛불을 건네주었다.

나는 잠자리에 누워 잠을 청해 보려고 했지만 잠은 오지 않았다. 그 대신 꿈을 꾸는 것도 아니고 깨어 있는 것도 아니고 잠을 자는 것도 아닌 묘한 상태에 빠졌다. 촛불을 끈 지 이미 오래였지만, 방 안에 있는 모든 것들이 너무나 뚜렷하게 보였다. 하나하나의 형체를 정확하게 구별할 수 있을 정도였다. 게다가 마음이 너무나 편안했다. 그리고 비슷한 상황에만 처해도 사람을 짓누르는 그런 고통스러운 불안으로부터도 해방되었다. 내 생애에서 바로 이 순간처럼 그렇게 명쾌하고 정확하게 사고할 수 있었던 적은 한 번도 없었다. 건강의 리듬이 내 신경을 뚫고 지나가며, 나의 생각들을 마치 나의 명령만을 기다리고 있는 군대처럼 열과 오를 맞추어 정렬시켰다. 나는 소리만 지르면 되었다. 그러면 그들은 내 앞에 대령하여 내가 원하는 것이면 무엇이든 완수했다.

지난 몇 주 동안 깎아 보려고 시도했다가 그만둔 보석 생각이 났다. 그 일을 제대로 마무리 짓지 못한 것은 원석의 광휘가 너무 많이 손상돼 있어 내가 생각한 보석의 모습과 달랐기 때문이다. 이제 순식간에 해결책이 떠올랐다. 나는 끝을 어떻게 써야 할지, 원석 덩어리를 어떻게 이용해야 할지 정확하게 깨달았다. 예전에는 내가 나 자신이 제대로 알지 못하는 일단의 환상적인 인상들이나 꿈속 영상들의 노예였지만, 이제는 그것이 생각이든 느낌이든 상관없이 내가 갑자기 나 자신의 왕국의 주인이요 왕이 되었다. 예전에는 낑낑대며 종이 위에서 간신히 풀었던 계산 문제들이 이제는 머릿속에서 한순간에 저절로 계산되어 쉽게 답이 나왔다. 이 모든 것은 내 마음속에서 눈뜬 새로운 능력을 통해서 가능했다. 그 능력이란 기호든 형태든 대상이든 색채든 상관없이 내가 필요로 하는 것만을 눈으로 보고 붙잡는 것이었다. 그리고 그런 도구들을 써서 해결할 수 없는 문제들, 가령 철학적인 문제들이 나타나면 나의 시각 능력의 자리를 청각 능력이 메워 주었다. 이때는 셰마야 힐렐의 목소리가 말하는 사람의 역할을 떠맡았다.

그렇게 해서 나는 온갖 진귀한 것들을 깨닫게 되었다. 지금까지 내가 살아오면서 하찮은 말이라고 여겨 번번이 무심코 흘려들었던 것들이 이제는 속속들이 가치로 물들어 내 마음 깊은 곳에 전해졌다. 내가 그냥 앵무새처럼 암기했던 것들 역시 이제 어느 모로 보나 내 것이 되었다. 지금까지는 전혀 짐작도 못했던 조어(造語)의 비밀이 이제는 내 앞에 완전히 본모습을 드러냈다. 예전에는 상업 고문관처럼 우직한 표정을 짓고 열정에 찬 가슴을 주렁주렁 매달린 훈장으로 더럽히면서 위에서 나를 깔보던 이른바 인류의 '드높은' 이상들이 이제는 경건한 체하는 얼굴에서 가면을 벗고 겸손한 자세로 내게 이렇게 용서를 구했다. 자신들은 거지에 지나지 않지만 좀 더 뻔뻔스러운 사기를 치기 위한 목발이라고.

나는 어쩌면 아직도 꿈을 꾸고 있는 게 아닐까? 어쩌면 힐렐하고는 전혀 이야기를 나누지도 않은 게 아닐까? 나는 내 침대 옆에 있는 의자를 향해 손을 뻗었다. 맞았다. 거기엔 셰마야가 내게 건네준 양초가 놓여 있었다. 나는 성탄절 날 밤에 놀라운 꼭두각시가 정말로 이 세상에 살아서 자기 침대 옆에 와 있다고 믿으며 잠든 어린아이처럼 행복하게 다시 베개에 얼굴을 깊이 파묻었다. 그리고 이제 나는 경찰견처럼 킁킁대며 나를 에워싸고 있는 정신적 수수께끼의 덤불 속으로 더욱 깊이 파고들어 갔다.

먼저 나는 내 생에서 기억이 닿는 가장 먼 지점까지 되돌아가 보려고 했다. 바로 그 지점으로부터만 내 생에서 운명의 강력한 손길에 의해 컴컴한 어둠 속으로 잠겨 버린 부분을 바라보는 것이 가능할 것 같았다. 그러나 아무리 애를 써 보아도 전에 그랬던 것처럼 우리 집의 어두운 뜰에서 문간을 통해 늙은 아론 바서트룸의 고물상을 넘겨다보는 장면 이상의 것에는 이르지 못했다. 그러고 보니 나는 이 집에서 100년 동안 보석 세공사 노릇을 하며 살아온 것 같았다. 언제나 지금과 똑같은 나이로, 그러니까 어린아이였던 적은 한 번도 없이! 그래서 나는 과거의 동굴을 조사하는 일을 도리 없이 포기하려 했다. 그때 불현듯 나의 기억 속에서 사건들의 큰 도로는 늘 어떤 문간에 이르면 끝나 버리지만 내가 지금까지 간과해 온 무수한 오솔길들이 큰 도로를 따라 나 있다는 깨달음이 분명히 찾아왔다. 그때 그 오솔길들이 나를 향해 이렇게 소리치는 듯했다.

"지금 네 목숨을 연명해 주는 지식들은 어디서 배웠는가? 누가 내게 보석 자르는 법을 가르쳐 주었지? 문양을 새겨 넣는 법을 비롯한 그 밖의 다른 것은? 그리고 읽고 쓰고 말하고 먹고 걷고 숨 쉬고 생각하고 느끼는 것은?"

나는 곧 내면의 충고를 따르기로 했다. 나는 체계적으로 나의 생을 다시 더듬어 보기 시작했다. 나는 모든 것을 하나도 빠짐없이 거꾸로 따져 올라갔다. 방금 무슨 일이 있었던가? 어떻게 하다가 그 일이 일어나게 되었는가? 그 이전에는 무슨 일이 있었는가? 등. 나는 다시 그 낯익은 문간에 와 있었다. 지금 이 순간이다! 지금 이 순간! 이제 비어 있는 공간을 향해 조금이라도 팔짝 뛰어 보는 거다. 그러면 나의 잊힌 과거와 나 사이를 갈라놓는 심연을 뛰어넘을 수 있을 거다. 그런데 그때 내가 늘 나의 사고를 재구성하면서 간과했던 한 가지 장면이 떠올랐다. 그것은 바로 방금 전 아래층 셰마야 힐렐의 방에서 그랬던 것처럼 그가 손으로 내 눈 위를 슬쩍 훑는 장면이었다. 그 손길에 모든 것이 남김없이 사라져 버렸다. 나의 과거를 추적해 보려던 소망마저도. 내가 얻은 단 한 가지 이득은 다음과 같은 깨달음이었다. 우리의 생에서 일련의 단순한 사건들은 그것들이 아무리 넓은 도로처럼 보여도 막다른 골목에 불과하다. 우리를 우리의 잃어버린 고향으로 데려다주는 것은 숨겨진 좁다란 비탈길이다. 즉 외적인 삶의 강판(薑板)이 우리에게 남긴 끔찍한 흉터가 아니라 우리의 몸에 새겨진 보이지 않는 미세한 글씨가 우리의 최후 비밀을 풀 수 있는 열쇠를 감추고 있는 것이다. 그리

"흔들리지 말고 자네의 길을 계속 가게!
자네는 생명의 정신을 잉태했어."

고 어린 시절 철자 교본에서 알파벳을 거꾸로 찾아가면 어디서 부터 배웠는지 알 수 있듯이, 같은 원칙에서 모든 의식의 저편에 놓여 있는 또 다른 먼 고향에 도달하려면 그와 같은 식으로 거슬러 올라가야 함을 깨달았다.

내 어깨 위에는 윙윙 돌아가는 무거운 지구가 올려져 있었다. 그때 헤라클레스도 한동안 머리 위에 창공을 들고 있었다는 것이 생각났다. 그 전설이 품고 있는 숨은 뜻이 어렴풋이 떠올랐다. 헤라클레스가 꾀를 내어 거인 아틀라스에게 '이 끔찍한 무게 때문에 나의 머리가 터지지 않도록 내 머리에다 밧줄을 묶게 해 줘요.'라고 부탁했듯이, 어쩌면 이 벼랑에서 탈출할 수 있는 숨겨진 오솔길이 있을 것만 같았다. 갑자기 이러한 생각들이 나를 제대로 이끌 수 있는지 강한 의심이 들었다. 나는 똑바로 누워 손가락으로 눈과 귀를 막았다. 눈과 귀로 인해 방해를 받지 않기 위해서였다. 나는 모든 생각도 죽이려 했다. 그러나 나의 의지는 다음 철칙에 부딪혀 깨지고 말았다. 즉 하나의 생각은 언제나 다른 생각을 통해서만 쫓아낼 수 있으며, 하나의 생각이 죽으면 이미 다른 생각이 앞 생각의 시체를 먹으면서 살을 찌운다는 것이다. 나는 요동치는 피의 물결 속으로 도망치려 했다. 그러나 생각들은 내 뒤를 끝까지 쫓아왔다. 나는 심장의 대장간에 몸을 숨겼다. 그러나 그것도 잠시였다. 생각들은 금세 나를 다시 찾아냈다. 그때 힐렐의 다정한 목소리가 나를 도와주었다. 그 목소리는 이렇게 말했다.

"흔들리지 말고 자네의 길을 계속 가게! 망각의 기술을 여는 열쇠는 죽음의 길을 가는 우리 형제들의 것이야. 그러나 자네는 생명의 정신을 잉태했어."

'이부르' 책이 내 눈앞에 떠올랐다. 거기서 두 개의 글자가 활활 불타오르고 있었다. 그중 한 글자는 지진처럼 힘차게 울리는 맥박을 가진 청동의 여인을 상징했다. 그리고 다른 하나는 저 멀리에 보이는, **붉은 나무로 만든 왕관을 머리에 쓰고 진주 왕좌에 앉아 있는 자웅 동체**였다.

그때 셰마야 힐렐이 세 번째로 내 눈 위를 손으로 훑었고, 나는 잠이 들었다.

눈

존경하는 페르나트 선생님!

저는 이 글을 너무나 불안한 마음으로 서둘러 쓰고 있습니다.
편지를 읽으신 뒤 곧장 폐기해 주시기 바랍니다. 아니, 차라리 봉투
와 함께 편지를 제게 가져다주신다면 더욱 좋겠군요. 그렇지 않으
면 불안해서 못 견딜 것 같아요.

누구에게도 제가 선생님께 편지를 드렸다는 얘기를 하지 말아
주세요. 오늘 선생님께서 어디에 가시는지에 대해서도 말이에요!

선생님의 선량하고 정직한 얼굴을 '최근에' 뵙고 — 선생님께
서는 직접 목격하신 한 사건에 대한 저의 이 짧은 암시로도 이 글을
쓰고 있는 사람이 누구인지 짐작하실 수 있을 겁니다. 사실 저는 편
지 밑에 제 이름을 적는 것이 두렵습니다 — 저는 선생님께 무한한
신뢰를 느꼈습니다 — 게다가 선생님의 친애하는 부친께서 어린 시
절 저를 가르치셨기에 저는 이렇게 용기를 내서 여쭙고 있습니다.
선생님만이 유일하게 저를 도와주실 수 있는 분이거든요.

부탁드리건대, 오늘 저녁 5시에 흐라친 거리에 있는 성당에서
뵈었으면 합니다.

나는 이 편지를 손에 들고 십오 분가량 그대로 자리에 앉아 있었다. 어젯밤부터 나를 감쌌던 신비스럽고 엄숙한 분위기는 순식간에 사라졌다. 새로 맞은 지상의 날에 신선하게 불어온 바람에 흩날려서. 하나의 젊은 운명이 미소 지으며 가슴 설레도록 나를 향해 다가오고 있었다. 봄의 아이가! 한 인간이 내게 도움을 청한 것이다. 갑자기 내 방이 평소와 전혀 다르게 보였다! 조각을 새겨 넣은, 벌레 먹은 나의 옷장이 나를 향해 흐뭇한 미소를 보냈고, 네 개의 의자는 테이블에 빙 둘러앉아 편안하게 웃으면서 카드 게임을 하고 있는 노인들 같았다. 텅 비어 있던 나의 시간이 갑자기 무언가로 가득 채워지고 있었다. 풍요롭고 빛나는 그 무엇으로. 썩어 문드러진 고목이 아직도 열매를 맺을 참인가!

지금까지 내 가슴속에 잠들어 있던, 그러니까 일상의 삶이 쌓아 올린 자갈 더미에 파묻혀 내 영혼의 비밀스러운 곳에 깊이 숨어 있던 생명의 힘이 다시 흐르는 것이 느껴졌다. 겨울이 깨지면서 얼음 틈으로 샘물이 솟아나듯 갑자기 솟아난 것이다. 편지를 손에 들고 있는 동안 나는 그녀가 원하는 것은 뭐든 도울 수 있으리라고 확신했다. 내 마음속에서 이는 기쁨이 그러한 확신을 더욱 굳건하게 해 주었다.

나는 "게다가 선생님의 친애하는 부친께서 어린 시절 저를 가르치셨기에"라는 구절을 읽고 또 읽었다. 숨이 턱 멎는 듯했다. 이 말은 마치 '오늘 당신은 저와 함께 천국에 가는 거예요.'라는 약속의 말처럼 들리지 않는가? 도움을 청하려고 내게 뻗은 그 손이 내게 선물을, 내가 그토록 애타게 그리던 회상의 선물을 준 것이다. 그 손은 내게 비밀을 알려 줄 것이며, 나의 과거 앞에 드리워져 있던 커튼을 걷도록 도와줄 것이다!

'선생님의 친애하는 부친께서.'

이 말을 혼자 중얼거릴 때 얼마나 낯설게 들렸던가! 아버지! 나는 한순간 내 옷장 옆 의자에서 머리가 허옇게 센 노인의 피곤한 얼굴이 떠오르는 것을 보았다. 매우 낯설면서도 너무나 친숙해 보이는 얼굴이었다. 이윽고 나의 눈길은 다시 정상으로 돌아왔고, 심장의 박동은 현재의 시간을 알렸다. 화들짝 놀라 나는 자리에서 벌떡 일어났다. 혹시 약속 시간에 늦은 것이 아닐까? 나는 얼른 시계를 보았다. 다행히 이제야 4시 30분이었다. 나는 침실로 가서 모자를 쓰고 외투를 걸친 뒤 계단을 내려갔다. 오늘은 어두운 구석들이 씨부렁거리는 소리에 신경을 쓰지 않았다. 그것들은 평소에 내가 지나갈 때마다 사납고 옹졸한 말을 심드렁하게 늘어놓곤 했다.

"우린 널 놔주지 않을 거야. 너는 우리 거니까. 우리는 네가 기뻐하는 게 싫어. 차라리 이 집에서 기쁨을 느끼도록 해 봐!"

평소에는 이 모든 골목과 모퉁이에서 몰려와 손가락으로 내 숨통을 조이던 희뿌연 독한 먼지도 오늘은 나의 입에서 나오는 활기찬 숨결에 뒤로 물러서고 말았다. 나는 잠시 힐렐의 집 앞에서 발걸음을 멈추었다. 들어가야 하나?

왠지 모르게 문을 두드리기가 꺼려졌다. 오늘 나는 기분이 완전히 바뀌어 있었다. 마치 내겐 그의 집에 들어갈 권리가 없는 것 같았다. 어느새 삶의 손이 나를 내몰아, 나는 벌써 계단을 내려가고 있었다. 거리엔 하얗게 눈이 쌓여 있었다. 지나가던

"하얀 옷을 입은 어린 소녀,
주위에 펼쳐진 어느 고성 정원의 짙푸른 풀밭,
늙은 느릅나무들. 기억의 실마리."

많은 사람이 내게 인사를 한 것 같다. 그러나 내가 그들에게 답 례를 했는지는 기억이 나지 않는다. 나는 안주머니에 넣어 둔 편지가 안전하게 잘 있나 확인하려고 계속해서 가슴께를 만져 보았다. 편지가 들어 있는 곳에서 훈기가 느껴졌다.

나는 아치 길을 지나 알트슈테터링까지 천천히 걸어갔다. 그리고 청동으로 만들어진 분수대 옆을 지나갔다. 분수대의 바로크식 울타리 창살엔 고드름이 주렁주렁 매달려 있었다. 이어서 나는 여러 성인의 성상과 요하네스 폰 네포무크의 입상이 서 있는 석조 다리를 건넜다. 다리 아래쪽에서는 증오심에 불타는 강물이 교각을 들이받으며 허옇게 거품을 일으켰다. 꿈결처럼 나의 눈길은 '저주받은 자들의 고통'이 새겨져 있는 성 루이트 가르트의 사석(沙石) 부조에 쏠렸다. 눈[雪]은 참회하는 조각 들의 눈꺼풀과 기도하려고 쳐든 그들의 손목에 채워져 있는 사슬 위에 두껍게 쌓여 있었다.

성문의 아치들은 나를 받아들였다가 다시 놓아주었다. 궁 전들은 정교한 조각들이 새겨져 있는 당당한 입구들과 함께 내 곁을 천천히 지나갔다. 조각들 중에는 청동 고리를 물고 있는 사자 머리상도 있었다. 이곳에도 온통 눈이 쌓여 있었다. 눈은 커다란 북극곰의 가죽처럼 하얗고 부드러웠다. 반짝이는 창문 턱에 얼음이 얼어 있는, 높고 당당한 유리창들은 물끄러미 구름을 올려다보고 있었다. 하늘에 그토록 많은 새들이 날아다니는 것이 신기했다. 마침내 나는 흐라친 거리로 이어지는 수없이 많은 화강암 계단을 올라갔다. 계단마다 폭이 어른 네 명이 누울 정도는 되었다. 발걸음을 떼어 놓을 때마다 시내 풍경이 지붕과 박공들과 함께 내 의식의 뒤편으로 하나씩 사라졌다.

내가 인적이 끊긴 광장에 들어섰을 때, 늘어선 집들은 벌써 황혼으로 물들고 있었다. 광장 가운데 서 있는 성당의 뾰족탑은 천사들의 왕좌를 향해 치솟아 있었다. 가장자리에 얼음 껍질이 살짝 덮인 발자국들이 성당 쪽문까지 나 있었다. 멀리 어느 집에선가 길 잃은 오르간 소리가 저녁의 적막을 스치며 나직이 들려왔다. 그 소리는 서글픈 눈물방울처럼 황량한 하늘을 적셨다. 성당 문을 열고 안으로 들어서자 내 등 뒤에서 살짝 쿵하며 문 닫히는 소리가 들렸다. 그곳의 어둠 속에 나는 서 있었다. 채색 유리창을 통해 예배석에 비친 희미한 빛의 푸르스름한 반사광으로 인해 황금빛 제단이 바위 같은 고요 속에서 나를 향해 은은하게 빛났다. 붉은 유리등에서는 불꽃이 일었다. 양초와 향의 시든 냄새가 났다.

나는 예배석의 의자에 앉았다. 나의 피는 이 고요의 왕국 안에 있어서 그런지 이상하리만큼 차분해졌다. 실내는 온통 신비스럽고 은근한 기다림의 느낌으로, 심장 박동이 없는 삶으로 가득 차 있는 것 같았다. 성자들의 은빛 관(棺)은 영원한 잠에 빠져 있었다. 바로 그때였다! 아주 멀리서 말발굽 소리가 희미하게 들려왔다. 처음에는 거의 들릴까 말까 하더니 좀 더 가까워지다가 이윽고 조용해졌다. 마차의 문이 닫힐 때 나는 둔탁한 쿵 소리가 들렸다. 실크 옷 스치는 소리가 나를 향해 다가오더니, 여리게 생긴 자그만 숙녀의 손이 나의 팔을 가볍게 건드렸다.

"우리 저쪽 기둥 옆으로 가요. 여기 예배석에 앉아서 제 문제를 말씀드리기는 싫어요."

향 때문에 희미하게 보이던 주변의 성화들이 갑자기 또렷하게 보였다. 갑자기 햇살이 들어왔기 때문이었다.

"페르나트 선생님, 궂은 날씨에도 불구하고 저를 위해 이렇게 먼 걸음을 해 주셔서 어떻게 감사의 말씀을 드려야 할지 모르겠습니다."

나는 하나 마나 한 소리를 몇 마디 중얼거렸다.

"그렇지만 다른 사람들의 눈길이나 위험을 피하기에 여기보다 더 좋은 곳은 없을 것 같아서요. 여기, 이 성당 안까지는 누구도 따라오지 못할 거예요."

나는 주머니에서 편지를 꺼내 그 여인에게 건넸다. 그녀는 값비싼 모피로 눈 있는 데까지 휘감고 있었다. 그러나 나는 목소리를 듣고 그녀가 누구인지 대번에 알아보았다. 그녀는 지난번에 아론 바서트룸을 보고 너무 무서워서 한파스가세 거리에 있는 내 방으로 도망쳐 온 여자였다. 그것은 뜻밖의 일은 아니었다. 내가 그녀 말고 누구를 기대했겠는가. 나의 눈길은 그녀의 얼굴에 고정되었다. 그녀의 얼굴은 벽감 안의 어스름한 빛 때문에 실제보다 더 창백해 보였다. 그녀의 아름다움에 거의 숨이 멎는 느낌이었다. 나는 마법에 걸린 것처럼 그 자리에 그대로 서 있었다. 그녀가 많은 사람 중에서 나를 구원자로 택해 준 데 대해 감사하는 뜻에서 그녀 앞에 무릎을 꿇고 그 발에 입이라도 맞추고 싶은 심정이었다.

"진심으로 부탁드립니다. 적어도 우리가 여기 있는 동안만이라도, 예전에 제가 당신께 보여 드렸던 그 상황은 제발 잊어주세요." 그녀는 다급하게 말을 이었다.

"그런 일에 대해 당신이 어떻게 생각하실지 정말 모르겠어요."

"나도 이제 나이를 먹을 만큼 먹었습니다. 나는 평생을 살면서 단 한 번도 주변 사람들에 대해 주제넘게 심판관을 자처한 적이 없습니다."

이것이 내가 그녀에게 해 줄 수 있는 유일한 말이었다.

"정말 고맙습니다, 페르나트 선생님." 그녀가 다정하고도 소박하게 말했다.

"그러면 이제부터 제가 하는 말을 잘 들으시고, 절망에 빠져 있는 저를 도와주실 수 있는지, 아니면 적어도 충고의 말이라도 한마디 해 주실 수 있는지 말씀해 주세요."

나는 그녀가 걷잡을 수 없는 불안에 사로잡혀 있음을 느낄 수 있었다. 그녀의 목소리는 떨렸다.

"그때, 제가 아틀리에에 있었을 때 저는 그 끔찍한 사실을 분명하게 깨달았어요. 그 유령같이 생긴 사내가 제 뒤를 의도적으로 따라다닌다는 걸 말이에요. 벌써 몇 달째, 제가 어디를 가든, 혼자 가든 또 제 남편과 가든, 아니면 사비올리 박사와 함께 가든 범죄자처럼 생긴 그 늙은 고물 장수의 얼굴이 근처에서 불쑥불쑥 나타나곤 했어요. 제가 깨어 있든 자고 있든 그 사람의 사팔눈이 제 뒤를 줄곧 따라다녔어요. 그렇지만 그 사람은 속에 무슨 생각을 품고 있는지 겉으로는 아무런 내색도 하지 않았어요. 그럴수록 저는 밤마다 더욱더 공포에 몸을 떨어야 했어요. '저 사람이 언제 내 목에 올가미를 씌울까.' 하고요.

처음에 사비올리 박사는 아론 바서트룸 같은 보잘것없는 고물 장수가 대체 무슨 짓을 할 수 있겠냐며 저를 안심시켰어요. 기껏해야 돈이나 몇 푼 뜯어내려 할 거라고 말했어요. 그렇지만 바서트룸이라는 이름이 나오기만 하면 그의 입술은 파랗게 질렸어요. 사비올리 박사가 저를 안심시키려고 뭔가를 숨기고 있는 듯했어요. 저나 그의 목숨이 걸린, 뭔가 끔찍한 사실을 말이에요. 그러던 중에 저는 그가 애써 숨기려 하던 것이 무엇인지 알게 되었어요. 그것은 바로 그 고물 장수가 여러 번 밤에 그의 집으로 찾아갔었다는 사실이었어요! 저는 알았어요. 그리고 뼛속까지 느꼈어요. 뭔가가 서서히 우리 주위를 조여 오고 있다는 사실을요. 그 불한당이 그의 집에 무슨 볼일이 있는 걸까요? 왜 사비올리 박사는 그를 떨쳐 버리지 못하는 걸까요? 저는 그것을 더 이상 가만히 지켜볼 수 없어요. 뭔가 손을 써야 해요. 제가 미쳐 버리기 전에 어떻게든 해야 해요."

나는 그녀에게 몇 마디 위로의 말을 해 주려고 했다. 그러나 그녀는 내가 말을 끝까지 하도록 내버려두지 않았다.

"최근에는 저를 질식시켜 죽이려고 위협하는 그 악몽이 점점 더 뚜렷한 형태를 띠기 시작했어요. 사비올리 박사는 갑자기 병이 났어요. 저와 그의 관계는 갑자기 단절되었고요. 저는 그를 만나러 갈 수도 없어요. 혹시라도 그 사람이 저와 연인 관계라는 사실이 드러날지 모르니까요. 그는 지금 혼수상태예요. 제가 알아낸 유일한 사실은 그가 열병에 걸려, 언청이 입술을 한 괴물에게 쫓기는 환상을 본다는 거예요. 그 괴물은 다름 아닌 아론 바서트룸이지요! 저는 사비올리 박사가 담이 크다는 것을 알고 있어요. 그렇기 때문에 — 상상하실 수 있겠어요? — 자기 목을 조르려고 다가온 악마 앞에서 옴짝달싹하지 못하고 누워 있는 그의 모습을 보는 것은 더욱 끔찍한 일이에요. 저한테도 그 악령의 손가락이 어둠 속에서 점점 더 다가오는 것이 느껴져요. 당신은 제가 겁쟁이라고 말씀하시겠지요.

제가 그를 그토록 사랑한다면 왜 그를 위해 제가 가진 전부를 희생하지 않느냐고 물으시겠지요. 부와 명예, 명성 같은 모든 것을 말이지요. 그렇지만……."

그녀는 소리를 버럭 질렀다. 그 소리가 성당의 성가대석에 반향이 되어 울렸다.

"저는 그렇게 할 수 없어요. 저에겐 아이가 있어요. 사랑스러운 어린 딸이 있다고요! 제 딸을 내줄 수는 없어요! 제 남편이 그걸 허락할 거라고 생각하세요? 페르나트 선생님, 이걸 받으세요."

부들부들 떨리는 손가락으로 그녀는 가져온 조그만 주머니를 열었다. 주머니 속엔 진주 꾸러미와 보석들이 가득했다.

"이걸 그 악당한테 전해 주세요. 저는 그 악당이 탐욕스럽다는 걸 알고 있어요. 제가 갖고 있는 건 뭐든지 다 넘겨주겠어요. 그렇지만 제 아이는 안 돼요! 그러면 그 작자도 입을 다물겠지요, 그렇죠? 예수 그리스도의 이름으로 어서 말씀해 주세요. 저를 도와주겠다고 한마디만 해 주세요!"

나는 너무 흥분한 나머지 어쩔 줄 모르는 그녀를 간신히 진정시켜 긴 예배 의자에 앉혔다. 그리고 나서 그녀에게 그 순간에 떠오르는 대로 아무 말이나 주섬주섬 지껄였다. 앞뒤가 맞지 않는 아무 말이나. 내 머릿속에서는 여러 가지 생각들이 어지럽게 내달렸기 때문에 나 자신도 내 입이 무슨 소리를 지껄이고 있는지 거의 알지 못했다. 그것은 태어나자마자 허물어져 버리는 환상적인 종류의 생각들이었던 듯싶다. 나는 정신이 나간 몽롱한 눈길로, 벽감 안에 있는 한 수도사의 채색된 입상을 바라보았다. 나는 여전히 떠들어 대고 있었다. 서서히 그 입상의 모습이 바뀌기 시작했다. 수도복은 옷깃을 위로 올린 해진 외투가 되었고, 외투 목 위에는 여윈 뺨의 붉게 상기된 젊은이의 얼굴이 우뚝 솟아 있었다. 내가 그 환상이 무엇을 의미하는지 감을 잡기도 전에 그 자리엔 다시 그 수도사의 모습이 돌아와 있었다. 불행한 여인은 내 손을 잡고 몸을 앞으로 구부린 채 조용히 흐느끼고 있었다. 나는 그녀가 보낸 편지를 읽는 순간에 내 몸속으로 들어와 있다가 지금 다시 내 안에서 힘차게 살아난 그 힘을 그녀에게 전해 주었다. 그녀가 나의 힘을 받아 천천히 원기를 회복해 가는 것이 보였다.

"왜 제가 하필이면 당신께 부탁을 드리러 왔는지 말씀드릴 게요, 페르나트 선생님."

그녀는 한동안 침묵하고 있다가 나직한 목소리로 다시 말을 이었다.

"그건 바로 언젠가 선생님께서 제게 하신 몇 마디 말 때문이었어요. 저는 그 오랜 세월 동안 그 말을 두고두고 간직하고 있었어요."

오랜 세월 동안이라고? 나는 피가 멎는 듯했다.

"당신은 제게 작별의 말을 했어요. 저는 왜 그래야 하는지 알지 못했어요. 아직 어렸으니까요. 당신은 다정하면서도 슬픈 목소리로 이렇게 말했어요. '그런 시기가 올지 모르지만, 만약 살다가 곤경에 빠지거든 나를 생각해. 하느님께서도 너를 도와줄 사람으로 나를 허락해 주실 거야.' 저는 그때 얼른 등을 돌리고 가지고 있던 공을 일부러 우물에 빠뜨렸어요. 당신 앞에서 눈물을 보이기 싫어서였지요. 저는 그때 당신께 실크 리본으로 묶어 목에 걸고 있던 심장 모양의 붉은 산호를 드리고 싶었어요. 그렇지만 너무 우스워질까 봐 부끄러워서 그렇게 하지 못했어요."

기억의 실마리다!

예의 그 경련의 손가락들이 또다시 나의 목구멍을 더듬었다. 잊힌, 먼 그리움의 땅에서 뻗쳐 나온 듯한 희미한 빛살이 내 눈앞에 나타났다. 느닷없이, 너무나 놀랍게. '하얀 옷을 입은 어린 소녀, 그리고 그녀의 주위에 펼쳐져 있는 어느 고성 정원의 짙푸른 풀밭. 사방 곳곳에는 늙은 느릅나무들.' 나는 그 광경을 다시 뚜렷이 볼 수 있었다.

내 얼굴색이 변한 모양이었다. 나는 그녀가 말을 서두르는 데서 그것을 알아차렸다.

"그때 당신의 말은 작별을 위한 것이었다는 걸 저도 잘 알아요. 그렇지만 당신의 말은 제게 종종 힘이 되어 주었어요. 그에 대해 당신께 감사드려요."

나는 온 힘을 다해 이를 악물었다. 그리고 나를 갈기갈기 찢으려 울부짖으며 달려드는 고통을 다시 가슴속으로 쫓아 버렸다. 이제 알 것 같았다. 나의 기억에 빗장을 질러 놓은 것은 어느 다정한 손이었음을. 지나간 시절에서 잠깐 동안 뻗쳐 나온 빛살이 내 마음에 써 놓은 글씨가 이제 뚜렷하게 보였다. 그것은 사랑이었다. 나의 가슴이 감당하기에 너무 강렬했던 그 사랑은 오랜 세월 동안 내 생각의 뿌리를 갉아먹었던 것이다. 그리고 그때는 정신 착란의 어두운 밤만이 상처 난 나의 마음을 위로할 수 있는 유일한 길이었다. 서서히 마비의 편안함이 찾아왔다. 그리고 마비는 내 눈꺼풀 안쪽에 흐르는 눈물을 식혀 주었다. 당당하면서도 엄숙한 종소리가 성당 안에 울려 퍼졌다. 나는 이제 도움을 청하러 나를 찾아온 여인의 눈동자를 미소 띤 얼굴로 행복하게 바라볼 수 있었다.

마차의 문이 탁 하며 닫히는 소리와 말발굽 소리가 다시 들려왔다.

나는 푸르스름하게 반짝이는 밤눈을 밟으며 왔던 길을 되돌아갔다. 가로등들은 눈을 깜박거리며 나를 내려다보았다. 그리고 산더미처럼 쌓여 있는 전나무들 너머로 반짝이는 장식품들과 은빛 호두와 다가오는 성탄절 이야기를 소곤대는 소리가 들려왔다. 성모 입상이 서 있는 시청 광장에는 잿빛 머릿수건을 쓴, 구걸하는 노파들이 촛불을 켜 놓고 성모를 향해 묵기도를 올리고 있었다. 게토 지역으로 들어가는 어두운 입구 앞에는 성탄절 대목을 위해 열린 가게들이 웅크리고 있었다. 그 가게들 한가운데에는 붉은 천막을 쳐 놓은 인형 극장의 열린 무대가 그을음을 내며 타는 횃불들로 환하게 밝혀져 있었다. 보라색 옷을 입은 츠바크의 어릿광대가 손에는 사람의 해골이 매달린 채찍을 들고 나무로 만든 백마를 타고 쿵쿵대며 널빤지 위를 달렸다. 그 앞에 빽빽하게 늘어선 아이들은 털모자를 푹 눌러 쓰고서 입을 헤벌린 채, 나의 친구 츠바크가 조그만 상자 안에서 지껄이는 프라하의 시인 오스카 비너의 시를 넋 나간 표정으로 듣고 있었다.

맨 앞에는 꼭두각시가 깡충대며 뛰어갔어요,
그 녀석은 꼭 시인처럼 깡마른 모습이었어요,

몸에는 얼룩덜룩한 누더기를 걸치고,
비틀거리며, 얼굴을 찡그렸어요.

나는 광장과 연결된, 지저분하고 모퉁이가 많은 골목으로 들어섰다. 한 무리의 사람들이 한쪽에, 어두운 벽보 앞에 머리를 맞대고 아무 말 없이 겹겹으로 둘러서 있었다. 한 남자가 성냥불을 켰다. 그 불빛으로 나는 몇 줄의 내용을 단편적으로 읽을 수 있었다. 나는 몽롱한 의식으로 그중 몇 글자를 확인했다.

실종!
보상금 1000플로린

검은 옷차림의…… 중년 남자……
…… 인상착의:
퉁퉁하고 말끔하게 면도한 얼굴……
…… 머리 색깔: 흰색……
파출소……

나는 불 꺼진 집들 사이의 골목으로 천천히 걸어 들어갔다. 희망도 없고 관심도 없는, 살아 있는 시체처럼. 한 줌의 작은 별들이 합각머리 지붕들 위로 보이는 좁고 어두운 하늘에서 반짝였다. 나의 생각은 평화롭게 성당을 향해 다시 흘러갔다. 그리고 내 마음의 평화는 더욱더 고요하고 깊어졌다. 그때 광장 쪽에서 인형극 놀이꾼의 목소리가 마치 바로 내 귀에 대고 말하는 것처럼 겨울 공기를 헤치며 아주 또렷하게 들려왔다.

심장 모양의 붉은 보석은 어디에 있나?

그것은 비단실에 매달려 있지,

그것은 아침 햇살 속에서 반짝이지.

유령

나는 밤늦게까지 안절부절못하고 방 안에서 서성거렸다. 어떻게 하면 '그녀'를 도울 수 있을까, 그 생각으로 머리가 터질 것만 같았다. 당장이라도 아래층에 사는 셰마야 힐렐에게 가서 내가 들은 비밀을 털어놓고 조언을 구하고 싶은 생각이 간절했다. 그러나 매번 단념했다. 그는 내 마음속에서 거인처럼 여겨졌다. 그런 그를 한 개인과 관련된 사사로운 일로 방해하는 것은 신성 모독처럼 생각되었다. 그러나 곧바로 엄청난 회의가 들기도 했다.

'내가 그 모든 일을 실제로 다 겪은 것일까? 그것들은 불과 얼마 전 일이면서도 이상하게도 벌써 희미하게 퇴색되어 보이는걸? 방금 몇 시간 동안 겪은 일들과 비교해서 말이야.'

혹 내가 꿈을 꾼 것은 아닐까? 과거를 몽땅 망각하는 엄청난 일을 겪은 내가, 나 자신의 기억을 유일한 증인으로 내세울 수밖에 없는 한 가지 사실에 대해 잠시라도 그것이 확실하다고 말할 수 있을까? 나의 눈길은 여전히 의자 위에 놓여 있는 힐렐의 양초에 가서 머물렀다. 하느님 고맙습니다. 적어도 한 가지 확실한 것이 있다면 그것은 내가 그와 개인적으로 접촉했다는 것이다!

나는 생각할 필요도 없이 어서 그에게 달려 내려가 그의 무릎을 감싸 쥐고서 내 가슴을 갉아먹고 있는 이 고통을 친한 친구 사이처럼 그에게 당장 털어놓아야 하는 것이 아닌가? 나는 벌써 그의 방의 문고리를 쥐고 있었다. 그러다가 그냥 다시 놓았다. 나는 그다음에 무슨 일이 벌어질지 예견했다. 힐렐은 손으로 내 눈 위를 슬쩍 훑을 것이고, 그다음엔…… 안 돼, 안 돼, 그것만은 안 돼! 고통을 덜어 주는 것을 찾으면 안 돼. '그녀'는 나와 나의 도움을 믿었어. 지금 그녀가 느끼고 있는 위험이 내겐 비록 하찮고 아무것도 아닌 것처럼 보일지 모르지만 그녀에겐 엄청난 일로 여겨지고 있는 거야! 힐렐에게 충고를 구하는 건 아침에 해도 늦지 않아. 나는 속으로 침착하고 냉정하게 생각하자고 다짐했다. 그를 지금 이 시간에, 이 한밤중에 방해하다니, 그것은 미친 짓이야.

나는 등불을 켜려다가 그만두었다. 방 안은 맞은편 지붕에 반사된 달빛이 흘러들어 내가 원하는 것보다 환했기 때문이다. 게다가 등불을 켜면 밤 시간이 더욱 천천히 흘러갈 것 같아 두려웠다. 그러니까 등불을 켜자는 생각 속에는 그저 아침이 밝기만을 기다리자는 절망감이 자리 잡고 있는 것이다. 그리고 은근히 불안한 마음이 내게 속삭였다. 등불을 켜면 아침은 다시는 찾아오지 않을 거라고. 나는 창가에 가서 섰다. 온갖 문양을 새겨 넣은 합각머리 지붕들이 줄지어 저편 위쪽에 꼭 귀신이 나올 것만 같은 공동묘지처럼 공중에 둥둥 떠 있었다. 저것들은 어둡고 곰팡내 나는 묘지들 위에 서 있는, 살아 있는 자들의 무리에 의해 밑에는 온통 구멍이 숭숭 뚫린 이 '주거지들' 위에 서 있는, 비바람에 연도가 지워진 비석들이다.

"나는 벌써 철문 앞에 와 서 있었다.
아틀리에 안에서 무언가 끌리는
소리가 났다. 빗장이 열렸다."

한참 동안 나는 그렇게 서서 위를 올려다보았다. 그러다가 천천히 의아하게 생각하기 시작했다. 바로 옆에 있는 벽 너머에서 소리를 죽인 발소리가 귓전에 뚜렷이 들려오는데도 왜 나는 전혀 두렵지 않은 걸까. 나는 귀를 기울였다. 의심할 여지가 없었다. 누군가가 걸어오고 있었다. 마룻바닥이 살며시 삐걱대는 소리는 그가 얼마나 살금살금 걷고 있는지 알려 주었다. 나는 퍼뜩 정신을 차렸다. 나 자신이 자꾸만 작아지는 것을 느꼈다. 그 소리를 들으려는 의지에 눌려서 내 안의 모든 것이 오므라들었기 때문이었다.

모든 순간은 현재로 굳어 버렸다. 또 다른 바스락 소리. 그 소리는 제풀에 놀란 듯 서둘러 멈추었다. 그다음엔 쥐죽은 듯 잠복한 끔찍한 적막. 자기 자신의 배신자요, 짧은 순간을 막대한 크기로 키워 놓는 저 적막. 나는 귀를 벽에 댄 채 꼼짝하지 않고 서 있었다. 내 마음속에선 벽 저편에서도 누군가가 서서 나와 똑같이 하고 있을지도 모른다는 이루 말할 수 없는 공포가 일었다. 나는 귀를 기울이고 또 기울였다. 그러나 아무 소리도 들리지 않았다. 옆방 아틀리에는 죽은 듯이 조용했다. 나는 소리가 나지 않게 발꿈치를 들고 침대 옆에 있는 의자로 가서 힐렐이 준 촛불을 집어 들어 불을 붙였다. 나는 가만히 서서 생각했다.

'사비올리의 아틀리에와 연결된 다락방의 철문은 밖에서만 열 수 있게 돼 있어.'

나는 되는대로 탁자 위의 조각칼들 밑에 놓여 있던 갈고리 모양의 철사 조각을 집어 들었다. 이런 걸로도 그깟 자물쇠는 쉽게 열 수 있어. 숙달된 손으로 말이야! 그런데 그다음엔 어떻게 되는 거지? 지금 옆방에서 염탐하고 있는 것은 아론 바서트 룸이 틀림없어. 새로운 무기나 증거물을 손에 넣으려고 이 궤 짝 저 궤짝 마구 뒤지고 있겠지. 나는 그렇게 생각을 정리했다. 내가 나서는 게 얼마나 도움이 될까?

나는 오래 생각하지 않았다. 생각만 하는 것보다는 행동하 는 게 낫다! 그래서 아침이 될 때까지 기다리는 이 끔찍한 일을 끝장내는 거야! 나는 벌써 철문 앞에 와 서 있었다. 나는 철문 을 손바닥으로 짚고 조심조심 갈고리를 자물쇠에 집어넣으면 서 귀를 기울였다. 내 추측이 맞았다. 아틀리에 안에서 무언가 끌리는 소리가 났다. 누군가가 서랍을 열고 있는 것 같았다. 그 리고 빗장이 열렸다. 방 안이 컴컴한 데다 촛불 때문에 눈이 부 시기는 했지만 나는 방 안을 휘둘러볼 수 있었다. 길고 검은 외 투를 입은 남자가 책상에 앉아 있다가 화들짝 놀라 벌떡 일어났 다. 그는 어디로 튀어야 할지 몰라 잠시 쩔쩔맸다. 그자는 나한 테 달려들 듯한 자세를 취하더니, 머리에 쓰고 있던 모자를 벗 어서 얼른 얼굴을 가렸다.

"여기서 뭘 찾는 거요?"

나는 그렇게 소리치려고 했다. 그러나 그 남자가 선수를 쳤다.

"페르나트! 당신이지요? 아이고! 어서 그놈의 불 좀 치우 세요!"

귀에 익은 목소리였다. 그렇지만 고물 장수 바서트룸의 목 소리는 아니었다. 나는 무의식적으로 촛불을 훅 불어 껐다. 방 안이 희끄무레해졌다. 창유리 너머로 새어 들어온 희미한 빛으 로 아까 내 방처럼 희뿌옇게 보였다. 나는 눈에 온 신경을 집중시키지 않을 수 없었다. 이윽고 나는 갑자기 외투 위로 나타난 야위고 붉게 상기된 얼굴을 보고 그가 다름 아닌 대학생 차루세크임을 알아보았다.

"그 수도사다!"

순간적으로 그 말이 튀어나왔다. 동시에 나는 어제 성당 안에서 본 환상의 뜻을 이해하게 되었다! 차루세크! 내가 도움을 청해야 할 사람은 바로 그였다! 그리고 일전에 문간에서 비를 피할 때 그가 한 말이 다시 들려왔다.

"아론 바서트룸은 곧 알게 될 겁니다. 석벽 사이로 보이지 않는 긴 독바늘이 그의 목을 찌를 수 있다는 것을 말입니다. 그가 사비올리 박사를 죽이려는 바로 그날에 말입니다."

그렇다면 나는 차루세크라는 동지를 얻은 것인가? 그 역시 무슨 일이 있었는지 아는 것인가? 이런 시간에 그가 여기에 와 있는 것으로 보아 짐작할 수 있었다. 그렇지만 그에게 직접 그것에 대해 묻기가 겁났다. 그는 창가로 달려가더니 커튼 뒤에 숨어 아래쪽 골목을 살펴보았다. 내가 켠 촛불의 불빛을 바서트룸이 보았을까 봐 두려워하는 것 같았다.

"제가 이렇게 한밤중에 남의 집을 뒤지고 있으니 저를 도둑으로 생각하시는 것 같군요, 페르나트 선생님."

그는 한참 동안 침묵하고 있다가 불안한 목소리로 말했다.

"그러나 맹세코 말하지만……."

나는 얼른 그의 말을 가로채어 그를 안심시키는 말을 해 주었다. 그리고 내가 그에 대해 어떤 의심도 품고 있지 않으며 오히려 그를 나의 동지로 생각하고 있다는 것을 보여 주기 위해서, 말하지 않는 게 좋은 최소한의 것만 빼고 그에게 아틀리에

와 관련된 이야기뿐만 아니라 나와 가까운 한 여인이 고물 장수한테서 알지 못할 협박의 위험에 처해 있음을 얘기해 주었다. 그가 질문으로 내 이야기를 끊지 않고 가만히 경청하는 태도를 보고 나는 그가 세세한 것까지는 아니더라도 대체적인 상황을 이미 알고 있다고 생각했다.

"맞습니다."

내가 말을 다 마치자, 그는 골똘히 생각에 잠긴 얼굴로 말했다.

"그러니까 제 추측이 틀림없는 거예요! 그 작자는 사비올리의 목을 조르려는 겁니다. 그건 분명해요. 그러나 그에 필요한 자료를 아직 충분히 모으지 못한 거죠. 그렇지 않다면 왜 그 작자가 이곳에 와서 죽치고 있을까요! 어제는 제가 '우연히' 한 파스가세 거리를 지나게 되었어요."

그는 캐묻는 듯한 내 표정을 보고 이야기를 계속했다.

"그때 저는 바서트룸이 이 건물 문 앞에서 이상하게 오랫동안 어슬렁거리다가 보는 사람이 없는 듯하자 잽싸게 건물 안으로 들어가는 것을 보았습니다. 저는 얼른 그의 뒤를 따라 들어와 마치 당신을 찾아온 것처럼 행동했습니다. 당신의 방문을 두드렸죠. 복도에서 열쇠를 손에 들고 다락방으로 통하는 철문을 열려고 낑낑대고 있는 그를 깜짝 놀라게 했습니다. 제가 다가가자 그 사람은 동작을 얼른 멈추었어요. 저는 모르는 척하고 당신의 방문을 두드린 것입니다. 그런데 당신은 집에 계신 것 같지 않더군요. 아무도 문을 열어 주지 않았으니까요. 저는 게토 지역에 사는 몇몇 사람에게 조심스럽게 수소문해서, 사비올리임에 틀림없는 어떤 사람이 이곳에 남몰래 별장을 갖고 있

"나는 차루세크가 마지막 말을 내뱉을 때
그의 표정이 격한 증오심으로 일그러지는 것을 보았다.
'그는 당신을 미쳤다고…….'"

다는 사실을 알아냈어요. 사비올리 박사가 중병에 걸려 누워 있기 때문에 저는 여러 가지 정황을 참작해서 금방 결론을 내렸어요. 저기 저것들은 서랍에서 긁어모은 것들입니다. 바서트룸보다 선수를 친 거죠."

차루세크는 그렇게 말하면서 책상 위에 쌓아 놓은 편지 뭉치를 손가락으로 가리켰다.

"저게 제가 찾아낸 문서의 전부예요. 그 이상의 문서는 없었으면 좋겠어요. 컴컴한 어둠 속에서 할 수 있는 한 모든 궤짝과 옷장을 뒤졌거든요."

내 눈은 그의 말을 듣는 동안 방 안을 휘둘러보다 저절로 바닥에 달려 있는 문에 가서 멈추었다. 그때 언젠가 츠바크가 내게 해 주었던 얘기가 어슴푸레 떠올랐다. 그것은 건물 아래쪽에서 아틀리에까지 연결되는 비밀 통로가 있다는 것이었다. 네모난 바닥 문에는 가운데에 둥근 고리 손잡이가 달려 있었다.

"편지들을 어디에 보관하는 것이 좋을까요?" 차루세크가 다시 말을 꺼냈다.

"페르나트 선생님, 이곳 게토 지역에서는 당신과 저만이 바서트룸의 의심을 받지 않는 사람입니다. 왜 하필이면 저냐고요? 거기에는 다 이유가 있습니다."

나는 차루세크가 마지막 말을 내뱉을 때 그의 표정이 격한 증오심으로 일그러지는 것을 보았다.

"그리고 그는 당신을 미쳤다고……."

이 말을 차루세크는 얼른 짐짓 꾸민 헛기침으로 얼버무려 버렸다. 그러나 나는 그가 무슨 말을 하려고 했는지 충분히 짐작할 수 있었다. 나는 그런 것에 신경 쓰지 않았다. '그녀'를 도와줄 수 있다는 생각에 기분이 좋았으며, 그 때문에 예의 예민함도 사라지고 없었다. 우리는 마침내 편지 꾸러미를 내 방에 숨겨 두기로 의견을 모았다. 그러고 나서 우리는 내 방으로 건너갔다.

차루세크는 이미 오래전에 돌아갔다. 그러나 나는 아직도 잠자리에 들 엄두가 나지 않았다. 마음속에 뭔가 미진한 부분이 남아 침대에 누울 마음이 생기지 않았다. 무언가를 해야 한다고 느꼈다. 그러나 무엇을 해야 하는가? 무엇을? 그 대학생을 위해 앞으로 차근차근 해 나갈 일들에 대해 계획을 세워야 하는가? 그것은 필요 없는 일이다! 차루세크는 잠시도 바서트룸에게서 눈을 떼지 않았다. 거기엔 의심의 여지가 없었다. 그의 입에서 튀어나오는 증오심을 생각할 때마다 온몸에 소름이 끼쳤다. 바서트룸은 그에게 도대체 무슨 짓을 한 것일까?

내 마음속에서 정체 모를 이상한 불안감이 자라나 나를 자꾸 절망의 구렁텅이에 빠뜨리려고 했다. 저편에서 보이지 않는 그 무언가가 나를 부르고 있었다. 그러나 그게 뭔지 파악할 수가 없었다. 나 자신이 훈련 중인 형편없는 말 같다는 생각이 들었다. 고삐가 당겨지는 것을 느끼면서도 주인의 뜻을 헤아리지 못해 어떤 재주를 부려야 하는지 모르는 말 같다고. 아래층에 사는 셰마야 힐렐에게 내려가야 하나? 그러나 내 몸속의 모든 신경들이 그 생각을 거부했다. 어제 성당에서 차루세크의 얼굴로 잠시 나타났던 그 수도사의 환상은 무언의 충고를 구하는 나의 부탁에 대한 답변으로 이제부터는 어떤 희미한 느낌도 너무 성급하게 무시하지 말라는 충분한 암시였다. 내 안에서는 이미 오래전부터 은밀한 힘이 싹트고 있었다. 그것은 의문의 여지가 없었다. 그 힘들의 잠재력이 너무나 크게 느껴져서 그것들을 그냥 모르는 척하고 넘어갈 수가 없었다. 글자들을 책에서 그냥 눈으로만 읽지 않고 그것들의 의미를 느끼는 것, 나의 본능이 말없이 속삭이는 것을 번역해 줄 통역사 하나를 나 자신 속에 두는 것, 바로 이것이 자신의 내면과 분명한 언어로 소통할 수 있는 유일한 열쇠인 듯싶었다. '그들에겐 눈이 있으나 보지 못하고, 귀가 있으나 듣지 못한다.'라는 성경 구절이 그에 대한 깨달음처럼 퍼뜩 머릿속에 떠올랐다.

"열쇠, 열쇠, 열쇠."

나의 입술이 기계적으로 이 말을 되뇌는 사이에 나는 나의 마음이 방금 전 떠오른 그 특이한 생각에 매달리고 있음을 불현듯 깨달았다.

"열쇠, 열쇠라고?"

나의 눈길은 내 손에 들려 있는 구부러진 철사에 가서 고정되었다. 그것은 조금 아까 다락방 철문을 열 때 사용한 것이었다. 그리고 나는 그 네모난 바닥 문이 아틀리에에서 어디로 통할까 하는 걷잡을 수 없는 호기심에 사로잡혔다. 그래서 나는 더 이상 생각할 것도 없이 다시 한번 사비올리의 아틀리에로 가서 바닥 문에 달려 있는 손잡이를 잡아당겼다. 그렇게 해서 마침내 네모난 뚜껑을 들어 올렸다.

처음엔 어둠밖에 보이지 않았다. 잠시 후 좁고 가파른 계단이 깊은 어둠 속으로 이어져 있는 것이 보였다. 나는 계단을 내려가기 시작했다. 한동안 두 손으로 더듬으며 건물의 내벽을 따라 내려갔다. 그러나 도무지 끝이 나올 것 같지 않았다. 곰팡이가 축축하게 피어 있는 벽감들, 굴곡들, 모퉁이들, 곧게 나 있는 통로들, 왼쪽 또는 오른쪽으로 구부러지는 통로들, 낡은 나무 문의 잔해들, 사방으로 퍼져 나가는 샛길들, 그리고 또다시 계단들, 위로 올라갔다 내려갔다 하는 계단들. 곳곳에서 풍겨오는 질식할 듯 매캐한 곰팡내와 흙냄새. 여전히 한 줄기 빛도 보이지 않았다. 힐렐이 준 양초라도 가져오는 건데 그랬어!

마침내 평평한 길이 나왔다. 발밑에서 나는 부스럭 소리를 듣고 이제 마른 모래 위를 걷고 있음을 알아차렸다. 그것은 강에 이를 때까지 게토 지역 밑으로 두서없이 이러저리 나 있는 수많은 통로들 중 하나인 듯했다. 나는 그것을 이상하게 생각하지 않았다. 이 도시의 절반 정도는 아주 오래전부터 이와 같은 꼬불꼬불한 지하 통로들 위에 서 있었다. 프라하에 사는 사람들이 옛날부터 햇볕을 싫어한 데는 그만한 이유가 있는 것이다.

한참을 걸었는데도 머리 위에서 아무 소리가 들리지 않는 것으로 보아 아직도 게토 지역을 벗어나지 못한 게 틀림없었다. 게토 지역은 밤만 되면 공동묘지처럼 조용했다. 만약 내 머리 위에 활기찬 도로나 광장이 있다면 멀리서 마차가 쩔그럭대며 지나가는 소리가 그것을 알려 주었을 것이다. 잠시 나는 '혹시 내가 같은 곳을 뱅뱅 돌고 있는 거라면 어떡하지?' 그리고 '혹시 웅덩이에 빠져 다리가 부러져 다시는 못 걷게 되면 어떡하지?' 하는 불안감 때문에 숨이 막힐 것만 같았다. '그렇게 되면 내 방에 있는 그녀의 편지들은 어떻게 될까? 그것들은 틀림없이 바서트룸의 수중에 들어가게 될 거야.' 은연중에 나의 구원자이자 인도자로 여긴 셰마야 힐렐의 모습을 마음속에 떠올리자 나도 모르게 좀 안심이 되었다. 그렇지만 혹시라도 통로의 천장이 낮아질 경우 느닷없이 머리를 부딪힐까 봐 나는 한 손을 머리 위에 올린 채 더듬거리는 걸음으로 좀 더 천천히 걸었다. 처음에는 드문드문하다 갈수록 빈번하게 위로 치켜든 나의 팔이 천장에 닿았다. 그러다가 마침내는 천장이 아주 낮아져서 앞으로 나아가려면 허리를 구부려야 했다. 치켜든 손에 갑자기 아무것도 걸리는 게 없었다. 나는 멈춰 서서 위를 올려다보았다. 조금 있자 천장에서 거의 눈에 띄지 않는 가는 빛살이 떨어지는 것처럼 느껴졌다. 혹시 이곳은 어느 지하실과 연결되어 있는 공간이 아닐까?

나는 똑바로 서서 머리 위로 두 손을 들어 주변을 더듬어 보았다. 공간은 정확하게 직사각형이었고 사방에 벽이 있었다. 차츰 나는 공간을 가로질러 십자가처럼 수평으로 놓여 있는 물체를 알아보았다. 마침내 나는 그 물체의 가로막대 하나를 붙잡아 몸을 위로 들어 올린 다음 그 막대들 사이로 빠져나왔다. 나는 이제 십자가 위에 올라서서 방향을 잡기 시작했다. 내 손가락의 감촉이 틀리지 않다면 그것들은 분명히 나선형 계단의 잔해들이었다. 두 번째 계단을 찾을 때까지는 꽤 오랫동안 위태롭게 더듬거려야 했다. 마침내 나는 두 번째 계단으로 올라섰다. 계단은 모두 여덟 개였다. 하나하나의 높이가 보통의 어른 키만 했다. 이상하게도 맨 꼭대기 계단은 수평으로 놓인 널빤지와 열십자로 맞닿아 있었는데, 그 널빤지의 규칙적으로 교차되어 있는 선들 틈으로는 빛줄기가 새어 나오고 있었다. 아래쪽 통로에 있을 때 멀리서 느껴졌던 그 빛줄기였다. 나는 그 선들이 어떤 모양을 하고 있는지 확인하기 위해 좀 더 멀리 떨어져서 가능한 한 몸을 뒤로 젖혔다. 놀랍게도 그것들은 내가 유대교 회당에서 본 것처럼 여섯 개의 꼭짓점으로 이루어진 별 모양을 하고 있었다. 도대체 저게 뭘까?

나는 퍼뜩 그것이 뭔지 깨달았다. 그것은 각개의 모서리로 빛을 통과시키고 있는 바닥 문이었다! 별 모양을 한, 나무로 만든 바닥 문이었다. 나는 양어깨로 문을 밀어 올렸다. 다음 순간 나는 눈부신 달빛이 가득 차 있는 어느 방에 서 있었다. 방은 아주 조그마했으며, 구석에 있는 한 무더기의 잡동사니만 빼놓으면 완전히 텅 비어 있었다. 창문이 딱 하나 있었고, 그 창문엔 튼튼한 쇠창살이 설치되어 있었다. 내가 방금 통과해 온 쪽을 제외하면, 아무리 눈을 씻고 사방 벽을 살펴봐도 문 같은 것은 하나도 보이지 않았다. 창문의 쇠창살은 머리를 들이밀 수 없을 만큼 간격이 아주 좁았다. 그렇지만 그 방이 대략 3층 정도의 높이에 있는 것만은 확인할 수 있었다. 왜냐하면 건너편에 있는 건물들은 2층짜리인데, 이쪽보다 훨씬 더 낮게 보였기 때문이다.

도로 건너편은 그런대로 볼 수 있었다. 그러나 얼굴 정면으로 비쳐드는 눈부신 달빛이 짙은 그림자를 만들어 놓았기 때문에 세세한 것까지 다 알아볼 수는 없었다. 그 골목은 게토 지역에 속하는 것이 분명했다. 왜냐하면 건너편 창문들은 하나도 빠짐없이 벽으로 막혀 있었고 또한 건물의 장식 띠가 그것을 암시해 주었기 때문이다. 그리고 게토 지역 말고는 그 어디에서도 건물들이 그처럼 이상하게 등을 돌리고 있는 모습을 찾아볼 수 없었다. 나는 지금 내가 서 있는 건물이 어떤 건물인지 알아보려고 무척 애를 썼지만 도무지 알 수가 없었다. 이 건물은 어느 버려진 그리스 정교 교회당의 부속 건물일까? 아니면 옛 유대교 회당의 일부일까? 주변 환경을 보고는 전혀 알 수가 없었다.

나는 방 안을 다시 한번 둘러보았다. 조그만 실마리라도 던져 줄 만한 것은 아무것도 보이지 않았다. 사방의 벽과 천장에도 아무것도 없었다. 회반죽과 흰색 도료는 벗겨진 지 오래고, 이 방에 예전에 누군가가 살았다는 흔적이 되어 줄 만한 못 자국도 그 밖의 흠집도 보이지 않았다. 수십 년 동안 사람이 한 번도 발을 들여놓지 않았는지 바닥엔 발이 푹푹 빠질 정도로 먼지가 쌓여 있었다. 한쪽 구석에 쌓여 있는 쓰레기 더미를 뒤져 본다는 것은 생각만 해도 구역질이 났다. 그 쓰레기 더미는 짙은 어둠에 싸여 있었다. 그래서 그것의 내용물이 무엇인지 도무지 감을 잡을 수가 없었다. 외관상 그것은 넝마를 뭉쳐 놓은 것 같았다. 아니면 저것은 두서너 개의 낡은 검은 가방들일까? 나는 발로 그것을 슬쩍 건드려 보았다. 마침내 발꿈치를 이용해 그것의 일부를 방 안에 비스듬히 비쳐든 달빛 근처로 끌고 오는 데 성공했다.

그것은 폭이 넓은 검은 띠 같았다. 그것은 서서히 펼쳐지기 시작했다. 눈처럼 반짝이는 하나의 점! 저건 혹시 금속 단추일까? 나는 점차 그 꾸러미에서 옛날풍으로 특이하게 재단된 소매 하나가 바깥으로 삐죽이 나와 있는 것을 알아보았다. 그 밑에는 작고 흰 상자처럼 생긴 것이 놓여 있었다. 내가 발로 건드리자 그 조그만 상자는 허물어지면서 얼룩덜룩한 수많은 층으로 포개졌다. 나는 그것들을 다시 한번 툭 건드렸다. 종이 한 장이 밝은 달빛 속으로 휙 날아 들어갔다. 사진인가? 나는 허리를 구부렸다. 그것은 타로 카드 중에서 가장 등급이 낮은 파가트였다. 내가 하얀 상자라고 생각한 것은 한 벌의 카드 뭉치였다. 나는 그 상자를 집어 들었다. 이보다 더 우스꽝스러운 일이 있을까. 유령이 득시글거릴 것 같은 이 곳에서 카드 뭉치를 발견하다니!

　나는 억지로 미소를 지었다. 사실은 무서운 느낌이 은밀하게 찾아들었다. 나는 이런 카드가 어쩌다가 이곳으로 흘러들었는지 나 자신에게 나름대로 설명해 보려고 노력했다. 그러다가 기계적으로 카드를 세기 시작했다. 그것은 일흔여덟 장으로 된 완벽한 한 벌의 카드였다. 그러나 이미 카드를 셀 때 나는 놀라운 사실을 발견했다. 한 장 한 장이 얼음처럼 차갑다는 것이었다. 그 카드들에서 손가락을 마비시키는 한기가 전해졌다. 카드 뭉치를 일단 손에 들자 다시는 그것을 손에서 놓을 수가 없었다. 손가락들이 마비되어 버렸기 때문이다. 나는 얼른 또다시 합리적인 해명거리를 찾았다.

　나의 얇은 옷차림, 외투와 모자도 없이 지하 통로에서 오랫동안 방황한 것, 지독한 겨울밤, 돌로 된 벽들, 달빛과 함께 창문 틈으로 새어드는 섬뜩한 한기. 이런 모든 것들을 생각해 볼 때 내가 이제야 추위를 느끼기 시작한 것이 이상할 정도였다. 지금까지 내내 흥분 상태에 사로잡혀 있느라 그 사실을 깨닫지 못한 것 같았다. 전율이 줄지어 등골을 스치기 시작했다. 그것들은 점점 더 내 몸 깊숙이 스며들었다. 나는 두개골이 얼어붙는 것을 느꼈다. 그리고 내 몸속에 있는 뼈 하나하나가 나의 살을 얼어붙게 하는 차가운 금속 막대기같이 여겨졌다. 방 안에서 이리저리 뛰어 보기도 하고, 발을 동동 굴러 보기도 하고, 양손으로 뺨을 감싸 보기도 했지만 아무 소용이 없었다. 나는 이가 덜덜거리는 소리를 듣지 않으려고 이를 악물었다.

　'지금 네 머리 위에 차가운 손을 얹어 놓고 있는 것이 바로 죽음이야.' 나는 속으로 말했다. 그리고 나는 숨이 막힐 듯이 푹신한 외투처럼 감싸면서 사람을 서서히 마비시켜 얼어 죽게 만드는 졸음에 맞서 격렬하게 싸웠다. '내 방에 있는 편지들, 그녀의 편지들!' 나의 영혼이 소리를 질렀다. '내가 여기서 죽으면 사람들이 그 편지들을 찾아낼 거야. 그녀는 내게 희망을 걸었어! 나는 그녀를 구원해 줄 유일한 희망이야! 도와주세요! 도와주세요! 도와주세요!'

나는 창살 사이로 아래쪽 황량한 거리를 향해 소리를 질렀다. '도와주세요! 도와주세요! 도와주세요!' 메아리만이 들려왔다.

나는 바닥에 벌렁 드러누웠다가 다시 벌떡 일어났다. '나는 죽으면 안 돼! 죽어서는 안 돼! 그녀를 위해서. 오로지 그녀를 위해서! 내 뼈들을 마주쳐 불꽃을 일으켜서 몸을 조금만 덥힐 수 있다면 좋으련만.' 그때 구석에 있는 넝마 뭉치가 눈길을 끌었다. 나는 서둘러 그리로 달려가 떨리는 손으로 그것을 내 옷 위에 걸쳤다. 그것은 검은색의 두꺼운 천으로 좀 이상하게 재단된 중세풍의 낡은 양복이었다. 곰팡내가 확 풍겨왔다. 그런 다음 나는 구석에 가서 웅크리고 앉았다. 살갗이 서서히 조금씩 따뜻해지는 것이 느껴졌다. 그러나 얼음처럼 차가운 뼈의 그 소름 끼치는 듯한 느낌만은 사라지지 않았다. 나는 꼼짝하지 않고 앉아서 눈만 움직여 방 안을 둘러보았다. 내가 맨 처음에 발견한 그 파가트 카드만이 달빛을 받으며 여전히 방 한가운데에 놓여 있었다. 좀 떨어져 있기는 했지만 가능한 한 자세히 살펴보니, 그것은 어린애가 수채화 물감으로 서툴게 그린 것 같았다. 거기엔 히브리어 문자인 알레프(א)가 옛날풍 옷을 입은 남자의 형상으로 그려져 있었다. 잿빛 턱수염은 짧게 깎고 오른팔은 치켜들고 왼쪽 팔은 아래를 가리키고 있는 모습이었다.

'저 친구의 얼굴은 신기하게도 내 얼굴과 닮지 않았는가?' 내 마음속에서 의심이 슬며시 고개를 쳐들었다. '저 턱수염은 파가트 카드에는 전혀 어울리지 않아.' 나는 그 카드 쪽으로 기어가 그것을 구석에 있는 넝마 더미를 향해 홱 집어 던졌다. 눈에 자꾸만 거슬렸기 때문이다. 이제 그것은 그곳의 어둠 속에서 어렴풋하게 반짝이면서 내 쪽을 바라보고 있었다. 흰색인지 회색인지 구별할 수 없는 반점이 되어서. 그때 나는 억지로, 내 방으로 다시 돌아가려면 어떻게 해야 하는지에 대해서 생각하기 시작했다. '아침이 될 때까지 기다리는 거야! 창문으로 아래쪽 행인들을 향해 소리치는 거야. 그러면 그들이 사다리를 타고 양초나 전등을 들고 올라올 거야!' 등불이 없으면 그 한없이 꼬불꼬불한 길을 다시 찾아내는 일이 절대 불가능할 것 같았다. 그것은 너무도 분명한 사실이었다. '아니면, 창문이 너무 높아서 누군가가 몸에 밧줄을 동여매고 지붕에서 내려온다면……?'

하느님 맙소사! 번개처럼 내 머릿속을 스치는 것이 있었다. 이제 나는 깨달았다. 내가 어디 있는지. 나는 지금 문이 없는 방에 있는 것이다. 창살 달린 창문만이 하나 있을 뿐…… 사람들이 누구나 피하던 알트슐가세 거리의 고풍스러운 건물! 벌써 여러 해 전에 한 사람이 몸에 밧줄을 매고 지붕에서 내려와 창문 안을 들여다보다가 밧줄이 끊어져서 죽은……. 나는 지금 불가사의한 골렘이 매번 자취를 감추어 버린 그 건물에 있는 것이다! 그 심각한 두려움은 내가 아무리 막아 보려고 해도 끝없이 밀려왔으며 그녀의 편지들에 대한 기억으로도 물리칠 수 없었다. 두려움으로 인해 나의 사고 능력은 완전히 마비되고 말았다. 그리고 심장은 경련을 일으키기 시작했다. 나는 추워서 뻣뻣하게 굳은 입술로 서둘러 중얼거렸다.

'저 구석에서 저렇게 차갑게 불어오는 것은 바람일 뿐이야.'

나는 점점 더 빨리 그르릉 소리를 내면서 중얼거렸다. 그러나 아무 소용 없었다. 건너편에 있는 허연 얼룩, 즉 파가트 카드가 점점 커져서 풍선만 해졌다. 그러더니 달빛이 비치는 곳까지 더듬거리며 갔다가는 다시 어둠 속으로 기어들어 갔다. 똑똑 똑, 뭔가가 떨어지는 듯한 소리가 들려왔다. 한편으로는 마음속으로 생각하거나 느낀 소리 같고, 한편으로는 정말로 들려온 소리 같았다. 방 안에서 나는 소리, 아니면 바깥 어디선가 들려오는 소리, 내 마음속 깊은 곳에서 나는 소리, 그리고 다시 방한가운데에서 나는 소리. 컴퍼스가 떨어져 뾰족한 끝이 나무에 꽂히는 소리 같다! 또다시 저 허연 얼룩! 저놈의 허연 얼룩!

'저건 카드일 뿐이야. 가련하고 멍청하고 어리석은 카드일 뿐이라고!' 나는 머릿속으로 외쳤다. 그러나 아무 소용 없었다. 이제 파가트 카드는 사람의 모습을 하고 구석에 쪼그리고 앉아 나하고 똑같이 생긴 얼굴로 나를 멍하니 바라보고 있다.

나는 몇 시간 동안 줄곧 꼼짝하지 않고 한쪽 구석에 쪼그리고 앉아 있었다. 곰팡내 나는 낯선 옷을 걸쳐 입고 꽁꽁 얼어붙은 해골의 모습으로! 그리고 나 자신이기도 한 그는 맞은편에 쪼그리고 앉아 있었다. 아무 말 없이, 미동도 없이. 그렇게 우리는 서로의 눈을 응시했다. 서로는 서로의 소름 끼치는 영상이었다. 내가 보았듯이 그도 보았을까? 달빛이 달팽이처럼 느린 걸음으로 바닥을 지나 보이지 않는 시곗바늘처럼 무한의 벽을 기어오르기 시작하는 것을, 그리고 점점 더 창백해지는 것을?

나는 그를 나의 눈길로 꽉 붙잡고 있었다. 창문을 통해 그를 돕기 위해 새어 들어오기 시작한 아침 햇살 속으로 사라지려는 그의 노력도 아무 소용 없었다. 나는 그를 붙잡고 놓아주지 않았다. 그와 나는 밀고 당기며 싸웠다. 내 목숨을 걸고. 내 목숨을 건 까닭은 그것이 더 이상 내 것이 아니기 때문이었다. 그는 점점 더 작아졌다. 마침내 동녘이 밝아 오기 시작하고 그가 다시 카드 속으로 기어들어 갔을 때, 나는 자리에서 일어나 그가 있는 곳으로 가서 그를 집어 주머니에 넣었다. 그 파가트 카드를. 그러나 아래쪽 골목은 여전히 황량하고 사람의 발길이 보이지 않았다.

나는 희미한 아침 햇살에 드러난 방구석들을 샅샅이 뒤졌다. 깨진 도자기 조각들, 녹슨 냄비, 썩은 냄새를 풍기는 넝마들, 병목 하나. 그것들은 죽은 것들이면서도 이상하게 내 눈에 익었다! 그리고 벽들도 그랬다. 벽에 나 있는 틈과 갈라진 금들이 내 마음에 이미 박혀 있는 것 같았다. 나는 이 벽들을 어디서 보았을까? 나는 카드 묶음을 손에 쥐었다. 그때 이런 생각이 떠올랐다. 이것들은 언젠가 내가 직접 그린 것들이 아닐까? 내가 어렸을 때? 아주 오래전에? 그것은 아주 오래된 타로 카드였다. 거기엔 히브리의 상징들이 그려져 있었다. '열두 번째 카드는 아마 교수형을 당한 자일 거야. 머리를 아래로 떨어뜨린? 양손은 뒤로 묶인?' 갑자기 희미한 기억이 떠올랐다. 나는 카드들을 한 장 한 장 넘겨 보았다. 맞았다! 그 카드가 있었다.

그때 다시 반쯤은 꿈이고 반쯤은 현실처럼 내 눈앞에 또 하

"이제 나는 깨달았다. 나는 지금
불가사의한 골렘이 매번 자취를 감추어 버린
그 건물에 있는 것이다!"

나의 모습이 떠올랐다. 그것은 바로 시커먼 학교 건물이었다. 비스듬하게 등이 굽은, 불길한 마녀의 집이었다. 왼쪽 어깨는 하늘로 치솟아 있고, 오른쪽 어깨는 이웃집과 붙어 있는 집이었다. 우리는 나이 어린 소년들이었다. 그리고 어딘가에는 버려진 지하실 하나가……. 그러다가 나는 내 몸을 한번 살펴보았다. 나는 다시 어리둥절했다. 내가 몸에 걸치고 있는 중세풍의 양복이 너무나 낯설어 보였기 때문이다. 나는 덜커덕거리는 짐수레 소리에 깜짝 놀랐다. 그러나 밖을 내다보니 사람의 모습은 보이지 않았다. 푸줏간 개 한 마리만이 주춧돌 옆에서 졸고 있었다.

아! 마침내! 목소리다! 사람 목소리다! 두 명의 노파가 느린 걸음으로 거리를 따라 걸어왔다. 나는 창살 사이로 억지로 얼굴을 반쯤 내밀고 그들을 향해 소리쳤다. 그들은 입을 헤벌리고 서서 위를 올려다보며 뭐라고 서로 이야기를 주고받았다. 그러나 그들은 내 모습을 보자 비명을 지르며 줄행랑을 쳤다. 나를 골렘이라고 생각한 모양이었다. 나는 사람들이 모여들 것을 기대했다. 그러면 그들에게 내 사정을 이야기할 수 있을 것이었다. 그러나 한 시간가량이 흘러갔고, 이따금 창백한 얼굴이 고개를 들어 나를 쳐다봤다가는 새파랗게 질려서 도망치곤 했다. 아침이 되어 츠바크가 국가의 사기꾼들이라고 일컬은 경찰들이 올 때까지 몇 시간이고 죽치고 기다려야 할까? 아니다, 나는 차라리 어제 왔던 지하 통로를 통해 앞으로 더 가 보기로 했다. 이제 날이 밝았으니 보도의 갈라진 틈으로 한 줌의 빛이 흘러들지 않을까?

나는 계단을 기어 내려가, 어제 왔던 길에서 계속 앞으로 나아갔다. 깨진 벽돌들 더미를 넘고 움푹 들어간 지하실을 통과하여 망가진 계단을 올라갔다. 그러자 갑자기 시커먼 학교 건물의 현관이 나타났다. 내가 꿈속에서 본 바로 그 모습이었다. 그러자 곧장 기억의 물결이 나를 향해 달려들었다. 위에서부터 아래까지 온통 잉크로 얼룩진 의자들, 공책들, 울부짖는 노랫소리, 딱정벌레를 교실에 풀어놓는 아이, 으깨진 빵 조각들이 붙어 있는 독본들, 그리고 오렌지 껍질 냄새. 이제 나는 확실하게 깨닫게 되었다. 어렸을 때 나는 이곳에 있었다. 그러나 나는 그것에 대해 더 이상 생각하지 않고 집으로 가는 걸음을 재촉했다.

잘니터가세 거리에서 나와 가장 먼저 마주친 사람은 관자놀이 부분에 하얀 곱슬머리가 있는 불구의 유대인이었다. 그는 나를 보자 얼굴을 두 손으로 가리고 큰 소리로 히브리 기도문을 외쳐 댔다. 그 소란 통에 많은 사람이 집에 있다가 뛰쳐나온 것 같았다. 내 등 뒤에서 야단법석이 벌어졌기 때문이다. 뒤를 돌아보니 얼굴이 새파랗게 질리고 공포로 일그러진 얼굴들이 우글우글 내 뒤를 쫓아오고 있었다. 깜짝 놀라 내 옷차림을 훑어보고서야 나는 깨달았다. 나는 어젯밤부터 줄곧 양복 위에 그 이상한 중세의 옷을 걸쳐 입고 있었던 것이다. 그 때문에 사람들은 나를 골렘으로 생각한 것이다. 나는 얼른 모퉁이를 돌아 어느 집 대문 뒤로 가서 그 곰팡내 나는 누더기를 벗어 던졌다. 내가 그 일을 마치자마자, 사람들 무리가 입에 게거품을 물고 몽둥이를 휘두르면서 내 옆을 지나 돌진해 갔다.

빛

나는 낮 동안 몇 번이나 힐렐의 방문을 두드렸다. 더 이상 참을 수가 없었다. 어서 그를 만나 이 모든 이상한 체험들이 도대체 무엇을 의미하는 것인지 묻고 싶었다. 그러나 문을 노크할 때마다 그는 집에 없었다. 힐렐의 딸은 그가 유대인 시청에서 돌아오는 대로 내게 연락을 주겠다고 말했다. 그녀는 참으로 특이한 여인이었다. 미리암이라는 이름의 그 여인! 내가 여태껏 한 번도 본 적 없는 타입의 여인이었다. 그녀는 아름다웠다. 그러나 그녀의 아름다움은 처음 보는 순간에는 제대로 파악할 수 없는 낯선 아름다움이다. 뭐라고 꼬집어 말할 수 없는 오묘한 아름다움이다. 또한 보는 사람의 마음에 의기소침함 같은 불가해하면서도 은근한 느낌을 심어 주는 아름다움이다. 나는 마음속에 그녀의 얼굴을 떠올리면서 그 얼굴이 수천 년 전에 사라진 미의 기준에 따라 만들어진 것 같다고 생각했다.

그리고 나는 그녀의 얼굴을 보석에 새겨 그 아름다움을 영원히 보존하려면 어떤 보석을 선택해야 할지 골똘히 생각해 보았다. 그러나 이미 그녀가 지닌 순전히 외적인 것, 즉 이 세상의 그 무엇과도 비길 수 없는 머리카락과 눈동자의 반짝이는 검푸른 빛깔부터 어떻게 처리해야 할지 알 수 없었다. 그렇다면 면

저 이 지상의 것이 아닌 듯한 그녀의 갸름한 얼굴에 담긴 정신적인 이미지를 카메오 세공법으로 담으면 어떨까! 우리가 보통 예술 작업에서 규범으로 여기고 따르는 한심한 유사성의 원칙에 얽매이지 않고서! 오직 모자이크 기법을 통해서만 그 문제를 해결할 수 있다는 것을 나는 분명하게 깨달았다. 그건 그렇다 쳐도 어떤 재료를 써야 하나? 그러한 문제를 제대로 풀려면 한 사람의 인생을 다 바쳐야 할 것 같았다.

도대체 힐렐은 어디에 있는 걸까? 나는 오래 사귄 소중한 친구를 그리워하듯 그가 보고 싶었다. 이상하게도 그는 최근 며칠 사이에 내게 아주 소중한 존재가 되었다. 그러나 사실 내가 그와 이야기를 나눈 것은 살면서 단 한 번뿐이었다. 그래, 맞다. 사실 나는 그녀의 편지들을 좀 더 안전한 곳에 보관하고 싶었다. 내가 혹시라도 다시 집을 오랫동안 비울 경우에 대비해서 안심이 되도록. 나는 그녀의 편지들을 서랍에서 꺼냈다. 그것들을 보석 상자에 보관하면 더욱 안전할 듯싶었다. 편지들 속에서 사진 한 장이 빠져나왔다. 나는 사진을 보지 않으려고 했지만 이미 때가 늦었다. 사비올리의 아틀리에에서 내 방으로 도망쳐 왔을 때 내가 처음 보았던 모습 그대로 사진 속 그녀는 맨살의 어깨에 실크 숄을 걸치고 내 눈을 빤히 응시하고 있었다. 미칠 것 같은 고통이 내 마음속으로 뚫고 들어오기 시작했다. 나는 사진 밑에 적혀 있는 헌정의 글을 별생각 없이 읽었다. 그리고 이름을 읽었다.

'당신의 안겔리나.'

안겔리나!!

그 이름을 소리 내서 읽는 순간, 나의 젊은 시절을 가리고 있던 장막이 위에서 아래로 활짝 벗겨졌다. 나는 너무나 쓰린 고통으로 인해 쓰러질 것만 같았다. 나는 손가락으로 허공을 할퀴고 손을 물어뜯으며 울부짖었다. 하늘에 계신 하느님이시여, 제 눈을 다시 멀게 해 주소서. 지금까지 그랬던 것처럼 저를 가사(假死) 상태에 두소서! 나는 그렇게 간청했다. 고통이 입으로 올라왔다. 입 밖으로 넘쳐흘렀다. 이상하게도 달콤한 맛이 느껴졌다. 마치 피처럼.

안겔리나!!

그 이름은 내 핏줄 속을 빙빙 돌면서 마치 유령처럼 더 이상 참기 힘들게 나를 애무했다. 나는 초인적인 힘을 발휘해 정신을 바짝 차리고, 이를 악물고 그 사진을 응시했다. 서서히 그 사진을 제압할 때까지! 그 사진을 이겨 낼 때까지! 간밤에 그 카드를 제압했듯이. 마침내 발소리가 들려왔다! 남자의 발소리였다. 그가 오고 있다! 나는 너무나 반가워 문으로 달려가 문을 활짝 열어젖혔다.

셰마야 힐렐이 문밖에 서 있었다. 그리고 그 뒤에는 —— 나는 실망감을 느낀 데 대해 나 자신을 가볍게 질책했다 —— 불그스레한 뺨에 어린아이처럼 동그란 눈을 한 늙은 츠바크가 서 있었다.

"무사한 당신의 모습을 보니 정말 기쁘구려, 페르나트 선생." 힐렐이 말을 꺼냈다.

차갑게 '당신'이라니? 갑자기 방 안에 살을 에는 듯한 살인적인 한기가 감돌았다. 나는 츠바크가 흥분한 목소리로 나를 향해 쉴 새 없이 떠들어 대는 소리를 멍하니 듣기만 했다.

"골렘이 다시 나타났다는 소리 못 들었나? 얼마 전에 우리가 골렘 이야기를 했잖아? 알고 있지, 페르나트? 온 게토가 난리가 났어. 프리슬란더도 골렘을 직접 봤다는 거야. 그리고 늘 그랬듯이 이번에도 살인으로 시작됐어."

나는 살인이라는 말에 정신이 번쩍 들었다. 츠바크는 내 마음을 뒤흔들어 놓았다.

"자넨 그 일에 대해 아무것도 모르고 있나, 페르나트? 온 마을에 경찰이 좍 깔렸어. 초트만 알지? 사람들이 프리메이슨 단원이라고 부르는 그 뚱뚱한 초트만 말이야. 생명 보험 회사의 이사로 있잖아. 그 사람이 살해되었다는 거야. 로이자가 이 건물에 있다가 체포됐어. 그리고 빨간 머리 로지나는 어디론가 사라졌어. 골렘이야. 골렘. 정말 머리털이 곤두서는군."

나는 아무 대답도 하지 않고 힐렐의 눈만 바라보았다. 그런데 그는 왜 그렇게 나를 빤히 쳐다보는 걸까? 갑자기 그의 입가에 억지로 꾹 참는 듯한 미소가 감돌았다. 나는 이해했다. 그의 미소는 나를 향한 것이었다. 나는 너무나 기뻐 당장이라도 그의 목을 끌어안고 싶었다. 나는 기쁜 나머지 어쩔 줄 모르고 방안에서 이리저리 왔다 갔다 했다. 무엇을 제일 먼저 내놓을까? 술잔? 부르고뉴 포도주를 내놓을까?(나한테 딱 한 병 남은 게 있거든.) 시가를 내놓을까? 마침내 나는 말문을 열었다.

"그런데 왜 앉지 않고 그렇게들 서 있나?"

나는 얼른 두 친구에게 의자를 내주었다. 츠바크가 화를 내기 시작했다.

"왜 자네는 그렇게 실실 웃기만 하는 건가, 힐렐? 자네는 골렘이 다시 나타났다는 말을 믿지 않는 건가? 자네는 골렘의 존재를 전혀 믿지 않는 것 같군."

"나는 지금 당장 골렘이 바로 여기 이 방에 나타난다고 해도 믿지 않을 거야."

힐렐이 나를 쳐다보면서 차분하게 대답했다. 나는 그의 말에 담긴 두 가지 의미를 알고 있었다. 츠바크가 깜짝 놀라 술잔을 입에서 뗐다.

"수백 명이 넘는 사람이 목격했다는 사실도 자네한텐 아무것도 아니라는 건가, 힐렐? 내 말을 머리에 담아 놓고 좀 기다려 봐, 힐렐. 앞으로 이 게토에서는 살인이 꼬리에 꼬리를 물고 일어날 테니까! 나는 확신해. 골렘은 늘 끔찍한 사건들을 연이어 불러일으키거든."

"똑같은 사건이 계속해서 벌어지는 것은 결코 이상한 일이 아니야."

힐렐이 창가로 걸어가면서 말했다. 그리고 창문을 통해 고물 장수의 가게를 내려다보았다.

"봄바람이 불면 언제나 만물의 뿌리가 꿈틀대는 법이지. 달콤한 뿌리나 독을 품은 뿌리나 상관없이 말이야."

츠바크는 머리로 힐렐 쪽을 가리키며 내게 장난스럽게 윙크를 보냈다.

"랍비가 입을 열면 온통 우리 머리털을 곤두서게 하는 얘기뿐이군." 그가 중얼거리듯이 말했다. 세마야 힐렐이 돌아섰다.

"나는 랍비가 아니야. 내게 그런 칭호가 붙어 다닌다 해도 말일세. 나는 유대인 시청에서 일하는 가난한 호적계원일 뿐이야. 살아 있는 사람과 죽은 사람들의 호적을 정리하는 일을 맡고 있지."

그의 말에서 어떤 숨겨진 뜻이 느껴졌다. 인형극 놀이꾼도 그것을 무의식중에 알아차린 것 같았다. 입을 다물어 버렸기 때문이다. 한참 동안 우리 중 어느 누구도 말을 꺼내지 않았다.

"내 말 좀 들어 봐, 랍비 선생. 아니 미안하네, 힐렐. 나는 단지."

잠시 후 츠바크가 다시 말을 시작했다. 그의 목소리는 눈에 띄게 진지했다.

"자네한테 벌써 오래전부터 물어보고 싶은 게 있었어. 꼭 대답할 필요는 없어. 대답할 생각이 없거나 대답하기 곤란하다면 말이야."

셰마야 힐렐은 테이블로 돌아와 앉아 술잔을 만지작거렸다. 그는 술을 마시지 않았다. 유대교의 관습에 따라 금하는 것 같았다.

"말해 보게, 츠바크."

"자넨 유대교의 신비스러운 가르침인 카발라에 대해서 아는 게 있나, 힐렐?"

"아주 조금."

"내가 들은 바로는 카발라를 배울 수 있는 자료가 있다고 하던데, '조하르'라고 하는."

"맞아. 조하르라고 있지. 광명의 서."

"그렇다면 말이야." 츠바크가 마침내 속내를 드러냈다.

"이건 참으로 불공평한 것 아닌가. 성경을 이해하고 축복의 상태로 들어가는 열쇠라고 하는 그 책이⋯⋯."

힐렐이 그의 말을 가로막았다.

"수많은 열쇠 중에서 단지 몇 개일 뿐이지."

"좋아, 몇 개의 열쇠라고 치자고! 그런 책이 그 희귀성과 높은 가치 때문에 부자들의 손에만 들어가야 하나? 내가 들은 이야기로는 그 유일한 필사본이 런던 박물관에 있다더군. 그건 둘째 치고, 그 책은 칼데아어[6]와 아람어[7], 히브리어 — 그 밖에 무슨 말이 더 있는지 누가 알겠는가 — 로 쓰여 있다면서? 나 같은 사람이 평생 그런 말들을 배우거나 런던으로 갈 기회를 잡을 수 있겠나?"

"그렇다면 자네는 인생의 모든 소망을 전적으로 그 한 가지 것에 집중시켰단 말인가?"

힐렐은 그를 은근히 비꼬는 투로 말했다.

"솔직히 말해서 그렇지는 않네."

좀 당황스러워하면서 츠바크가 대답했다.

"그렇다면 자네는 불평할 자격이 없어." 힐렐이 냉정하게 말했다.

"자신의 몸이 부서지도록 애타게 성령을 구하지 않는 사람은 하느님의 비밀을 볼 수가 없네."

'그렇지만 다른 세계의 수수께끼를 풀 수 있는 모든 열쇠를 담고 있는 책이 있을 거야. 수많은 열쇠 중 몇 개의 열쇠가 아니라.' 이런 생각이 퍼뜩 머리를 스쳤다. 나의 손은 자동적으로 아직 내 주머니에 들어 있던 파가트 카드를 만지작거렸다. 그러나 내가 그 질문에 언어의 옷을 입히기 전에 츠바크가 그 질문을 말해 버렸다. 힐렐은 다시 스핑크스 같은 미소를 지으며 말했다.

"인간이 말로 표현할 수 있는 모든 질문은 그 질문을 마음

---

6 고대 메소포타미아 지역에서 사용되었던 언어이다.

7 셈 어족의 북서 셈 어파에 속한 언어. 기원전 8세기 이후 국제 통상 용어와 외교 용어로 고대 페르시아에서 아프가니스탄까지의 지역에서 쓰였다. 오늘날에는 시리아, 아르메니아, 메소포타미아 일부에서 쓰인다.

속에서 제기하는 순간에 이미 대답이 되는 거야."

"이 친구가 하는 말 이해할 수 있겠나?"

츠바크가 내 쪽을 쳐다보았다. 나는 그의 물음에 대답하지 않고 숨을 죽였다. 힐렐이 하는 말을 한마디도 놓치지 않기 위해서였다. 그는 계속 말했다.

"우리의 인생 전체는 여러 모양을 한 질문들에 지나지 않아. 대답의 싹은 이미 질문 자체에 들어 있지. 그러니까 이 대답들은 질문을 잉태하고 있는 거야. 바보들만이 그걸 다르게 생각하지."

츠바크가 주먹으로 테이블을 쳤다.

"맞아. 사람에 따라 질문이 다 다르고, 또한 사람에 따라 답변을 이해하는 방식도 다른 거야."

"그래, 바로 그게 요점이야." 힐렐이 친근하게 말했다.

"한 개의 숟가락으로 모든 환자의 병을 고치는 것은 의사의 특권이야. 질문을 하는 사람은 자기에게 필요한 대답을 얻는 거야. 그렇지 않다면 인간은 그리움의 길을 찾아 그토록 헤매지 않을 거야. 자넨 우리 유대인의 성스러운 문서들이 자음으로만 쓰여 있는 게 순전히 자의적이라고 생각하나? 각자가 오직 자신에게 맞는 뜻이 되도록 숨겨진 모음들을 찾아내야 하는 거야. 그렇지 않으면 살아 있는 말이 죽은 도그마로 굳어 버릴 수밖에 없어."

인형극 놀이꾼이 격하게 반대의 뜻을 밝혔다.

"그건 말뿐이야, 랍비 선생. 말뿐이라고! 내가 그런 것을 이해할 수 있다면 자넨 나를 파가트 울티모[8]라고 불러도 좋아."

파가트! 그 낱말이 내 마음속을 섬광처럼 스쳤다. 나는 너

8 타로 카드 중 최고의 카드를 말한다.

무나 놀라 하마터면 의자에서 굴러떨어질 뻔했다. 힐렐은 내 눈길을 피했다.

"파가트 울티모라고? 자네가 실제로 그렇지 않다고 누가 말할 수 있겠나!"

힐렐의 말이 아주 멀리서 들리는 것 같았다.

"우리 중 누구도 우리 자신이 무엇이라고 확실하게 말할 수 없어. 그건 그렇고 카드 이야기가 나왔으니 말인데, 츠바크, 자네 타로 카드 게임 할 줄 아나?"

"타로 카드 게임? 물론 할 줄 알지. 어렸을 때부터 해 본걸."

"그러니 나는 자네가 모든 카발라가 들어 있는 책에 대해 묻는 것이 참으로 이해가 안 돼. 벌써 수천 번도 넘게 그 책을 손에 넣어 봤을 텐데."

"내가? 그 책을 손에 넣어 봤다고? 내가?"

츠바크는 머리를 감싸 쥐었다.

"그럼, 물론이지. 자네는 지금까지 타로 게임이 히브리어의 철자 수와 똑같은 스물두 장으로 되어 있다는 걸 전혀 눈치채지 못했나? 게다가 우리 보헤미아 지방에서 쓰는 타로 카드에는 그림까지 그려져 있지? 여기에 그려진 그림들이 바보라든가 죽음, 악마 그리고 최후의 심판을 나타내는 상징이라는 걸 아나? 친애하는 친구, 자네는 생이 자네 귀에 대고 얼마나 큰 소리로 대답해 주기를 바라는 건가? 물론 '타로'가 유대교에서 말하는 '토라', 즉 '법'과 같은 의미를 지니고 있다든가, 고대 이집트어의 '타루크', 즉 '질문된 것들', 그리고 고대 페르시아어의 '타리스크', 즉 '나는 답변을 요구한다.'라는 말과 같은 의미라는 것까지 자네가 알 필요는 없네. 그러나 학자들은 타로가 카를 6세 시

"우리의 인생 전체는 여러 모양을 한 질문들에
지나지 않아. 대답의 싹은 이미 질문 자체에 들어 있지."

대에 비롯되었다는 주장을 내세우기 전에 이러한 사소한 사실들을 알고 있어야 하네. 그리고 파가트가 타로 카드의 첫 번째 페이지듯이 인간 역시 인간의 그림책에서 가장 먼저 나오는 형상이야. 이 형상은 인간 자신의 또 다른 자아야. 히브리어 문자인 알레프는 인간의 형상을 본떠 만들어졌는데 한 손은 하늘을 가리키고 있고, 다른 한 손은 땅을 가리키고 있지. 이것은 말하자면 '하늘에 있는 것이 땅에도 있고, 땅에 있는 것이 하늘에도 있다.'는 뜻이야. 그래서 나는 방금 전에 자네 이름이 츠바크인지 '파가트'인지 누가 알겠냐고 말했던 거야. 거부하지 말게!"

그러면서 힐렐은 나를 뚫어지게 쳐다보았다. 그때 나는 그의 말 속에서 새로운 의미의 심연이 열리는 것을 느꼈다.

"기회를 떨쳐 버리지 말게, 츠바크. 우리는 지하의 어두운 통로로 들어갈 수도 있어. 부적을 자기 몸에 지니지 못한 사람은 지금까지 그곳에서 한 명도 살아 돌아오지 못했어. 전해 내려오는 이야기에 따르면, 언젠가 세 남자가 어둠의 나라로 내려갔는데, 그중 한 사람은 미쳐 버렸고, 또 한 사람은 눈이 멀었다는 거야. 그런데 세 번째 사람인 랍비 아키바는 털끝 하나 다치지 않고 무사히 돌아왔다고 하지. 그 사람은 그곳에서 자기 자신을 만났다는 거야. 그런데 이미 그 이전에도 많은 사람이 자기 자신을 만났어. 가령 괴테가 그랬지. 그는 한쪽 강가에서 반대쪽 강가로 넘어가는 다리에서 자기 자신의 모습과 마주치고도 정신을 잃지 않았어. 그것은 그 자신의 의식의 반영이었지 절대 진짜 도플갱어가 아니었어. 이른바 '뼈의 숨결'이나 일명 '하발 가르민'이 아니었다는 거지. 그 하발 가르민에 대해서는 그러니까 이런 이야기가 있어. 그는 무덤에 묻혔는데, 뼈가 썩지 않고 있어서 최후 심판의 날에 부활할 거라는 거야."

힐렐의 눈빛은 나의 눈동자를 더욱더 깊이 꿰뚫었다.

"우리 할머니들은 그에 대해서 이런 이야기를 들려주었어. '그는 땅 위 높은 곳, 문도 없고 창문만 하나 달랑 있는 방에 살고 있단다. 그 창문으로는 사람들과 소통하는 것이 불가능하지. 그를 방에 가두어 놓고 순화시킬 수 있는 사람이라면 누구나 자기 자신과 좋은 친구가 될 수 있단다.' 끝으로 타로 카드에 대해서 말하자면, 자네도 나만큼이나 잘 알고 있군. 카드 게임의 경우 카드를 어떻게 쓰느냐 하는 것은 플레이하는 사람에 따라 다 다른 거야. 그러니까 카드의 패를 제대로 잘 사용하는 사람이 카드 게임에서 승리하는 거지. 그건 그렇고, 츠바크! 이제 가야 할 시간이군. 괜히 페르나트의 포도주나 축내지 말고. 그러다간 이 친구가 먹을 술이 한 방울도 안 남겠어."

곤경

눈보라가 창문 밖에서 미쳐 날뛰었다. 눈송이들이 하얀 털 외투를 입은 작은 군인들의 무리처럼 연대 단위로 줄지어 창유리를 스치며 지나갔다. 가공할 만한 적으로부터 전격적인 후퇴를 하는 것처럼 계속해서 같은 방향으로. 그러다가 갑자기 도망치는 데 싫증이 난 듯 느닷없이 공격 자세를 취하고는 방금 전과는 정반대되는 방향으로 윙윙 소리를 내면서 돌진했다. 그러나 이윽고 새로운 적들이 나타나 그들의 측면을 공격하자, 그들은 맥도 못 추고 소란만 일으키다 그대로 와해되어 버렸다.

내가 얽혀 든 이상한 사건들이 일어난 지 벌써 몇 달이 지난 것 같은 느낌이었다. 골렘과 관련한 뒤숭숭한 새로운 소문들이 날마다 몇 번씩 귀에 들어와 내 기억의 샘물을 신선하게 해 주지 않았다면, 나는 스스로를 믿지 못하는 어떤 순간에 이르러 내가 잠시 환각의 희생물이 되었던 것이라고 생각했을지 모른다. 내 주변에서 일어난 사건들의 가지각색의 아라베스크 중에서 가장 화려한 빛깔로 눈에 띈 것은 츠바크가 들려준, 아직 미궁에 빠져 있는 이른바 '프리메이슨 단원'의 죽음과 관련된 것이었다.

나는 사람들이 곰보 로이자를 이 사건에 연루시킨 것에 전적으로 동의할 수 없다. 물론 의구심을 완전히 떨쳐 버릴 수는 없지만. 왜냐하면 프로코프가 하수구 쪽에서 뭔가 섬뜩한 소리가 들려온 것 같다고 한 바로 그날 밤 그 젊은 친구를 우리가 로이시체크 주점에서 본 기억이 자꾸 떠오르기 때문이다. 물론 지하에서 들려온 소리를 어떤 사람이 구원을 요청하는 소리로 해석할 이유는 없다. 게다가 그 소리는 환청일 수도 있었다.

눈앞에서 흩날리는 눈보라 때문에 눈이 부셨다. 그래서 내 눈에는 모든 것이 춤추는 줄무늬처럼 보이기 시작했다. 나는 다시 책상 위에 놓여 있는 보석으로 눈길을 돌렸다. 내가 밀랍으로 본을 떠 놓은 미리암의 얼굴을 저 푸르스름하게 반짝이는 월장석으로 다듬으면 멋지게 성공할 것 같았다. 나는 기분이 좋아졌다. 내가 갖고 있는 많은 보석들 가운데에서 그렇게 안성맞춤의 것을 찾아낸 것은 정말 보기 드문 행운이었기 때문이다. 각섬석 부위에 박혀 있는 칠흑의 모암(母巖)은 월장석에 아주 적당한 빛을 어리게 했다. 월장석의 전체적인 선의 흐름도 기가 막히게 좋았다. 마치 미리암의 고운 초상이 영원히 보존되도록 자연이 직접 깎아 놓은 것 같았다.

나의 원래 의도는 이집트의 신 오시리스의 모습과, '이부르'라는 책을 보았을 때 환상처럼 나타났던, 언제나 내 기억 속에 또렷하게 각인된 자웅 동체의 모습을 양각으로 새기는 것이었다. 나의 이 생각은 예술적 관점에서 내게 강하게 호소해 왔다. 그러나 나는 처음 얼마간 보석을 다듬다가 내가 조각하고 있는 것이 셰마야 힐렐의 딸과 너무나 흡사하다는 것을 서서히 깨달았다. 그 뒤로 나는 계획을 바꾸게 되었다.

'이부르' 책! 나는 마음이 어수선해져서 보석을 깎던 칼을 내려놓았다. 그 짧은 시간 동안에 얼마나 이상한 일들이 내 인생에 끼어들었던가! 별안간 끝이 보이지 않는 모래사막 한가운데에 내동댕이쳐진 사람처럼 나는 갑자기 나를 주변 사람들과 갈라놓고 있는 어마어마한 고독을 깨달았다. 내가 힐렐 외에 다른 누구와 내가 겪은 일들에 대해 이야기할 수 있을까?

최근 며칠 밤 동안 조용한 시간이 되면, 아주 어린 시절부터 시작하여 나의 청춘 시절 내내 내가 놀라운 것을 향한 그리움으로, 그리고 모든 무상함의 저편에 놓여 있는 삶을 향한 형언할 수 없는 그리움으로 고통스럽게 시달리곤 했던 기억이 되돌아오는 것 같았다. 그러나 내 그리움의 성취는 폭풍우처럼 갑작스레 다가와 그 무게로 내 영혼이 질러 대는 환희의 외침을 눌러 버리고 말았다. 정신이 돌아와 내가 예전에 겪은 일들을 지금 막 일어난 사건처럼 너무나 생생하게 느껴야 하는 그 순간이 두려웠다. 그러나 지금은 그렇지 않다! 먼저 마음껏 음미하고 싶다. 말로 다 할 수 없는 그 찬란함을 눈으로 직접 느끼고 싶다! 나는 그것을 내 손아귀에 쥐고 있지 않은가! 지금 당장이라도 침실로 가서 눈에 보이지 않는 존재가 건네준 그 '이부르' 책이 들어 있는 철제 상자를 열기만 하면 되는 것이다! 그 얼마나 오래전의 일인가. 내가 안겔리나의 편지들을 상자에 집어넣으면서 손으로 그 '이부르' 책을 건드렸던 것이!

밖에서 가끔 쿵 하는 둔탁한 소리가 들려왔다. 바람이 지붕에 쌓여 있던 눈덩이를 건물들 발치를 향해 밀어 내는 소리였다. 그다음엔 깊은 적막의 순간이 이어졌다. 길에 쌓인 눈송이 양탄자가 모든 소리를 삼켜 버렸기 때문이다. 나는 하던 일을 계속하려고 했다. 그때 갑자기 뚜렷한 금속성의 말발굽 소리가 아래쪽 골목 사이로 울려 퍼졌다. 내 눈에 불꽃이 튀는 것이 보이는 것 같았다.

창문을 열고 밖을 내다보는 것은 불가능했다. 얼음 근육들이 창문을 창문틀에 꽉 붙들어 매 놓았기 때문이다. 게다가 유리창은 반 정도가 눈으로 하얗게 뒤덮여 있었다. 나는 차루세크가 고물 장수 아론 바서트룸과 일견 평화롭게 마주하고 서 있는 모습만을 볼 수 있었다. 그들은 방금 대화를 끝낸 모양이었다. 나는 그들의 표정에서 당혹감이 점점 더 커져 가는 것을 보았다. 그들은 내 시선에서 멀어져 가는 마차를 말없이 바라보았다. 그것은 안겔리나의 남편임이 분명했다. 그런 생각이 내 머릿속을 불현듯 스쳤다. 그녀일 리가 없다! 그녀가 호화로운 마차를 타고 한파스가세 거리의 내 집 앞을 지나갈 리가 없다! 시퍼렇게 살아 있는 사람들의 눈앞을! 만약 그녀가 그렇게 한다면 그녀는 미친 게 틀림없으리라. 그런데 실은 그녀의 남편이라면 나는 그에게 뭐라고 말할 것인가? 내가 그와 얼굴을 마주한다면? 나는 여러 가지 가능성을 머릿속으로 그려 보았다. '그것은 그녀의 남편임이 틀림없다. 그는 익명의 편지를 받았다. 그녀가 밀회를 위해 이곳에 갔다는. 물론 바서트룸으로부터. 그녀는 구실을 댔을 것이다. 어쩌면 나한테 보석이나 그 밖의 것을 주문해 놓았다고.'

바로 그때! 문을 마구 두드리는 소리가 났다. 그리고 안겔리나가 내 앞에 서 있었다. 그녀는 단 한마디도 하지 못했다. 그러나 그녀의 표정이 내게 모든 것을 알려 주었다. 그녀는 더 이상 숨길 필요가 없었던 것이다. 게임은 끝난 것이다. 그렇지만 나는 그런 가정을 받아들이고 싶지 않았다. 나는 그녀를 도와주겠다는 나의 감정이 아무런 근거가 없는 것이라고 믿고 싶지 않았다. 나는 그녀를 안락의자로 이끌었다. 그러고는 말없이 그녀의 머리카락을 쓰다듬어 주었다. 그러자 그녀는 완전히 탈진한 어린애처럼 내 가슴에 머리를 파묻었다. 우리는 타다닥 장작이 타는 소리를 들으면서, 난로에서 빨간 불빛이 타올랐다가 꺼졌다가, 다시 타올랐다가 꺼졌다가 하며 타일 위에 반사되는 모습을 바라보았다.

"심장 모양의 빨간 보석은 어디 있지?"

내 가슴속에서 그런 소리가 들려왔다. 나는 벌떡 일어났다. 내가 어디 있는 거지? 그녀는 여기 내 안락의자에 얼마나 오랫동안 앉아 있었던 거지? 나는 그녀에게 한 가지씩 캐묻기 시작했다. 아주 조심스럽게, 조용조용히. 그녀가 눈을 그대로 감고 있게 하면서. 그리고 그녀의 아픈 상처를 건드리지 않도록 조심하면서. 나는 내가 알고 싶은 것들을 한 가지씩 알아내서 그것들을 모자이크처럼 붙여 보았다.

"혹시 당신 남편이 알고 있나요?"

"아니요. 아직은요. 그는 여행을 떠났어요."

그렇다면 사비올리 박사의 생명이 걸려 있는 게 틀림없다. 차루세크의 추측은 정확했다. 그녀는 자신의 목숨이 아니라 사비올리 박사의 목숨을 구하려고 나를 찾아온 것이다. 나는 그녀가 더 이상 아무것도 감추려 하지 않는다는 것을 알아차렸다. 바서트룸은 사비올리 박사를 다시 찾아간 것이다. 온갖 협박을 동원해 그가 누워 있는 병상까지 찾아갔을 것이다. 그다음엔 무슨 일이 있었을까? 무슨 일이? 그는 그에게 무엇을 원했

"그 얼마나 오래전의 일인가.
내가 안겔리나의 편지들을 상자에 집어넣으면서
손으로 그 '이부르' 책을 건드렸던 것이!"

을까? 그는 무엇을 원했을까? 그녀는 어느 정도 정확하게 알고 있었다. 그가 원하는 것은, 그러니까 그녀의 애인이 스스로 목숨을 끊게 만드는 것이었다. 그녀는 이제 왜 바서트룸이 그처럼 걷잡을 수 없는 증오심으로 불타고 있는지도 알고 있었다.

"사비올리 박사가 얼마 전에 안과 의사였던 그의 아들 바소리를 죽음으로 내몰았기 때문이지요."

그때 한 가지 생각이 내 머릿속을 번개처럼 스치고 지나갔다. 어서 달려 내려가 고물 장수한테 모든 사실을 털어놓는 거다. "차루세크가 뒤에 숨어서 일격을 가한 거다. 사비올리가 아니다. 그는 꼭두각시에 불과했다."고. '그건 배신이야! 배신이라고!' 내 머릿속에서 울부짖는 소리가 들려왔다. '너는 너와 그녀를 도와주려고 발 벗고 나선, 폐병에 걸려 시름하는 그 불쌍한 차루세크를 그 악한의 끔찍한 복수욕의 희생자로 만들 작정이냐?' 나는 내 안에서 벌어지고 있는 싸움으로 유혈이 낭자해진 채 두 동강이 날 지경이었다. 그때 내 안에서 얼음처럼 차갑고 차분한 목소리가 말했다.

'이 바보야! 해결책은 네 손안에 있어! 당장 저기 책상 위에 놓여 있는 끌을 집어 들고 아래로 달려 내려가 그걸로 고물 장수의 목덜미를 꿰뚫어 버리면 그만인 거야.' 내 가슴은 기쁨에 겨워 하느님을 향해 고맙다고 소리쳤다.

나는 계속해서 캐물었다. "그럼 사비올리 박사는요?"

그녀는 다음과 같이 말했다. 그녀가 그를 구하지 않으면 그는 분명히 스스로 목숨을 끊을 것이다. 지금 당장은 간호사들이 잠시도 그에게서 눈을 떼지 않고 있다. 지금은 모르핀으로 마취시켜 놓은 상태이다. 만약 그가 갑자기 깨어난다면? 그것도 지금 당장 깨어난다면? 그러면? 안 된다. 안 된다. 그녀는 어서 가 봐야 한다고 말했다. 더 이상 여기서 시간을 지체할 수 없다는 것이다. 그녀가 남편한테 직접 편지를 쓰겠다고 했다. 그에게 모든 것을 고백하겠다는 것이다. 그가 그녀의 아이를 빼앗아 간다 하더라도. 그렇게 되면 사비올리 박사는 목숨을 구하게 된다는 것이었다. 왜냐하면 바서트룸의 손에서 그녀를 위협할 수 있는 유일한 무기를 빼앗는 셈이니까. 그녀는 모든 비밀을 다 털어놓겠다고 했다. 바서트룸이 먼저 나서기 전에.

"그건 안 돼요, 안겔리나!"

나는 책상 위의 끌을 생각하면서 소리쳤다. 내가 그렇게 큰 힘을 갖고 있다는 것이 너무나 기쁜 나머지 목소리가 제대로 나오지 않았다. 안겔리나는 나의 손을 뿌리치고 가려고 했다. 나는 그녀를 꽉 붙잡았다.

"딱 한 가지만 생각해 봐요. 당신 남편이 바서트룸의 말을 별 의심 없이 그냥 믿을 거라고 생각해요?"

"그렇지만 바서트룸은 증거물을 갖고 있어요. 그가 내 편지들을 손에 넣은 것 같아요. 어쩌면 내 사진까지도요. 아틀리에 책상 서랍 속에 숨겨 두었던 것들을 몽땅 가져간 거예요."

편지들? 사진? 책상? 나는 내가 무슨 짓을 하는지도 모르는 채 안겔리나를 끌어안고 키스했다. 그녀의 금발 머리카락은 내 얼굴 앞에 황금빛 베일처럼 드리워져 있었다. 그런 다음 나는 그녀의 가녀린 두 손을 잡고 서둘러 말했다. 바서트룸의 원수인 한 보헤미아 출신의 대학생이 그녀의 편지들을 비롯한 모든 것을 챙겨서 내게 전해 주었으며, 그것들은 이제 내가 안전하게 보관하고 있다고. 그러자 그녀는 내 목에 매달리면서 웃음과 울음을 동시에 터뜨렸다. 그녀는 내게 키스를 한 후 문 쪽으로 달려갔다가 다시 돌아와 또 한 번 키스했다. 이윽고 그녀는 사라졌다. 나는 못 박힌 듯 꼼짝 않고 서 있었다. 내 얼굴에는 아직도 그녀의 입에서 나온 숨결이 남아 있었다.

마차 바퀴가 포도(鋪道) 위를 덜컹대며 굴러가는 소리와 질주하는 말발굽 소리가 들려왔다. 잠시 후엔 정적이 찾아들었다. 마치 무덤 속처럼. 내 가슴속에도. 갑자기 등 뒤에서 문이 살며시 삐걱대는 소리가 들렸다. 차루세크가 방 안에 서 있었다.

"죄송합니다, 페르나트 선생님. 오랫동안 문을 두드렸는데, 듣지 못하신 것 같군요."

나는 말없이 고개만 끄덕였다.

"혹시 제가 바서트룸과 화해했다고 생각하시는 건 아닌가요? 아까 제가 바서트룸과 이야기하고 있는 것을 보셨으니까요."

나는 그의 얼굴에 어린 조롱 섞인 미소를 보고 그가 뼈 있는 농담을 던지고 있다는 걸 알았다.

"오늘은 제게 썩 운이 좋은 날이라는 것을 알려 드리고 싶어요. 저 아래 사는 협잡꾼이 저를 좋아하기 시작했어요. 정말 이상한 일이죠. 피가 부르는 걸까요?"

그가 반쯤은 중얼거리는 투로 나직이 말했다. 나는 그가 무슨 소리를 하는 건지 알 수가 없었다. 나는 그냥 뭔가 잘못 들은 거라고 생각했다. 내 가슴은 조금 전의 흥분이 채 가시지 않은 상태였다.

"글쎄 그 사람이 저한테 외투를 하나 선물하겠다는 거예요." 차루세크가 큰 소리로 지껄였다.

"물론 고맙다고 말하면서 그의 제안을 거절했죠. 저는 제

살갗만으로도 더워 죽을 지경이니까요. 그러자 그 사람은 제 손에 억지로 돈을 쥐여 주었어요."

'그걸 받았나?'

입에서 튀어나오려는 이 말을 나는 얼른 다시 삼켜 버렸다. 대학생의 두 뺨이 불그스레하게 빛났다.

"물론 돈은 받았죠."

나는 머릿속이 어지러웠다!

"돈을 받았다고?"

나는 말을 더듬었다.

"저는 이 세상에서 남에게 뭔가를 줄 때 그처럼 순수한 기쁨을 느낄 수 있으리라고는 한 번도 생각하지 못했어요." 그는 잠시 말을 멈추더니 얼굴을 찡그렸다.

"자연의 가계에서 '엄마의 절약하는 손가락'이 도처에서 지혜롭게 섭리하는 것을 보는 것은 정말 숭고한 일이 아닐까요?"

그는 목사 같은 투로 말했다. 그러면서 주머니에 들어 있는 돈을 만지작거렸다.

"정말이지 저는 그 부드러운 손이 제게 맡긴 이 보물을 언젠가 이 세상에서 가장 고귀한 일을 위해 한 푼도 남김없이 쓰는 것을 저의 신성한 의무라고 생각해요."

이 친구가 취한 걸까? 아니면 미쳐 버린 걸까? 그때 갑자기 차루세크가 목소리 톤을 바꾸었다.

"바서트룸이 직접 병원비를 모두 부담하게 된다면 이거야말로 사탄의 장난질이 아닐까요? 그렇지 않나요?"

차루세크의 말 뒤에 무슨 뜻이 숨어 있는 건지 어렴풋이 감이 잡혔다. 그의 열에 들뜬 눈동자를 보니 두려움이 밀려왔다.

"하지만 지금은 그게 큰 문제가 되지 않아요, 페르나트 선생님. 당장 시급한 문제부터 처리하기로 하지요. 아까 그 숙녀 분 말이에요. '그 여자' 맞죠? 왜 그 여자가 여기에 공공연히 나타났을까요?"

나는 앞서 일어났던 일들을 그에게 들려주었다.

"바서트룸이 아무 증거물도 찾지 못한 게 분명하군요." 그가 기뻐하면서 내 말을 끊었다.

"그게 아니라면 그는 오늘 새벽에 아틀리에를 다시 한번 뒤지지 않았을 겁니다. 당신이 그 사람의 인기척을 듣지 못했다니 참으로 이상하군요. 그 사람이 한 시간 내내 저 방에 머물렀는데요."

나는 어떻게 그 모든 사실을 잘 알고 있느냐고 그에게 놀라움을 드러냈다.

"담배 한 대 괜찮을까요?"

설명을 하기 위해 그는 책상에서 담배 한 개비를 집어 불을 붙이고는 이야기를 계속했다.

"자 보세요. 이렇게 당신의 방문을 열자마자 계단을 통해 들어온 바람이 담배 연기를 창문 쪽으로 몰고 가잖아요. 이것은 아마도 바서트룸이 정확히 알고 있는 유일한 자연법칙일 거예요. 그것을 염두에 두고 그는 도로에 면한 아틀리에 벽에 — 이 건물이 그 사람 소유라는 건 당신도 잘 알고 있죠 — 눈에 띄지 않게 조그만 구멍을 하나 뚫어 놓았어요. 그러니까 일종의 환풍구죠. 그리고 그는 그 안에 조그만 빨간 깃발을 꽂아 놓았어요. 그래서 누군가가 방에서 나가거나 들어올 때마다, 그러니까 방문을 여닫을 때마다 바서트룸은 아래쪽에

174

서 깃발이 마구 흔들리는 것을 보고 사람이 들어오고 나가는 것을 알 수 있는 거예요." 차루세크는 냉정한 말투로 덧붙였다.

"그 정도라면 저도 잘 알고 있어요. 그것은 이 건물 맞은편 지하실에서도 아주 잘 볼 수 있으니까요. 제가 그 지하실에 거처를 갖고 있는 것은 정말 더없는 행운이에요. 통풍구를 가지고 하는 점잖은 장난은 원래 나이가 지긋한 족장들의 전유물이었지만, 몇 년 전부터 저도 자주 하고 있어요."

"그렇게 그 사람의 모든 행동을 주의 깊게 지켜보는 걸 보니 그에 대한 자네의 증오심은 정말 상상을 초월하는가 보군. 게다가 그 증오심이 한사코 누그러들지 않으니 말일세!" 내가 끼어들었다.

"증오심이라고요?" 차루세크는 어처구니없다는 듯 미소를 지었다.

"증오심이라고요? 증오심은 적절한 표현이 아니에요. 그 사람에 대한 제 감정을 표현할 수 있는 말은 새로 만들어져야 해요. 정확히 말해서, 저는 그 사람을 전혀 증오하지 않아요. 저는 그의 피를 증오해요. 제 말뜻을 이해하시겠어요? 그 사람의 피가 한 방울이라도 어떤 사람의 핏줄에 흐르면 저는 야수처럼 그 냄새를 맡아요."

그렇게 말하면서 그는 이를 악물었다.

"그런 일은 이곳 게토 지역에서는 종종 일어나지요."

너무나 흥분한 나머지 그는 더 이상 말을 잇지 못하고 창가로 뛰어가 밖을 내다보았다. 나는 그가 가쁜 숨을 억누르는 것을 느꼈다. 우리 두 사람은 한동안 아무 말도 하지 않았다.

"아니, 저게 뭐지?" 그가 화들짝 놀라면서 내게 손짓했다.

"어서 이리 와 보세요! 어서요! 혹시 망원경 같은 거 없으세요?"

우리는 커튼 뒤에 숨어서 조심스럽게 아래쪽을 엿보았다. 농아인 야로미르가 고물 장수 가게 입구에 서서, 그의 손짓으로 미루어 짐작건대 뭔가 반짝이는 조그만 물건을 손에 감추어 들고 바서트룸에게 사라고 내미는 것 같았다. 바서트룸은 독수리처럼 그것을 낚아채서 그의 움막 안으로 사라졌다. 잠시 후 그는 파랗게 질린 얼굴로 쏜살같이 달려 나와 야로미르의 멱살을 움켜잡았다. 그렇게 해서 격한 몸싸움이 벌어졌다. 그러다가 갑자기 바서트룸이 붙잡고 있던 손을 놓았다. 그리고 뭔가 골똘히 생각하는 것 같았다. 화가 치밀어 자신의 언청이 입술을 물어뜯으면서. 이윽고 그는 우리가 있는 쪽을 힐끔 한번 쳐다보더니 야로미르의 팔을 잡고 화해한 듯이 그의 가게 안으로 들어갔다. 우리는 십오 분가량 기다렸다. 그들의 거래가 잘 진행되지 않는 것 같았다. 마침내 농아가 만족스러운 얼굴로 다시 나타났다. 그러고는 왔던 길을 되돌아갔다.

"자넨 저걸 어떻게 생각하나?" 내가 물었다.

"그렇게 중요한 일 같지는 않은데. 아마도 그 불쌍한 녀석이 구걸해서 얻은 물건을 팔러 온 모양이야."

차루세크는 아무 대답도 하지 않고 다시 책상에 앉았다. 그역시 그 사건에 큰 의미를 두지 않는 것 같았다. 그가 잠시 후 아까 멈추었던 부분부터 다시 이야기를 이어 갔기 때문이다.

"그렇습니다. 제가 증오하는 것은 그 사람의 피라고 말씀드렸지요. 제가 다시 너무 흥분하거든 말씀해 주세요, 페르나트 선생님. 저는 냉정함을 잃고 싶지 않거든요. 그 사람 때문에 저의 더없이 좋은 기분을 망치고 싶지 않습니다. 저는 언제나 맑은 정신을 유지하고 싶어요. 마음속 깊이 수치심을 느끼는 사람은 창녀나 형편없는 시인처럼 격정에 휩쓸리지 말고 냉정하게 말해야 해요. 세상이 창조된 이래 배우들이 특히 '조형적인 측면이 두드러지도록' 이 같은 제스처를 생각해 내지 않았다면 고통에 겨워 '양손을 비틀' 생각은 누구도 하지 않았을 겁니다."

나는 그가 마음속으로 평정을 얻으려고 일부러 아무렇게나 떠들고 있다는 것을 깨달았다. 그렇지만 그는 도무지 마음을 가라앉히지 못했다. 그는 안절부절못하며 방 안을 서성거렸다. 손에 잡히는 대로 이 물건 저 물건 집어 들었다가 멍한 표정으로 다시 그것들을 제자리에 놓았다. 갑자기 그는 지금까지 하던 이야기의 한중간으로 다시 뛰어들었다.

"저는 한 인간이 무심결에 하는 아주 작은 동작에서도 그 빌어먹을 피를 알아볼 수 있어요. 저는 '그'와 외모가 비슷하거나, 사람들이 그의 자식들로 생각하는 아이들을 알고 있어요. 그렇지만 사실 그 아이들은 그와 핏줄이 달라요. 사람들은 저를 속이지 못해요. 여러 해 동안 저는 바소리 박사가 그 사람의 아들이라는 걸 몰랐어요. 그렇지만 이미 냄새는 맡고 있었지요. 제가 아주 어렸을 때부터, 그러니까 바서트룸과 제가 어떤 관계인지 아직 모르던 때부터……."

그의 눈길이 잠시 나를 뜯어보았다.

"저는 그런 재주를 갖고 있었어요. 사람들은 저를 발로 밟고 때렸어요. 그래서 제 몸에는 성한 곳이 단 한 군데도 없었어요. 제가 반쯤 미쳐 곰팡내 나는 흙을 씹어 삼키도록 사람들은 저를 굶기고 물 한 모금 주지 않았어요. 그렇지만 저는 저를 괴롭힌 사람들을 미워할 수 없었어요. 왜 그런지 그럴 수가 없었어요. 제 마음속에는 증오심이 들어설 자리가 없었던 거죠. 이해하시겠어요? 그렇지만 저의 존재는 온통 증오심으로 물들어 있었어요. 바서트룸은 지금까지 저한테 아무 짓도 하지 않았어요. 그러니까 제가 저 아래 골목에서 부랑아로 떠돌아다닐 때도 한 번도 저를 때리거나 괴롭히거나 욕설을 퍼붓거나 하지 않았다고요. 저는 그것을 분명히 기억해요. 그렇지만 제 마음속에 복수와 분노를 들끓게 만든 모든 것이 그를 향해 일어섰어요. 다른 누구도 아닌, 바로 그에게 대항해서요! 그렇지만 지금 생각해 봐도 이상한 것은 제가 어렸을 적에 그를 한 번도 골리지 않았다는 것입니다. 다른 아이들이 그렇게 하면 저는 뒤로 물러나서 구경만 했어요. 저는 몇 시간이고 저기 저 문 뒤에 몸을 숨기고 틈새로 그의 얼굴을 뚫어져라 쏘아보곤 했어요. 이유 모를 증오심으로 눈앞이 캄캄해질 때까지 말이에요.

제 생각으로는 그 당시 그와 관계된 것들과 상대하면서 제 마음속에 무언가를 꿰뚫어 볼 수 있는 능력이 생기기 시작한 것 같아요. 저는 당시 그의 동작 하나하나를 완벽하게 알고 있었어요. 외투를 입고 다니는 폼이나, 물건들을 만질 때의 손놀림이나, 기침을 하거나 뭔가를 마실 때의 모습 등 수천 가지 것들을 하나도 빼놓지 않고 저도 모르는 새에 다 외워 버렸어요. 그 결과 그것들이 제 마음속에 깊이 뿌리 박혀서 어디를 가나 그의 흔적들을 한 치의 오차도 없이 한눈에 알아볼 수 있었어요. 나중에는 그것이 거의 결벽 증세로까지 발전했어요. 그래서 저는 그의 손이 닿았을지도 모른다는 단순한 이유로 아무 죄 없는 물건들을 마구 집어 던지곤 했어요. 반면에 다른 물건들은 소중하게 챙겼어요. 그를 저주하는 물건들은 친구처럼 사랑해 주었지요."

차루세크는 잠시 말을 멈추었다. 나는 그가 멍하니 허공을 바라보는 것을 보았다. 그의 손가락들은 기계적으로 책상 위에 놓여 있는 조각용 끌을 만지작거리고 있었다.

"그러다가 몇 분의 친절한 교수님들 덕분에 저는 철학과 의학을 공부하고 혼자 사고하는 훈련을 했는데, 그제야 비로소 증오가 무엇인지를 깨닫게 되었어요. 우리가 무언가를 극도로 증오하려면 그것이 자신의 일부일 경우에만 가능하다는 것을요. 그리고 나중에 제가 서서히 모든 것을 알게 되었을 때, 그러니까 제 어머니가 어땠는지, 그리고 만약 그녀가 아직 살아 있다면 어땠을지를, 그리고 제 몸이……."

차루세크는 내가 그의 얼굴을 보지 못하도록 등을 휙 돌렸다.

"그의 피로 가득 차 있다는 것을 — 그래요, 페르나트 선생님, 당신이 알아서 안 된다는 법도 없지요. 그래요, 그는 제 아버지예요! — 알게 되었을 때 진상을 다 파악하게 되었어요. 심지어 때로는 제가 폐병에 걸려서 피를 토하는 것도 그런 사실과 어떤 은밀한 관계가 있는 게 아닌가 하는 생각이 들곤 해요. 그러니까 제 몸은 그와 관련된 것은 모두 거부하고, 또 구역질을 느끼며 그것을 토해 내는 것이죠. 저의 증오심은 때로는 꿈속까지 저를 쫓아왔어요. 그리하여 제가 '그에게' 가하는 온갖 종류의 고문 이야기로 저를 위로해 주려고 했지요. 그렇지만 저는 그런 이야기들을 저 스스로 쫓아 버리곤 했어요. 그것들은 제 마음속에 불만족이라는 찜찜한 뒷맛을 남겼으니까요.

제가 저 자신에 대해서 생각하는 가운데, 이 세상에서 제가 미워할 수밖에 없는 생명체는 오로지 '그'와 그의 종족밖에 없다는 사실이 놀라울 따름입니다. 그때마다 저는 '나도 사람들이 말하는 선량한 인간일지 모른다.'라는 역겨운 느낌에 사로잡히곤 합니다. 그러나 다행스럽게도 저는 그렇지 않아요. 이미 말씀드렸듯이 제 마음속엔 그러한 것이 들어설 자리가 없어요. 슬픈 운명이 저를 비참하게 만들었을 거라고는 생각하지 마세요.(그가 제 어머니에게 무슨 짓을 했는지는 저도 나중에야 알게 되었어요.) 왜냐하면 저는 비록 한순간이기는 하지만 이 지상에서 소수의 인간들에게 허용된 것을 훨씬 능가하는 환희의 날을 경험했으니까요. 당신은 진정한 종교적 체험 같은 것을 해 본 적이 있는지 모르겠군요. 물론 저 역시 그 전에는 그런 것을 알지 못했어요. 그러니까 바소리가 스스로 목숨을 끊은 날, 저는 저 아래 가게 옆에 서 있었어요. 저는 그때 바서트룸이 자기 아들의 부음을 접하고서, 마치 인생이라는 무대를 전혀 모르는 문외한처럼 그것을 '무덤덤하게' 받아들이는 모습을 지켜보았어요. 그는 한 시간 정도 무관심한 표정으로 가만히 서 있었어요. 그의 붉은 언청이 입술이 평소보다 조금 더 위로 말려 올라갔을 뿐이지요. 그의 눈길은 너무나 야릇했는데, 아마 내면을 향하고 있는 듯했어요. 바로 그때 저는 대천사의 파닥이는 날갯짓에 실려 온 향 냄새를 느꼈어요. 혹시 테인 교회에 있는 검은 성모상을 아세요? 저는 그곳을 찾아가 그 성모상 앞에 무릎을 꿇었어요. 그러자 천국의 어둠이 저의 영혼을 감싸 주었어요."

꿈꾸는 듯한 커다란 두 눈에 눈물이 그렁그렁한 차루세크의 모습을 보자, '죽음의 형제들이 걸어 다니는 어두운 길의 미스터리'라는 힐렐의 말이 생각났다. 차루세크가 말을 이었다.

"저의 증오심을 '정당화'하거나 나라에서 급료를 받는 판사들의 마음을 움직일 수 있는 외적인 사정들에 대해 아마 당신은 별로 알고 싶지 않을 것입니다. 왜냐하면 외적인 사실들은 수많은 이정표에 지나지 않으며 속이 빈 달걀 껍질 같은 것이니까요. 그것은 샴페인병을 터뜨릴 때 나는 펑 소리 같은 것입니다. 바보들이나 그것을 술자리의 전부라고 생각하지요. 바서트룸은 그와 같은 족속들이 하는 대로 온갖 악랄한 수단을 동원해서 제 어머니를 자기 마음대로 주물렀어요. 그러다가 결국 그녀에게 못할 짓을 했어요. 유곽에 팔아넘긴 겁니다. 경찰에 줄을 대고 있는 사람에게 그런 일은 식은 죽 먹기죠. 그런데 그게 말입니다, 그가 그녀에게 싫증을 느꼈기 때문에 그런 게 아닙니다. 절대 아닙니다! 저는 그의 심보를 잘 알아요. 그러니까 자신이 그녀를 뜨겁게 사랑하고 있다는 사실을 깨닫고는 깜짝 놀라 바로 그날 그녀를 팔아 버린 거예요. 그 같은 인간들은 얼핏 보면 모순되게 행동하는 것 같지만, 그것이 그들의 일정한 행동 방식이에요. 그의 마음을 움직이는 유일한 힘은 소유 본능입니다. 이를테면 어떤 사람이 그의 고물상을 찾아와 아주 비싼 값을 치르고 어떤 물건을 사는 경우에도 그는 그것을 '억지로 건네주는 듯한 느낌'을 갖는 겁니다. 그의 마음속엔 '소유'라는 개념만이 속속들이 배어 있어요. 만약 그가 어떤 하나의 이상을 머릿속에 그린다면, 그것은 오로지 '소유'라는 추상적인 개념으로 수렴될 겁니다.

당시에는 이것이 그의 마음속을 온통 다 차지하고 있었어요. 그러면서 그는 산더미 같은 불안을 느끼게 되었어요. 그러니까 그것은 '나의 마음을 내 뜻대로 장악하지 못하면 어쩌나' 하는 불안이었습니다. 그것은 자기도 모르게 누군가를 사랑하게 될까 봐 안절부절못하는 불안이었으며, 자기 의지를 자기 본래 의도와 다르게 좌지우지하는 어떤 미지의 존재가 가슴속에 자리 잡으면 어쩌나 하는 불안이었어요. 이것이 사건의 시작입니다. 그다음 일은 모두 자동적으로 전개됐어요. 뭔가 반짝이는 것이 자기 옆을 헤엄쳐 가기만 하면 본능적으로 달려들어 그것을 삼켜 버리는 에속스처럼 말입니다.

저의 어머니를 팔아넘기는 것이 바서트룸에게는 너무나 당연한 일이었습니다. 그것은 그의 마음속에 잠들어 있던 나머지 성향들을 만족시켜 주었습니다. 그것은 바로 돈에 대한 탐욕과 자기 학대에서 얻는 변태적인 기쁨입니다. 용서해 주십시오, 페르나트 선생님."

차루세크의 목소리가 갑자기 냉정하고 엄격하게 바뀌어 나는 깜짝 놀랐다.

"너무 현학적으로 이야기해서 죄송합니다. 대학을 다니다 보면 손에 잡히는 것이 온통 멍청한 책들이어서 그런 것 같습니다. 저도 모르게 그런 표현을 쓰게 되는 것 같아요."

나는 그의 기분을 풀어 주려고 억지로 미소를 지어 보였다. 나는 그가 속으로 울음을 참으려고 애쓰고 있다는 것을 잘 알고 있었다. 어떻게든 그를 도와주어야겠다고 생각했다. 힘이 닿는 한 그의 쓰라린 고통을 조금이라도 덜어 줄 방도를 찾아봐야 할 것 같았다. 나는 그가 눈치채지 못하게 마침 집에 갖고 있던 100굴덴짜리 지폐 한 장을 찬장 서랍에서 꺼내 주머니에 집어넣었다.

"나중에 사정이 좋아지고 의사 일을 시작하게 되면 자네 마음에도 평화가 깃들 걸세, 차루세크."

나는 대화를 좀 더 부드러운 쪽으로 끌고 가기 위해 그렇게 말했다.

"박사 학위는 곧 받는가?"

"얼마 있으면 받습니다. 도와주신 분들 덕분이지요. 그렇지만 그것은 그다지 의미가 없어요. 제 인생은 얼마 남지 않았으니까요."

나는 세상을 너무 비관적으로 보지 말라고 몇 마디 평범한 말로 그를 타이르려고 했다. 그러나 그때 그가 미소를 지으며 내 말을 가로막았다.

"그러면 더 좋겠지요. 병을 고쳐 주는 척 광대 노릇을 하다가 나중에는 면허증을 가진 독살자로서 귀족 칭호까지 받는 일을 저는 하고 싶지 않아요. 게다가……."

그는 냉소적인 유머를 섞어 이렇게 덧붙였다.

"유감스럽게도 저는 이곳 이승의 게토 지역에서는 은총을 내리는 어떤 이적도 행하지 못할 것 같아요."

그는 모자를 집어 들었다.

"더 이상 당신을 방해하고 싶지 않군요. 혹시 사비올리 건에 대해 더 하실 이야기라도 있으신가요? 그런 것 같지는 않지만요. 그렇지만 새로운 소식이 있으면 꼭 알려 주세요. 여기 창문에다 저의 방문을 원한다는 표시로 거울을 하나 달아 놓으시는 게 가장 좋겠군요. 제가 사는 지하실 방으로는 절대로 찾아오지 마세요. 그러면 바서트룸이 당장 우리가 한 패거리가 아

닌가 의심할 테니까요. 그리고 그 숙녀가 당신을 찾아온 것을
목격했으니 그가 앞으로 어떻게 나올지 정말 궁금해요. 그에게
는 그냥 그녀가 보석 수리를 맡기려고 찾아왔다고 말해 두세
요. 그가 지나치게 치근덕거리면 호통을 치세요."

차루세크에게 지폐를 건네줄 적당한 기회가 좀처럼 생기
지 않았다. 그래서 나는 창턱에 놓아두었던 밀랍 모델을 다시
집어 들면서 말했다.

"자, 가지. 계단 아래까지 바래다줄 테니까. 힐렐이 나를 기
다리고 있거든."

나는 거짓말을 했다. 그는 놀라서 멈칫했다.

"그와 친분이 있으세요?"

"조금. 자네도 그 사람을 아나? 혹시 자넨 그 사람이 못 믿
을 사람이라고 생각하는가?"

나는 나도 모르게 미소를 지었다.

"말도 되지 않는 소리예요."

"왜 그렇게 진지하게 말하지?"

차루세크는 잠시 머뭇거리며 생각에 잠겼다가 이렇게 말
했다.

"그건 저도 모르겠어요. 그건 뭔가 무의식적인 거예요. 길
을 가다 그와 마주치면 저는 보도에서 내려서 마치 성체를
들고 가는 성직자에게 하듯, 그 앞에 무릎을 꿇고 싶어지거든
요. 보세요, 페르나트 선생님. 그분은 어느 모로 보나 바서트룸
과는 정반대되는 사람이에요. 이를테면 그분은 여기 게토 지역
에 사는 기독교인들 — 이들은 늘 그렇듯이 이 경우에도 잘못
된 정보를 갖고 있는데요 — 사이에서는 수전노에 숨겨진 부

호(富豪)로 알려져 있어요. 그렇지만 사실 그분은 이루 말할 수 없이 가난해요."

내가 깜짝 놀라 끼어들었다.

"가난하다고?"

"그래요, 어쩌면 저보다 더 가난한지도 몰라요. 그분은 '가져가다'라는 말을 책을 통해서나 알고 있을 거예요. 매달 초하루에 그가 유대인 시청에서 퇴근해서 나오면 그의 주위로 거지들이 우르르 몰려들어요. 그 앞에 가장 먼저 나타난 거지에게 그가 얼마 되지 않는 월급을 몽땅 줘 버린다는 것을 알고 있기 때문이죠. 그리고 나서 그는 며칠 뒤에는 딸과 함께 배를 쫄쫄 굶고 있는 거예요. 유대의 총 열두 종족 중에서 열은 저주받은 종족이고 둘만이 성스러운 종족이라는 고대 탈무드의 전설이 사실이라면, 그분은 성스러운 두 종족을 하나로 구현한 존재이고 바서트룸은 나머지 열 종족 모두의 화신이라고 할 것입니다. 힐렐이 바서트룸 앞을 지나갈 때면 바서트룸이 얼굴에 온갖 색을 다 띠는 것을 보지 못하셨나요? 정말 흥미로운 사실이죠. 그들의 피는 이 세상에서 서로 섞일 수가 없어요. 피를 섞으면 그들의 아이들은 모두 죽은 채로 태어나죠. 그들의 어머니들이 공포에 질려 먼저 죽지 않았다면 말입니다. 그리고 힐렐은 바서트룸이 두려워하는 유일한 사람입니다. 바서트룸은 불을 피하듯 힐렐을 피합니다. 아마도 힐렐이 그가 결코 이해할 수 없는 수수께끼 같은 존재이기 때문인 듯해요. 어쩌면 그는 힐렐에게서 카발라 교도의 냄새를 맡고 있는지도 몰라요."

우리는 어느새 계단을 걸어 내려가고 있었다.

"자넨 오늘날에도 카발라 교도들이 존재한다고 생각하나?

아니면 카발라에 뭔가 특별한 것이 있을 수 있다고 생각하나?"

나는 그렇게 묻고는 긴장하면서 그의 대답을 기다렸다. 그러나 그는 내 질문을 제대로 알아듣지 못한 듯했다. 그래서 나는 다시 한번 질문했다. 그는 재빨리 시선을 돌리며 계단 통의 낡은 상자 뚜껑들로 조잡하게 기워 붙인 문을 가리켰다.

"이 건물에 새 식구들이 생겼어요. 가난한 유대인 가족인데, 반쯤 미친 음악가 네프탈리 샤프라네크와 딸, 사위 그리고 손자들이죠. 그 사람은 날이 저물고 어린 손자들과 함께 있을 때면 정신 발작을 일으켜요. 아이들이 도망치지 못하도록 엄지손가락을 모두 묶어 낡은 닭장 속에 집어넣고는 나중에 자신들의 밥벌이를 할 수 있도록, 그의 표현에 따르면 '노래'를 가르친다는 겁니다. 그러니까 이 세상에서 가장 미친 노래를 가르치는 거지요. 그가 어디선가 들은, 독일어로 된 단편적인 노래들인데, 그는 정신이 약간 나간 상태에서 그 노래가 프로이센 군인들이 전쟁터에서 부른 노래라고 생각해요."

정말로 그 집에서는 야릇한 멜로디가 나직이 복도로 흘러나왔다. 속된 유행가 가락을 일정한 톤으로 계속 켜고 있는 찢어질 듯한 바이올린 소리에 맞추어 두 어린애가 부르는 희미한 노랫소리가 들려왔다.

피크 부인,
호크 부인,
클레에페에타르쉬 부인,
줄을 지어 서 있네,
수군거리면서, 수군거리면서.

서글프면서도 우스꽝스러운 이야기가 한데 어우러져 있어서, 나는 그 노래를 듣는 순간 웃음이 터져 나오는 걸 참을 수가 없었다.

"샤프라네크의 사위 ─ 그의 아내는 달걀 시장에서 어린 학생들에게 조그만 잔으로 오이 주스를 팔고 있어요 ─ 는 온 종일 이 사무실에서 저 사무실로 뛰어다녀요."

차루세크는 냉정한 말투로 말했다.

"낡은 우표들을 구걸해서 얻지요. 그런 다음 그 우표들을 분류해요. 운 좋게 가장자리에만 스탬프가 찍힌 우표를 발견하면 그것들을 따로 차곡차곡 쌓아 놓아요. 그리고 그것들을 반으로 잘라요. 그렇게 해서 스탬프가 찍히지 않은 반쪽 우표들을 서로 붙여 새것처럼 파는 거예요. 초반에는 그 장사가 아주 잘되었어요. 어떤 때는 하루에 1굴덴을 벌기도 했으니까요. 그러던 중에 마침내 프라하의 유대인 기업가들이 그 일에 뛰어들었어요. 지금은 그들이 그 일을 직접 하고 있어요. 이젠 그들이 이익을 다 챙겨 가고 있어요."

"만약 자네가 돈에 여유가 있다면 자넨 그 돈을 곤경에 처한 사람들을 위해 쓰겠나?"

내가 얼른 그에게 물었다. 우리는 이제 힐렐의 방문 앞에 와 있었다. 나는 문을 두드렸다.

"선생님은 제가 속물이라서 그렇게 하지 않을 걸로 생각하시는 건가요?"

그는 당황한 표정으로 내게 되물었다. 미리암의 발소리가 점점 가까워졌다. 나는 그녀가 손잡이를 돌릴 때까지 기다렸다. 그때 나는 재빨리 그의 주머니에 지폐를 찔러 넣었다.

"아냐, 차루세크. 난 자네를 그런 사람으로 보지 않아. 그렇지만 만약 내가 그런 일에 무관심하다면 자넨 나를 속된 인간으로 보겠지."

그가 무슨 말을 하기 전에 나는 그와 얼른 악수하고 등 뒤로 문을 닫아 버렸다. 미리암이 내게 인사를 하는 동안 나는 그가 어떻게 하는지 귀를 기울였다. 그는 잠시 서 있다가 나직이 한숨을 내쉬더니, 마치 난간에 의지해야 하는 사람처럼 비틀거리며 계단을 내려갔다.

내가 힐렐의 방을 직접 찾아온 것은 처음이었다. 방은 감옥처럼 장식이 전혀 없었다. 바닥은 지나칠 정도로 깨끗했으며 하얀 모래가 뿌려져 있었다. 가구라고는 의자 두 개와 책상, 그리고 서랍장이 전부였다. 벽 오른쪽과 왼쪽에 나무 기둥이 각각 하나씩 놓여 있었다. 미리암은 나의 맞은편에, 창가에 앉았다. 그리고 나는 가져간 밀랍 모델을 다듬기 시작했다.

"실물과 똑같은 것을 만들려면 모델이 앞에 있어야 하겠네요?"

그녀가 수줍게 물었다. 그저 적막을 깨고 싶은 것이었다. 우리는 서로의 눈길을 피했다. 그녀는 초라한 방 때문에 당황하고 부끄러워 눈을 어디에 두어야 할지 몰랐다. 그리고 나는 지금까지 그녀와 그녀의 아버지가 어떻게 사는지 한 번도 관심조차 기울이지 않은 데 대한 뼈저린 자책으로 뺨이 화끈거렸다. 그러나 무슨 대답이든 하지 않을 수 없었다!

"실물과 똑같은 것을 만들려고 할 때가 아니라 내면의 눈이 올바르게 보았는가를 비교해 볼 때 필요하지요."

나는 그렇게 대답하면서 내 말이 전부 거짓이라는 것을 느끼고 있었다. 나는 오래전부터 예술 작업을 하려면 외부의 자연을 철저하게 연구해야 한다는 화가들의 그릇된 믿음을 어리석게도 그대로 믿고 따랐던 것이다. 마음의 눈으로 보는 것은 힐렐과 함께 보낸 그날 밤에 비로소 깨달은 것이었다. 그때 그는 눈을 감았을 때 참된 모습을 볼 수 있으며, 눈을 뜨는 순간 그 모습은 사라져 버린다는 것을 보여 주었다. 그것은 수많은 사람들이 갖고 있다고 생각하지만 실제로 갖고 있는 사람은 수백만 명 중 몇 명밖에 안 되는 재능이다. 내가 어찌 마음의 눈으로 본 참된 선들을 실제 눈길이라는 거친 수단을 통해 교정할 수 있다고 말할 수 있었을까? 눈빛에 어린 놀라움으로 보건대 미리암도 나와 똑같은 생각을 하고 있는 것 같았다.

"내 말을 곧이곧대로 받아들이지 말아요."

내가 변명조로 말했다. 그녀는 내가 조각 끌로 밀랍을 더욱 깊이 파고 들어가는 것을 주의 깊게 쳐다보았다.

"그다음에 그 모든 것을 고스란히 정확하게 보석에 옮기는 일은 정말로 어려운 작업이겠네요."

"작업 중 그 부분은 다소 기계적인 것이지요."

"완성된 뒤에 그 보석을 한번 볼 수 있을까요?"

그녀가 물었다.

"원래 이 보석은 당신한테 줄 생각이었어요, 미리암."

"안 돼요, 안 돼요. 그러시면 안 돼요. 그건……."

나는 그녀의 손이 바르르 떨리는 것을 볼 수 있었다.

"내가 주는 이런 보잘것없는 것도 받지 않을 생각이에요?"

나는 얼른 그녀의 말을 가로막았다.

"나는 사실 당신을 위해 더 많은 것을 하고 싶어요."

그녀는 얼굴을 다른 쪽으로 돌렸다. 도대체 내가 무슨 말을 한 건가! 내가 그녀의 마음에 깊은 상처를 입힌 게 분명했다. 내 말투가 그녀의 가난을 암시하는 것처럼 들렸을 테니 말이다. 이 멍청한 실수를 만회할 수 있을까? 괜히 그러다가 상황을 더욱 악화시키지 않을까? 나는 과감하게 돌진했다.

"내 말 좀 들어 봐요, 미리암. 제발. 나는 당신 부친께 너무나 많은 은혜를 입었어요. 당신은 그 은혜가 얼마나 큰지 헤아릴 수 없을 거예요."

그녀는 나를 미심쩍은 눈길로 쳐다보았다. 내 말뜻을 이해하지 못한 것 같았다.

"그래요, 정말로 너무나 많은 은혜를 입었어요. 내 목숨보다 더 큰 은혜를요."

"전에 당신이 기절했을 때 아버지가 도와주신 걸 가지고 그러시는 건가요? 그건 너무나 당연한 일이었어요."

그녀는 나와 그녀의 아버지를 연결하고 있는 끈이 어떤 것인지 모르는 것 같았다. 나는 내가 갈 수 있는 데까지 조심스럽게 더듬어 나아갔다. 그녀의 아버지가 그녀에게 숨긴 것들이 드러나지 않게 하면서.

"내가 말하려는 것은 외적인 도움이 아니라 정신적인 도움이에요. 그러니까 한 인간의 정신적인 힘이 다른 사람에게 미칠 수 있는 영향을 말하는 거지요. 그게 뭔지 알아요, 미리암? 우리는 어떤 사람을 육체적으로뿐만 아니라 정신적으로도 도울 수 있는 거예요."

"그렇다면 그 일을?"

"맞아요, 당신 부친께서 나를 위해 그 일을 해 주었어요!"

나는 그녀의 손을 덥석 잡았다.

"당신은 그분이 아니라면 그분 곁에 있는 사람에게라도, 그러니까 당신과 같은 사람에게라도 내가 작은 기쁨이라도 선사할 수 있기를 얼마나 갈망하고 있는지 모르는 건가요? 나를 아주 조금만이라도 신뢰해 줘요! 내가 당신을 위해 들어줄 만한 소망을 당신은 하나도 갖고 있지 않다는 건가요?"

그녀는 머리를 저었다.

"제가 여기서 스스로를 불행하게 느끼고 있다고 생각하시나 보군요?"

"물론 그렇지는 않아요. 그렇지만 내가 덜어 줄 수 있는 근심거리 같은 것은 있지 않을까요? 당신은 의무가 있어요. 내 말을 끝까지 들어 봐요. 당신은 그 근심거리를 나와 공유할 의무가 있다고요! 꼭 그래야 하는 것이 아니라면 왜 당신들 두 사람은 이 어둡고 칙칙한 골목에서 살고 있나요? 당신은 아직 너무나 젊어요. 그리고……."

"그렇지만 당신도 여기서 사시잖아요, 페르나트 씨."

그녀가 미소를 지으면서 내 말을 가로막았다.

"무엇이 당신을 그 집에 묶어 놓는 건가요?"

나는 잠시 멈칫했다. 그래, 맞다. 도대체 왜 나는 이곳에서 살고 있는 걸까? 나는 그것을 설명할 수가 없었다. '무엇이 당신을 그 집에 묶어 놓는 건가요?' 나는 멍하니 그 말을 속으로 다시 한번 되뇌어 보았다. 나는 그 까닭을 알 수가 없었다. 그리고 잠시 동안 내가 어디에 있는지를 완전히 잊었다. 그때 나는 갑자기 내 몸이 들어 올려져 높은 곳 어디론가 옮겨지는 것을 느꼈다. 그곳은 정원이었다. 피어나는 라일락의 매혹적인 향기가 풍겨 왔다. 내 발아래로 도시의 풍경이 보였다.

"제가 아픈 곳을 건드렸나 보군요? 혹시 제가 당신한테 아픔을 드렸나요?"

미리암의 목소리가 아주 먼 곳에서 들리는 것처럼 희미했다. 그녀는 허리를 굽혀 걱정스러운 눈길로 내 얼굴을 들여다보고 있었다. 그녀가 그렇게 걱정할 정도로 내가 오랫동안 꼼짝 않고 앉아 있었던 모양이다. 잠시 내 마음속이 일렁일렁 요동쳤다. 그러더니 갑자기 마음속에 억제되어 있던 것이 힘차게 터져 나와 넘쳐흘렀다. 그래서 나는 속마음을 미리암에게 털어놓았다. 나는 평생을 함께하여 숨길 비밀이 아무것도 없는 믿음직한 오랜 친구에게 하듯이 그녀에게 내 이야기를 들려주었다. 지금의 내 사정에 대해서, 츠바크의 스치는 이야기를 통해 내가 젊은 시절에 미쳤었고 과거의 모든 기억을 상실했음을 알게 된 데 대해서, 최근 들어 그 시절에 뿌리를 두고 있는 이미지들이 마음속에 더욱더 빈번하게 나타나는 것에 대해서, 그리고 내게 모든 것을 뚜렷하게 드러내 주고 나를 다시 찢어 놓을 그 순간이 찾아올까 봐 두렵다는 것에 대해서.

하지만 나는 나와 그녀의 부친을 관계 맺게 해 준 것, 즉 내가 지하 통로에서 겪은 일들과 그것과 관련한 모든 것에 대해서만큼은 이야기하지 않았다. 미리암은 내 쪽으로 바싹 몸을 기울이고 온 정신을 집중해서 내 말을 하나도 빼놓지 않고 경청했다. 그녀의 그런 태도가 너무나 마음에 들었다. 마침내 나는 정신적 외로움이 너무나 견디기 힘들 때 나의 속마음을 털어놓을 수 있는 한 인간을 발견한 것이다. 물론 힐렐도 여전히 그의 자리를 지키고 있다. 그러나 그는 내게 구름 너머에 있는 존재처럼 여겨졌다. 그는 불빛처럼 왔다가 사라져 내가 아무리 그리워해도 다가갈 수 없는 존재였다. 나는 그녀에게 그 이야기를 해 주었고, 그녀 역시 내 말에 동감했다. 자기 아버지이긴 하지만 그녀 역시 그에 대해 나와 똑같이 생각하고 있었다. 미리암의 아버지는 그녀를 무척 사랑했고, 그녀도 그를 사랑했다.

"하지만 저와 아버지 사이에는 유리 벽이 놓여 있는 것 같았어요." 그녀는 내게 고백했다.

"저는 그 벽을 깰 수가 없었어요. 제가 기억할 수 있는 한 언제나 그랬어요. 어릴 때 꿈속에서 아버지가 제 침대 머리에 서 있는 모습으로 나타나곤 했는데 늘 고위 성직자의 옷을 입고 계셨어요. 가슴에는 열두 개의 보석이 박힌 모세의 황금 석판을 들고요. 관자놀이에는 푸르스름하게 반짝이는 후광이 어려 있었지요. 아버지의 사랑은 무덤 너머까지 미치는 것이라고 생각해요. 너무나 위대해서 우리는 이해할 수 없는 사랑이죠. 남몰래 함께 아버지에 대해 이야기를 나눌 때면 저의 어머니도 늘 그런 말씀을 하셨어요."

그녀는 갑자기 몸서리를 치더니 몸을 바르르 떨었다. 내가 얼른 자리에서 일어나려고 하자 그녀는 나를 제지했다.

"가만히 계세요, 별일 아니니까요. 한 가지 기억 때문이에요. 어머니가 돌아가셨을 때 — 아버지가 어머니를 얼마나 사랑하셨는지는 이 세상에서 저밖에 모를 거예요. 그때 저는 아직 어린 소녀였어요 — 저는 고통으로 숨이 막힐 것만 같았어요. 저는 아버지에게 달려가 옷에 매달리면서 마구 소리를 지르려고 했어요. 그런데 소리를 지를 수가 없었어요. 제 안의 모든 것이 마비되었기 때문이죠. 그 일만 생각하면 지금도 등줄기에 식은땀이 흐릅니다. 바로 그때 아버지는 미소를 지으며 저를 쳐다보더니 제 이마에 키스를 하고 손으로 제 눈 위를 쓱 어루만졌어요. 그 순간부터 지금까지 어머니를 잃은 모든 고통은 가슴속에서 씻은 듯이 사라졌어요. 어머니의 장례식이 있던 날도 저는 눈물 한 방울 흘리지 않았어요. 태양은 하늘에서 빛나는 하느님의 손처럼 보였어요. 그리고 사람들이 왜 우는지 의아했어요. 아버지는 저와 함께 관 뒤에서 따라갔어요. 제가 아버지를 올려다볼 때마다 아버지는 부드럽게 미소를 지었어요. 그때 저는 그 모습을 목격한 사람들의 얼굴에 놀라움의 빛이 어리는 것을 보았어요."

"그렇다면 미리암, 당신은 행복한가요? 정말로 행복한가요? 이 세상의 모든 인간 존재를 능가하는 분을 아버지로 두어서 혹시 마음 한구석에 두려움 같은 것이 있지는 않나요?"

미리암은 기쁜 표정으로 고개를 가로저었다.

"저는 축복받은 꿈을 꾸듯이 살고 있어요. 페르나트 씨, 아까 당신이 제게 걱정거리는 없는지, 왜 우리가 이곳에 살고 있는지 물으셨을 때 저는 웃음이 나오는 것을 간신히 참았어요. 자연은 정말 아름답지요? 그래요, 나무들은 푸르고 하늘은 파랗지요. 그렇지만 저는 눈을 감으면 그 모든 것을 훨씬 아름다운 모습으로 볼 수 있어요. 그것들을 보기 위해 꼭 초원에 앉아 있어야 하나요? 그리고 약간의 곤궁함과 배고픔이요? 그것은 희망과 기다림으로 수천 배의 보상을 받아요."

"기다림이라고요?"

내가 놀라서 물었다.

"기적을 기다리는 거지요. 당신은 그걸 모르시나요? 모르신다고요? 정말 안됐군요. 그걸 아는 사람은 이 세상에 거의 없는 것 같아요. 보세요, 제가 외출도 하지 않고 사람들과 사귀지도 않는 이유가 바로 그거예요. 물론 제게도 예전엔 몇 명의 여자 친구들이 있었어요. 저처럼 유대인이었죠. 그러나 우리의 이야기는 늘 빗나갔어요. 그들은 저를 이해하지 못했고, 저는 그들을 이해할 수 없었어요. 제가 그들에게 기적에 대해 이야기하면, 그들은 처음엔 제가 농담을 하고 있다고 생각했어요. 그러나 제 이야기가 진지하며 제가 말하는 기적이 안경 낀 독일 교수가 말하는 기적, 즉 자연법칙에 따른 풀의 성장 같은 것을 의미하지 않는다는 것을, 오히려 그 반대의 것을 의미한다는 것을 알고 난 뒤엔 저를 미친 사람으로 여겼어요. 그렇지만 제 사고가 논리 정연하고, 제가 히브리어와 아람어도 배웠으며, 타검[9]과 미드라시[10] 같은 책들도 읽을 줄 안다는 사실에 그들은 어쩔 수가 없었어요. 마침내 그들은 저를 위한 말을 찾아냈어요. 그건 사실 별 뜻 없는 말이지만, 그들은 저를 두고 '지나친 민감성'이라고 불렀어요.

제가 그들에게 중요한 것, 즉 본질적인 것은 성경이나 그 밖의 종교적 저술들이 말하는 기적뿐이며 도덕과 윤리에 대한 규정들은 기적에 이르는 데 우회적인 길에 불과하다고 설명해 주면 그들은 제게 진부한 말만 늘어놓았어요. 왜냐하면 그들은 자신들이 종교적 저술들 중에서 민법에 실려 있는 것과 비슷한 내용밖에 믿을 수 없다는 사실을 인정하기가 싫었기 때문이죠. 그들은 '기적'이라는 말만 들어도 불편해했어요. 발아래의 땅을 잃는 것 같다고 그들은 말했어요. 하지만 발아래의 땅을 잃는 것보다 더 영광스러운 것이 있을 수 있을까요! 한번은 아버

---

9   히브리 성경의 아람어 번역을 말한다.
10   유대교의 성경 해석서를 말한다.

지가 이런 말을 하는 것을 들었어요. '이 세상은 우리 손에 의해 망가지기 위해 존재하는 거란다. 그래야만 비로소 삶이 시작될 수 있어.' 저는 아버지가 말한 '삶'이라는 것이 무엇인지 몰라요. 그렇지만 저는 어느 날 제가 '큰 각성'을 하게 되리라고 느끼곤 해요. 물론 그것이 어떤 상태인지 정확하게 말할 수는 없지만 말이에요. 그리고 그것은 기적과 함께 일어날 것이라고 저는 생각하고 있어요.

'너는 네가 그토록 애타게 기다리는 것을 한 번이라도 경험해 본 적이 있니?' 친구들은 제게 가끔 이렇게 묻곤 했어요. 제가 아니라고 하면 그들은 갑자기 기뻐하면서 의기양양해했어요. 페르나트 씨, 당신은 그런 인간들을 이해하실 수 있나요? 하지만 사실 저는 그들에겐 털어놓지 않은 기적을 경험한 적이 있어요. 아주 작은, 너무나 작은 기적이긴 하지만 말이에요."

미리암의 눈이 반짝였다. 기쁨의 눈물을 흘리느라 그녀는 목소리를 제대로 내지 못했다.

"그러나 당신은 저를 이해하게 될 거예요."

미리암은 아주 부드러운 목소리로 말을 이어 갔다.

"때때로, 그리고 몇 주고 몇 달이고 우리는 정말 기적에 의지해서 살았어요. 집에 빵 한 조각 남아 있지 않을 때면 저는 매번 '이제는 때가 되었구나!'라고 생각했죠. 그러면 저는 여기에 이렇게 앉아서 제 심장 박동 소리조차 들리지 않을 때까지 기다리고 기다렸어요. 그러다가 갑자기 제 마음이 가는 대로 계단을 달려 내려갔어요. 이 거리 저 거리를 누비면서 마구 달렸어요. 아버지가 돌아오시기 전에 집에 와 있어야 했으니까요. 그런데 그때마다 저는 돈을 발견했어요. 어떤 때는 많고, 어떤 때는 적었지만 꼭 필요한 것을 살 수 있을 만큼은 늘 됐어요. 어떤 때는 길 한가운데 1굴덴짜리가 놓여 있을 때도 있었어요. 저는 멀리서부터 그것이 반짝이는 것을 보았지만 사람들은 그것을 밟고 지나가면서도 전혀 알아차리지 못했어요. 그러다 보니 저는 더욱더 용기가 나서, 아예 집 밖으로 나가지 않고 옆에 있는 부엌에서 혹시 하늘에서 떨어진 빵이나 돈이 없나 어린아이처럼 바닥을 샅샅이 살펴보곤 했어요."

한 가지 생각이 퍼뜩 내 머리를 스쳤다. 그 생각을 떠올리자 나는 기뻐서 미소를 짓지 않을 수 없었다. 그녀가 그것을 알아차렸다.

"웃지 마세요, 페르나트 씨." 그녀가 애원하듯 말했다. "제 말을 믿어 주세요. 저는 알고 있어요. 이 기적들이 점점 더 커져서 언젠가는……."

나는 그녀를 안심시켰다.

"웃는 게 아니에요, 미리암. 그렇게 생각하지 말아요. 나는 그저 당신이, 이 세상에서 일어나는 모든 일의 배후에서 진부한 원인을 찾으려고 하고 또 그러다가 전혀 뜻밖의 결과가 나오면 — 이런 경우 우리는 '하느님 감사합니다!'라고 외치지요 — 불평을 늘어놓는 보통 사람들과는 다르다는 사실이 너무나 기쁠 따름이에요."

그녀가 내게 손을 내밀었다.

"페르나트 씨, 앞으로는 우리를 돕고 싶다는 말씀은 안 하시겠죠? 그렇게 하면 기적을 경험할 수 있는 기회를 빼앗는 셈이 된다는 것을 이제 아셨으니까요."

나는 그녀의 말대로 하겠다고 약속했다. 그러나 마음속으로 한 가지 사항은 유보해 두었다. 그때 문이 열리고 힐렐이 들어왔다. 미리암은 그를 포옹했고, 그는 내게 인사를 했다. 다정하고 진심 어린 말투로. 그렇지만 이번에도 냉정한 '자네'라는 호칭으로. 그에게서 피곤하거나 불안해하는 기색이 느껴졌다. 아니면 내가 잘못 본 걸까? 어쩌면 지금 방에 가득 차 있는 황혼의 빛 때문에 그래 보인 것인지도 몰랐다.

"자네는 나한테 조언을 구하러 온 거겠지." 미리암이 우리만 남겨 두고 자리를 뜨자 그가 말을 꺼냈다. "그 낯선 숙녀의 일 때문에 말이야, 그렇지 않나?"

나는 깜짝 놀라 얼른 그의 말을 막으려 했다. 그러나 그는 나를 제지했다.

"차루세크에게서 얘기를 들었네. 길에서 그 학생을 만났는데 내가 먼저 말을 걸었지. 평소와 너무 달라 보여서 말이야. 그는 가슴속에 들어 있던 이야기를 다 털어놓았어. 자네가 그에게 돈을 주었다는 말까지 하더군."

그는 나를 뚫어지게 쳐다보면서 너무나 생소한 어조로 한마디 한마디를 강조해서 말했다. 그러나 나는 그가 무슨 말을 하는 건지 전혀 이해할 수가 없었다.

"분명 그렇게 해서 하늘에서 행운이 몇 방울 더 떨어졌군. 그리고 이번 경우에는 그렇게 해를 입힌 것 같지는 않아. 그러나……." 그는 잠시 생각에 잠겼다가 말을 이었다. "그렇게 하다 보면 자신과 다른 사람들에게 고통을 줄 수도 있어. 남을 돕는다는 것은 자네가 생각하는 것처럼 그렇게 쉬운 일이 아니야, 친애하는 친구! 그렇다면야 세상을 구원하는 일도 그렇게 어려운 일이 아니지 않겠는가? 그렇지 않은가?"

"그렇지만 자네 역시 가난한 사람들을 도와주지 않는가? 때때로 자네가 가진 것을 다 내주면서 말이야, 힐렐?"

내가 물었다. 그는 미소를 지으며 머리를 가로저었다.

"자넨 하룻밤 사이에 탈무드 신봉자가 된 것 같군. 질문에 대해 또 다른 질문으로 답하는 걸 보니 말일세. 그건 우리가 격렬하게 논쟁을 하고 있다는 뜻이네."

그는 내 대답을 기다리는 듯 잠시 말을 멈추었다. 그러나 나는 그가 왜 기다리는 건지 또다시 알아차리지 못했다.

"하던 얘기로 돌아가세." 그는 목소리의 톤을 바꾸어 말을 이었다. "나는 자네가 보호하려는 그 숙녀가 당장 위험에 처해 있다고 생각하지 않아. 일이 진행되는 것을 그냥 지켜보게. 속담에 '현명한 사람은 미리 대비하는 법'이라는 말이 있지. 그렇지만 내가 보기에 더 현명한 사람은 가만히 기다리면서 상황이 돌아가는 것을 예의 주시하는 법일세. 어쩌면 아론 바서트룸과 내가 만날 기회가 생길지도 모르네. 그렇지만 그 만남은 바서트룸 쪽에서 먼저 제안을 해야 하네. 나는 한 걸음도 먼저 떼어 놓지 않을 걸세. 그가 이쪽으로 건너와야 하네. 그가 자네 집으로 오든 내 집으로 오든, 그것은 상관없네. 그러면 그때 가서 그와 이야기하겠네. 바서트룸이 내 충고를 따르든 따르지 않든 간에 그것은 전적으로 그가 결정할 사항일세. 그 뒤로 나는 그 일에 대해 더 이상 상관하지 않겠네."

나는 초조한 마음으로 그의 얼굴을 읽으려 했다. 지금까지 나는 그가 그렇게 차갑고 위협적으로 말하는 것을 한 번도 들어 본 적이 없었다. 그러나 깊숙이 박힌 그의 검은 눈동자 뒤에는 알지 못할 심연이 놓여 있었다.

"저와 아버지 사이에는 유리 벽이 놓여 있는 것 같아요."

미리암의 말이 떠올랐다. 나는 말없이 그와 악수를 나누고 그 집에서 나오는 수밖에 없었다. 그는 나를 문 앞까지 배웅했다. 내가 계단을 올라가다가 돌아보자 그는 그 자리에 서서 나를 향해 다정하게 손을 흔들어 주었다. 뭔가 할 말이 있지만 차마 하지 못하는 모습이었다.

불안

　나는 내 방에 가서 외투를 입고 단장(短杖)을 챙겨 작은 음식점인 '알테운겔트'에 식사를 하러 갈 생각이었다. 그 음식점은 매일 저녁 츠바크와 프리슬란더, 프로코프가 모여 밤늦도록 흥미진진한 이야기들을 끝없이 주고받는 장소였다. 그러나 방에 들어서는 순간 이런 생각은 어떤 낯선 손길이 내가 몸에 걸치고 있던 천 조각을 낚아채 가듯 내게서 사라지고 말았다.

　방 안의 공기는 정체 모를 긴장감으로 가득 차 있었다. 그 긴장감은 손으로 만질 수 있을 만큼 분명했으며 불과 몇 초 만에 나에게 강하게 전이되어서, 나는 처음엔 불안한 나머지 무엇을 먼저 해야 할지 갈피를 잡지 못했다. 불을 먼저 켜야 하는지, 문을 잠가야 하는지, 의자에 앉아야 하는지, 아니면 이리저리 서성거려야 하는지. 내가 집에 없는 사이 누군가가 몰래 들어와 어딘가 몸을 숨기고 있는 걸까? 내게 전이된 것은 나한테 들킬까 봐 조마조마해하고 있는 어떤 사람의 불안인가? 혹시 바서트룸이 이곳에 다녀간 걸까?

　나는 커튼 뒤를 살펴보고 옷장도 열어 보았으며, 침실까지 다 뒤져 보았다. 그러나 아무도 없었다. 철제 상자는 내가 놔둔 그대로 그 자리에 있었다. 편지들 걱정을 단번에 날리려면 그 상자 속에 들어 있는 편지들을 과감하게 태워 버리는 것이 최선책이 아닐까? 나는 어느새 조끼 주머니에서 열쇠를 더듬어 찾고 있었다. 그렇지만 그 일을 꼭 지금 해야 하는가? 내일 아침까지도 시간은 충분하다. 먼저 등불을 켜자! 그러나 성냥을 찾을 수가 없었다. 현관문은 잠갔던가? 나는 몇 걸음 뒤로 물러서서 다시 멈춰 섰다. 왜 갑자기 불안감을 느끼는 걸까? 나는 내가 겁쟁이라고 질책하려고 했다. 그러나 그 생각은 멈추어 버렸다. 문장 중간에서. 그때 갑자기 엉뚱한 생각이 나를 사로잡았다. '얼른 책상 위로 올라가서 의자를 책상 위로 끌어올린 다음, 방바닥에서 슬금슬금 기어다니는 그 녀석이 가까이 다가오면 의자로 내리쳐 머리통을 박살 내는 거야.'

"그렇지만 이곳엔 아무도 없잖아." 나는 화가 나서 나 스스로에게 소리쳤다. "넌 원래부터 이렇게 겁이 많았냐?" 그러나 아무 소용 없었다. 내가 숨 쉬는 공기는 에테르처럼 엷어지고 날카롭게 느껴졌다. 차라리 그 무언가를 직접 눈으로 보았다면! 그래, 만약 내가 인간의 상상이 만들어 낼 수 있는 가장 끔찍한 것을 보았다면 나의 두려움은 순식간에 사라졌을 것이다. 아무것도 다가오지 않았다. 나는 눈으로 방 안 구석구석을 꿰뚫어 보았다. 아무것도 없었다. 곳곳엔 내게 친숙한 물건들뿐이었다. 서랍장, 책상, 등불, 사진, 벽시계 등 그것들은 생명은 없지만 나의 오랜 친구들이었다. 나는 그것들이 내 눈앞에서 원래 모습과 다른 바뀐 모습으로 나타나 나의 이 숨막히는 불안감의 원인이 시각적인 착란에 있음을 알려 주기를 바랐다. 그러나 그런 일 역시 일어나지 않았다. 그것들은 원래 모습을 그대로 간직하고 있었다. 방 안을 가득 채우고 있는 어스름한 빛을 고려해 볼 때, 그것들은 지나칠 정도로 원래 모습을 유지하고 있었다.

"저것들 역시 너 자신처럼 홀려 있는 거야." 나는 그렇게 느꼈다. "모두 한 발짝도 움직일 엄두를 못 내고 있잖아." 벽시계에서는 왜 똑딱 소리가 안 나는 걸까? 사방에 잠복해 있는 그 무언가가 모든 소리를 삼켜 버린 것 같았다. 나는 책상을 흔들어 보았다. 책상이 내는 덜커덩 소리에 깜짝 놀랐다. 바람이라도 이 건물 주위로 세찬 소리를 내며 몰아쳤으면 좋겠지만, 그런 기미는 전혀 보이지 않았다. 난로 속 장작이라도 타다닥 소리를 내 주면 좋으련만, 불은 이미 꺼진 지 오래였다. 그리고 무언가 알 수 없는 것의 끔찍한 잠복이 계속되었다. 물방울처럼 끊김도 없이.

온 신경이 헛되이 날카롭게 곤두선다! 나는 이 상태를 더 이상 견뎌 내지 못할 것 같다. 이 방은 내 눈에 보이지 않는 눈들과, 내 손에 잡히지 않으면서 제멋대로 떠돌아다니는 손들로 가득 차 있다. "이 녀석은 스스로 경악을 만들어 내고 있어. 형태도 없고 우리 사고의 한계를 뛰어넘는 녀석이야. 이 알 수 없는 녀석 때문에 온몸이 얼어붙는 공포를 느끼는 거야."

나는 어렴풋이 깨달았다. 나는 온몸에 잔뜩 힘을 주고 그곳에 서서 기다렸다. 십오 분가량 기다렸다. 이쯤 되면 녀석도 속아 넘어가겠지. 아마도 내 뒤쪽에서 살금살금 다가오고 있을 거야. 이제 드디어 녀석을 잡을 수 있겠지? 나는 별안간 몸을 홱 돌렸다. 그러나 이번에도 아무것도 없었다. 이번에도 '존재하지 않으면서' 방 전체를 끔찍하고 무서운 생명으로 가득 채우는 대항할 수 없는 녀석이었다. 밖으로 도망친다면? 무엇이 나를 막을까? '그러면 녀석도 나를 따라올 거야.' 나는 그 사실을 너무도 분명하게 금세 깨달았다. 그리고 불을 켜 봤자 아무 소용 없다는 것도 곧 알아차렸다. 그럼에도 나는 오랫동안 성냥을 찾았다. 그리고 마침내 찾아냈다. 하지만 촛불 심지가 잘 타오르지 않았다. 희미한 불꽃은 아무리 기다려도 살아나지 않았다. 조그만 불꽃은 죽지도 살아나지도 않았다. 그러다가 마침내 비실대는 목숨을 연명하게 되었을 때 그 불꽃은 흐릿하고 지저분한 노란 함석 조각 같았다. 그것보다는 차라리 캄캄한 게 나았다.

나는 다시 불을 끄고 침대 위에 벌렁 드러누웠다. 심장 박동수를 세기 시작했다. 하나, 둘, 셋, 넷…… 1000까지. 그러고 나서 다시 처음부터. 몇 시간, 몇 날, 몇 주가 흐른 것 같았다. 마침내 입술이 말랐고 머리털이 곤두섰다. 단 한순간도 긴장이 풀리지 않았다. 단 한순간도. 나는 혀에 와서 걸리는 대로 아무 낱말이나 혼자 중얼거리기 시작했다. '왕자', '나무', '아이', '책'. 그리고 그것들을 다시 고통스럽게 반복했다. 마침내 그 낱말들은 갑자기 태곳적 야만 시대의 별 뜻 없는 끔찍한 소리로 바뀌어 벌거벗은 모습으로 나와 마주하기에 이르렀다. 그리고 나는 그것들의 본래 의미를 찾기 위해 발버둥쳐야 했다.

"왕자? 책?"

내가 미쳐 버린 걸까? 아니면 내가 죽은 걸까? 나는 몸 구석구석을 더듬어 보았다. 일어나자! 의자에 앉자! 나는 안락의자에 털썩 주저앉았다. 만약 지금 당장 나한테 죽음이 찾아온다면 어떨까! 이 싸늘하고 끔찍한 잠복의 분위기를 더 이상 느끼지 않게 된다면!

"나는 느끼기 싫어! 느끼기 싫어!" 나는 울부짖었다.

"너희는 내 소리가 도대체 들리지 않니?"

나는 다시 자리에 힘없이 주저앉았다. 내가 아직 살아 있다는 사실을 확인할 힘이 없었다. 무엇을 생각하거나 행동에 옮길 기력이 없이, 나는 그냥 그 자리에 앉아 멍하니 앞만 바라보았다.

"왜 그는 나한테 자꾸만 씨앗들을 내미는 걸까?"

이런 생각이 밀려왔다. 밀려갔다가는 또다시 밀려왔다. 밀려갔다가는 또다시 밀려왔다. 마침내 내 앞에 이상한 존재가 서 있다는 것이 점점 뚜렷해졌다. 어쩌면 내가 여기에 앉은 뒤로 줄곧 그렇게 서 있었는지도 모른다. 그는 내게 손을 내밀고 있었다. 어깨가 넓은 잿빛 형상이었다. 키는 땅딸막한 남자 수준이었으며 마디가 진 나선형의 흰색 나무 지팡이를 짚고 있었다. 머리가 있어야 할 자리에는 희미한 안개로 만들어진 듯한 둥근 공 모양의 것이 자리 잡고 있었다. 그 형상에게서 백단 목재와 젖은 석판 냄새가 희미하게 풍겨 왔다.

어떻게 대항할 도리가 없다는 느낌이 나의 의식을 거의 빼앗아 갔다. 지난 세월 내내 내 신경을 건드려 왔던 고통이 이제 죽음의 공포로 뭉쳐져 이 존재의 형상을 빚어낸 것이었다. 나의 자기 보호 본능은 내가 유령의 얼굴을 정면으로 쳐다보면 경악과 무서움으로 미쳐 버리게 될 거라고 말해 주었다. 조심하라고 내 귀에 대고 소리를 질렀다. 그러나 나는 자석에 이끌리는 것처럼 그 흐릿한 안개 공에서 눈길을 뗄 수가 없었다. 그리고 나는 그것의 눈과 코와 입이 어디 있는지 찾으려고 했다. 그러나 그 안개의 형상은 내 앞에 꼼짝도 않고 그대로 있었다. 그

"유령은 꼼짝도 하지 않고 서서 나에게 손을 내밀었다.
손바닥에는 작은 씨앗들이 담겨 있었다.
그것은 붉은색으로 콩알만 했으며
가장자리엔 검은 반점들이 박혀 있었다."

몸뚱어리에 온갖 종류의 머리를 그럴듯하게 붙여 보았지만, 그때마다 나는 그것들이 결국 내 상상력의 산물임을 깨달았다. 그 머리들은 내가 만들어 내자마자 거의 동시에 녹아 버리고 말았다. 그중에서 가장 오래 견딘 것은 이집트의 백색따오기 머리 모양이었다.

그 유령의 윤곽은 어둠 속에서 망사를 두른 것처럼 희미하게 보였고, 아주 천천히 숨을 쉬는 것처럼 일정한 간격으로 유령 전체의 모습이 거의 눈에 띄지 않게 오그라들었다가 다시 커졌다가 할 뿐이었다. 유령은 발 대신 뼈마디로 바닥을 딛고 서 있었다. 뼈마디에 달려 있는 잿빛의 핏기 없는 살들은 뼈마디 끝에서 한 뼘 정도 둥글게 위로 말려 올라가 있었다.

유령은 꼼짝도 하지 않고 서서 나에게 손을 내밀었다. 손바닥에는 작은 씨앗들이 담겨 있었다. 그것은 붉은색으로 콩알만 했으며 가장자리엔 검은 반점들이 박혀 있었다. 이걸 가지고 나보고 어떻게 하라는 걸까? 지금 이 결정적인 순간에 멍청하게 굴다가는 엄청난 책임을 짊어져야 한다는 것을 나는 어렴풋이 느꼈다. 그것은 모든 현세적인 것을 넘어서는 책임이었다. 각각 우주의 반쪽이 올려져 있는 저울의 양쪽 접시가 근원의 나라 어디에선가 흔들리고 있음을 나는 깨달았다. 내가 어느 한쪽에 조그만 먼지 한 톨이라도 던지면 그쪽 접시는 가라앉아 버릴 것이었다. 그것이 바로 나를 둘러싸고 있는 그 끔찍한 잠복의 비밀이었던 것이다!

'손가락 하나도 움직이지 마!' 나의 이성이 내게 소리쳤다. '죽음이 영원히 네게 찾아오지 않아서 너를 이 고통에서 구원하지 않는다 해도 말이야.'

'너는 너 나름의 선택을 할 수 있었어. 씨앗들을 거절할 수 있었잖아.' 내 마음속에서 속삭이는 소리가 들려왔다. '이곳에서는 되돌리는 일은 있을 수 없어.' 내가 어떻게 행동해야 하는지 알려 줄 어떤 표시라도 있을까 해 나는 애원하는 눈길로 주위를 둘러보았다. 아무것도 없었다. 내 마음속으로부터도 어떤 조언도, 어떤 생각도 전해져 오지 않았다. 모든 것이 죽어서 사라진 것이다. 이 끔찍한 순간에는 수많은 인간의 목숨도 한갓 깃털처럼 가볍다는 것을 나는 깨달았다.

이미 한밤중이 된 것 같았다. 사방의 벽을 더 이상 분간하기 힘들었기 때문이다. 옆방 아틀리에에서 쿵쿵대는 발걸음 소리가 들렸다. 누군가가 옷장을 밀고 서랍을 열어젖히고 뭔가를 바닥에 내동댕이치는 소리가 들렸다. 바서트룸의 목소리가 들렸던 것 같다. 그르렁대는 저음으로 거친 욕설을 지껄여 댄 것 같다. 나는 그쪽에서 나는 소리에 신경 쓰지 않았다. 그것은 쥐가 부스럭대는 소리처럼 내게 별로 중요하지 않았다. 나는 두 눈을 감았다. 인간의 얼굴들이 길게 줄지어 내 앞을 지나갔다. 눈이 감긴 데스마스크들이었다. 그것은 나의 가문 사람들, 나의 조상들이었다. 얼굴 생김새는 모두 다른 것 같았지만 두개골의 생김새는 언제나 똑같았다. 그렇게 그들은 수백 년의 세월을 넘어 무덤에서 벌떡 일어서서 나왔다. 매끈하게 가르마를 탄 머리들, 짧게 자른 고수머리들, 남성용 가발을 쓴 머리들, 고리를 끼운 머리들. 그 얼굴들은 점차 낯이 익었다. 그러다가 마침내 한 얼굴에서 절정에 이르렀다. 그것은 바로 골렘의 얼굴이었다. 그 얼굴의 등장과 함께 내 조상들의 고리는 끊겼다.

어둠은 이제 내 방을 끝이 보이지 않는 텅 빈 공간으로 녹여 버렸다. 그 공간 한가운데에 있는 안락의자에 내가 앉아 있었고, 내 앞에는 여전히 잿빛 그림자가 손을 뻗은 채 서 있었다. 다시 눈을 떠 보니, 낯선 형상들이 두 개의 원으로 8자형 모양을 만들고 내 주위에 빙 둘러서 있었다. 형상들은 한쪽 원에서는 반짝이는 푸른빛 옷을 입고 있었고, 다른 한쪽에서는 검붉은 옷을 입고 있었다. 그들은 처음 보는 종족의 사람들로 후리후리했지만 허약해 보였으며, 반짝이는 천으로 얼굴을 가리고 있었다.

내 심장 박동은 결단의 순간이 다가왔음을 알려 주었다. 나는 씨앗들을 향해 손가락을 뻗었다. 그때 나는 검붉은 옷을 입은 형상들 사이로 전율이 훑고 지나가는 것을 보았다. 이 씨앗들을 거절해야 하는가? 푸른빛 옷을 입은 사람들도 떨고 있는 것이 보였다. 나는 머리가 없는 그 남자를 뚫어지게 쳐다보았다. 그는 여전히 같은 자세로 서 있었다. 아까와 마찬가지로 꼼짝도 하지 않고. 호흡마저 멈춘 것 같았다. 나는 팔을 쳐들었다. 그러나 여전히 어떻게 해야 할지 몰랐다. 그 순간 나는 내게 내밀고 있는 유령의 손을 후려쳤다. 그러자 씨앗들이 바닥으로 굴러떨어졌다.

전기 충격을 받은 것처럼 나는 잠시 의식을 잃었다. 끝없는 심연으로 떨어지는 것 같았다. 이윽고 나는 두 발로 굳건히 서 있었다. 잿빛 존재는 사라지고 없었다. 붉은 옷의 무리도 마찬가지였다. 반면 푸른 옷을 입은 무리는 내 주위에 빙 둘러서 있었다. 그들은 금빛 상형 문자가 쓰인 비문을 가슴에 안고 있었으며, 내가 방금 머리 없는 유령의 손에서 털어 낸 붉은 씨앗들을 엄지와 검지 사이에 — 마치 맹세를 하듯이 — 끼운 채 말없이 높이 들고 있었다.

그때 우박이 쏟아져 창문을 두드렸고, 대기를 가르며 천둥이 울부짖는 소리가 들려왔다. 미친 듯 노호하는 겨울 폭풍우가 도시를 휩쓸었다. 폭풍우의 울부짖음 사이로 일정한 간격을 두고 강 쪽으로부터 쿵쿵 대포 소리 같은 것이 들려왔다. 블타바강의 얼음이 깨지는 소리였다. 연이어 번개가 내리치며 방 안을 환하게 밝혔다. 갑자기 몸이 힘들어졌다. 나는 무릎이 떨려 자리에 앉지 않을 수 없었다.

"두려워하지 마." 내 옆에서 어떤 목소리가 나를 향해 뚜렷하게 말했다.

"무서워할 것 없어. 오늘은 렐쉬무림이야. 보호의 밤이지."

점차 폭풍우가 멎었다. 귀가 먹먹하도록 울려 대던 소음은 우박이 간헐적으로 지붕을 두드리는 단조로운 소리로 바뀌었다. 나는 온몸이 피곤해지는 것을 느꼈다. 그 바람에 감각이 무뎌져 내 주변에서 벌어지고 있는 일들이 꿈결처럼 여겨졌다.

푸른 옷을 입은 무리 중 하나가 이렇게 말했다.

"너희가 찾는 것은 이곳에 없다."

그러자 다른 형상들이 낯선 말로 뭐라고 대답했다. 그러자 먼저 말을 꺼냈던 그 형상이 다시 나지막한 소리로 문장 하나를 말했다. 그중에 '헤노흐'라는 이름이 나왔다. 그러나 다른 말은 알아들을 수가 없었다. 바람결에 강 쪽으로부터 얼음덩어리들이 깨지며 나는 신음 소리가 너무나 크게 들려왔기 때문이다. 그때 무리 중에서 하나가 나서더니, 내 앞으로 걸어와 자기 가슴에 들고 있는 상형 문자를 가리켰다. 그것은 다른 형상들이 가슴에 들고 있는 것과 똑같은 글자였다. 그는 내게 그 글자를 읽을 줄 아느냐고 물었다. 내가 피곤한 나머지 불분명한 소리로 모른다고 대답하자, 그 형상은 손바닥을 펴서 내 앞에 내밀었다. 그러자 글자가 내 가슴에 반짝이며 나타났다. 글자는 처음에는 라틴 문자였다.

CHABRAT ZEREH AUR BOCHER[11]

그러더니 글자는 점차 내가 알지 못하는 문자로 바뀌었다. 이윽고 나는 꿈도 꾸지 않고 깊은 잠에 빠졌다. 그것은 마비되어 있던 내 혀를 힐렐이 풀어 준 그 밤 이후 처음으로 맛보는 잠이었다.

---

11 '빛을 선택하는 씨앗 모임'이라는 뜻이다.

충동

    지난 며칠은 쏜살같이 지나갔다. 식사할 시간조차 나지 않았다. 일을 하고 싶은 강렬한 열망이 아침부터 저녁까지 나를 작업대에 붙들어 매 놓았다. 보석 다듬는 일은 다 끝났다. 미리암은 그것을 받고 어린아이처럼 좋아했다. '이부르' 책에 있는 'I' 자를 복원하는 일도 마무리 지은 상태였다. 나는 의자에 편안하게 등을 기대고 오늘 일어난 자질구레한 일들을 하나씩 한가롭게 머릿속에 떠올려 보았다.

    내 시중을 드는 노파가 아침에 헐레벌떡 와서는 간밤의 폭풍우로 오래된 석조 다리가 무너졌다는 소식을 전해 주었다. 그 석조 다리가 무너지다니, 참으로 이상한 일이다! 혹시 내가 그 씨앗들을 손으로 쳐 버린 그 순간에…… 아냐, 아냐, 그렇게 생각할 필요 없어. 당시 일어난 일들은 나름대로 타당했어. 나는 그때의 일들을 일단 가슴속에 묻어 두기로 마음먹었다. 그것들이 저절로 깨어날 때까지는 고의로 그것들을 건드릴 생각이 없었다. 내가 그 다리를 건너면서 석조상들을 봐 온 세월이 얼마인가. 수 세기를 견뎌 온 그 다리가 이제는 폐허가 되어버린 것이다. 다시는 그 다리 위에 발을 딛지 못한다고 생각하니 가슴이 저려 왔다. 다리를 다시 놓는다 해도 그 다리는 더 이상 예전의 그 신비스러운 다리가 아니다.

나는 보석을 다듬으면서 몇 시간 동안 그 다리를 생각하지 않을 수 없었다. 그러자 내가 전혀 잊지 않고 있었던 것처럼 아주 자연스럽게 어떤 장면이 서서히 떠올랐다. 어렸을 때, 그리고 청년이 된 뒤에도 나는 얼마나 자주 그 다리에 가서 이제는 노호하는 파도 속에 묻혀 버린 성 루이트가르트와 그 밖의 다른 성자들의 초상을 올려다보곤 했던가. 그리고 어렸을 적에 내가 내 것이라고 불렀던 많은 자질구레한 물건들뿐만 아니라 아버지와 어머니, 그리고 많은 학교 친구들의 얼굴도 다시 떠올랐다. 다만 내가 살던 집만큼은 전혀 기억이 나지 않았다. 내가 그 집에 대해 신경을 쓰지 않고 있으면 어느 날 갑자기 그 건물의 모습이 내 눈앞에 나타나리라는 것을 나는 알고 있었다. 그런 생각이 들자 기뻤다. 내 안에서 모든 것이 서서히 자연스레 풀리고 있다는 느낌에 마음이 편안했다.

엊그제 철제 상자에서 '이부르' 책을 꺼낼 때도 전혀 이상한 느낌이 들지 않았다. 조금도 색다른 책이라 생각되지 않았다. 그저 값비싼 이니셜로 장식된 오래된 양피지 책일 뿐이었다. 지난번에는 왜 그 책이 섬뜩하게 느껴졌었는지 너무나 의아했다! 그 책은 히브리어로 쓰여 있어서 나로서는 전혀 이해할 수가 없었다. 그 낯선 사나이는 언제 다시 책을 찾으러 올까?

글자 복원 작업을 하면서 은밀히 느꼈던 생의 기쁨이 내 가슴속에서 신선한 샘물처럼 다시 눈을 떴고, 나를 등 뒤에서 습격하려던 간밤의 생각들을 쫓아 버렸다. 갑자기 생각이 나 나는 안겔리나의 사진을 들고 — 나는 사진 밑에 적혀 있던 헌정의 말을 잘라 버렸다 — 거기에 입을 맞추었다. 그 모두가 부질

없고 어리석은 짓이라는 것을 나는 알고 있었다. 그렇지만 한 순간만이라도 행복을 꿈꾸면 왜 안 되는가? 반짝이는 지금 이 순간을 잡으면 왜 안 되는가? 이 순간이 비록 비눗방울 같은 것이라 해도 그것을 즐기면 왜 안 되는가? 내 마음속 그리움이 내 눈앞에 어른거리게 한 것들은 결코 성취될 수 없는가? 내가 하룻밤 사이에 유명한 사람이 되는 것은 전혀 불가능한 일인가? 비록 혈통은 같지 않아도 내가 그녀와 대등해지는 일은? 적어도 사비올리 박사와 대등해지는 일은? 내 손으로 미리암의 얼굴을 새긴 보석을 떠올렸다. 내가 만일 그런 보석을 앞으로도 여러 개 만들어 낼 수 있다면? 지금까지 어떤 일급 예술가도 그보다 더 멋진 것을 만들어 내지 못했다. 그것은 의심할 여지가 없다.

하나의 우연을 가정해 본다면 어떨까? 그래, 안젤리나의 남편이 갑자기 죽는다면? 온몸에 소름이 돋았다. 있을 수 없는 아주 작은 우연이, 나의 소망이, 나의 가장 대범한 소망이 구체적인 모습을 띠었기 때문이다. 혹시 내 품으로 들어올지도 모를 행복은 언제 끊어질지 모르는 가느다란 줄에 매달려 있었다. 내겐 이미 이와는 비교도 할 수 없는 더 놀라운 일들이 일어나지 않았던가? 보통 사람들은 꿈에도 생각하지 못한 일들이. 이미 다른 사람들이 따라올 수 없는 경지에 오른 나의 예술적 능력이 불과 몇 주 사이에 내 가슴속에서 눈뜬 것은 기적이 아닌가? 그래, 나는 이제 새로운 인생의 문턱에 서 있는 것이다!

나는 행복할 권리가 없는가? 신비주의는 모든 소망을 억누른다는 뜻이어야만 하는가? 나는 마음속에서 들려오는 '그래.' 소리를 억눌러 버렸다. 그저 한 시간만 달콤한 꿈을 꿀 수 있게 해 다오! 아니 일 분만이라도! 살아가면서 잠시라도! 나는 눈을 뜬 채 꿈을 꾸었다. 내 책상에 놓여 있는 보석들이 점점 커지더니 오색찬란한 폭포수가 되어 사방에서 나를 감쌌다. 오팔로 된 나무들은 무리 지어 서서 하늘의 찬란한 빛을 발산했다. 그중에서 파란빛은 열대 지방에 사는 거대한 나비처럼, 뜨거운 여름의 향내가 가득한 드넓은 초원 위에 은은하게 아른거렸다. 나는 목이 탔다. 그래서 반짝이는 진주 조개에서 흘러나와 바위 위로 졸졸 흐르는 냇물의 얼음처럼 차가운 물보라에 사지를 식혔다. 무더운 바람이 꽃나무와 꽃이 만발한 언덕을 스쳤다. 날아오는 바람결에 나는 재스민과 히아신스, 수선화, 서양서향나무의 향기에 듬뿍 취했다.

참을 수가 없어! 더 이상 못 참겠어! 나는 머릿속에 떠오른 모습을 서둘러 지워 버렸다. 목이 탔다. 그것은 바로 천국의 고통이었다. 나는 창문을 활짝 열어젖히고 봄바람에 이마를 식혔다. 불어오는 바람 속에서 봄 냄새가 났다.

미리암!

자꾸만 미리암이 생각났다. 그녀가 흥분한 얼굴로 내게 달려와 쓰러지지 않으려고 손으로 벽을 짚으면서, 기적이 일어났다고, 정말로 기적이 일어났다고 외치던 모습이 떠올랐다. 길가에 면한 부엌의 쇠창살 사이로 빵 가게 주인이 건네준 빵 덩어리 속에서 금화 한 냥을 발견했다는 것이었다. 나는 지갑을 손에 쥐었다. 오늘 하루가 저물기 전에 또다시 마법을 써서 그녀에게 금화 한 냥을 건네줄 수 있을 것 같았다!

그녀는 매일 나를 찾아왔다. 그녀의 표현대로 내 말동무가 되어 주기 위해서였다. 그러나 그녀는 내게 오면 거의 말을 하지 않았다. 그녀의 마음은 온통 '기적'으로 가득 차 있었기 때문이다. 그 체험이 그녀의 마음속 깊은 곳까지 뒤흔들어 놓았기 때문이다. 가끔 특별한 이유도 없이, 분명히 기적을 회상하는 가운데 갑자기 입술까지 새파랗게 질리는 그녀의 모습을 떠올릴 때마다, 나는 내가 잠시 눈이 멀어 결과를 예측할 수 없는 일을 저지른 것은 아닌가 하는 생각에 혼란스러웠다.

최근에 힐렐이 내게 들려준 모호한 말을 생각하면 등줄기가 서늘해졌다. 동기의 순수함 같은 말로는 변명이 되지 않는다는 것을 깨달았다. 목적이 수단을 신성케 하지 않는다는 사실을 알게 되었다. 게다가 '도와주고 싶다'는 동기 자체가 겉으로만 '순수하다면' 어쩔 것인가? 혹시 그 배후에는 은밀한 거짓이 숨겨져 있지 않을까? 후원자의 역할을 한번 해 보고 싶다는 자만에 빠진 무의식적 소망이 숨겨져 있다면? 나는 나 자신이 미심쩍어지기 시작했다.

내가 미리암을 너무 피상적으로 판단한 것은 분명했다. 힐렐의 딸이라는 사실만으로도 그녀는 분명 보통의 여인들과 다를 터였다. 나와는 비교도 안 될 정도의 깊이를 지닌 한 영혼의 삶에 그토록 무모한 방식으로 개입하려 든 나의 행동은 오만하기 짝이 없었다! 그녀의 이목구비는, 논리를 앞세우는 인간들이 판치는 우리 시대보다 오히려 이집트 제6왕조 시대에 어울릴 만큼 영적이었다. 그 자체로도 나에게 충분한 경고가 되어야 했다.

"바보들은 외모를 불신한다."

나는 이런 구절을 어디선가 읽은 적이 있다. 이 얼마나 적확

한 말인가! 미리암과 나는 이제 좋은 친구가 되었다. 그런데 이제 와서 날마다 빵 속에 금화를 몰래 집어넣은 사람이 바로 나라고 고백해야 하는 걸까? 그것은 너무 충격적이지 않을까? 그녀는 정신을 잃을지도 모른다. 그런 모험을 해서는 안 된다. 나는 좀 더 신중을 기해야 한다. '기적'의 강도를 조금씩 낮추면 어떨까? 돈을 빵에 넣지 않고, 그녀가 문을 열었을 때 눈에 띌 만한 계단 같은 곳에 놓아둔다면? 그리고 또? 뭔가 새롭고 덜 충격적인 것을 생각해 내야 한다. 그녀를 기적의 세계로부터 다시 일상 속으로 서서히 견인할 수 있는 방법을 찾아야 한다. 그렇게 나는 스스로를 위안했다.

그렇다! 그것이 올바른 방법이다! 아니면 고르디우스의 매듭을 단칼에 베어 버리는 방법은 어떨까? 그녀의 아버지에게 모든 것을 털어놓고 조언을 구한다면? 그 생각을 하자 나는 얼굴이 벌겋게 달아올랐다. 이 단계까지 가려면 아직은 멀었다. 다른 방법들이 모두 실패할 경우에 사용할 테니까. 당장 작업에 착수해야 한다. 시간을 허비할 필요는 없다! 그때 좋은 생각이 떠올랐다. 미리암에게 뭔가 아주 색다른 것을 보러 가자고 제안하는 것이다. 그녀를 두세 시간 동안이라도 평소의 익숙한 환경에서 빼내어 다른 인상을 느끼게 해 주는 것이다. 마차를 한 대 빌려서 함께 드라이브를 하는 거야. 게토 지역에서 벗어난다면 그 누가 우리를 알아볼까? 혹시 무너진 다리를 구경하러 가는 것을 그녀는 좋아할까? 나와 둘이 가는 것을 부담스럽게 생각한다면, 늙은 츠바크나 그녀의 여자 친구 중 하나를 데려가면 될 것이다. 나는 어떤 이의도 허용하지 않기로 단단히 마음먹었다.

내 방 문턱에서 나는 한 남자와 정면으로 부딪쳤다. 바서트 룸이었다! 그는 열쇠 구멍으로 방 안을 엿보고 있었던 것이 분명했다. 왜냐하면 나와 부딪쳤을 때 그는 허리를 구부린 채로 서 있었으니까.

"나를 찾아온 거요?" 내가 퉁명스럽게 물었다.

그는 그만이 알아들을 수 있는 은어로 몇 마디 사과의 말을 더듬거리고 나서는 그렇다고 대답했다. 나는 그에게 가까이 와서 앉으라고 말했다. 그러나 그는 책상 앞에 서서 모자의 챙만 발작적으로 돌렸다. 그의 얼굴과 행동에서 숨길 수 없는 깊은 적대감이 드러났다. 그를 이렇게 가까이서 보는 것은 처음이었다. 그의 못생긴 얼굴은 사실 구역질을 일으킬 정도는 아니었다.(오히려 나는 동정심이 일었다. 자연이 낳아 놓은 뒤 화가 치밀고 구역질이 나서 발로 얼굴을 밟아 버린 듯한 그런 피조물이었기 때문이다.) 그러나 다른 무엇, 즉 그 자신으로부터 흘러나오는 뭔가 파악할 수 없는 것에 책임이 있었다.

차루세크가 적확하게 표현했듯이 그것은 '피'였다. 나는 그가 내 방으로 들어올 때 잡았던 손을 나도 모르게 문질러 닦았다. 눈에 띄지 않게 하려고 했으나 바서트룸은 그것을 본 것이 분명했다. 그의 얼굴에는 증오심을 억누르려는 안간힘이 역력했다.

"집이 좋습니다."

내가 먼저 말을 건네지 않자 그가 마침내 더듬거리며 말을 꺼냈다. 말을 꺼냈을 때와 달리 그는 눈을 감고 있었다. 내 시선을 피하려는 의도 같았다. 아니, 그렇게 하면 자신의 얼굴이 더 선량해 보일 거라고 생각한 걸까? 그가 표준 독일어로 말하려고 애쓰는 것을 분명히 알 수 있었다. 나는 꼭 대답할 의무를 느끼지 않았으며, 그가 무슨 말을 할지 그냥 기다렸다. 그는 차루세크가 나를 찾아왔던 날 이후 여전히 책상 위에 놓여 있던 조각용 끌을 얼떨결에 집어 들었다가, 마치 뱀에 물리기라도 한 것처럼 기겁하며 그것을 내려놓았다. 나는 그가 무의식적으로 보여 준 영혼의 섬세함에 내심 놀랐다.

"물론 그렇지요. 당연히 잘 정돈해 놓아야지요. 다 장사 일이니까요." 그는 말하기로 결심한 것 같았다. "귀한 손님들이 오실 때를 대비해서 말입니다."

그는 이쪽에서 눈을 뜨고 자신의 말이 내게 어떤 영향을 주었는지 확인하려다가 아직 때가 이르다고 생각했는지 얼른 눈을 다시 감았다. 나는 그를 궁지로 몰아넣기로 작정했다.

"당신, 얼마 전 우리 집에 왔던 그 숙녀분 얘기를 하려는 거요? 솔직하게 말해 보시오. 속셈이 뭔지!"

그는 한순간 멈칫하더니, 내 손목을 꽉 움켜쥐고 나를 창가로 끌고 갔다. 별생각 없이 그렇게 하는 그의 특이한 행동을 보니 며칠 전 그가 농아인 야로미르를 잡아채서 자기 움막으로 끌고 들어가던 모습이 떠올랐다. 그는 매 발톱처럼 생긴 손가락으로 번쩍이는 물건을 내밀었다.

"어떤가요, 페르나트 씨. 이걸 어떻게 좀 해 볼 수 있습니까?"

그것은 뚜껑이 완전히 찌그러진 금시계였다. 누군가가 일부러 찌그러뜨린 것 같았다. 나는 돋보기를 집어 들었다. 경첩은 반 정도 떨어져 나가고 없었다. 안쪽에는 뭔가가 새겨져 있었는데 읽기가 어려웠다. 게다가 최근에 생긴 수많은 긁힌 자국 때문에 부분적으로는 지워져 있었다. 나는 그것을 천천히 해독했다.

크-를 초트-만

초트만? 초트만? 이 이름을 어디서 들었더라? 초트만? 도무지 생각이 나지 않았다. 초트만? 바서트룀은 내 손에서 돋보기를 빼앗아 가다시피 했다.

"부품에는 문제가 없소. 내가 직접 눈으로 확인했거든. 하지만 케이스에 문제가 있는 것 같은데."

"납땜한 자리만 몇 군데 두들겨 펴면 되겠군요. 이 정도는 웬만한 금 세공사는 다 할 수 있소, 바서트룀 씨."

"하지만 일을 꼼꼼하게 하는 편이 좋소. 그런 걸 보통 예술적이라고 하던가요."

그는 내 말을 급히, 아니 초조하게 막으며 말했다.

"그래요, 좋소. 그게 당신한테 중요하다면야."

"그게 아주 중요하단 말입니다!" 급한 나머지 그의 목소리가 갈라졌다.

"이 시계는 내가 직접 찰 거요. 사람들한테 이 시계를 보여 주면서 이렇게 말할 거요. '자, 이것 좀 보시오. 이게 다 페르나트 씨 솜씨요.'"

나는 그 작자가 역겨웠다. 그 역겨운 아첨을 내 얼굴에 침 뱉듯 뱉다니.

"한 시간 뒤에 오면 다 수리해 놓겠소."

바서트룀은 발작적으로 말했다.

"아니, 이런. 그러면 안 되지. 사흘이고 나흘이고, 아니면 일주일이건, 나는 시간이 넘쳐 나요. 내가 당신을 재촉하고 졸랐다면 나는 평생을 두고 자책이나 할 거요."

이 사람이 왜 이렇게 미쳐 날뛰는 걸까? 나는 옆방으로 가서 철제 상자를 열고 시계를 그 안에 넣었다. 그러고는 그 위에 안젤리나의 사진을 놓았다. 혹시라도 바서트룸이 내 뒤를 따라와 상자 안을 들여다볼까 봐 얼른 뚜껑을 다시 닫았다. 다시 내 자리로 돌아와 보니 그의 안색이 변해 있었다. 나는 그의 얼굴을 주시하다 내 의심을 거두었다. '그런 일은 있을 수 없어! 그는 아무것도 보았을 리 없어.'

"자, 그러면 다음 주쯤에."

그를 돌려보낼 생각으로 나는 그렇게 말했다. 그는 갑자기 바쁜 일이 사라지기라도 한 것처럼 의자 하나를 잡더니 거기에 앉았다. 방금 전과는 달리 그는 이제 말을 할 때 희번덕거리는 두 눈을 크게 뜨고 내 조끼 맨 위쪽 단추를 뚫어져라 쳐다보았다. 잠시 침묵이 흘렀다.

"그 갈보가 말했죠? 혹시 사실이 밝혀지더라도 당신은 아무것도 모르는 걸로 하라고. 그렇지 않아요?"

그는 갑자기 밑도 끝도 없이 나를 향해 마구 지껄여 대면서 주먹으로 책상을 내리쳤다. 아첨하는 어조에서 야수 같은 어조로 번개처럼 빠르게 말투를 바꾸는 그의 능력에서 뭔가 끔찍스러운 면이 보였다. 보통 사람들, 특히 여자들은 그가 아주 작은 무기만 내밀어도 순식간에 그의 손아귀에 잡혀 꼼짝 못 할 것 같다는 생각이 들었다. 나는 즉시 그자의 목덜미를 움켜잡고 문밖으로 내쫓고 싶었다. 그러나 우선 그의 말을 끝까지 들어 보는 것이 더 현명한 게 아닐까 생각했다.

"무슨 말을 하는 건지 정말 모르겠네요, 바서트룸 씨."

나는 되도록 멍청한 표정을 지으려고 애썼다.

"갈보? 대체 갈보가 뭐죠?"

"내가 당신한테 독일어까지 가르쳐 줘야 하나?"

그가 나를 향해 큰 소리로 호통을 쳤다.

"만약 쓸데없는 소리로 시끄럽게 굴면 당신은 법정에서 손을 들고 있어야 할 거야. 내 말이 무슨 뜻인지 알아듣겠어? 지금 당신한테 말하고 있다고!"

그는 마구 소리를 질러 대기 시작했다.

"내 얼굴을 똑바로 쳐다보고는 부인하지 못할걸. 저편에 사는 '그 여자가⋯⋯'." 그는 엄지손가락으로 아틀리에 쪽을 가리켰다. "몸에 천 하나만 달랑 걸치고 당신한테 왔었던 것을."

나는 화가 머리끝까지 치밀었다. 나는 그 작자의 멱살을 잡고 마구 흔들었다.

"다시 한번 그딴 식으로 지껄여 대면 네 몸속의 뼈다귀를 두 동강 내주겠어! 알아들어?"

그는 새파랗게 질린 얼굴로 의자에 털썩 주저앉으며 더듬거렸다.

"왜 그러세요? 왜 그러세요? 뭐 잘못된 거라도? 저는 그냥 별 뜻 없이."

나는 마음을 진정시키려고 방 안을 몇 번 이리저리 서성였다. 그가 변명조로 늘어놓는 말에는 한마디도 귀 기울이지 않았다. 그런 다음 나는 그와 바짝 마주하고 앉았다. 안겔리나와 관련된 문제를 이번 기회에 완전히 담판 지을 작정이었다. 만약 협상이 순조롭게 진행되지 않으면 그를 슬슬 부추겨 적대감의 포문을 열게 한 후 그의 얼마 안 되는 약한 화살을 다 쏴 버리게 만들 생각이었다. 그가 자꾸 내 말을 끊으려고 던지는 말에는 조금도 신경 쓰지 않고, 나는 그에게 그딴 공갈 협박 ── 나는 이 말을 강조했다 ── 은 실패하기 마련이라고 대놓고 말해 주었다. 그는 고소를 해 봤자 아무런 증거도 댈 수 없지만, 반면에 나는 사람들이 내게 들이댈 수 있는 증거물(가능성의 영역에서 그런 것이 있을 수 있다고 상정할 때)로부터 확실하게 빠져나올 자신이 있다고 말했다. 또한 안겔리나는 내게 너무나 소중한 사람이라 그녀가 위험에 처할 경우 나는 필요하다면 심지어 위증을 해서라도 그녀를 지킬 것이라고 덧붙였다.

그의 안면 근육이 흉하게 실룩거렸고, 그의 언청이 입술이 양쪽으로 갈라지면서 거의 코 밑까지 말려 올라갔다. 그는 이를 바드득 갈기도 했으며, 칠면조처럼 골골대면서 자꾸만 내 말에 끼어들었다.

"내가 그 갈보한테 뭘 바란다고요? 제발 내 말 좀 들어 봐요!" 내가 조금도 흔들리지 않자 그는 미칠 지경이 되었다. "내가 원하는 건 사비올리예요. 신의 저주를 받아 마땅한 그 개자식 말입니다."

그는 갑자기 떠나갈 듯한 목소리로 으르렁댔다. 그는 숨을 헐떡거렸다. 나는 얼른 말을 멈추었다. 마침내 그를 내가 원하는 쪽으로 몰고 왔기 때문이었다. 그러나 그는 어느새 정신을 가다듬고 내 조끼에 달린 단추를 뚫어지게 바라보았다.

"내 말 좀 들어봐요, 페르나트." 그는 사려 깊고 냉정한 상인의 말투를 흉내 내려고 애썼다. "우리는 갈보 얘기를 하고 있었어요. 그 여자 말입니다. 좋습니다. 그 여자는 결혼한 몸이죠.

그런데 그 여자는 그 젊은 난봉꾼 녀석과 바람이 났어요. 그게 나하고 무슨 상관이란 말입니까?"

그는 내 얼굴 앞에서 두 손을 이리저리 흔들었으며, 소금을 몇 알 쥐고 있는 듯 손가락들 끝을 꽉 쥐고 있었다.

"그 갈보는 제 년 꼴리는 대로 하면 그만입니다. 나나 당신이나 모두 세상 물정을 잘 아는 사람들이에요. 우리 두 사람 다 뭐가 문제인지 잘 알고 있어요. 내가 원하는 것은 그러니까 돈이란 말입니다. 알아듣겠어요, 페르나트 씨?"

나는 깜짝 놀라 귀를 기울였다.

"무슨 돈 말이오? 사비올리 박사가 당신한테 빚진 게 있소?"

바서트룸은 문제의 핵심을 피했다.

"나는 그와 거래를 해 왔소. 그러나 이번엔 끝장을 볼 겁니다."

"당신은 그를 죽이려고 하는군!" 내가 소리를 질렀다.

그 말을 듣자 그는 자리에서 벌떡 일어났다. 그러고는 갈지자걸음으로 걸으면서 다시 칠면조 울음소리 같은 말투로 말했다.

"정말 죽일 것 같다고! 앞으로 얼마나 더 우리가 코미디 연기를 해야 하는 거야!"

나는 손으로 문을 가리켰다.

"당장 나가요."

그는 느릿느릿 모자를 집어 머리에 쓰고는 밖으로 나가려고 몸을 돌렸다. 그러나 가던 걸음을 멈추더니, 결코 기대할 수 없었던 차분한 어조로 이렇게 말했다.

"좋아요. 난 당신은 제외하고 싶었어요. 좋아요. 원치 않는다면. 인정이 너무 많은 이발사가 가장 많은 상처를 만드는 법이지요. 나도 상처를 입을 만큼 입었어요. 당신이 좀 눈치가 있었더라면. 사비올리는 당신에게 방해가 될 뿐입니다! 이제—나는—당신들—세 사람을—목 졸라 죽이겠어요."

그는 교수대에 목이 매달린 사람의 흉내를 냈다. 그의 얼굴에서는 사탄의 기운이 감돌았다. 그는 섬뜩하리만큼 자신의 일을 확신하고 있는 듯했다. 그런 모습을 보자 내 몸속의 피가 굳어 버렸다. 그는 내가 전혀 알지 못하는 무기를 갖고 있는 게 틀림없었다. 그 무기에 대해서는 차루세크 역시 전혀 모를 것이었다. 나는 내 발밑의 바닥이 흔들리는 것을 느꼈다.

"조각용 끌! 조각용 끌이 있잖아!"

내 머릿속에서 속삭이는 소리가 들렸다. 나는 거리를 재 보았다. 책상까지는 한 걸음, 바서트룸까지는 두 걸음이었다. 나는 바서트룸을 향해 달려들 태세를 취했다. 그때 마치 땅에서 솟은 것처럼 힐렐이 내 방 문턱에 서 있었다. 내 눈에는 방 안이 흐릿하게 보였다. 꼼짝 않고 서 있는 힐렐의 모습과 자꾸만 벽 쪽으로 뒷걸음질을 치는 바서트룸의 모습이 마치 안개를 통해서 보는 것처럼 보였다. 그때 힐렐이 말하는 소리가 들렸다.

"아론, 자네 이런 말 알고 있나? '유대인들은 모두 서로가 서로의 보증인이다.'라는 말. 다른 사람을 너무 힘들게 하지 말게."

그는 히브리어로 몇 마디 덧붙였지만 나는 알아들을 수가 없었다.

"뭣 때문에 문 뒤에 숨어서 염탐하는 겁니까?"

고물 장수가 입술을 바르르 떨면서 퉁명스럽게 내뱉었다.

"내가 엿들었건 말건 그건 자네가 신경 쓸 일이 아닐세!"

힐렐은 이번에도 히브리어로 말을 끝냈다. 이번 것은 협박처럼 들렸다. 나는 싸움이 벌어지기를 은근히 기대했지만, 바서트룸은 한마디 대꾸도 하지 않았으며 잠깐 생각하더니 투덜대며 밖으로 나갔다. 나는 염려스러운 얼굴로 힐렐을 쳐다보았다. 그러나 그는 내게 아무 말도 하지 말라는 신호를 보냈다. 그는 분명 뭔가를 기다리고 있는 듯했다. 왜냐하면 복도 쪽을 향해 귀를 기울이고 있었기 때문이다. 나는 가서 문을 닫으려고 했다. 그러나 그는 다급한 손짓으로 나를 만류했다. 일 분 정도가 지났을까. 신발을 질질 끌며 계단을 올라오는 고물 장수의 발소리가 들렸다. 힐렐은 한마디 말도 없이 방 밖으로 나가며 그를 위해 자리를 비켜 주었다. 바서트룸은 말소리가 전달되지 않을 만큼 힐렐이 멀어졌을 때, 나를 향해 호통을 치듯이 말했다.

"내 시계 도로 내놔요."

여자

차루세크는 도대체 어디에 있는 걸까? 벌써 이십사 시간이 지났지만 그는 여전히 나타나지 않았다. 우리가 약속한 신호를 잊었나? 아니면 아직 보지 못했나? 나는 창가로 가서, 거울에 반사된 햇살이 정확히 그의 지하실 방의 격자 두른 엿보기 창에 가서 떨어지도록 거울의 위치를 조절했다.

어제 힐렐의 개입은 내 마음을 한결 가볍게 해 주었다. 위험이 임박해 있었다면 그는 틀림없이 내게 경고했을 것이다. 그건 그렇고, 바서트룸은 그 이후 특별한 행동을 하지 않은 것 같았다. 그는 내 방에서 나간 즉시 자기 가게로 돌아갔다. 그때 나는 아래쪽으로 눈길을 던져 보았다. 아니나 다를까, 그는 난로 뒤 벽에 기대어 꼼짝 않고 서 있었다. 이른 아침에 보았던 모습 그대로였다.

한없는 기다림은 정말 참기 힘들다! 열린 창문을 통해 옆방에서 들어온 부드러운 봄바람이 나를 그리움에 들뜨게 만들었다. 지붕에서는 눈이 녹고 있었다! 작은 물방울들이 햇살을 받아 반짝였다! 보이지 않는 실타래가 자꾸만 나를 밖으로 이끄는 것 같았다. 나는 조바심이 나서 방 안에서 이리저리 서성였다. 안락의자에 털썩 주저앉았다가 다시 일어나기도 했다. 막연한 사랑의 병든 싹이 내 가슴을 파먹어 들어갔다.

　나는 밤새 그리움으로 고통받았다. 어떤 때는 안젤리나를 품에 안고 있었고, 어떤 때는 미리암과 조용히 이야기하고 있었다. 내가 그 장면을 찢어 버리기가 무섭게 이번엔 안젤리나가 찾아와 내게 키스를 했다. 나는 그녀의 머리카락 향기를 맡았다. 그녀의 부드러운 검은 담비 모피가 목에 닿자 간지러웠다. 갑자기 모피가 그녀의 맨살의 어깨에서 흘러내렸다. 그러더니 그녀는 술에 취해 반쯤 눈을 감고 연미복 속에 아무것도 걸치지 않은 채 춤을 추는 로지나가 되었다. 이 모든 것은 반수면 상태에서 일어났다. 하지만 깨어 있는 것과 전혀 다를 게 없었다. 달콤하면서도 덧없는 고통스러운 각성 상태 같았다.

　새벽녘이 되자 나의 도플갱어가 내 침대 옆에 서 있었다. 그는 유령인 하발 가림이었다. 힐렐은 그를 '뼈의 숨결'이라고 불렀다. 나는 그의 눈동자를 들여다보았다. 그는 내 손아귀에 들어 있었다. 그렇기 때문에 그는 이승에 대한 것이든 저승에 대한 것이든 내가 던지는 모든 질문에 대답해야 했다. 그는 내가 질문하기만을 기다렸다. 그러나 신비스러운 것에 대한 나의 갈증은 내 피의 열기를 이겨 내지 못하고, 내 정신의 메마른 땅속으로 스며들고 말았다. 나는 유령을 쫓아 보냈다. 그러자 유령은 안젤리나의 모습으로 바뀌었다. 그러다가 다시 '알레프' 글자 모양으로 줄어들더니, 이내 다시 커져 거대한 여자가 되어 내 앞에 우뚝 섰다. 언젠가 내가 '이부르' 책에서 보았던 대로 실오라기 하나 걸치지 않은 알몸이었고, 그녀의 맥박은 지진처럼 지축을 울렸다. 그녀는 내게 몸을 구부렸고, 나는 그녀의 뜨거운 육체가 풍기는 향기에 흠뻑 취했다.

차루세크는 아직도 오지 않았을까? 교회 첨탑에서 종이 울리기 시작했다. 나는 십오 분 정도 더 기다리기로 했다. 그래도 오지 않으면 밖으로 나가 보는 거다! 화려하게 차려입은 사람들이 넘치는 활기찬 거리를 지나 부자들이 사는 구역으로 가서 즐거워하는 사람들 틈에 섞여 애교 띤 얼굴에 조그마한 손발을 가진 멋진 여자들을 구경하자. 그러다 보면 그곳에서 우연히 차루세크를 만나게 될지도 모른다. 나는 스스로 그렇게 마음의 위안을 구했다.

시간을 때우기 위해 나는 책꽂이에서 오래된 타로 카드를 꺼냈다. 어쩌면 그 카드들을 통해 새로운 보석 디자인의 아이디어를 얻을 수도 있지 않을까? 파가트 패를 찾아보았다. 그러나 찾을 수가 없었다. 도대체 그것은 어디에 꽂혀 있을까? 카드들을 다시 한번 훑어보다가 각 카드의 숨은 뜻이 무엇일지 곰곰이 생각해 보았다. 특히 '매달린 남자'는? 이 카드는 무엇을 뜻할까? 한 남자가 하늘과 땅 사이의 밧줄에 매달려 있다. 머리는 아래로 향한 채 양팔은 뒤로 묶여 있고 오른쪽 종아리는 왼쪽 다리 위에 얹혀 있어 마치 역삼각형 위에 십자가가 놓여 있는 듯한 형상이다. 속뜻을 헤아리기 힘든 비유다. 아! 마침내 차루세크가 왔다! 아닌가? 이 얼마나 반가운 일인가. 미리암이었다.

"미리암, 마침 당신한테 내려가서 함께 마차를 타고 잠깐 드라이브나 하자고 말할 참이었어요."

그 말이 전부 사실은 아니었다. 그러나 나는 그런 것에 개의치 않았다.

"거절하지는 않겠죠? 오늘 나의 이 기쁨은 말로 다 표현할 수 없을 겁니다. 당신이 나의 기쁨에 왕관을 씌워 준다면요."

"마차로 드라이브를 하자고요?"

그녀의 당황하는 모습에 나는 웃음을 터뜨리지 않을 수 없었다.

"내 제안이 너무 놀라운가요?"

"아뇨, 그게 아니라……" 그녀는 할 말을 찾았다. "너무 뜻밖의 일이라서. 마차를 타고 드라이브를 하다니!"

"그렇게 이상할 것도 없어요. 수천 수만의 사람들이 매일 마차를 타고 다닌다는 사실을 떠올려 봐요. 그들이 평생 동안 하는 일이 바로 그거예요."

"아, 다른 사람들은 그렇죠!"

그녀는 시인했다. 그러나 아직 놀라움이 가시지 않은 듯했다. 나는 그녀의 두 손을 잡았다.

"미리암, 나는 다른 사람들이 즐기는 모든 기쁨을 당신은 수천 배도 넘게 마음껏 누리기를 원해요."

그녀가 갑자기 시체처럼 창백해졌다. 나는 그녀의 눈길이 멍해진 것을 보고 그녀가 무슨 생각을 하고 있는지 알아챘다. 나는 움찔했다.

"너무 그 생각에 매달리지 말아요, 미리암." 나는 그녀를 설득했다. "그 기적 말이에요. 나와의 우정을 생각해서 그렇게 하지 않겠다고 내게 약속해 주겠어요?"

그녀는 내 목소리가 떨리는 것을 보고 나를 의아한 눈빛으로 바라보았다.

"너무 큰 부담이 되지 않는다면 당신과 함께 그것을 즐기고 싶지만. 미리암, 내가 당신을 얼마나 걱정하고 있는지 아시나요? 그러니까, 뭐랄까, 당신의 정신적 건강을 위해서 말이에요.

내 말을 너무 곧이곧대로 받아들이지 말아요. 그렇지만 나는 당신한테 기적 같은 일이 일어나지 않았기를 바랐어요."

나는 그녀가 내 말을 반박할 걸로 기대했지만 그녀는 생각에 잠겨 고개를 끄덕일 뿐이었다.

"그 기적 때문에 당신은 몸과 마음이 많이 쇠약해졌어요. 내 말이 맞죠, 미리암?"

그러자 그녀가 대답했다.

"가끔 저도 기적이 일어나지 않았으면 좋겠다고 생각하곤 해요."

그 소리는 나에게 희망의 빛처럼 여겨졌다.

"제가 그런 기적 없이 살아야 하는 때가 온다면⋯⋯."

그녀는 아주 천천히 몽상에 잠긴 듯이 말했다.

"그러면 당신은 하룻밤 사이에 부자가 될 수 있어요. 그러면 기적 같은 건 더 이상 필요가 없을 거예요."

나는 별생각 없이 그렇게 말했다. 그러나 그녀의 얼굴에 나타난 놀라운 표정을 보고 얼른 말을 멈추었다.

"그러니까 제 말은 당신은 언젠가 아주 자연스러운 방식으로 걱정에서 자유로워질 것이라는 이야기예요. 그 이후 당신이 경험하는 기적은 정신적인 종류의 것이 될 거예요. 마음속으로 느끼는 체험이죠."

그녀는 고개를 가로저으며 단호하게 말했다.

"마음속으로 느낀 체험은 기적이라고 할 수 없어요. 놀라운 사실은 그토록 많은 사람이 살아가면서 한 번도 내적인 체험을 하지 않는다는 것이에요. 저는 어린 시절부터 매일 밤 그런 체험을 해 왔어요."

그녀는 갑자기 말을 멈추었다. 나는 그녀가 내게 한 번도 털어놓지 않은 마음속의 그 뭔가를 들려주려 한다고 짐작했다. 어쩌면 내가 겪은 것과 유사한, 여러 이상한 사건들의 연쇄 같은 것인지도 몰랐다.

"그러나 그것은 기적이라고 할 수 없어요. 누군가가 자리에서 일어나 안수(按手) 기도를 통해 병자를 낫게 한다 해도 저는 그것을 기적이라고 부를 수 없어요. 흙처럼 생명이 없는 것에 영혼이 불어넣어지고 자연법칙 같은 것이 무시될 때, 그때 비로소 제가 어린 시절부터 꿈꾸어 온 것이 일어나는 거예요. 언젠가 아버지는 제게 이런 말을 하셨죠. 카발라에는 두 가지 측면이 있는데, 하나는 마법적인 측면이고 다른 하나는 추상적인 측면이래요. 그런데 이 두 가지는 합치될 수가 없대요. 마법적인 쪽이 추상적인 쪽을 포괄할 수는 있지만 그 반대의 경우는 결코 불가능하대요. 마법적인 쪽은 선물처럼 주어지는 것이지만, 추상적인 쪽은 습득될 수 있다는 거예요. 물론 이것도 인도자의 도움을 통해서이긴 하지만요." 그녀는 다시 첫 번째 실마리를 잡았다. "제가 애타게 그리워하는 것은 바로 선물이죠. 제 힘으로 습득할 수 있는 것은 제겐 그다지 의미도 없고 먼지처럼 무가치해요. 아까 말한 것처럼, 제가 기적 없이 살아야 하는 때가 온다면……."

나는 그녀의 손가락이 바르르 떨리는 것을 보았다. 그녀의 목소리에 스며 있는 회오와 고통이 내 가슴을 찢는 것만 같았다.

"그렇다면 나는 그런 일이 벌어질 수 있다는 사실만으로도 당장 죽어 버릴 거예요."

"그래서 당신은 차라리 기적이 일어나지 않았더라면 좋았을 거라고 생각한 건가요?"

내가 물었다.

"조금은요. 그렇지만 그것 말고도 다른 이유가 있어요. 저는, 저는," 그녀는 잠시 생각에 잠겼다. "기적을 그러한 식으로 체험할 수 있을 만큼 충분히 성숙하지 못했어요. 바로 그거예요. 어떻게 설명하면 될까요? 이렇게 생각해 보면 어떨까요? 가령 제가 여러 해 전부터 밤마다 똑같은 꿈을 꾼다고 쳐요. 그 꿈은 항상 이어지며, 꿈속에서 누군가 — 다른 세상에서 온 존재라고 가정해 보세요 — 제게 가르침을 주고, 저 자신의 모습과 제 모습이 서서히 변해 가는 과정을 보여 주면서 제가 '기적'을 체험할 수 있는 마법적인 성숙의 단계로부터 얼마나 멀리 있는지를 깨닫게 해 주는 거예요. 뿐만 아니라 제가 언젠가 온종일 고민해 왔던 이성적인 문제들에 대한 해답의 열쇠를 주어서 제가 언제든지 그것을 이용할 수 있도록 해 주는 거예요. 당신은 제 말을 이해하실 거예요. 그러한 존재가 우리의 생에 나타난다면 그것은 우리가 이 세상에서 누릴 수 있는 모든 행복을 훨씬 초월하는 거니까요. 그 존재는 저를 '저편의 세상'과 연결시켜 주는 다리이며, 제가 일상의 어둠을 지나 밝은 빛이 빛나는 세상으로 올라갈 수 있게 해 주는 야곱의 사다리예요. 그는 제 친구이자 인도자이며, 인생의 어두운 길을 걸어가면서 제 영혼이 광기와 미혹에 빠지지 않으리라는 저의 확신은 바로 '그 존재'로부터 와요. 그 존재는 지금까지 저를 한 번도 속인 적이 없으니까요. 그런데 갑작스럽게 그 존재가 지금까지 제게 들려준 모든 것과 완전히 모순되게 '기적'이 일어난 거예요! 이제 저는 누구를 믿어야 하나요? 그렇다면 제게 큰 의미를 지녔던 지나간 모든 세월은 그저 착각에 불과했던 것인가요? 믿음이 상실되고 나니 저는 끝없는 나락으로 떨어지는 기분이에요. 그런데 제가 기적을 경험한 거예요! 저는 기뻐서 소리를 지르며 춤을 출 거예요. 만약에…….

"만약에?"

나는 얼른 그녀의 말을 끊었다. 어쩌면 그녀가 스스로 구원의 말을 할지도 모르겠다고 생각했다. 그리고 그 순간 나는 그녀에게 모든 사실을 털어놓을 수 있을 것 같았다.

"만약에 제가 저 자신이 착각했다는 것을 알게 된다면! 그러니까 그것이 전혀 기적이 아니었다는 것을 깨닫게 된다면 말이에요! 그렇지만 제가 여기에 이렇게 앉아 있는 것을 저 스스로 분명히 알 듯이, 그것이 사실이라면 저는 그로 인해 파멸하고 말 거예요."

나는 심장이 멎는 것만 같았다.

"그것은 하늘나라에서 다시 지상으로 내동댕이쳐지는 것과 같은 거예요. 당신은 한 인간이 그러한 일을 견딜 수 있다고 생각하세요?"

"당신 아버지에게 도움을 청해 보세요."

나는 두려움에 어찌할 바를 모르고 이렇게 대답했다.

"아버지에게요? 도움을요?" 그녀는 나를 이해할 수 없다는 표정으로 쳐다보았다. "제게 두 가지 길밖에 없는데, 어떻게 아버지가 세 번째 길을 찾아낼 수 있겠어요? 지금 저를 구원할 수 있는 유일한 방법이 무엇인지 당신은 아시나요? 당신에게 일어난 일이 저에게 일어난다면, 지금까지 제가 겪은 모든 것을, 즉 오늘까지 살아온 제 모든 생을 제가 지금 이 순간에 당장 잊는다면요. 당신 스스로 불행으로 여기는 것이 제게 최고의 행복이 된다니, 좀 이상하지 않나요?"

우리는 한동안 아무 말도 하지 않았다. 잠시 후 그녀가 갑자기 내 손을 잡고 미소를 지었다. 갑자기 밝아진 표정이었다.

"당신이 나 때문에 우울해지는 걸 원치 않아요."

(그녀가 나를 위로했다. 나를 말이다!)

"조금 전까지 당신은 다가오는 봄 생각에 기쁨이 넘쳤어요. 그런데 지금은 완전히 의기소침해져 있어요. 당신에게 아무 말도 하지 말걸 그랬어요. 아무 일도 없었던 것처럼 모든 것을 기억에서 떨쳐 버리세요. 그리고 아까처럼 명랑해져 보세요! 저는 이렇게 기분이 좋아요!"

"당신이 기분이 좋다고요, 미리암?"

내가 단호하게 그녀의 말을 잘랐다. 그녀의 얼굴빛은 확신에 차 있었다.

"그럼요, 정말이에요! 기분이 좋다고요! 당신을 만나러 올라올 때만 해도 저는 이루 말할 수 없이 마음이 무거웠어요. 그 이유는 모르겠어요. 어쨌든 당신이 큰 위험에 처해 있다는 느낌을 떨쳐 버릴 수 없었어요."

나는 그녀의 말에 귀를 기울였다.

"그런데 이곳에 와서 아무 이상 없이 잘 있는 당신의 모습을 보고 기뻐하기는커녕 괜히 당신 마음만 울적하게 만들고, 그리고……."

나는 이제 짐짓 즐거운 표정을 지어 보였다.

"나하고 외출하면 그것으로 보상받을 수 있어요."

(나는 목소리에 되도록 당당함을 실어 보이려고 애썼다.)

"미리암, 내가 당신의 마음속에 들어 있는 울적한 생각들을 떨쳐 버릴 수 있는지 한번 보고 싶어요. 어서 당신이 원하는 것을 내게 말해 봐요. 그래요, 당신은 이제 더 이상 이집트의 마법사가 아니라 그냥 젊은 아가씨일 뿐입니다. 봄바람의 장난에 마음이 설레는 그런 아가씨이지요."

그녀는 갑자기 즐거워진 것 같았다.

"그런데 오늘 웬일이세요, 페르나트 씨? 이렇게 밝은 모습을 보는 것은 처음이에요! 그리고 봄바람에 대해 말하자면, 우리 유대인 소녀들은 부모님들이 봄바람을 통제해요. 우리는 그에 따라야 해요. 우리는 그것을 자연스럽게 여겨요. 이미 우리의 핏속에 그런 기질이 들어 있는 것 같아요. 물론 우리 가문은 그런 것 같지 않지만요." 그녀가 진지하게 덧붙였다.

"제 어머니는 그 끔찍한 아론 바서트룸과 결혼하라는 부모님의 말씀에 절대로 못 한다고 대들었거든요."

"뭐라고요? 당신 어머니가? 저 아래 사는 고물 장수와 결혼을?"

미리암은 고개를 끄덕였다.

"다행히 그 일은 성사되지 않았어요. 그렇지만 그 불쌍한 인간에겐 엄청난 충격이었어요."

"불쌍한 인간이라고요?" 내가 버럭 소리를 질렀다.

"그놈은 범죄자예요."

그녀는 뭔가 생각하면서 고개를 끄덕였다.

"맞아요, 그는 범죄자예요. 하지만 그와 같은 처지에 있으면서 악당이 안 됐다면 그 사람은 예언자라고 불려야 해요."

나는 호기심에 끌려 그녀에게 바짝 다가가 앉았다.

"페르나트 씨. 사람 키만 한 밀랍 인형이 가게 한구석에 서 있어요.
제 생각에 그 여인은 언젠가 그의 애인이었던 것 같아요."

"그 사람에 대해서 더 자세한 것을 알고 있나요? 나는 그 일에 정말 관심이 많아요. 특히……."

"페르나트 씨, 당신이 한 번이라도 그의 가게 내부를 구경하게 된다면 당신은 그의 영혼이 어떤 모습일지 금방 알게 될 거예요. 저는 어렸을 때 그의 가게에 자주 놀러 갔어요. 왜 그렇게 놀란 눈빛으로 쳐다보세요? 그게 그렇게 이상한가요? 그는 제게 언제나 다정하고 상냥했어요. 아주 오래전에, 한번은 그가 저에게 큰 보석을 하나 주었어요. 그가 갖고 있는 물건들 중에서 특히 제가 갖고 싶어 했던 거였어요. 그러나 어머니는 그것이 다이아몬드라고 하면서 당장 돌려주라고 했어요. 그는 처음에는 그 보석을 받지 않겠다고 한동안 버텼어요. 그러다가 보석을 제 손에서 낚아채더니 화를 버럭 내고는 냅다 집어 던졌어요. 그때 저는 그의 눈에서 눈물이 뚝뚝 떨어지는 것을 보았죠. 그 당시엔 저도 히브리어를 조금 할 줄 알았기 때문에 그가 중얼거리는 소리를 알아들을 수 있었어요. '내 손이 닿은 것들은 모두 저주나 받아라.'라는 말이었어요. 그것이 제가 그의 가게를 마지막으로 찾아간 것이었어요. 그 뒤로 그는 단 한 번도 자기 가게로 놀러 오라는 말을 하지 않더군요. 만약 제가 그를 위로하려 하지 않았다면 모든 것은 변함없이 그대로였을 거예요. 그러나 그가 너무 가엾어 보여서 제가 실제로 위로의 말을 했고, 그 때문에 그는 저를 더 이상 보려고 하지 않는 거예요. 제 말을 이해하시겠어요, 페르나트 씨? 아주 간단한 얘기예요. 그러니까 그 사람은 귀신에 홀린 사람이에요. 그런 종류의 인간은 누군가 자기 마음을 건드리기만 해도 금방 미친 듯이 불신에 사로잡혀 버려요. 그는 조금이라도 그럴 가능성이 있으면 그 자신을 실제보다 훨씬 더 혐오스럽게 생각해요. 그의 모든 사고와 행동은 바로 여기에 근거한 거예요. 사람들 얘기로는 그의 아내가 그를 무척 사랑했다고 해요. 그렇지만 그것은 사랑이라기보다는 동정심이었을 거예요. 대부분의 사람들 역시 그렇게 생각하고 있어요. 하지만 그만은 달리 생각했어요. 그는 사방 곳곳에서 배신과 증오의 냄새를 맡는 거예요. 그러나 자기 아들에 대해서만큼은 예외였어요. 그것이, 아들이 자라나는 것을 갓난아이 때부터 지켜보며 아이의 성격을 잘 알게 된 덕분에 불신의 씨앗을 뿌릴 계제를 그가 한 번도 잡지 못했기 때문인지, 아니면 유대인들의 핏줄 속에 잠재해 있는 자손에 대한 유별난 사랑 때문인지, 그러니까 혹시 우리가 멸종되어 가슴속에 어렴풋이 살아 있는 사명을 다하지 못하면 어쩌나 하는 우리 민족의 본능적인 두려움 때문인지 그것을 누가 알겠어요!

그처럼 글을 배우지 못한 사람의 것이라고 보기 힘든, 거의 지혜롭다 싶을 정도의 신중함으로 그는 아들 교육에 열중했어요. 심리학자나 구사할 수 있는 통찰력으로 그는 아들이 어렸을 때부터 양심의 능력이 작동할 수 있는 어떤 체험도 하지 않도록 신경을 썼어요. 나중에 아들이 마음의 고통을 겪지 않도록 미리 배려한 것이죠. 그는 아들을 위해, 동물들은 감정이 없으며 그들의 고통의 표현은 기계적인 반응일 뿐이라는 견해를 대변하는 한 저명한 학자를 이용했어요. 모든 피조물로부터 자기한테 필요한 기쁨과 즐거움을 마지막 한 방울까지 뽑아낸 다음 아무짝에도 쓸모없는 빈 껍질을 내동댕이쳐 버리는 것, 그것이 그의 자식 교육 방침의 근본이었어요. 이때 돈이 '힘'을 얻기 위한 기치요 열쇠가 되었음은 당신도 충분히 짐작할 수 있을 거예요, 페르나트 씨. 그리고 자신이 행사할 수 있는 영향력의 한계를 속으로 감추기 위해 자신이 갖고 있는 재산 정도를 신중하게 비밀에 부쳤듯이 그는 아들을 위해서도 이와 유사한 것을 생각해 냈어요. 그렇게 함으로써 아들이 가난의 고통을 겪지 않게끔 조치한 것이지요. 그러기 위해 그는 아들에게 '아름다움'에 대한 엄청난 거짓말을 불어넣고, 미적 감각을 지닌 사람의 내적, 외적 행동을 가르쳤어요. 다시 말해 그는 아들을, 겉으로는 들판에 핀 백합을 노래하지만 실상은 썩은 고기를 먹는 독수리의 기질을 가진 인간으로 만든 것이지요.

물론 '아름다움'과 관련된 이 사고는 그 자신이 고안해 낸 것은 아닐 거예요. 어떤 교양 있는 사람이 해 준 조언을 좀 개량한 것 같아요. 나중에 그의 아들은 어디서든 기회 있을 때마다 아버지를 부인했지만, 그는 전혀 개의치 않았어요. 오히려 그는 아들에게 그렇게 하도록 부추겼어요. 그의 사랑에는 사심이 없었으니까요. 그리고 제가 전에 제 아버지에 대해서도 그렇게 말했듯이 그의 사랑은 죽음을 넘어서는 종류의 것이었으니까요."

미리암은 한동안 침묵을 지켰다. 나는 그녀의 얼굴빛에서 그녀의 생각이 말없이 전개되는 것을 느꼈다. 그녀의 목소리 변화에서도 그것을 느낄 수 있었다. 그녀는 이렇게 말했다.

"유대인들의 나무에서는 가끔 이상한 열매들이 자라죠."

"말해 줘요, 미리암." 내가 물었다.

"바서트룸이 그의 가게 안에 밀랍 인형 하나를 세워 두었다는 소문을 혹시 못 들어 봤나요? 누구한테 들은 얘긴지는 이제 기억이 잘 나지 않아요. 어쩌면 꿈속에서 들었는지도 모르고……."

"아니에요, 맞는 얘기예요, 페르나트 씨. 사람 키만 한 밀랍 인형이 가게 한구석에 서 있어요. 바로 그 구석에서 그는 온갖 넝마들과 뒤섞여 밀짚 자루 위에서 잠을 자요. 사람들 말로는 그가 그 밀랍 인형을 몇 년 전 한 가설 무대 주인에게서 싼값에 샀대요. 그 인형이 한 기독교도 여인과 생김새가 비슷하다는 이유로 샀다는 거예요. 제 생각에 그 여인은 언젠가 그의 애인이었던 것 같아요."

'차루세크의 어머니다!' 내 머릿속에 이 생각이 스쳤다.

"혹시 그녀의 이름은 모르나요, 미리암?"

미리암은 고개를 저었다.

"꼭 알고 싶으시다면 제가 한번 알아볼까요?"

"아, 아니에요, 미리암. 그럴 필요는 없어요."

그녀의 반짝이는 눈빛을 보고 나는 그녀가 지금까지 흥분해서 말했음을 알 수 있었다. 그녀가 다시 제정신으로 돌아오지 않도록 만들겠다고 나는 속으로 다짐했다.

"하지만 더욱 내 관심을 끄는 것은 방금 전에 당신이 잠깐 언급했던 거예요. '봄바람' 말이죠. 당신 아버지가 당신의 결혼 상대를 정해 주지는 않겠죠?"

그녀는 깔깔대며 웃었다.

"아버지가요? 도대체 무슨 생각을 하시는 거예요!"

"그렇다면 나로서는 다행이니까요."

"왜요?"

그녀가 천진난만하게 물었다.

"그러면 나한테도 기회가 오잖아요."

그것은 농담이었다. 그녀 역시 그 말을 농담으로 받아들였다. 그러나 그녀는 자리에서 벌떡 일어나 얼른 창가로 달려갔다. 얼굴이 붉어지는 모습을 내게 보여 주지 않기 위해서였다. 나는 그녀의 당혹감을 덜어 주려고 이렇게 말했다.

"당신의 오랜 친구로서 한 가지만 부탁할게요. 결혼식을 하게 되면 나도 꼭 초대해 줘야 해요. 혹 당신은 평생 독신으로 살 생각인가요?"

"아니에요! 아니에요!"

그녀는 손을 내저으면서 아니라고 말했다. 그 모습을 보자 나도 모르게 얼굴에 미소가 흘렀다.

"언젠가는 저도 결혼을 할 거예요."

"물론! 물론 그래야죠!"

그러자 그녀는 앳된 소녀처럼 뾰로통해져서 말했다.

"페르나트 씨, 좀 진지해지실 수 없나요?"

나는 그녀의 말대로 고분고분하게 선생의 얼굴로 돌아왔고, 그녀는 다시 자리에 앉았다.

"제가 언젠가는 결혼할 거라고 말한다면, 제가 지금까지 그런 종류의 일에 신경을 쓰지 않았다는 뜻이에요. 이 세상에 여자로 태어난 마당에 아이를 낳지 않고 살아가기로 작정한다면 인생의 참뜻을 이해하지 못할 것 같다는 거죠."

나는 처음으로 그녀의 얼굴에 여성다운 빛이 어리는 것을 보았다.

"제 꿈들 중 하나는 두 인간이 하나의 존재로 완전하게 합쳐지는 것을 궁극적인 목표로 삼는 것이에요. 혹시 고대 이집트의 오시리스 숭배에 대해 들어 보신 적 있나요? '자웅 동체'라는 존재는 남녀가 합쳐지는 것을 상징적으로 표현한 거예요."

그녀가 나직한 목소리로 말했다. 나는 그녀의 말에 온 신경을 곤두세웠다.

"자웅 동체라고요?"

"한 남자와 한 여자가 마법처럼 합쳐져서 인간의 모습을 한 반신(半神)이 되는 거예요. 궁극적인 목표로서 말이에요! 아니, 끝없이 이어지는 새로운 길의 시작으로서요."

"그렇다면 당신은 언젠가 당신이 원하는 그 사람을 찾을 수 있으리라고 생각하나요?"

내가 좀 당혹스러운 목소리로 물었다.

"그 사람은 어딘가 먼 나라에 살지 않을까요? 어쩌면 이 지상에 살지 않을지도 모르잖아요?"

"그에 대해서는 아무것도 몰라요."

그녀는 간단하게 대답했다.

"다만 저는 그저 기다릴 뿐이에요. 만약 그 사람과 제가 시간과 공간에 의해 서로 떨어져 있어서 ― 저는 그렇게 생각할 수가 없어요. 만약 그렇다면 왜 제가 이렇게 이곳 게토 지역에 뿌리를 박고 있는 걸까요? ― 혹은 서로가 서로를 알아보지 못해서 제가 그 사람을 찾아내지 못한다면, 제 인생 전체는 아무런 목표도 갖지 못할 것이며 악마의 장난에 지나지 않을 거예요. 자, 제발 이제 그 얘기는 그만하기로 해요."

그녀가 간청하듯 말했다.

"이런 생각을 언어로 표현하는 순간, 그 사고는 이미 지상의 떨떠름한 뒷맛을 얻게 돼요. 그리고 저는 원치 않아요……."

그녀가 갑자기 말을 멈추었다.

"무엇을 원치 않는데요, 미리암?"

그녀는 손을 들더니 얼른 자리에서 일어나며 말했다.

"당신 손님이 오고 있군요, 페르나트 씨!"

실크 옷이 바스락대는 소리가 복도에서 들려왔다. 성급한 노크 소리. 그리고 나타난 것은.

안겔리나였다! 나는 가려고 하는 미리암을 붙잡았다.

"소개할까요? 여긴 내 오랜 친구의 딸이고, 이쪽은 백작 부인."

"마차를 타고 이곳까지 오는 일이 너무 힘들어요. 도로 곳곳이 파헤쳐져서 말이에요. 페르나트 선생님, 언제쯤 인간다운 곳에 가서 살 건가요? 밖에는 눈이 녹고 있고 하늘은 환호성을 질러 가슴이 터질 것만 같아요. 그런데 당신은 이 석회석 동굴 같은 곳에서 늙은 개구리처럼 웅크리고 있으니. 그건 그렇고 어제는 제가 자주 가는 보석상에 갔었는데, 그곳 주인이 그러더군요. 당신이 현재 살아 있는 가장 위대한 예술가이자 가장 섬세한 보석 세공사라고요. 역사상 가장 위대한 보석 세공사는 아닐지라도요!"

안겔리나는 폭포수처럼 떠들어 댔다. 그 바람에 나는 넋이 나갔다. 나는 그저 그녀의 반짝이는 파란 눈과 에나멜 부츠를 신고 있는 조그만 발과 모피에 묻혀 있는 변덕스러운 얼굴, 장밋빛 귓불을 쳐다보았다. 그녀는 숨도 쉬지 않고 이야기를 계속했다.

"모퉁이에 마차를 대기시켜 놓았어요. 당신이 혹시 집에 계시지 않을까 봐 걱정했어요. 점심 식사는 아직 안 하셨겠지요? 우리 먼저, 어디로 갈까요? 잠깐만요. 그래요, 우리 먼저 수목원으로 가요. 아니면 어디든 야외로 나가요. 풀과 나무들이 움트는 것을 느낄 수 있는 곳으로요. 자, 어서요, 모자를 챙기세요.

우리 집에서 식사하고 밤늦게까지 이야기 나누어요. 어서 모자를 챙기시라니까요! 도대체 뭘 기다리세요? 저 아래 마차에 포근하고 부드러운 이불이 있어요. 우리 이불을 귀까지 뒤집어쓰고 몸에서 열이 펄펄 끓을 때까지 살을 맞대고 있도록 해요.”

도대체 내가 무슨 말을 해야 하나!

“나는 방금 내 친구의 딸과 마차를 타고 한 바퀴 돌기로 약속했는데…….”

내가 이 말을 미처 끝맺기도 전에 미리암은 안젤리나와 서둘러 작별 인사를 나누었다. 그녀가 극구 사양했지만 나는 그녀를 문 앞까지 바래다주었다.

“내 말 잘 들어요, 미리암. 내가 당신을 얼마나 사랑하는지 이곳 계단에서는 말하기 힘들지만, 어쨌든 나는 차라리 당신하고…….”

“그 숙녀분을 기다리게 해서는 안 돼요, 페르나트 씨.”

그녀가 재촉했다.

“안녕. 즐거운 시간 보내세요!”

그녀의 목소리는 다정했으며 진심으로 들렸다. 그러나 나는 그녀의 눈에서 반짝이던 빛이 사라진 것을 보았다. 그녀는 서둘러 계단을 내려갔다. 고통이 나의 목을 짓눌렀다. 마치 세상을 잃은 것 같은 느낌이었다.

나는 꿈에 취한 듯이 안젤리나 옆에 앉아 있었다. 우리는 사람들로 북적대는 거리를 덜컹대면서 빠른 속도로 지나갔다. 삶의 파도가 우리 주변에서 넘실댔다. 정신이 몽롱한 상태에서, 우리 곁을 스쳐 지나가는 그림들 속에서 반짝이는 반점들만이 내 눈에 들어왔다. 귀고리와 팔찌에서 반짝이는 보석들, 반들거리는 중절모들, 하얀 숙녀용 장갑, 멍멍 짖어 대며 우리 마차의 바퀴를 물려고 덤비는, 목에 장밋빛 리본을 단 푸들 강아지, 은빛 마구를 덜컹대며 거품을 물고 우리를 향해 돌진해 오는 검은 가라말들, 화려한 진주와 반짝이는 장신구들이 진열되어 있는 가게의 쇼윈도, 날씬한 아가씨들의 허리에 감겨 반짝이는 실크 옷감들. 얼굴을 때리는 매서운 바람이 안젤리나의 체온을 더욱 따스하게 느끼게 해 주었다. 교차로에서 교통 정리를 하던 경찰들은 우리가 지나갈 때 경의를 표하며 옆으로 물러섰다.

이윽고 우리는 유일한 마차 행렬을 따라 부두를 지나 무너진 석조 다리 쪽으로 방향을 잡았다. 우리가 탄 마차 곁에는 놀라 입이 헤벌어진 구경꾼들의 무리가 늘어서 있었다. 나는 그쪽을 쳐다보지 않았다. 안젤리나의 입에서 새어 나오는 작은 속삭임, 그녀의 속눈썹, 바쁘게 움직이는 입술 등 이 모든 것이 저 아래쪽의 무너진 석조 다리 잔해들과 둥둥 떠다니는 얼음덩어리들이 서로 어깨를 맞댄 채 버티고 있는 광경을 보는 것보다 내게는 훨씬 더 중요했다. 이어서 우리는 공원으로 들어섰다. 잘 다져진 탄력 있는 흙이 느껴졌다. 마차 바퀴 아래에서 바스락대는 낙엽 소리, 축축하게 물기 어린 공기, 까마귀 둥지가 군데군데 있는 앙상한 거목들, 곳곳에 눈 자국이 섬처럼 남아 있는 죽은 초원 등 이 모든 것이 꿈결처럼 내 곁을 스쳐 지나갔다. 지나가는 투로 안젤리나는 갑자기 사비올리 박사에 대한 이야기를 몇 마디 꺼냈다.

"이제 위험이 지나갔으니 그 사람도 다시 좋아질 거예요." 그녀가 어린애처럼 구김살 없이 기뻐하면서 말했다. "얼마 전에 제가 한 모든 일들이 이제는 끔찍할 정도로 지루하게 느껴져요. 제가 원하는 것은 다시 한번 즐거움을 맛보는 거예요. 두 눈을 꼭 감고 반짝이는 생의 거품 속에 잠겨 보는 것이죠. 저는 모든 여자가 그렇다고 생각해요. 다만 그것을 솔직하게 털어놓지 않을 뿐이에요. 아니면 여자들은 아둔해서 그것을 스스로 깨닫지 못하는 걸까요? 당신은 어떻게 생각하세요?"

그녀는 그 물음에 대한 나의 대답을 그냥 흘려들었다.

"게다가 저는 여자들한테는 전혀 관심이 없어요. 이 말을 아첨으로 여기지는 마세요. 그렇지만 사실 저는 인정 많은 남자가 제 곁에 있는 것만으로도 그 어떤 똑똑한 여자하고 흥미진진한 대화를 나누는 것보다 훨씬 더 좋아요. 여자들끼리 떠들어 대는 것은 언제나 바보 같은 짓이에요. 그들이 떠들어 봤자 무슨 얘기를 하겠어요. 외출복 같은 거나 입에 올리겠죠. 유행도 자꾸 바뀌지 않나요? 제가 너무 경박하죠, 그렇죠?"

그녀가 갑자기 교태를 부리며 물었다. 그 통에 그녀의 매력에 홀린 나는 그녀의 조그만 머리를 두 손으로 잡고 그녀의 목덜미에 키스하지 않도록 정신을 차려야 했다.

"제가 경솔하다고 어서 말씀해 주세요!"

그녀는 내 쪽으로 더욱 바짝 다가앉더니 팔짱을 꼈다. 우리는 큰 도로를 벗어나 짚으로 허리를 동여맨 관목들이 서 있는 작은 숲을 따라 달렸다. 허리에 짚을 두른 관목들은 사지와 머리가 잘린 괴물의 몸뚱어리처럼 보였다. 사람들은 벤치에 앉아 햇볕을 쬐고 있다가 지나가는 우리 등 뒤를 쳐다보며 머리를 맞대고 뭐라고 속삭였다.

우리는 한동안 아무 말도 하지 않고 각자의 생각에 잠겼다.

안젤리나는 지금까지 내가 상상 속에서 그려 온 모습과는 완전히 딴판이었다! 그녀는 나를 위해 오늘 비로소 현재 속으로 들어온 것 같았다! 이 여자가 정말로 내가 지난번에 성당에서 위로의 말을 건넸던 바로 그 여자란 말인가? 나는 그녀의 반쯤 열려 있는 입에서 눈을 떼지 못했다. 그녀는 여전히 한마디도 하지 않았다. 마음속으로 뭔가를 떠올리고 있는 것 같았다. 마차는 이제 촉촉하게 젖은 초원을 달리고 있었다. 잠에서 깨어나는 흙냄새가 느껴졌다.

"아세요, 부인?"

"그냥 안젤리나라고 불러 주세요."

그녀가 나의 말을 부드럽게 가로막았다.

"안젤리나, 내가 어젯밤 내내 당신 생각을 했다는 걸 아세요?"

나는 참았던 말을 내뱉었다. 그녀는 내 팔에 끼고 있던 자기 팔을 빼내려는 듯 잠깐 팔을 꼼지락거리며 놀란 눈빛으로 나를 쳐다보았다.

"참으로 희한하군요! 저도 그랬는데요! 이 순간에도 저는 그 생각을 하고 있었어요."

갑자기 우리의 대화가 멎었다. 우리 두 사람이 똑같은 것을 꿈꾸었음을 깨달았기 때문이다. 나는 그것을 그녀의 두근대는 맥박에서 느낄 수 있었다. 그녀의 팔은 내 가슴 위에서 바르르 떨리고 있었다. 그녀는 발작적으로 내게서 눈길을 돌려 창밖을 바라보았다. 나는 천천히 그녀의 손을 내 입술 쪽으로 끌어당겨, 향기로운 그녀의 하얀 장갑을 벗겼다. 그녀 숨소리가 거칠어지는 것을 들으면서 사랑에 눈이 멀어 그녀의 손바닥의 도톰

한 부분을 이로 깨물었다.

그로부터 몇 시간 뒤, 나는 술에 취한 듯한 기분으로 저녁 안개를 헤치며 시내를 향해 걸어갔다. 나는 아무 생각 없이 이 길로, 저 길로 접어들었다. 그러다 보니 모르는 사이에 오랫동 안 한 곳을 뱅뱅 돌고 있었다. 이제 나는 강가의 철제 난간에 기 대어 서서 노호하는 물결을 내려다보고 있다. 내 목덜미를 어 루만지던 안겔리나의 손길이 아직도 느껴졌다. 내 눈앞에는 몇 해 전 우리가 이별을 고할 때 만났던 장소인 분수대의 석조 수 반이 떠올랐다. 그때 수반 안에는 썩은 느릅나무 잎들이 수북 하게 쌓여 있었다. 그 후 그녀는 나를 다시 만나 방금 몇 시간 전 에 그랬던 것처럼 내 어깨에 머리를 기댄 채 그녀 성의 어둑해 진 정원을 말없이 거닐었다.

나는 벤치에 앉아 모자를 푹 눌러쓰고 공상을 계속했다. 물 이 둑 위로 거세게 몰아쳤다. 세찬 물결 소리가, 잠이 들면서 중 얼대는 도시의 마지막 소리를 집어삼켰다. 가끔 외투를 더욱 바짝 당겨 추스르고 눈을 들어 보면 강물에는 더욱 짙은 그림자 가 드리워져 있었다. 그러다가 마침내 강물은 무거운 밤의 무 게에 짓눌려 짙은 잿빛이 되어 흘러갔고, 댐을 가로질러 이는 흰 거품은 하얗게 반짝이는 줄무늬가 되어 비스듬히 강 건너편 까지 이어졌다. 우중충한 집으로 다시 돌아가야 한다는 생각이 들자 나는 소름이 끼쳤다. 짧았던 오후의 매혹적인 빛살이 나 를 영원히 내 집의 이방인으로 만들어 놓은 것이었다. 며칠 또 는 몇 주가 지나면 나의 행복도 사라지리라. 남는 것은 슬프고 아름다운 추억뿐이리라. 그리고 그다음엔? 그다음에 나는 이곳에서나 저곳에서나, 강 이편에서나 저편에서나 이방인이 되리라.

　나는 자리에서 벌떡 일어났다. 어두운 게토로 돌아가기 전에 정원 울타리 너머로 그녀가 살고 있는 큰 저택을 다시 한번 보고 싶었기 때문이다. 그녀는 지금쯤 그 수많은 창문들 중 어느 한 창문 너머에 잠들어 있을 것이다. 나는 왔던 길을 되돌아갔다. 늘어선 집들을 따라 짙은 안개 속을 더듬거리며 걸어갔다. 잠들어 있는 광장을 가로질러 갔다. 시커먼 기념비들이 위협적으로 불쑥 나타나는 것을 보았으며, 쓸쓸한 초병의 막사와 바로크식으로 요란하게 장식된 건물들 앞을 지나갔다. 어느 등불의 흐릿한 빛이 퇴색한 무지갯빛의 환상적인 고리 모양으로 안개 속에서 불쑥 커졌다가는 담황색의 쏘아보는 눈동자가 되어 내 등 뒤로 사라졌다. 발밑에서 자갈이 뿌려져 있는 폭넓은 석조 계단이 느껴졌다. 나는 어디에 있는 것일까? 가파른 애로를 올라가고 있는 걸까? 내 양쪽에는 매끈한 담장이 있는 걸까? 한 나무의 앙상한 나뭇가지가 정원에서 길 쪽으로 뻗어 있었다. 마치 하늘에서 아래로 드리워져 있는 것 같았다. 나무줄기가 안개에 가려 보이지 않았기 때문이다.

　썩은 작은 나뭇가지 몇 개가 내 모자를 스치고 툭 소리를 내며 부러지더니 외투를 건드리며 내 발을 지워 버린 잿빛 안개의 심연 속으로 떨어졌다. 갑자기 환한 점이 하나 나타났다. 저 멀리 보이는 외로운 불빛이었다. 하늘과 땅 사이 어디에선가 수수께끼처럼 빛나는 불빛이었다. 아무래도 길을 잘못 들었다. 지금 걷고 있는 길은 퓌르스텐베르크 정원의 언덕을 따라 나 있는 '옛 성길'인 것 같았다. 이어서 한참 동안 진흙 길이 나왔다.

그다음엔 포장길이 이어졌다. 갑자기 거대한 그림자가 내 앞에 불쑥 나타났다. 뾰족한 검은 모자를 쓴 머리 모양이었다. 그것은 굶주림의 탑인 '달리보르카'였다. 그곳은 지난날 왕들이 아래쪽 '히르슈그라벤'에서 사냥 놀이를 하며 즐기는 동안 수많은 사람들이 굶어 죽은 곳이었다.

이어서 성가퀴가 있는 좁고 꼬불꼬불한 통로가 나왔다. 어깨가 빠져나가기도 힘들 정도의 달팽이 통로였다. 이윽고 나는 내 앞에 죽 늘어선 조그만 집들 앞에 섰다. 그 집들은 내 키보다 크지 않았다. 팔을 뻗으면 지붕을 만질 수 있었다. 그곳은 바로 '금 세공사의 거리'였다. 중세 때 연금술의 대가들이 현자의 돌을 구우면서 독성이 강한 증기로 달빛을 물들이던 곳이었다. 내가 걸어온 길 말고는 밖으로 빠져나가는 길이 없었다. 벽에도 내 몸을 들이밀 만한 구멍 하나 없었다. 나는 창살이 달린 문 앞에 섰다. 어쩔 도리가 없군. 누군가를 깨워서 길을 물어봐야겠어. 나는 혼잣말로 지껄였다. 집 하나가 길을 막고 서 있다니 참으로 이상했다. 그 집은 다른 집들과 달리 규모가 컸으며 사람이 살고 있는 듯했다. 그 집을 언제 보았는지 기억이 나지 않았다. 안개 속에서도 저렇게 환하게 빛나는 것으로 보아 저 집은 흰색 칠이 되어 있는 걸까?

나는 창살 문을 지나 좁다란 정원 길을 따라 올라가 창유리에 얼굴을 바짝 들이댔다. 모든 것이 컴컴했다. 나는 창문을 두드렸다. 그때 안에서 나이를 알 수 없을 정도로 늙은 노인이 손에 촛불을 들고 힘겨운 듯 흐느적거리는 걸음걸이로 문을 지나 방 한가운데 와서 멈추어 섰다. 그러더니 벽의 선반 위에 놓여 있는 먼지투성이 증류 시험관과 플라스크 쪽으로 천천히 고개를 돌렸다. 그런 다음 깊은 생각에 잠긴 듯 방구석에 걸려 있는 커다란 거미줄을 바라보더니, 내가 서 있는 쪽을 빤히 쳐다보았다. 광대뼈의 그늘이 눈구멍에까지 드리워져서, 그의 눈구멍은 미라의 그것처럼 텅 빈 듯 보였다. 분명 그는 나를 쳐다보고 있지 않았다. 나는 다시 한번 창유리를 두드렸다. 그는 그 소리를 듣지 못했다. 그러더니 마치 몽유병 환자처럼 다시 방에서 나갔다.

나는 기다렸지만 소용없었다. 마침내 나는 현관문을 두드렸다. 그러나 아무도 문을 열어 주지 않았다. 시간이 걸리더라도 내가 직접 찾아 나서는 수밖에 없었다. 마침내 나는 그 골목에서 빠져나가는 출구를 찾아냈다. 사람들하고 같이 있는 것이 가장 좋지 않을까. 나는 생각했다. 안겔리나와 입맞춤하고 싶은 이 뜨거운 열망을 몇 시간 동안이라도 덮으려면 알테운겔트 술집으로 나의 친구들인 츠바크와 프로코프 그리고 프리슬란더를 찾아가는 게 좋지 않을까? 그곳에 분명히 그들이 있을 거야. 나는 그곳을 향해 발걸음을 재촉했다.

그들 세 사람은 시든 클로버처럼 벌레가 갉아먹은 낡은 테이블을 둘러싼 채 웅크리고 앉아 있었다. 점토로 만든 희고 가는 파이프를 이 사이에 끼우고 실내에 연기가 가득 차도록 연방 연기를 뿜어 대면서. 그들의 얼굴 표정은 거의 알아볼 수가 없었다. 천장에 매달린 낡은 등이 뿌리는 가냘픈 빛을 짙은 갈색의 벽들이 모두 삼켜 버렸기 때문이다. 테이블 한쪽 구석에는 몸이 빼빼 마르고 코가 노란 오리주둥이처럼 생긴 말수가 적은 늙은 여종업원이 평소와 다름없이 뜨개질로 양말을 뜨면서 멍청한 눈빛으로 앉아 있었다!

닫힌 문 위에 후줄근한 붉은색 덮개가 씌워져 있어서 옆방에 있는 손님들의 목소리가 윙윙대는 벌떼 소리처럼 나지막하게 들렸다. 뻣뻣한 챙이 달린 원추형 모자를 쓴 프리슬란더는 팔자수염과 남회색 피부에 눈 밑에는 흉터가 있어 잊힌 지난 세기에 물에 빠져 죽은 어느 네덜란드 사람 같았다. 요수아 프로코프는 음악가 스타일로 다듬은 머리카락 한가운데에 포크를 꽂고, 뼈만 남아 유령처럼 앙상한 손가락으로 끊임없이 테이블을 두드리면서, 배가 불룩한 아락술 술병에 보랏빛 인형 옷을 입히려고 애쓰고 있는 츠바크의 모습을 놀라워하는 눈길로 바라보고 있었다.

"저건 바빈스키를 만드는 거야."

프리슬란더가 내게 아주 진지한 말투로 말했다.

"바빈스키가 누군지 자넨 모르지? 츠바크, 페르나트에게 바빈스키가 누군지 설명해 주게!"

츠바크는 하던 일에서 한순간도 눈을 떼지 않고 말했다.

"바빈스키는 한때 프라하를 주름잡던 살인 강도야. 그는 여러 해 동안 아무에게도 들키지 않고 그 파렴치한 짓을 저질렀어. 하지만 시간이 지나면서 잘사는 집안에서 식사 때 가족 구성원이 하나둘씩 사라져 다시는 나타나지 않는 것이 눈에 띄기 시작한 거야. 처음에 사람들은 그 일에 대해 입을 꾹 다물었어. 그것도 나름대로 좋은 면이 있었거든. 식사를 적게 준비해도 됐으니까 말이야. 그렇다고 해서 마냥 방치해 둘 수도 없는 일이었어. 그 일이 구설수에 오를 수도 있고, 또 그렇게 됨으로써 가문에 대한 사회적 평판이 손상될 수도 있으니까 말이

253

“왜 제가 이렇게 이곳 게토 지역에 뿌리를 박고 있는 걸까요?
다만 저는 그저 기다릴 뿐이에요.
끝없이 이어지는 새로운 길의 시작을.”

야. 특히 결혼 적령기의 처녀들이 흔적도 없이 사라졌을 때가 가장 문제였어. 명망 있는 집안은 무엇보다 그 구성원들이 조화롭게 사는 모습을 대외적으로 보여 주는 일에 상당한 가치를 두었기 때문이지. 신문에 '어서 돌아와라, 모든 것을 다 용서해 줄 테니.' 같은 내용의 광고를 싣는 횟수가 갈수록 빈번해졌어. 그리고 이런 내용의 글들이 마침내 일반인들의 관심을 불러일으켰지. 그러나 보통의 다른 직업적 살인자들처럼 역시 성격이 경솔했던 바빈스키는 이러한 상황을 계산에 넣지 않았어. 아주 전원적인 성격의 소유자였던 바빈스키는 프라하 근교의 아름다운 마을인 크르치에 불굴의 노력으로 작지만 아늑한 집을 한 채 지었어. 반질반질 윤이 나는 아주 깔끔한 집이었는데, 집 앞 정원에는 제라늄이 만발했어. 그러나 그는 자신이 죽인 희생자들의 시체를 숨기기 위해 더 많은 땅을 살 수 있는 형편이 안 되었기 때문에 하는 수 없이 아끼던 꽃밭을 없애고 그 자리에 잘 정돈된 풀밭을 만들었지. 그곳을 필요에 따라 그때그때 무덤으로 쓸 생각이었어. 그가 하는 사업이 잘되면 힘들이지 않고 터를 늘려 갈 수 있는 거였지. 바빈스키는 매일 저녁 고된 일과가 끝나고 나면 이 성스러운 곳에 나와 앉아 일몰의 햇살을 바라보며 피리로 온갖 처량한 곡을 불곤 했어."

"잠깐!"

요수아 프로코프가 거칠게 그의 말을 가로막더니, 주머니에서 열쇠를 하나 꺼내 마치 그것이 클라리넷인 양 입에 갖다 대고는 노래를 불렀다.

"침체를림 참부슬라—데."

"멜로디를 그렇게 정확하게 아는 걸로 보아 자네는 그자가 피리 부는 것을 직접 본 모양이지?"

프리슬란더가 놀랍다는 표정으로 물었다. 프로코프는 그를 악의적인 눈길로 쳐다보면서 말했다.

"그건 아니야. 나와 알고 지내기엔 바빈스키는 너무 일찍 태어났어. 하지만 나는 작곡가이기 때문에 그가 피리로 불었을 만한 곡을 쉽게 알아낼 수 있어. 자넨 그 점에 대해서 뭐라고 말할 수 없어. 자넨 음악가가 아니잖아. 침체를림—참부슬라—부슬라—데."

츠바크는 프로코프가 다시 열쇠를 주머니에 집어넣을 때까지 얼떨떨한 표정으로 경청하다가 다시 말을 이었다.

"그러나 풀밭의 크기가 자꾸 커지자 마침내 이웃 사람들이 그에 대해 의심을 품기 시작했어. 그러던 중 교외의 치츠코프라고 하는 경찰관이 우연히 멀리서 바빈스키가 명문 집안 출신의 한 노파를 목 졸라 살해하는 장면을 목격했어. 그 잔인한 악마의 패륜적인 행동이 종지부를 찍은 것은 결정적으로 그 경찰관 덕분이야. 바빈스키는 자신의 별장에서 체포됐어. 재판부는 그에 대한 평판 등을 고려해 그에게 교수형을 언도했어. 재판부는 그러면서 밧줄 도소매업을 하는 라이펜 형제 회사에 교수형에 필요한 도구를 주문했어. 재판부는 시중 가격을 감안해서 영수증을 받고 국고에서 많은 돈을 지불하는 방식으로 그 회사에서 다루는 모든 교수형 관련 물품을 제공받기로 했어. 그런데 사형 집행 중 밧줄이 끊어져 바빈스키가 종신형으로 감형되는 어처구니없는 일이 발생한 거야. 그 살인범은 성 판크라츠 감옥의 벽에 갇혀 이십 년 동안 형을 살았어. 그러면서도 누구를 비난하는 말은 한마디도 입에 올리지 않았다는 거야. 실제로 오늘날까지도 그의 수형 생활은 간수들 사이에서 하나의 모범으로 칭송받고 있어. 심지어 그는 때때로 영주의 생일에는 피리를 불어도 좋다는 허락까지 받았다는 거야."

프로코프는 얼른 다시 주머니에서 열쇠를 꺼내려 했다. 그러나 이번에는 츠바크가 그를 제지했다.

"특별 사면 덕분에 바빈스키는 나머지 형기를 감면받았어. 그리고 '자비로운 자매' 수도원의 수위 자리를 얻었어. 그가 맡은 일 중에는 가벼운 정원 작업도 포함됐지. 그러나 예전에 다른 일을 할 때 익힌 능수능란한 삽질 덕분에 맡은 일을 금세 해치웠기 때문에 그에게는 시간 여유가 많이 생겼어. 그때 그는 좋은 책들을 읽으면서 마음과 영혼을 정화시켰어. 그 결과는 정말 기분 좋은 것이었어. 수녀원장이 토요일 저녁에 주점에 가서 기분 전환을 하고 오라고 내보내면 그는 날이 어두워지기 전에 정확하게 다시 돌아왔어. 사람들의 도덕적 타락을 보는 게 마음 아프다는 거였어. 그리고 빛을 꺼리는 악당의 무리가 거리를 위협하고 있기 때문에 누구든 평화를 사랑하는 사람은 제때 집으로 발걸음을 옮기는 것이 가장 현명한 계율이라는 거였어.

당시 프라하의 밀랍 인형 제조업자들 사이에서는 붉은 외투를 입은 살인범 바빈스키의 모습을 본뜬 조그만 밀랍 인형을 파는 악습이 만연하기 시작했어. 슬픔에 잠긴 집에는 그 인형이 꼭 놓여 있었어. 그 인형은 가게 진열장마다 대규모로 진열되기 시작했어. 바빈스키는 그런 밀랍 인형을 보게 되면 다른 어느 때보다 크게 화를 냈어. '어떤 인간에게 그의 젊은 시절의 과오를 자꾸만 눈앞에 보여 주는 것은 너무나 몰염치한 일이며 마음이 메말라 있음을 증거해 주는 것입니다.' 바빈스키는 말하곤 했어. '그러한 공공연한 폭력을 보고도 당국이 아무런 조치도 취하지 않는 것은 참으로 통탄스러운 일입니다.' 그는 임종 자리에서도 이와 유사한 얘기를 했다고 해. 그의 노력은 헛되지 않았어. 얼마 뒤 당국은 혐오감을 주는 바빈스키 인형의 판매를 금지시켰거든."

츠바크는 그로그 술을 한 모금 크게 들이켰다. 그들 세 사람은 악마처럼 히죽거렸다. 그러더니 그들은 핏기가 없어 보이는 여종업원 쪽으로 조심스럽게 고개를 돌렸다. 그때 나는 그녀가 눈물을 훔치는 것을 보았다.

"그렇다면, 존경하는 내 친구이자 저명한 보석 세공업자인 페르나트 선생."

프리슬란더가 한참 동안 깊이 생각에 잠겨 있다가 내게 물었다.

"자네는 우리의 동료가 지금까지 들려준 이야기의 술값을 대신해, 자네가 겪은 경험담으로 보답해 보지 않겠는가?"

나는 그들에게 내가 안개 속에서 헤맸던 이야기를 들려주기 시작했다. 이야기를 들려주던 중 내가 하얀 집을 보았다는 대목에 이르자, 세 사람은 긴장한 나머지 물고 있던 파이프를 입에서 뗐다. 이윽고 내가 이야기를 끝마치자 프로코프는 주먹으로 테이블을 치면서 이렇게 소리쳤다.

"정말 대단하군! 지금까지 전설로만 내려오던 이야기를 우리의 페르나트는 몸으로 직접 다 경험하다니. 그건 그렇고, 전부터 내려오는 골렘 미스터리가 이제 풀린 것 같아. 자넨 알겠는가?"

"풀렸다니?"

어안이 벙벙해서 내가 물었다.

"'하실레'라고 하는 그 미친 유대인 거지 알지? 모르나? 어쨌든 좋아. 그가 골렘이었네."

"거지가 골렘이라고?"

"그렇다네, 그 거지가 골렘이었어. 오늘 밝은 대낮에 그 유령이 예의 그 17세기풍의 악명 높은 옷차림으로 당당하게 잘니터 거리를 활보했어. 그때 한 박피공이 그를 개 사슬로 붙잡았어."

"그게 대체 무슨 소리인가? 한마디도 이해할 수가 없군!"

내가 큰 소리로 말했다.

"다시 한번 말하지만, 그건 하실레였어! 그가 꽤 오래전에 어느 집 문간에서 그 낡은 옷을 발견했다는 거야. 클라인자이테에 있는 그 하얀 집 얘기로 돌아가 보자고. 정말 흥미로운 이야기지. 자넨 잘 모를지 모르지만 이런 오랜 전설이 있어. 저 위쪽에 있는 연금술사 거리에 집이 한 채 있는데, 그 집은 안개가 꼈을 때만 보인다는 거야. 그것도 일요일에 태어난 아이들한테만 말일세. 그 집은 사람들 사이에서 '마지막 등불의 집'이라고 불리지. 낮에 그곳에 가 보면 커다란 잿빛 바위만 하나 있을 뿐이야. 그 바위 뒤쪽은 히르슈그라벤 계곡으로 통하는 깎아지른 절벽이야. 페르나트, 자넨 한 걸음을 더 내딛지 않은 걸 다행으로 생각해야 할 거야. 그랬다면 틀림없이 절벽으로 떨어져 뼈가 가루가 되었을 거야. 그런데 전설에 따르면 그 바위 밑에 엄청난 보물이 숨겨져 있다고 해. 그 보물은 프라하를 건설했다고 하는 '아시아의 형제들'이라는 교단이 어떤 집을 지을 때 초석으로 썼다는 거야. 그 집엔 언젠가는 어느 인간이 살게 될 거라고 하지. 더 정확하게 말해서 자웅 동체가 말이야. 남자와 여자로 이루어진 존재 말이지. 그리고 그 존재는 토끼를 문장(紋章)으로 쓸 거래. 토끼는 원래 오시리스의 상징이었어. 그리고 이것이 우리의 부활절 토끼의 기원이지. 그때가 올 때까지 엄청나게 나이를 먹은 한 노인이 그곳을 지키고 있대. 사탄이 찾아와 그 바위를 유혹해서 그 사이에서 아르밀로스라고 하는 아들을 낳는 일 따위는 생기지 않도록 말이야. 자네는 이 아르밀로스에 대해서 전혀 들어 보지 못했나? 그가 이 세상에 태어난다면 어떤 외모일지 늙은 랍비들은 알고 있어. 황금빛 머리카락은 머리 뒤로 묶여 있고, 머리엔 가르마가 두 개이고, 두 눈은 낫 모양이며, 팔은 다리까지 닿는 모습일 거라는 거야.”

“그렇게 멋진 녀석을 그림으로 그려 봐야지.”

프리슬란더가 고함을 지르듯이 말하면서 연필을 찾았다.

“그러니까 페르나트, 자네가 언젠가 자웅 동체의 인물이 되어 혹시 그곳에 숨겨진 보물을 찾게 되거들랑 내가 항상 자네의 멋진 친구였다는 사실을 잊지 말게!”

프로코프가 이렇게 말을 맺었다. 그러나 나는 농담을 할 기분이 아니었다. 나는 가슴속에 약간의 고통을 느꼈다. 츠바크가 그것을 눈치챈 것 같았다. 이유를 모르면서도 얼른 나를 도와주려고 했기 때문이다.

“어쨌든 페르나트가 하필이면 아주 오래된 전설과 관련이 있는 곳에서 그런 환상을 보았다니 참으로 이상한 일이군. 아니 좀 섬뜩하기까지 하군. 여기엔 숨은 연관 관계들이 얽혀 있어. 보통 사람의 촉각으로 느낄 수 없는 모습들을 눈으로 볼 수

"'하실레'라고 하는 그 미친 유대인 거지 알지? 모르나?
어쨌든 좋아. 그가 골렘이었네. 거지가 골렘이라고?"

있는 영혼을 지닌 사람이 그러한 상황에서 빠져나온다는 건 정말 어려운 일이야. 나로서도 이 상황에서는 어쩔 도리가 없네. 그렇지만 초감각의 세계는 이 세상에서 가장 흥미로운 테마야! 자네들 생각은 어떤가?"

프리슬란더와 프로코프의 얼굴빛이 갑자기 진지해졌고, 우리 중 누구도 대답이 필요하다고 생각하는 것 같지 않았다.

"당신 생각은 어때요, 오일라리아?"

츠바크는 뒤를 돌아보며 다시 한번 질문했다. 늙은 여종업원은 뜨개바늘로 머리를 긁적거리며 한숨을 내쉬더니 얼굴을 붉히면서 말했다.

"계속하세요! 당신은 저를 언제나 곤경에 빠뜨리는군요."

"오늘은 종일 마음이 뒤숭숭해."

우리의 소란스러운 웃음소리가 멎자 프리슬란더가 하던 얘기를 계속했다.

"붓질 한번 제대로 하지 못했으니 말이야. 연미복을 입고 춤을 추던 로지나의 모습이 자꾸만 떠오르는 거야."

"그녀가 또 나타났나?" 내가 물었다.

"'또 나타났냐고?' 그거 좋은 말이지! 풍기 단속 경찰이 그녀하고 장기 계약을 맺었어! 아마 그때 로이시체크 주점에서 그 경감이 그녀에게 넋이 나간 모양이야. 어쨌든 그녀는 요즘 눈코 뜰 새 없이 바빠. 게토 지역의 관광 사업 중흥에 혁혁한 공을 세우는 중이거든. 최근 얼마간 아주 오동통하게 살이 올랐다니까."

"한 여자가 한 남자를 사랑에 빠지게 하면 그 남자의 모든 게 바뀔 수 있다니, 생각해 보면 진짜 대단한 일이야."

츠바크가 한마디 던졌다.

"그녀에게 줄 돈을 모으려고 그 불쌍한 야로미르가 하룻밤 사이에 예술가가 됐대. 지금 그놈은 음식점이랑 술집을 돌아다니면서 손님들의 실루엣을 가위로 잘라서 만드는 일을 하고 있어."

츠바크의 말에 제대로 귀를 기울이지 않고 있던 프로코프가 입맛을 쩝쩝 다시며 말했다.

"그게 사실이야? 로지나가 그렇게 예쁜 여자가 됐어? 프리슬란더, 자넨 그녀의 입술을 벌써 훔쳤나?"

여종업원이 갑자기 벌떡 일어나더니 화를 내며 칸막이 객실에서 나갔다.

"저런 늙어 빠진 닭 같으니라고! 저런 여자한테 정말 그게 필요한 거야. 한번 해 달라는 거지!"

프로코프가 그녀의 등 뒤에 대고 마구 으르렁거렸다.

"진정해, 진정하라고. 그녀는 괜히 오해받을 만한 때에 나간 것뿐이야. 게다가 양말 뜨개질이 방금 끝났잖아."

츠바크가 그를 위로했다.

주인이 그로그 술을 새로 가져왔다. 테이블의 대화는 점점 자극적인 쪽으로 나아가기 시작했다. 극히 민감하게 열에 들떠 있는 내 마음 상태에서 그들의 대화 내용은 너무 자극적이었다. 나는 그 상황에 저항하려고 했다. 그러나 내가 마음의 문을 닫아걸고 안겔리나의 모습을 떠올리려고 애쓸수록 그들의 이야기는 내 귀에 와서 더욱 뜨겁게 맴돌았다. 결국 나는 그 자리에서 후다닥 뛰쳐나오고 말았다.

안개는 아까보다 좀 투명해져 있었고, 나를 향해 가는 얼음 바늘을 뿌렸다. 그렇지만 안개가 여전히 짙어서 거리의 명패를 제대로 읽을 수가 없었다. 그래서 나는 집으로 돌아가는 길을 약간 잘못 잡았다. 나는 다른 골목으로 들어갔다. 막 돌아서려는데 누군가가 내 이름을 부르는 소리가 들렸다.

"페르나트 선생님! 페르나트 선생님!"

나는 주변을 둘러보고 머리 위를 쳐다보았다.

그러나 아무도 없었다! 어느 집 열린 문 위에서 조그만 붉은 등이 나를 향해 은밀한 빛을 던지고 있었다. 그리고 현관 안쪽엔 어떤 밝은 형체가 서 있는 것 같았다. 또다시 부르는 소리.

"페르나트 선생님! 페르나트 선생님!"

이번엔 속삭이는 소리였다. 나는 약간 의아한 마음으로 현관으로 들어섰다. 그때 따스한 여자의 두 팔이 나의 목을 감싸안았다. 문이 열리며 조금씩 새어 나오는 불빛 속에서, 나를 뜨겁게 포옹하고 있는 여자가 로지나임을 알아보았다.

간계

해가 나지 않은 잿빛의 날. 나는 아침 늦게까지 꿈도 꾸지 않고 잤다. 마치 가사 상태에 있는 것처럼 정신없이. 늙은 가정부는 오지 않았거나 불 피우는 걸 잊은 듯했다. 난로에는 차가운 재만 남아 있었다. 가구에는 먼지가 뽀얗게 앉아 있었다. 바닥도 쓸지 않은 상태였다. 나는 추위에 떨면서 이리저리 거닐었다. 질 나쁜 브랜디를 마시고 내뿜은 역겨운 냄새가 방 안에 가득했다. 나의 외투와 옷가지에서는 썩은 담배 냄새가 났다.

나는 창문을 열었다가 얼른 다시 닫았다. 거리에서 풍겨 오는 차갑고 지저분한 냄새를 참을 수가 없었다. 바깥 지붕의 홈통들 위에는 비에 흠뻑 젖은 참새들이 꼼짝도 하지 않고 웅크린채 앉아 있었다. 어디를 바라봐도 짜증 나는 칙칙한 색깔뿐이었다. 내 안의 모든 것은 갈기갈기 찢겨 넝마가 되어 있었다. 의자의 쿠션도 해져서 초라하기 짝이 없었다. 속을 채운 말털이 가장자리에 삐져나와 있었다. 천갈이를 해야 할 것 같았다. 아, 무슨 소용이겠는가? 그렇게 한 세대 더 견디다가 모두 쓰레기가 되는 건데! 저기 창문에 걸려 있는 저 천 조각들, 얼마나 쓸모없고 멋대가리 없는 넝마들인가! 왜 나는 저것들을 풀어 밧줄을 만들어 거기에 목을 매달지 않는 것인가? 그러면 이렇게

265

내 눈을 상하게 하는 것들을 더는 보지 않을 수 있을 텐데. 그러면 이렇게 나를 소진케 하는 이 모든 회색빛 고통도 끝날 텐데. 단번에. 맞다! 그게 가장 현명한 방법이다! 끝장을 내는 거다. 나는 오늘 안으로 그렇게 할 것이다. 지금 당장. 오전 중에. 아예 아침을 먹기 전에. 위에 음식이 가득 찬 채로 생을 마감한다는 건 상상만 해도 메스껍다! 배 속에 소화되지 않은 채 썩어 가는 음식물을 담고 축축한 땅속에 누워 있다니! 다시는 태양이 빛나지 않기를, 그리고 생의 기쁨이라는 태양의 후안무치한 거짓말이 다시는 내 가슴속에서 빛나지 않기를!

그렇다! 나는 더 이상 조롱당하지 않겠다. 더는 아무 의미 없는, 우둔한 운명의 장난감이 되지 않겠다. 운명은 나를 하늘로 들어 올렸다가 다시 웅덩이에 곤두박질치게 할 뿐이다. 그렇게 해서 나에게, 이 지상의 모든 것이 무상하다는 것을 깨닫게 할 뿐이다. 이것은 내가 이미 오래전부터 알았던 것이요, 누구나 아는 것이요, 길거리를 어슬렁대는 개들도 아는 것이다. 미리암! 오, 불쌍한 미리암! 내가 그녀를 조금이라도 도와줄 수 있으면 좋으련만!

이제 나는 결단을 내려야 한다. 다시 바뀌지 않을 확고한 결심을 해야 한다. 생을 향한 그 빌어먹을 충동이 다시 내 가슴속에서 눈을 뜨고 눈앞에 새로운 환상들이 어른거리기 전에. 도대체 그것들이 내게 무슨 소용이 있었던가? 불멸의 세계에서 온 전언들이? 아무 소용없었다. 전혀 소용이 없었다. 어쩌면 나로 하여금 비틀대며 주위를 빙빙 돌게 하다 이제 와선 이 세상이 오로지 어쩔 수 없는 고통이라는 것을 깨닫게 만드는 데만 소용이 되었는지 모른다. 그래도 한 가지만은 남아 있었다. 나는 머릿속으로 은행에 내 돈이 얼마나 있는지 계산해 보았다. 바로 그것이었다. 내가 살아오면서 한 무의미한 행동들 중에서 보잘것없지만 그래도 가치를 지닐 만한 유일한 것은 바로 그것이었다.

내가 갖고 있는 모든 소중한 것들 ── 책상 서랍에 있는 보석 몇 개를 포함해서 ── 을 소포로 꾸려서 미리암에게 보내야 한다. 그걸로 그녀는 적어도 몇 년간은 먹고사는 걱정을 덜 수 있을 것이다. 그리고 힐렐 앞으로 편지 한 통을 써서 그녀가 '기적'이라고 생각하는 것이 실제로 어떤 것인지 말하는 것이다. 그만이 그녀를 도울 수 있다. 나는 느꼈다. 맞다. 그라면 그녀를 구원할 방법을 알고 있으리라는 것을. 나는 보석들을 찾아서 포장을 하고 시계를 보았다. 지금 은행에 간다면 한 시간 안에 모든 일을 끝낼 수 있다. 그러고 나서 안겔리나를 위해 빨간 장미를 한 다발 사는 거다! 그 순간 고통과 걷잡을 수 없는 그리움으로 가슴속에서 절규가 터져 나왔다. 하루만 더, 딱 하루만 더 살고 싶다! 하지만 그렇게 되면 이 질식할 듯한 절망을 다시 한 번 겪어야 하는 게 아닌가?

아니다, 단 일 분도 더 기다릴 수 없다! 그렇게 한순간의 나약함을 이겨 냈다는 사실에 나는 만족감 같은 것을 느꼈다. 나는 주위를 둘러보았다. 혹시 처리해야 할 일이 남아 있지 않을까? 아, 맞다. 저기 저 끌. 나는 그것을 주머니에 집어넣었다. 최근 마음먹었던 대로 그것을 바깥의 도로를 향해 집어 던질 생각을 하면서. 나는 끌이 눈에 보이는 것조차 싫었다. 자칫하면 그것 때문에 내가 살인범이 될 뻔하지 않았던가!

이 순간에 누가 또 나를 방해하러 찾아온 걸까? 고물 장수였다.

"잠시만요, 페르나트 씨."

내가 시간이 없다는 암시를 주자 그는 어쩔 줄 몰라 하면서 내게 간청했다.

"아주 잠깐이면 됩니다. 몇 말씀만 드릴게요."

그의 이마에서 땀이 흘러내렸다. 그는 흥분으로 떨면서 말했다.

"여기서 방해받지 않고 이야기를 나눌 수 있나요, 페르나트 씨? 저는 그 사람, 힐렐이 이번에도 방에 불쑥 들어오는 걸 원치 않아요. 차라리 문을 잠그면 어떨까요? 아니면 옆방으로 가는 게 더 좋을 것 같군요."

그는 예의 그 급한 몸짓으로 앞장서서 나를 잡아끌었다. 그는 조심스럽게 사방을 몇 번 둘러보더니 쉰 목소리로 이렇게 속삭였다.

"그 일에 대해서 다시 생각해 보았어요. 그게 더 나을 것 같아요. 그렇게 해 봤자 좋을 게 하나도 없어요. 좋아요. 지나간 일은 지나간 거예요."

나는 그의 눈빛을 읽으려고 애썼다. 그는 내 눈길을 피하지 않았고, 의자의 팔걸이를 발작적으로 움켜잡았다. 자신을 제어하려면 그에겐 그만한 노력이 필요했다.

"듣던 중 반가운 소리군요, 바서트룸 씨." 나는 되도록 다정하게 말했다.

"서로를 증오하며 상처 주기보다는, 인생이 그 자체로도 충분히 서글프니 그렇게 하지 않는 게 좋지요."

"정말 맞는 말씀입니다."

그는 한결 마음이 가벼워져 이렇게 말하면서 바지 주머니를 뒤져 뚜껑이 일그러진 금시계를 다시 꺼냈다.

"이건 제 진심이에요. 여기 이 보잘것없는 것을 받아 주세요. 그냥 선물로."

"아니, 이러시면 안 됩니다." 나는 그를 타일렀다.

"혹시 다른 생각을 하고 있다면……."

그때 갑자기 미리암이 그 사람에 대해 들려준 얘기가 떠올랐다. 그래서 나는 그의 마음이 상하게 하지 않도록 그에게 손을 내밀었다. 그러나 그는 거기에는 신경 쓰지 않고 갑자기 백지장처럼 얼굴이 하얘졌다. 그는 뭔가를 엿듣더니 씩씩거리며 소리를 질렀다.

"저기 저 소리! 난 알고 있었어요. 또 힐렐이 찾아온 거야! 그가 방문을 두드리고 있어요."

나도 귀를 기울였다. 나는 처음에 있던 방으로 돌아가면서 그의 마음을 진정시키기 위해 중간 문을 반쯤 닫았다. 이번엔 힐렐이 아니었다. 차루세크가 안으로 들어오더니 옆방에 누가 있는지 다 안다는 표시로 손가락을 입술에 갖다 댔다. 다음 순간 그는 내 말을 기다리지도 않고 나를 향해 물을 쏟아붓듯 한바탕 지껄여 대기 시작했다.

"오, 존경하옵는 페르나트 선생님. 이렇게 건강하신 선생님의 모습을 댁에서 직접 뵙게 되니 이 기쁨을 어떻게 표현해야 할지 모르겠습니다."

그는 마치 배우처럼 말했다. 그의 과장되고 부자연스러운 말투는 일그러진 얼굴과 극명한 대조를 이루었다. 그 모습을 보자 불현듯 그가 무섭다는 생각이 들었다.

"길에서 가끔 보셨듯이 그토록 망가진 모습으로 선생님을 찾아뵙고 싶지는 않았습니다. 그렇지만 선생님께서는 저를 보실 때마다 제 손을 자비롭게 잡아 주셨습니다. 오늘 제가 이렇게 하얀 칼라에 말쑥한 양복 차림으로 선생님 앞에 나타난 게 누구 덕분인지 아십니까? 아주 고귀하면서도 유감스럽게 우리 마을에서는 대부분의 사람들에게 잘못 알려져 있는 어느 분 덕분입니다. 그분을 생각만 해도 저는 눈물이 핑 돕니다. 별로 넉넉지 못한 상황에 있으면서도 그분은 가난하고 궁핍한 사람들을 위한 넓은 가슴을 지니고 있습니다. 옛날부터, 슬픈 표정으로 가게 앞에 나와 서 있는 그분의 모습을 보면 저는 진심으로 그분한테 달려가 말없이 손을 잡아 주고 싶은 생각이 들곤 했습니다. 며칠 전 그분은 지나가던 저를 불러 돈을 주셨습니다. 그 돈으로 저는 양복 한 벌을 살 수 있었습니다. 페르나트 선생님, 아시겠어요, 제게 자비를 베푸신 분이 누구인지? 그분의 이름을 자랑스럽게 말씀드리겠습니다. 왜냐하면 저는 그분의 가슴 속에 황금의 심장이 뛰고 있음을 오래전부터 직감하고 있었던 유일한 사람이니까요. 그분은 바로 아론 바서트룸 씨입니다!"

나는 물론 차루세크가 옆방에서 엿듣고 있을 고물 장수를 겨냥해 연극을 하고 있다는 사실을 잘 알고 있었다. 그렇지만 그렇게 해서 뭘 얻겠다는 건지 알 수가 없었다. 내가 보기에, 그 서툴기 짝이 없는 아부로는 의심 많은 바서트룸을 속일 수 없을 것 같았다. 차루세크는 미심쩍어하는 내 표정을 보고 내가 무슨 생각을 하고 있는지 알아차린 듯 고개를 저으면서 히죽 웃었다. 그는 이어서 이렇게 말하려는 듯했다.

'저는 그 인간을 잘 알아요. 그렇기 때문에 이렇게 과장을 하는 거예요.'

"맞습니다! 아론 바서트룸 씨입니다! 저는 가슴이 터질 것만 같아 그분께 감사하다는 말을 직접 할 수가 없습니다. 선생님, 제가 여기 와서 그 모든 얘기를 다 털어놓은 걸 그분께 말하지 않겠다고 약속해 주세요. 인간들의 이기심이 그 불쌍한 사람의 영혼을 망쳐 놓고 그의 가슴에 치유될 수 없는, 그렇지만 그의 입장에서는 너무나 당연한 깊은 불신의 씨앗을 심어 놓은 겁니다. 저는 정신과 의사예요. 제가 그분을 얼마나 높이 평가하고 있는지 바서트룸 씨가 전혀 모르는 게 좋을 거라고 생각합니다. 제가 직접 그 얘기를 한다는 것은 말도 안 되고요. 그건 그의 불행한 가슴에 의심의 씨앗을 뿌리는 일일 수도 있으니까요. 제가 직접 그 얘기를 하는 일은 있을 수 없습니다. 차라리 그분이 저를 배은망덕한 사람으로 생각하는 게 낫습니다. 페르나트 선생님! 저 자신도 불행한 사람입니다. 저는 어렸을 때부터 이 세상에 혼자 외롭게 버려져 있다는 게 어떤 것인지 뼈저리게 느꼈습니다! 저는 아버지 이름도 모릅니다. 그리고 어머니 얼굴도 한 번 본 적이 없습니다. 저의 어머니는 일찍 돌아가신 게 틀림없습니다."

차루세크의 목소리는 이상하리만큼 신비스럽고 감동적이었다.

"제 어머니는 당신이 상대를 얼마나 사랑하는지 입 밖으로 표현하지 못하는 민감한 성격의 소유자였음에 틀림없어요. 아론 바서트룸 씨 역시 그런 부류에 속하는 분입니다. 저는 지금도 어머니의 찢긴 일기장 한 페이지를 갖고 있어요. 그것을 늘 가슴에 품고 다닙니다. 거기엔 어머니가 너무나 못생긴 저의 아버지를 무척 사랑했다는 구절이 있어요. 한 남자를 사랑하는 이 세상 어떤 여자보다 훨씬 더 깊이 그분을 사랑했던 것입니다. 그렇지만 어머니는 그것을 한 번도 말로 표현하지 않은 것 같습니다. 그것은 이를테면 제가 아론 바서트룸 씨에게 제 안에서 들끓는 감사의 마음을 말로 표현하지 못하는 것과 같은 이유입니다. 그 일기에는 또 다른 대목이 있습니다. 거의 읽을 수 없을 정도로 눈물로 얼룩져서 내용을 추측할 따름이지만, 저의 아버지는 ── 그에 대한 기억이 이 세상에서 영원히 사라져 버렸으면 좋겠습니다 ── 어머니를 짐승보다 못하게 대한 것이 틀림없습니다."

차루세크는 바닥이 쿵 하고 울릴 정도로 털썩 무릎을 꿇었다. 그러더니 가슴을 찢는 듯한 소리로 울부짖었다. 그가 연기를 하고 있는 것인지, 진짜로 미친 것인지 알 수 없었다.

"우리 무상한 인간들이 그 이름을 감히 입에 올릴 수 없는 전지전능하신 하느님이시여! 저의 아버지에게 저주를, 영원한 저주를 내려 주소서!"

그는 '저주'라는 단어를 이로 깨물어 두 동강을 내 버렸다. 그러고는 잠시 눈을 크게 뜨고 그 자리에서 귀를 기울였다. 그러더니 사탄처럼 음흉한 미소를 흘렸다. 옆방에 있던 바서트룸이 나직이 신음 소리를 낸 것 같았다.

"용서해 주십시오, 선생님."

잠시 후 차루세크는 짐짓 목멘 목소리로 말을 이었다.

"용서해 주십시오, 제가 정신이 나갔던 것 같습니다. 그렇지만 저는 아침저녁으로 늘 그렇게 기도를 올립니다. 제 아버지가 누구든 간에 전지전능하신 하느님께서 이 세상에서 가장 끔찍한 종말을 고하도록 그에게 벌을 내려 달라고요."

나는 나도 모르게 무슨 말인가를 하려고 했다. 그러나 차루세크가 얼른 끼어들었다.

"페르나트 선생님, 이제 당신께 부탁 말씀을 드릴 때가 된 것 같습니다. 바서트룸 씨에겐 정말로 애지중지하는 사람이 하나 있었습니다. 아마도 그분의 조카쯤 되었던 것 같습니다. 그 사람이 그분의 아들이라는 설도 있지만, 저는 그렇게 생각하지 않습니다. 그러자면 성이 같아야 할 텐데, 그 사람의 이름은 실제로 바소리, 테오도르 바소리였거든요. 지금도 그 사람을 마음속에 떠올리면 제 눈엔 자꾸만 눈물이 고입니다. 저는 진심으로 그를 좋아했습니다. 저와 그는 왠지 모르게 애정과 인척 관계의 끈으로 연결되어 있는 것 같았습니다."

이 대목에 이르자 차루세크는 감정이 북받치는지 흐느끼며 제대로 말을 잇지 못했다.

"아, 그런데 그렇게 고귀한 마음을 지닌 사람이 이 세상을 떠나야 했습니다! 아! 아! 그 이유가 무엇이든지 간에 ── 그 이유를 저는 모릅니다 ── 그 사람은 스스로 목숨을 끊은 것입니다. 저도 도와달라는 부름을 받고 달려간 사람들 중 하나였습니다. 아, 하지만 너무 늦었습니다, 너무 늦었던 것입니다! 저는 시신 곁에 서서 그의 싸늘하고 창백한 손에 끊임없이 키스를 퍼부었습니다. 제가 고백하지 않을 이유가 있을까요, 페르나트 선생님? 그건 정말 도둑질이 아니었습니다. 저는 그때 그의 가슴에 놓여 있던 장미 한 송이와, 그 불행한 사람이 자신의 꽃피는 생명을 그토록 빨리 끊을 때 사용한 물질이 들어 있는 조그만 약병을 챙겼습니다."

차루세크는 주머니에서 조그만 약병을 꺼냈다. 이어서 그는 떨리는 목소리로 말을 계속했다.

"여기 당신의 책상에 그 두 가지를 놓아두겠습니다. 시든 장미와 작은 약병을요. 이것은 세상을 뜬 제 친구를 위해 제가 간직했던 유일한 물건입니다. 마음이 너무 울적하고 외로울 때나 돌아가신 어머니가 보고 싶어 차라리 죽어 버리고 싶다는 생각이 들 때마다 저는 이 조그만 약병을 만지작거렸습니다. 그때마다 이것은 제게 위안을 주었습니다. '여기 들어 있는 액체를 수건에 부은 다음 그 냄새를 들이마시기만 하면 나는 아무런 고통도 느끼지 않고 이 수고로운 고통의 계곡을 벗어나 나의 사랑하는 착한 테오도르가 있는 곳으로 날아갈 수 있어.'

존경하는 선생님, 제 부탁을 들어주십시오. 저는 그 때문에 당신을 찾아온 것입니다. 이 두 가지를 바서트룸 씨한테 전해 주시겠습니까? 그분한테는 바소리 박사하고 가까운 사이였던 어떤 사람에게서 받았다고만 말씀해 주세요. 하지만 사정상 그 사람의 이름은 밝힐 수 없다고 하세요. 아니면 어떤 숙녀한테서 받았다고만 말씀해 주세요. 그러면 그분은 당신의 말을 믿을 겁니다. 이 물건들은 제게 그랬듯이 그분에게 소중한 기념이 될 것입니다. 이것은 제가 그분께 드리는 은밀한 감사의 표시입니다. 저는 가난하기 때문에 이것이 제가 갖고 있는 전부입니다. 그렇지만 이 두 가지 소중한 물건이 이제 그분의 것이 된다고 생각하니 마음이 한결 가볍습니다. 게다가 이것을 준 사람이 저라는 사실을 그분이 모르실 테니 더욱 그렇습니다. 그 생각만 해도 저는 마음으로 무한한 기쁨을 느낍니다. 그럼 이만 물러가겠습니다, 존경하는 선생님. 제 부탁을 들어주셔서 너무나 감사하다는 말씀을 이렇게 미리 드립니다."

그는 내 손을 꼭 잡더니 눈을 찡긋해 보이며 알아듣기 힘든 무슨 말인가를 들릴까 말까 하게 속삭였다.

"잠깐 기다리게, 차루세크. 저 아래까지라도 바래다줄 테니까."

나는 그의 입술에서 읽은 그 말을 거의 기계적으로 읊었다. 그리하여 우리는 집 밖으로 나왔다. 2층의 컴컴한 층계참에 이르러 우리는 걸음을 멈추었다. 나는 거기서 차루세크와 작별 인사를 할 생각이었다.

"자네가 왜 연극을 했는지 알 것 같군. 자넨, 그러니까 바서트룸이 그 약병에 든 것을 마시고 스스로 목숨을 끊기 바라는 거지!"

나는 그의 면전에 대고 이렇게 말했다.

"물론이죠."

차루세크가 쾌활하게 대답했다.

"그 일을 위해 내 손이 필요하다는 말인가?"

"아뇨, 전혀 필요 없습니다."

"방금 전엔 내가 그 병을 바서트룸에게 직접 전해 주었으면 좋겠다고 자네 입으로 말했잖나!"

차루세크는 머리를 가로저었다.

"지금 돌아가 보시면 그가 이미 그 병을 챙겼다는 것을 알게 되실 겁니다."

"어떻게 그런 생각을 하지?" 내가 놀란 눈빛으로 물었다.

"바서트룸 같은 사람은 절대 스스로 목숨을 끊지 않아. 그러기엔 너무나 겁쟁이지. 게다가 충동적으로 행동하는 사람도 아니고.”

“암시가 갖는 은근한 독성을 잘 모르시는 것 같군요.”

차루세크가 진지한 말투로 내 말을 가로막았다.

“만약 제가 일상적인 말투로 얘기했다면 당신 말이 맞을지도 모릅니다. 하지만 저는 아주 미세한 어조까지 미리 계산했습니다. 그런 개 같은 인간에게는 끔찍할 정도의 파토스를 써야 약발이 먹히죠! 제 말을 믿으세요! 원하신다면 제가 한마디 한마디 할 때마다 그의 얼굴 표정이 어떻게 일그러졌는지 당신께 그려 보여 드릴 수도 있어요. 화가들이 쓰는 용어인 ‘키치’도 그렇게 형편없는 것만은 아니에요. 키치 역시 사람들의 가슴에서 거짓 눈물이라도 짜낼 수 있거든요. 그렇지 않다면 이미 오래전에 극장들은 불과 칼로써 깡그리 사라지지 않았을까요? 감상성에서 우리는 사기꾼을 봅니다. 수천의 불쌍한 사람들이 길거리에서 굶어 죽어도 사람들은 눈물 한 방울 흘리지 않습니다. 그렇지만 멍청한 농부로 분장한 배우가 무대에서 눈알을 희번덕거리면 사람들은 달을 보고 짖는 개처럼 울부짖습니다. 제 아버지 바서트룸이 오늘 저에게서 가슴 두근거리며 들은 것들을 내일이면 잊는다 해도, 자신이 한없이 처량하게 여겨지는 순간이 무르익으면 제가 한 말 한마디 한마디가 그의 가슴속에서 다시 생생하게 되살아날 것입니다. 그런 비참한 순간에는 아주 조그만 동기만 있으면 됩니다 ─ 그것은 앞으로 제가 떠맡을 작정입니다. 그땐 아무리 겁이 많은 손이라도 독이 든 병을 움켜쥐기 마련입니다. 그것만은 손에 닿는 곳에 있어야 합니다! 제가 그렇게 해 놓지 않았다면 테오도르도 그 병을 움켜쥐지 않았을 것입니다."

"차루세크, 자넨 정말 무서운 사람이군!"

나는 소름이 끼쳐 소리쳤다.

"자넨 아무런 감정도 느끼지……."

그는 얼른 손으로 내 입을 막고 나를 벽면의 움푹 들어간 쪽으로 밀쳤다.

"조용히 하세요! 저기 그가 와요!"

바서트룸이 벽에 몸을 기대면서 비틀거리는 걸음걸이로 계단을 내려와 우리 곁을 지나갔다. 차루세크는 나와 재빨리 악수한 후 그를 살금살금 뒤쫓았다. 방에 돌아와 보니 장미와 약병은 사라지고 없었다. 그 자리에는 고물 장수가 남긴 찌그러진 금시계가 놓여 있었다.

은행 직원은 내 돈을 찾으려면 앞으로 일주일은 기다려야 한다고 말했다. 예금을 해지하려면 보통 그 정도의 기간이 필요하다는 것이었다. 나는 한 시간 뒤에 여행을 떠나야 해서 한시가 급하니 지점장을 불러 달라고 했다. 지점장은 면담할 수 없으며, 은행의 관행을 마음대로 바꿀 수 없다고 은행 직원이 대답했다. 나와 함께 창구에 서 있던 의안(義眼)을 낀 녀석이 그 말을 듣고 껄껄대고 웃었다. 그러므로 나는 죽음을 기다리며 잿빛의 끔찍한 일주일을 보내야 한다! 그것이 끝이 없는 시간인 것처럼 느껴졌다. 내가 얼마나 낙담했는지, 얼마나 오랫동안 한 카페의 문 앞에서 서성거렸는지 전혀 알지 못했다.

마침내 나는 안으로 들어갔다. 의안을 낀 그 역겨운 녀석에게서 벗어나고 싶었기 때문이다. 그러나 그 녀석은 은행에서부터 나를 따라와 줄곧 내 주변에서 서성거렸다. 내가 쳐다보면 그 녀석은 즉시 뭐라도 잃어버린 사람처럼 땅바닥 곳곳을 두리번거리며 살폈다. 그 녀석은 몸에 꽉 끼는 밝은 체크무늬 상의와 기름 자국이 반들대는 헐렁한 바지를 입고 있었다. 그의 왼쪽 장화에는 달걀 모양의 둥근 가죽 조각이 붙어 있었다. 그것을 보니 장화 속 발가락에도 도장 반지를 끼고 있을 것 같았다. 내가 자리를 잡고 앉기가 무섭게 그자도 따라 들어와 내 옆 테이블에 앉았다. 나는 그자가 구걸을 하려는 것이라고 생각하고 얼른 지갑을 손에 잡았다. 그때 그 두툼한 정육점 주인의 손가락에서 큼직한 다이아몬드가 반짝이는 것이 보였다. 나는 몇 시간이고 그 카페에 앉아 있었다. 가슴속에서 일렁이는 초조함으로 미칠 것만 같았다. 그렇지만 어디로 가야 하나? 집으로? 그냥 빈둥거리며 돌아다닐까? 어느 것도 더 나을 듯싶지 않았다.

숨 막힐 듯 탁한 공기, 당구공들이 부딪치며 내는 끊임없는 따닥 소리, 맞은편에 앉아 신문을 읽고 있는 반쯤 눈이 먼 노인의 마른 헛기침 소리, 콧구멍을 번갈아 가며 후비거나 손거울을 들여다보며 담배에 찌든 누런 손가락으로 턱수염을 쓰다듬는 황새 다리의 보병 소위, 구석에 있는 카드 게임 테이블에 앉아 땀으로 범벅이 된 채 시끄럽게 떠들어 대는 구역질 나는 끈적끈적한 한 덩어리의 이탈리아인들. 이들은 시끄럽게 떠들면서 카드로 손등을 톡톡 두드리기도 하고 토할 듯이 꽥꽥대다 사방으로 침을 탁 뱉기도 했다. 게다가 사방 벽에 걸려 있는 거울들을 통해 이런 모습들이 이중삼중으로 비치는 것을 봐야 하다니! 그것들이 내 몸속 핏줄에서 서서히 피를 빨아들였다.

주위가 서서히 어두워졌다. 평발에 무릎이 약한 남자 종업원이 긴 막대기로 샹들리에의 점화구를 더듬었다. 아무리 해도 불이 붙지 않자 그는 머리를 가로저으며 결국 포기했다. 눈길을 돌릴 때마다 나는 아까 그 의안의 사팔뜨기와 눈이 마주쳤다. 그러면 그는 얼른 신문으로 얼굴을 가리거나 이미 오래전에 비운 커피잔에 자신의 지저분한 턱수염을 담갔다. 그는 빳빳하고 둥근 모자를 깊숙이 눌러썼다. 그 바람에 양쪽 귀가 수평으로 벌어졌다. 그렇지만 그는 자리에서 일어날 기미를 보이지 않았다. 나는 더 이상 참을 수가 없었다. 나는 찻값을 계산하고 자리에서 일어났다. 유리문을 닫고 밖으로 나서려는데 누군가가 내 손에서 문손잡이를 낚아챘다. 뒤를 돌아보니 다시 그 작자였다! 나는 화가 난 상태에서 왼쪽의 게토 지역으로 방향을 잡으려 했다. 그때 그자가 내 곁으로 바짝 다가오더니 내 앞을 막아섰다.

"그딴 짓일랑 당장 집어치워요!"

나는 그를 향해 소리를 버럭 질렀다.

"오른쪽으로 가시죠." 그가 짧게 말했다.

"대체 무슨 소릴 하는 겁니까?"

그는 나를 빤히 쳐다보았다.

"당신이 페르나트죠!"

"아마 페르나트 씨를 찾는 거겠죠?"

그는 음흉하게 웃었다.

"허튼소리 그만하고 함께 가시죠!"

"뭐라고요, 당신 미쳤어요? 도대체 당신 뭡니까?"

나는 버럭 화를 냈다. 그는 대답 대신 상의를 뒤로 젖혀, 상의 안감에 꽂혀 있는 닳고 닳은 금속 독수리를 조심스럽게 보여 주었다. 나는 그제야 모든 것을 알게 되었다. 이 멍청한 녀석은 비밀경찰이고 나를 체포하러 나온 것이다.

"어서 말 좀 해 줘요, 제발. 도대체 뭐가 잘못된 거요?"

"그건 금방 알게 될 겁니다. 경찰서에 가면요."

그는 거친 목소리로 말했다.

"쓸데없는 소리 그만 지껄이고 어서 가기나 해요!"

나는 그에게 마차를 타고 가자고 했다.

"말도 안 되는 소리 집어치워요!"

그렇게 해서 우리는 경찰서까지 걸어갔다.

한 경관이 나를 어느 문 앞까지 안내해 주었다.

경찰서장

알로이스 오친

나는 도자기 판에 쓰여 있는 글자를 읽었다.

"안으로 들어가시죠." 경관이 말했다.

1미터 높이의 칸막이가 달린 두 개의 지저분한 책상이 서로 마주하고 있었다. 두 책상 사이에는 낡아 빠진 의자가 몇 개 놓여 있었고, 벽에는 황제의 초상화가 걸려 있었다. 창턱에는 금붕어 어항이 하나 있었으며, 그 외에는 방 안에 아무것도 없었다. 왼쪽에 있는 책상 뒤로 안짱다리가 보였다. 그 옆으로는 끝자락이 너덜너덜해진 회색 바지 밑의 두꺼운 펠트 실내화가 보였다. 바스락대는 소리가 들렸다. 누군가가 체코어로 뭐라고 중얼거렸다. 다음 순간 경찰서장이 오른쪽 책상 뒤에서 나타나 내가 있는 쪽으로 다가왔다. 잿빛의 뾰족 턱수염을 기른 키 작은 남자였다. 말을 시작할 때 마치 눈부신 햇살을 바라보는 사람처럼 이를 악물며 인상을 찌푸리는 특이한 버릇이 있었다. 그러면서 그는 안경알 너머의 두 눈을 지그시 감았다. 이 모든 것은 상대방을 깔보고 경멸하는 듯한 인상을 불러일으켰다.

"당신 이름은 아타나시우스 페르나트이고⋯⋯."

그는 종이쪽지를 들여다보았다. 거기에는 아무것도 적혀 있지 않았다.

"직업은 보석 세공사죠."

그러자 금방 다른 책상 밑에 있던 안짱다리에 생기가 돌았다. 안짱다리가 발등을 의자 다리에 대고 문지르고, 깃펜이 종이를 긁는 소리가 들렸다. 나는 그 말에 시인했다.

"맞습니다. 페르나트. 보석 세공사."

"좋아요, 우린 금방 얘기가 되는군요, 페르나트 씨. 아주 좋아요, 아주 좋아요."

경찰서장은 세상에서 가장 기쁜 소식을 들은 사람처럼 갑자기 몹시 친절하게 나왔다. 나를 향해 두 손을 내밀면서 그는 인정 많은 사람의 표정을 지으려고 무진 애를 썼다. 그 모습이 우스꽝스러워 보였다.

"그러면 페르나트 씨, 당신은 종일 무슨 일을 하는지 좀 말해 주겠소?"

"그건 당신하고는 상관없는 일이라고 생각합니다만, 오친 씨."

내가 차가운 목소리로 말했다.

그는 두 눈을 지그시 감고 잠시 기다렸다가 갑자기 벼락 치듯 이렇게 말했다.

"그 백작 부인이 사비올리와 관계를 맺은 것이 언제부터인 가요?"

나는 그런 질문이 나올 걸로 예상하고 있었기 때문에 눈썹 하나 꿈쩍하지 않았다. 그는 교묘하게 온갖 질문 공세를 퍼부 어 나를 자가당착에 빠뜨리려고 했다. 너무나 두려워 심장이 터지는 것 같았지만 아무것도 털어놓지 않았다. 나는 사비올리 라는 이름은 처음 들어 보며 안젤리나는 나의 아버지와 오래전 부터 친분이 있었던 관계로 알게 되었고, 그녀가 종종 나한테 카메오 보석을 주문했다는 말만 계속 되풀이했다. 그렇지만 나 는 경찰서장이 내 말이 거짓임을 알고 있다는 것과, 내게서 아 무것도 캐내지 못해 속이 분노로 부글부글 끓고 있다는 것을 분 명히 느꼈다. 그는 잠시 골똘히 생각에 잠겼다가 내 상의를 잡 아 나를 자기 몸쪽으로 바짝 끌어당기고는, 경고조로 엄지손가 락으로 왼편 책상을 가리키며 내 귀에 대고 속삭였다.

"아타나시우스! 돌아가신 자네 부친은 나의 가장 친한 친 구였어. 자넬 구해 주겠네, 아타나시우스. 하지만 그 전에 그 백 작 부인에 대해 알고 있는 모든 것을 내게 말해 주어야 하네. 내 말 알겠나?"

나는 무슨 소린지 이해할 수가 없었다.

"나를 구해 주겠다니, 그게 무슨 소립니까?"

나는 큰 소리로 물었다.

안짱다리가 화가 났는지 바닥을 발로 쾅쾅 굴렀다. 경찰서 장의 얼굴이 증오심으로 납빛이 되었다. 그는 입술을 깨물었 다. 그러고는 기다렸다. 나는 그가 금방 다시 공격해 올 것임을 잘 알고 있었다.(그의 기습 공격 방식은 바서트룸을 생각나게 했다.) 나도 마찬가지로 기다렸다. 그때 안짱다리의 임자인 염소 얼굴이 책상 뒤에 숨어 있다가 모습을 드러냈다. 그러자 경찰서장은 갑자기 찢어질 듯한 목소리로 나를 향해 호통을 쳤다.

"이 살인자!"

나는 너무 놀라서 말문이 막혔다. 염소 얼굴은 불만스러운 표정으로 다시 자기 책상 뒤로 돌아갔다. 경찰서장 역시 나의 침착성에 내심 놀란 것 같았다. 그러나 그는 내색하지 않았고, 의자 하나를 들고 와 내게 앉으라고 권했다.

"그러니까 당신은 지금 그 백작 부인에 대해 우리가 알고 싶어 하는 정보를 주기 거부하는 거요, 페르나트 씨?"

"그건 알려 줄 수가 없습니다, 서장님. 적어도 당신이 원하는 형태로는 말입니다. 첫째로 나는 사비올리라는 사람을 전혀 알지 못합니다. 그리고 철석같이 확신하건대 그 백작 부인이 남편 몰래 바람을 피운다는 소문은 중상모략에 불과합니다."

"맹세할 수 있소?"

나는 숨이 멎는 것 같았다.

"물론입니다. 언제라도."

"좋소, 흠."

꽤 긴 침묵이 흘렀다. 경찰서장은 뭔가 낑낑대며 생각하는 듯했다. 그는 다시 나를 쳐다보았다. 못생긴 그의 얼굴엔 이제 괴로움에 휩싸인 배우 같은 표정이 어려 있었다. 나도 모르게 차루세크의 모습이 떠올랐다. 이윽고 경찰서장이 울음 섞인 목소리로 말하기 시작했다.

"나한테는 말해도 괜찮네, 아타나시우스. 자네 부친의 오랜 친구인 나한테는 말이야. 자네를 안아 주기도 한 나한테 말이야."

나는 터져 나오려는 웃음을 참을 수가 없었다. 그 사람은 나보다 기껏해야 열 살 정도 더 먹어 보였던 것이다.

"자, 자, 아타나시우스, 그건 정당방위였지?"

염소 얼굴이 다시 나타났다.

"뭐가 정당방위라는 겁니까?"

나는 영문을 몰라 물었다.

"초트만한테 한 짓 말이야!"

경찰서장은 내 얼굴에 대고 한 남자의 이름을 내뱉었다. 그말은 날카로운 비수처럼 내 가슴을 찔렀다. 초트만! 초트만! 그리고 그 시계! 그 시계에 초트만이라는 이름이 새겨져 있었던 것이다. 내 몸속의 피가 몽땅 심장으로 쏠리는 것 같았다. 그렇다면 그 흉악한 바서트룸이 살인 혐의를 나한테 뒤집어씌우려고 그 시계를 내게 넘겨준 것이다. 경찰서장은 금방 가면을 벗어던지고 이를 악물면서 눈을 지그시 감았다.

"그러니까 당신은 살인을 시인하는 거요, 페르나트?"

"그건 모두 오해입니다. 엄청난 오해입니다. 제발 내 말 좀 들어 보십시오. 그에 대해 설명할 수 있습니다, 서장님!"

나는 소리를 질렀다.

"그렇다면 지금 당장 백작 부인과 관련된 모든 사실을 털어놓겠소?" 그가 얼른 내 말을 가로챘다. "내 말 잘 들어요. 그것이 당신의 상황을 개선하는 길이오."

"나는 실제로 있었던 일 말고는 말할 수 없습니다. 그렇습니다. 백작 부인은 결백합니다."

그는 이를 악물더니 염소 얼굴을 향해서 말했다.

"이렇게 기록하게. 그러니까 페르나트는 보험 회사 직원인 카를 초트만을 살해했음을 시인했다."

참지 못할 격한 분노가 나를 사로잡았다.

"이 사기꾼 같은 경찰아!" 나는 고래고래 고함을 질렀다.

"당신 도대체 무슨 짓을 하는 거야?"

나는 집어 던질 만한 묵직한 물건을 찾았다. 그 순간 두 명의 경관이 나를 덮쳐 내 손에 수갑을 채웠다. 경찰서장은 이제 두엄 위에 앉은 수탉처럼 의기양양하게 말했다.

"그러면 이 시계는 뭔가?"

그의 손에는 느닷없이 그 찌그러진 시계가 들려 있었다.

"당신이 그 시계를 빼앗았을 때 그 불행한 초트만은 살아 있었소, 아니면 이미 죽은 상태였소?"

나는 이성을 되찾았다. 그리고 분명한 목소리로 진술서에 기록되도록 이렇게 말했다.

"그 시계는 오늘 아침에 고물 장수 아론 바서트룸이 나한테 선물로 준 겁니다."

땅이 꺼질 듯한 웃음소리가 터져 나왔다. 그때 나는 책상 밑에서 안짱다리와 펠트 슬리퍼가 신나게 어우러져 환희의 춤을 추는 것을 보았다.

번민

총을 든 경관이 뒤따르는 가운데 나는 양손을 결박당한 채 저녁이 되어 불이 켜진 도로를 걸어가야 했다. 골목에서 놀던 아이들이 소리를 지르며 뒤따라왔고, 여자들은 창문을 활짝 열고서 국자를 들고 때리는 시늉을 하면서 내 등 뒤에 대고 욕설을 퍼부었다. 나는 이미 멀리서부터 육중한 석조 입방체 형태의 법원 건물이 점점 더 다가오는 것을 보았다. 건물 지붕에는 다음과 같은 글이 쓰여 있었다.

법은 죄지은 자는 벌하고
무고한 자는 보호해 준다.

이윽고 거대한 문이 열리고 나는 그 안으로 들어갔다. 복도에서는 음식 만드는 냄새가 풍겼다. 군도를 차고 관복과 모자를 착용한 남자가 맨발에 발목을 동여맨 긴 바지를 입고, 수염이 텁수룩한 모습으로 자리에서 일어나 무릎 사이에 끼우고 있던 커피밀을 치운 뒤, 나에게 옷을 벗으라고 명령했다. 그는 내옷의 주머니를 샅샅이 뒤져 내용물을 모두 끄집어냈다. 그러고는 내게 빈대가 있느냐고 물었다. 내가 없다고 말하자 그는 내 손가락에서 반지를 빼내고는 다 됐으니 옷을 입어도 좋다고 말했다. 그들은 나를 여러 층 위로 데리고 올라갔다. 그리고 창문들이 있는 여러 개의 복도를 통과했다. 창문들의 벽감에는 자물쇠가 달린 커다란 회색 상자들이 하나씩 놓여 있었다. 벽을 따라서 빗장이 달린 철제문들이 끝없이 이어졌고, 그 문들에는 창살이 있는 작은 구멍이 뚫려 있었다. 그리고 그 구멍 위에는 가스등이 하나씩 달려 있었다. 군인 같은 외모의 덩치가 아주 큰 간수 — 몇 시간 만에 처음 보는 진지한 얼굴이었다 — 가 그 문들 중 하나를 열더니 지독한 악취가 풍기는 어두컴컴한 옷장 같은 공간으로 나를 밀어 넣고 내 등 뒤에서 문을 잠갔다.

나는 이제 완벽한 어둠 속 한가운데 서 있었다. 나는 어둠 속을 더듬으며 앞으로 나아갔다. 무릎에 함석 대야가 부딪쳤다. 마침내 나는 — 그 공간은 몸을 돌리기조차 힘들 정도로 좁았다 — 문고리를 손에 잡았다. 그곳은 감방이었다. 양쪽 벽면에 밀짚 자루를 깐 간이침대가 각각 두 개씩 놓여 있었다. 침대 사이의 통로는 한 보폭 정도밖에 되지 않았다. 넓은 벽 쪽 꼭대기에 1제곱미터 크기의 격자 창문이 달려 있어서 그곳으로 밤하늘의 흐릿한 빛이 새어 들어왔다. 참을 수 없는 열기와 낡은 옷 냄새로 퀴퀴한 공기가 방 안을 가득 채우고 있었다. 눈이 어둠에 익었을 때 보니 세 개의 침대 위에는 — 네 번째 것은 비어 있었다 — 회색 죄수복을 입은 사람들이 앉아 있었다. 양 팔꿈치를 무릎에 대고 얼굴을 두 손 사이에 묻은 자세였다. 어느 누구도 한마디도 하지 않았다. 나는 빈 침대에 걸터앉아 기다렸다. 기다리고 또 기다렸다. 한 시간, 두 시간, 세 시간!

밖에서 발소리가 들릴 때마다 나는 벌떡 일어났다. 드디어,

드디어 나를 예심 판사에게 데려가려고 왔구나. 그러나 그때마다 실망으로 끝났다. 언제나 발소리는 복도 멀리로 사라졌다. 나는 칼라를 열어젖혔다. 질식할 것 같았다. 죄수들이 신음 소리를 내며 하나씩 자리에 눕는 소리가 들렸다.

"저 위에 있는 창문은 열 수 없나요?"

나는 자포자기한 심정으로 어둠 속을 향해 큰 소리로 물었다. 나는 나 자신의 목소리를 듣고 깜짝 놀랐다.

"그건 금지되어 있소."

밀짚 자루에 누워 있던 누군가가 퉁명스럽게 대답했다. 그래도 나는 손으로 벽을 더듬으며 나아갔다. 가슴 높이의 벽에 선반이 달려 있었다. 거기엔 두 개의 물통과 빵 부스러기가 있었다. 나는 힘들게 선반 위로 올라가 창문의 창살을 잡고 얼굴을 창문 틈에 갖다 댔다. 신선한 공기를 조금이라도 맛보고 싶었기 때문이다. 나는 무릎이 덜덜 떨릴 때까지 그 자세로 서 있었다. 내 눈앞에는 짙은 회색빛 밤안개만이 펼쳐져 있었다. 차가운 쇠창살에 땀이 배었다.

자정이 임박한 듯한 느낌이 들었다. 등 뒤에서 코고는 소리가 들렸다. 그중 한 사람만이 잠들지 못하는 것 같았다. 그는 밀짚 자루 위에서 뒤척이며 가끔 나지막이 신음 소리를 냈다. 도대체 아침은 오지 않을 것인가? 아! 시계가 다시 종을 쳤다. 나는 떨리는 입술로 세기 시작했다. 하나, 둘, 셋! 하느님 감사합니다. 이제 몇 시간 후면 새벽이 올 것이다. 시계는 계속해서 종을 쳤다. 넷? 다섯? 이마에서 땀이 났다. 여섯!! 일곱…… 11시였다. 아까 종 치는 소리를 듣고 이제 한 시간밖에 지나지 않은 것이었다.

나는 천천히 생각을 가다듬어 보았다. 바서트룸이 나한테 실종된 초트만의 시계를 건네준 것은 살인 누명을 씌우기 위해서였다. 그러므로 그가 살인을 저지른 장본인이 틀림없다. 그렇지 않고서야 어떻게 그가 그 시계를 손에 넣었겠는가? 만약 그가 우연히 그 시체를 발견하고 시계를 챙긴 거라면 그는 분명히 실종자를 찾아준 사람에게 돌아가는 1000굴덴의 현상금을 타 갔을 것이다. 그러나 그랬을 가능성은 없었다. 아까 형무소로 들어올 때 나는 길모퉁이마다 여전히 벽보가 붙어 있는 것을 똑똑히 보았기 때문이다. 고물 장수가 나를 밀고한 것은 분명했다. 적어도 안겔리나와 관련된 부분에서 그가 경찰서장과 공모한 것도 분명한 사실이었다. 그렇지 않다면 왜 경찰서장이 사비올리 박사에 대해 심문을 했겠는가? 다른 한편으로 바서트룸이 안겔리나의 편지들을 아직 손에 넣지 못한 것도 분명했다. 나는 곰곰이 생각해 보았다. 모든 것이 내가 현장에 직접 있었던 것처럼 아주 뚜렷하게 눈앞에 떠올랐다.

물론 이럴 가능성은 있었다. 바서트룸은 그의 경찰 공모자와 함께 내 집을 뒤지러 들어가, 증거물들이 들어 있을 걸로 생각하고 내 철제 상자를 가져갔을지도 모른다. 그러나 열쇠가 나한테 있으니 상자를 열지 못했고, 어쩌면 지금쯤 그의 움막에서 상자를 억지로 열기 위해 낑낑대고 있을 수도 있다. 더 이상 견딜 수 없는 절망감에 나는 쇠창살을 붙잡고 마구 흔들었다. 그때 내 마음속에는 안겔리나의 편지들을 마구 헤집고 있는 바서트룸의 모습이 떠올랐다. 사비올리를 찾아가 경고의 말을 하도록 차루세크에게 알릴 방도가 있다면!

내가 체포되었다는 소문이 게토 지역에 이미 순식간에 퍼졌으리라는 희망에 한순간 매달려 보았다. 그리고 차루세크가 천사처럼 나타나 나를 구해 줄 것으로 철석같이 믿었다. 그의 무시무시한 교활함으로 보아 고물 장수 정도는 그의 상대가 되지 않을 것 같았다.

"그 작자가 사비올리 박사의 목을 조르려는 바로 그 순간에 저는 그놈의 목을 졸라 버릴 겁니다."

차루세크는 언젠가 이렇게 말했다. 그러나 다음 순간에 나는 내 모든 희망을 날려 버렸다. 걷잡을 수 없는 불안이 나를 사로잡았다. 차루세크가 너무 늦게 가면 어떻게 될까? 그 경우 안겔리나는 끝장나는 것이다. 나는 당시 그녀의 편지들을 곧장 태워 버리지 않은 것을 후회하면서 피가 나도록 입술을 깨물고 가슴을 쥐어뜯었다. 나는 석방되는 순간 바서트룸을 이 세상에서 영원히 추방하겠다고 굳게 다짐했다. 스스로 목숨을 끊으나 교수대에 매달려 죽으나 아무러면 어떤가! 예심 판사에게 그 시계에 얽힌 이야기를 설득력 있게 들려주고 바서트룸이 나를 위협했다는 사실을 알려 주면 그가 내 말을 믿으리라는 것을 나는 한순간도 의심하지 않았다. 분명히 나는 내일 아침이면 풀려날 것이다. 그리고 법원은 바서트룸을 살인 혐의로 잡아들일 것이다. 나는 시계의 종소리를 셌다. 그리고 어두운 밤하늘을 응시하면서 시간이 어서 흐르기를 간절히 기도했다.

말할 수 없이 긴 시간이 흐른 뒤에 날이 밝기 시작했다. 처음에는 시커먼 얼룩 같더니, 차츰 뚜렷하게 안개 속에서 구리로 된 커다란 얼굴이 나타났다. 그것은 어느 오래된 시계탑의 시계판이었다. 그러나 시곗바늘은 없었다. 그것은 내게 또 다른 고통이었다. 이윽고 시계의 종소리가 5시를 알렸다. 죄수들이 깨어나 하품을 하면서 체코어로 떠드는 소리가 들렸다. 그 중 한 목소리가 귀에 익었다. 나는 몸을 돌려 선반에서 내려왔다. 그때 곰보 로이자가 내 맞은편 침대에 앉아 나를 놀란 눈으로 바라보았다. 다른 두 사람은 얼굴이 뻔뻔스러워 보였다. 그들은 무시하는 눈빛으로 내 몸을 훑었다. 그중 하나가 나를 보면서 옆에 있는 녀석을 팔꿈치로 찔러 "횡령범 같지, 응?" 하고 말했다. 그러자 질문을 받은 녀석은 경멸스러운 말로 중얼거리며 밀짚 자루를 뒤져 검은 종이 한 장을 꺼내 바닥에 펼쳤다. 그런 다음 물통의 물을 그 위에 조금 붓고 무릎을 꿇고 앉아 종이를 들여다보며 손가락으로 이마의 머리를 빗질했다. 이어서 그는 종이의 물기를 세심하게 닦아 낸 다음 그 종이를 다시 간이 침대 밑에 숨겼다.

"페르나트 나리, 페르나트 나리."

로이자는 귀신을 보고 있는 사람처럼 눈을 크게 뜨고 앞을 쳐다보면서 계속해서 중얼거렸다.

"우리 서로 인사나 하고 지냅시다."

빗질을 하지 않은 녀석이 체코에 사는 빈 사람의 부자연스러운 사투리로 말했다. 그러면서 그는 비웃듯 나를 향해 허리를 조금 구부렸다.

"내 소개를 하죠. 내 이름은 보삿카요. 검은 보삿카. 방화죄요."

그는 이 말을 하면서 자랑스러운 듯이 목소리를 한 옥타브 내렸다. 머리를 빗은 녀석은 이 사이로 침을 찍 뱉으며 나를 한동안 경멸스러운 눈빛으로 쳐다보더니 제 가슴을 두드리면서 짤막하게 "절도죄요."라고 말했다. 나는 아무 말도 하지 않았다.

"높으신 양반, 당신은 무슨 죄로 여기에 잡혀 왔소?"

잠시 후 그 빈 출신 녀석이 물었다. 나는 잠시 생각한 뒤 차분하게 말했다.

"강도 살인죄요."

두 사람은 깜짝 놀란 표정으로 벌떡 일어났다. 그들의 얼굴에 어려 있던 조롱의 빛이 갑자기 무한한 존경의 빛으로 바뀌었다. 그들은 거의 동시에 이렇게 소리쳤다.

"반갑습니다, 반갑습니다."

그러나 내가 거들떠보지도 않자, 그들은 구석으로 돌아가 서로의 귀에 대고 무언가 수군댔다. 머리를 빗은 녀석이 딱 한 번 자리에서 일어나 다가오더니 말없이 내 팔뚝의 근육을 살펴보고는 미심쩍은 듯 머리를 흔들면서 제 친구한테 돌아갔다.

"너도 초트만을 살해한 혐의로 여기 온 거냐?"

나는 로이자에게 슬쩍 물어보았다. 그는 고개를 끄덕였다.

"예, 벌써 오래전에요."

다시 몇 시간이 흘러갔다. 나는 눈을 감고 자는 척해 보았다.

"페르나트 씨, 페르나트 씨!"

갑자기 나지막하게 부르는 로이자의 목소리가 들렸다.

"왜?" 나는 잠에서 깨어난 척했다.

"페르나트 씨, 죄송합니다만, 혹시, 로지나가 어떻게 지내고 있는지 아시나요?"

그 불쌍한 녀석이 더듬거리며 말했다. 긴장한 나머지 손을 비틀면서 염증이 생긴 눈으로 내 입술만 쳐다보는 그 녀석을 보고 있자니 한없는 연민이 느껴졌다.

"로지나는 잘 지내고 있어. 지금은 알테운겔트 술집에서 종업원으로 일하고 있어."

나는 거짓말을 했다. 나는 그가 안도의 한숨을 내쉬는 것을 보았다. 두 명의 죄수가 널빤지 위에 뜨거운 소시지 죽이 담긴 그릇들을 담아 가지고 와서 말없이 그중 세 그릇을 우리 감방에 넣어 주고 갔다. 그로부터 몇 시간 뒤 다시 감방 문의 빗장이 철컥 열리더니 간수가 나를 예심 판사에게 데리고 갔다. 계단을 올라가고 내려갈 때 기대감으로 무릎이 후들후들 떨렸다.

"혹시 내가 오늘 안에 석방될 가능성이 있습니까?"

나는 두근대는 가슴으로 간수에게 물었다. 그는 딱하다는 듯 웃음을 참았다.

"흠, 오늘 안에요? 글쎄, 그건 하느님만이 아시겠죠."

나는 냉수를 뒤집어쓴 기분이었다. 나는 다시 문에 달린 도자기 명패에서 이름을 읽었다.

예심 판사
카를 폰 라이제트레터 남작

이번 방도 장식이 전혀 없었고, 두 개의 책상만이 칸막이로 나뉘어 있었다. 붉게 부풀어 오른 입술에 턱수염을 가지런히 빗은 키 큰 노인이 삐걱대는 장화를 신고 검은 프록코트를 입고 앉아 있었다.

"페르나트 씨죠?"

"그렇습니다."

"보석 세공사고요?"

"그렇습니다."

"70호실이고요?"

"그렇습니다."

"초트만을 살해한 혐의이죠?"

"부탁드립니다, 판사님……."

"초트만을 살해한 혐의이죠?"

"사람들은 그렇게 말하지만, 저는……."

"자백했죠?"

"아뇨."

"당신에게 구류를 선고합니다. 간수, 이 사람을 데리고 나가."

"제발 제 말 좀 들어 주십시오, 판사님. 저는 오늘 안에 무조건 집에 돌아가야 합니다. 중요하게 처리해야 할 일들이 있거든요."

두 번째 책상 뒤에서 누군가가 빈정대며 웃었다. 남작도 따라서 싱긋 웃었다.

"간수, 어서 이 사람을 데리고 나가."

며칠이 지나고 몇 주가 지났지만, 나는 여전히 감방에 갇혀 있다. 매일 낮 12시가 되면 나는 감옥 마당에 나가 다른 미결수와 죄수들과 짝을 지어 젖은 땅을 밟으며 사십 분 동안 원을 그리며 돌았다. 이야기를 나누는 것은 엄격하게 금지되었다. 마당 한가운데에는 나뭇잎도 매달지 못하고 죽어 가는 나무가 한 그루 있었는데, 나무껍질에는 성모를 그린 유리 그림이 박혀 있었다. 담장을 따라서 볼품없는 쥐똥나무들이 심어져 있었다. 잎사귀들은 검댕이 묻어 거의 시커먼 빛깔이었다. 주위로 빙 둘러 가면서 보이는 것은 감방의 창살들뿐이었다. 거기서 가끔 핏기 없는 입술의 잿빛 얼굴이 우리를 내려다보았다. 그러다가 우리는 다시 빵과 물, 소시지 죽을 얻어먹으러 우리의 낯익은 소굴로 올라왔다. 일요일에는 약간 상한 편두(扁豆)가 나왔다.

마침내 나는 다시 심문을 받으러 갔다.

"바서트룸이 그 시계를 당신한테 선물했다는 것을 증명할 수 있는 증인이 있습니까?"

"네 있습니다. 셰마야 힐렐입니다. 그러니까…… 아닙니다."

(나는 그때 그가 그 자리에 없었다는 사실을 기억해 냈다.)

"아니, 차루세크 씨입니다. 아닙니다, 그는 그 자리에 없었습니다."

"간단하게 말해서, 그러니까 그 자리에 아무도 없었다는 거죠?"

"네 맞습니다, 그 자리엔 아무도 없었습니다, 판사님."

이번에도 다시 책상 뒤에서 빈정대는 웃음소리가 들려왔다. 그리고 또다시 똑같은 소리.

"간수, 이 사람을 데리고 나가!"

안겔리나에 대한 나의 걱정은 이제 몽롱한 체념으로 바뀌었다. 그녀 때문에 마음을 졸여야 하는 시점은 이미 지나 버리고 만 것이다. 바서트룸의 복수 음모가 성공했거나 아니면 차루세크가 개입했을 거라고 나는 생각했다. 그러나 이번에는 미리암에 대한 걱정이 나를 거의 미칠 지경으로 몰아넣었다. 나는 그녀가 날마다 새롭게 기적이 일어나기를 기다리는 모습과, 아침 일찍 빵집 주인이 오면 달려 나가 떨리는 손으로 빵을 살펴보는 모습과, 내 걱정 때문에 초췌해진 모습을 떠올려 보았다. 밤에도 그 생각 때문에 자다가 벌떡 일어나곤 했다. 그러면 벽에 달린 선반 위로 올라가 시계탑의 구릿빛 얼굴을 바라보며 뼛속 깊이 간절히 소망했다. 내 생각이 힐렐에게 전해져 그의 귀에다 이렇게 소리쳐 주기를 바랐다. 미리암을 도와 기적을 기다리는 고통에서 그녀를 구원하라고. 그러고 나서 나는 밀짚 침대에 벌렁 드러누워 가슴이 터질 지경이 될 때까지 숨을 꾹 참았다. 나의 도플갱어를 내 앞에 불러내 그녀에게 보내기 위해서였다. 그녀에게 위안이 되도록.

그런데 실제로 한번은 도플갱어가 내 침대 옆에 정말로 나타났고, 그의 가슴에는 '하브랏 제레흐 오르 보헤르(Chabrat Zereh Aur Bocher)'라는 글자가 거울에 비춘 글씨로 적혀 있었다. 이젠 모든 것이 다 잘될 거라고 내가 기쁨의 환호성을 지르려는 순간, 그는 다시 땅속으로 꺼져 버리고 말았다. 미리암에게 가라고 명령을 내리기도 전에.

왜 나는 친구들한테서 아무 소식도 받지 못하는 걸까? 편지를 보내는 것이 금지된 것인가? 나는 감방 동료들에게 물어보았다. 그러나 그들은 알지 못했다. 그들 또한 한 통의 편지도 받아 보지 못했다고 말했다. 자기들에게는 편지를 보내 줄 사람도 없다고 했다. 간수는 기회가 되면 한번 알아봐 주겠다고 약속했다. 내 손톱들은 자꾸만 물어뜯어서 다 갈라졌으며, 머리카락은 엉망진창이었다. 가위라든가 빗, 솔 같은 것이 없었기 때문이다. 세수할 물도 없었다. 나는 끊임없이 구역질과 싸워야 했다. 소시지 죽에 소금 대신 소다가 양념으로 사용되었기 때문이다. 그것은 성욕의 분출을 다스리기 위한 형무소 규정에 의한 것이었다.

시간이 정말 지루하게 흘러갔다. 그것은 제자리를 빙빙 도는 고통의 바퀴 같았다. 때로 우리는 돌아가면서 정신 착란에 빠지기도 했다. 갑자기 벌떡 일어나 몇 시간이고 야생 동물처럼 이러저리 돌아다니다가 끝에 가서는 침대에 푹 고꾸라져 멍하니 다시 기다리는 것이었다. 그렇게 기다리고 또 기다리는 것이었다. 저녁이 되면 빈대들이 떼를 지어 마치 개미들처럼 벽을 타고 이동했다. 그래서 나는 군도를 차고 헐렁한 바지를 입은 그 녀석이 내 몸에 빈대가 있는지 그렇게 샅샅이 뒤졌던 일을 의아하게 생각했다. 혹시 지방 법원은 교배를 통해 낯선 종류의 곤충이 새로 생겨날까 봐 두려워하기라도 하는 걸까?

수요일 오전마다 보통 챙 넓은 모자를 쓴 돼지머리가 바짓가랑이를 펄럭이며 들어왔다. 형무소 의사인 로젠블라트 박사였다. 그는 우리 모두 건강하다고 확인했다. 그리고 누가 어디가 안 좋다고 호소하면 증세가 어떻든 간에 아연화 연고를 주면서 가슴에 바르라고 했다.

한번은 지방 법원장이 그와 함께 찾아오기도 했다. 지방 법원장은 키가 크고 향수를 잔뜩 뿌리고 다니는 이른바 '상류층'의 건달이었는데, 얼굴에 온갖 저열한 패덕이 덕지덕지 붙어 있었다. 그는 모든 것이 이상 없는지 확인하기 위해서, 즉 빗질한 녀석의 표현을 빌리자면 '목매단 녀석이 없는지 보려고' 온 것이었다. 나는 지방 법원장에게 내 사정을 말해 보려고 다가갔다. 그러자 그는 간수 뒤로 얼른 몸을 숨기면서 내 얼굴에 권총을 들이댔다.

"뭘 하려는 거야?"

그는 내게 호통을 쳤다. 나는 그에게 혹시 내게 온 편지가 있는지 정중하게 물었다. 그러나 나는 대답을 듣는 대신 로젠블라트에게 가슴을 한 대 맞았다. 그는 그렇게 하고는 재빨리 도망쳤다. 지방 법원장도 감방에서 나가더니 문틈으로 이렇게 빈정댔다.

"차라리 살인을 자백하는 게 나을 거야. 목숨이 붙어 있는 동안 한 통의 편지도 못 받기 전에."

이미 오랫동안 나쁜 공기와 열기에 익숙해져서 나는 햇살이 비쳐도 계속해서 떨렸다. 같은 감방에 있는 죄수 중 두 사람은 벌써 몇 번이나 바뀌었다. 그렇지만 나는 신경 쓰지 않았다. 어떤 주엔 노상강도가, 어떤 주에는 화폐 위조범이, 그다음엔 장물아비가 들어왔다. 나는 어제 겪은 일을 오늘이면 잊어버렸다. 미리암에 대한 걱정이 가슴속에서 끓어오르며 다른 일들은 무감각하게 만들었다. 오직 그 하나만이 내 마음에 깊이 새겨졌다. 그것은 때로 희화(戱畫)가 되어 꿈속까지 따라왔다.

어느 날 나는 바깥 하늘을 내다보려고 벽에 달린 선반 위에 올라가 있었다. 그때 갑자기 뾰족한 물건이 내 엉덩이를 찔렀다. 가만히 보니 그것은 끌이었다. 그것이 주머니를 뚫고 내 상의의 거죽과 안감 사이에 끼어들어 가 있었던 것이다. 그것은 이미 오래전부터 그곳에 숨겨져 있었음에 틀림없었다. 그렇지 않았다면 내가 이곳에 도착했을 때 현관에서 몸수색을 한 작자가 발견했을 것이다. 나는 그것을 꺼내서 아무 생각 없이 그냥 내 밀짚 자루 위에 내동댕이쳐 놓았다. 내가 선반에서 내려왔을 때 그것은 아무 흔적도 없이 사라지고 없었다. 나는 그것이 로이자의 소행임을 한순간도 의심하지 않았다. 그로부터 며칠 뒤 그는 우리 감방에서 나갔다. 그는 우리보다 한 층 밑에 있는 감방으로 갔다. 그와 나처럼 동일 범죄 행위로 기소된 사람들이 같은 감방에 있으면 안 된다는 말을 간수가 한 모양이었다. 나는 그 불쌍한 녀석이 끌을 이용해 탈출하는 데 성공하기를 진심으로 바랐다.

5월

오늘이 며칠이냐는 나의 물음에 — 햇살은 한여름처럼 따뜻하고, 마당의 지친 나무는 새순을 몇 개 내밀었다 — 간수는 처음에는 침묵을 지키다가, 내 귀에 대고 '5월 15일'이라고 속삭였다. 이유는 죄수와의 대화가 금지되어 있었기 때문이다. 특히 아직 자백을 하지 않은 죄수들은 시간의 흐름을 알아서는 안 되었다. 그러니까 나는 벌써 꼬박 석 달 동안 감옥에 갇혀 있었던 것이다. 그러나 바깥세상의 소식은 여전히 감감했다!

저녁이 되면, 날씨가 좋은 날에는 열려 있는 쇠창살 창문 너머로 피아노 소리가 은은하게 들려왔다. 아래층에 사는 관리인의 딸이 치는 피아노 소리라고 죄수 중 하나가 말해 주었다. 나는 밤낮으로 미리암 생각만 했다. 그녀는 잘 지내고 있을까! 나는 가끔 내 생각이 그녀의 집에 닿아 그녀가 잠들어 있는 동안 그 침대 곁에 서서 손으로 그녀의 이마를 부드럽게 어루만져 주고 있는 듯한 느낌에 스스로 위안을 받곤 했다. 그러다가 같이 있는 죄수들이 하나둘 심문을 받으러 나가고 감방에 나 홀로 남는 절망의 순간이 오면 그녀가 죽었을지도 모른다는 막연한 불안감에 시달리곤 했다. 그럴 때면 나는 운명에게 이런 물음을 던졌다.

'그녀는 아직 살아 있는가 아니면 죽었는가, 그녀는 병이 났는가 아니면 건강한가.'

그러고 나서 밀짚 자루에서 짚을 한 움큼 꺼내 그 숫자를 헤아려 답을 구하는 것이었다. 거의 매번 부정적인 결과가 나왔고, 나는 내 마음속에서 미래를 엿보려고 애썼다. 내 영혼이 나에게 비밀을 숨기고 있는 것 같아서, 나는 내게서 멀리 떨어진 듯 보이는 질문으로 영혼을 속여 보려고 했다. 언젠가 내가 다시 기쁘게 웃을 날이 올까? 그때마다 예언은 언제나 긍정적으로 나왔다. 그러면 나는 한 시간 정도는 기쁘고 행복했다. 식물이 남몰래 싹이 터 자라듯이 내 가슴속에서 미리암을 향한 알 수 없는 깊은 사랑의 감정이 서서히 눈뜨기 시작했다. 예전에 자주 그녀와 함께 앉아서 대화를 나누었으면서도 그때는 그런 감정을 뚜렷하게 느끼지 못했다는 게 지금 와서 생각해 보면 알 수 없는 일이었다. 그녀도 나와 같은 감정으로 나를 생각하기를 바라는 간절한 소망은 그러한 순간이면 자꾸만 자라나 나중에는 거의 확신의 단계에까지 이르렀다. 그래서 바깥 복도 쪽에서 발소리가 들려올 때면 혹시 그들이 지금 나를 이 감방에서 끌어내 석방시키지 않을까, 그로써 나의 꿈이 바깥세상의 거친 현실에 직면해 산산조각이 나지 않을까 두렵기까지 했다. 오랜 기간 감방에 갇혀 있는 사이에 내 귀는 아주 민감해져서 바깥에서 들려오는 아주 작은 소리까지도 들을 수 있었다.

어둠이 내릴 때마다 나는 멀리서 마차가 달리는 소리를 들었다. 그럴 때면 나는 마차에 누가 타고 있을까 하는 생각으로 머리를 싸매곤 했다. 저 바깥세상에는 자기가 원하는 것을 하고 어디든 자유롭게 움직이면서도 그것을 큰 행복으로 여기지 않는 사람들이 살고 있다는 것이 너무나 낯설게 느껴졌다. 나도 언젠가는 햇살을 받으며 거리를 따라 거니는 행복을 다시 누릴 수 있을지, 나는 그런 생각을 더 이상 머릿속에 그려 볼 수가 없었다. 안겔리나를 품에 안았던 날의 기억은 이미 머나먼 과거처럼 여겨졌다. 그날을 생각할 때마다 나는, 책장을 넘기다가 언젠가 젊은 시절 애인한테 받은 시든 꽃잎을 발견한 사람의 가슴에 찾아드는 아련함 같은 것을 느꼈다. 늙은 츠바크는 저녁때면 여전히 알테운겔트 술집에서 프리슬란더와 프로코프와 함께 앉아 비쩍 마른 오일라리아의 머리를 뒤숭숭하게 만들고 있을까? 아니, 지금은 5월이지 않은가. 그렇다면 지금쯤 그는 인형극 무대 상자를 끌고 시골 구석으로 돌아다니면서 성문 앞 풀밭에서 푸른 수염 기사의 이야기를 보여 주고 있을 것이다.

나는 감방에 혼자 앉아 있다. 일주일 전부터 나의 유일한 동반자였던 방화범 보삿카가 두 시간 전에 예심 판사에게 불려 갔기 때문이다. 이번에는 그의 심문이 유난히 길었다. 바로 그때, 문에 달려 있는 철제 빗장이 덜컹거렸다. 이어서 보삿카가 환한 표정을 지으며 달려 들어왔다. 그는 한 꾸러미의 옷을 침대 위에 던져 놓더니 순식간에 옷을 갈아입기 시작했다. 그는 욕설을 퍼부으면서 죄수복을 한 꺼풀 한 꺼풀 바닥에 내동댕이쳤다.

"그 자식들은 나한테 제대로 된 증거를 하나도 내밀지 못했어요. 그 빌어먹을 방화 말이에요!"그는 조롱하듯 집게손가락으로 눈 밑을 당겼다.

"너무 성급하게 검은 보삿카한테 책임을 뒤집어씌운 겁니다. 나는 그들에게 말했어요. 그건 바람 때문이었다고. 바람을 불러다 책임을 물으라고요. 오늘 밤엔 난 더 이상 감방에 있지 않아요. 나는 달려갈 겁니다. 로이시체크 주점에서는 지금쯤 한창 열기가 뜨거울 거예요."

그는 양팔을 활짝 벌리고 발을 구르며 농부들의 춤을 추기 시작했다.

"인생의 5월은 단 한 번 꽃피는 거예요."

그는 꼭대기에 어린 어치의 파란 깃털이 꽂혀 있는 빳빳한 모자를 탁 소리가 나도록 머리에 눌러썼다.

"높으신 어른, 알고 싶어 하시는 걸 말해 드릴까요? 새 소식을 알고 싶겠죠? 당신 친구 로이자가 탈옥했어요! 아래층에서 사람들이 하는 말을 들었어요. 이미 지난달에 튀었다는군요. 그믐날쯤 도망친 것 같대요. 벌써 한참 됐어요."

그는 손가락으로 손등을 두드렸다. '아, 그 끌!' 나는 속으로 생각하면서 미소를 지었다.

"이제 당신 차례예요." 방화범이 다정하게 손을 내밀면서 말했다.

"어서 빨리 석방되길 빌어요. 혹시 돈이 부족하면 로이시체크 주점에서 검은 보삿카를 찾으세요. 그곳에 있는 여자들은 다 나를 알거든요. 자! 그럼 안녕히 계세요, 어르신. 알게 돼서 기뻤어요."

그가 문을 채 나가기도 전에 간수가 벌써 새 미결수를 내 감방에 밀어 넣었다. 나는 그가 지난번 폭우가 쏟아지던 날 한파스가세 거리의 문간에서 군모를 쓰고 내 옆에 서 있었던 사람이라는 것을 한눈에 알아보았다. 이 얼마나 반갑고 놀라운 일인가! 어쩌면 이 사람은 힐렐과 츠바크를 비롯한 다른 모든 사람에 대해 뭔가 알고 있지 않을까? 내가 막 물어보려는데, 놀랍게도 그는 아주 은밀한 표정으로 손가락을 입에 갖다 대면서 아무 말도 하지 말라는 신호를 보냈다. 바깥에서 감방 문 잠그는 소리가 들리고 간수의 발소리가 복도에서 사라지고 나서야 그의 몸에 생기가 돌아왔다.

나는 흥분으로 가슴이 두근거렸다. 그의 신호는 무엇을 뜻한 걸까? 이 사람은 나를 아는 걸까? 그렇다면 그는 내게 뭘 원하는 걸까? 그 사람이 가장 먼저 한 일은 자리에 앉아 왼쪽 장화를 벗는 것이었다. 그런 다음 장화의 굽에 달려 있던 마개를 이로 빼내고 그곳에 난 구멍 속에서 구부러진 강철 조각을 꺼냈다. 이어서 그는 느슨하게 붙어 있던 신발창을 뜯어냈다. 그리고는 아주 당당한 태도로 그 두 물건을 나한테 내밀었다. 그는 이 모든 일을 신속하게 처리했고, 흥분해서 던지는 내 질문에는 전혀 신경을 쓰지 않았다.

"자! 차루세크 씨가 보낸 멋진 안부 인사입니다."

나는 너무나 놀라 입이 떨어지지 않았다.

"밤이 되거든 그 강철 조각을 이용해 신발창을 갈라 보세요. 아무도 보는 사람이 없을 때도 좋고요. 신발창은 안이 비어 있어요." 그가 자랑스러운 듯이 설명했다.

"그 안에 차루세크 씨가 보낸 편지가 한 통 들어 있습니다."

나는 기쁜 마음을 주체하지 못해 그의 목을 끌어안았다. 눈물이 쏟아졌다. 그는 나를 살짝 밀어 내면서 훈계조로 말했다.

"페르나트 씨, 정신을 바짝 차려야죠! 꾸물거릴 여유가 없어요. 내가 다른 감방으로 잘못 들어왔다는 사실이 곧 밝혀질 수 있어요. 친구인 프란츨과 내가 방 번호를 바꿨거든요."

그때 내가 아주 멍청한 표정을 지었음에 틀림없다. 왜냐하면 그가 이렇게 말했기 때문이다.

"당신이 상황을 이해하든 못 하든 상관없어요. 어쨌든 나는 이곳에 왔으니까요. 더 이상 말이 필요 없어요."

"말 좀 해 줘요." 내가 그의 말 중간에 끼어들었다.

"말 좀 해 줘요, 제발. 이름이……."

"벤첼입니다." 그가 내 말을 도와주었다.

"멋진 벤첼이라고 하죠."

"벤첼, 호적계원 힐렐과 그의 딸은 어떻게 지내고 있나요?"

"지금은 그런 얘기를 할 시간이 없어요." 멋진 벤첼이 내 말을 끊었다.

"나는 당장이라도 이곳에서 쫓겨날 판국입니다. 내가 지금 여기 들어온 건 강도 짓을 했다고 자백했기 때문이에요."

"단지 나 때문에, 나를 만나려고 강도 짓을 했다는 건가요, 벤첼?"

나는 소스라치게 놀라서 물었다. 그러자 그는 말도 안 된다는 듯 씩 웃으면서 말했다.

"내가 정말 강도 짓을 했다면 그 사실을 자백할 것 같아요? 내 말 알아듣겠어요?"

나는 점차 깨달았다. 이 멋진 친구는 차루세크의 편지를 감옥으로 몰래 들여오려고 꾀를 낸 것이다.

"자, 잘 들어요." 그는 뭔가 중요한 것을 알려 주려는 듯한 표정을 지었다.

"지금부터 간질 발작을 일으키는 법을 가르쳐 줄 테니까."

"뭘 가르쳐 준다고요?"

"간질 발작을 일으키는 법이요! 어떻게 하는 건지 눈여겨 봐 둬요. 어렵지 않아요. 먼저 입안에서 침을 많이 만들어 내는 겁니다."

그는 볼을 불룩하게 부풀린 다음 마치 입안을 헹구어 내듯 볼을 우물거렸다.

"그다음엔 입에 거품을 무는 겁니다. 이렇게 해 봐요." 그는 그것도 해 보였다. 역겨울 정도로 생생하게.

"그다음엔 엄지를 주먹 사이에 끼우고 눈을 부릅뜨고 눈알을 이리저리 마구 굴려 봐요."

그는 눈을 희번덕거리면서 소름이 끼치도록 나를 쳐다보았다.

"그리고 나서 ── 이번엔 그렇게 쉽지는 않은 건데 ── 좀 덜 떨어진 소리를 마구 질러 대는 겁니다. 버─버─버 하면서요. 그와 동시에 바닥에 쿵 쓰러지는 겁니다."

그러면서 그는 건물이 흔들릴 정도로 쿵 소리를 내며 바닥에 쓰러져 사지를 쭉 뻗었다. 그가 다시 일어나면서 말했다.

"이게 바로 간질 발작입니다. 홀베르트 박사가 우리 '부대원'들에게 가르쳐 준 거지요."

"정말 깜빡 속아넘어갈 정도로 똑같군요." 나는 인정한다는 듯 말했다.

"그런데 그걸 어떻게 활용하죠?"

"이렇게 하면 당신은 이 감방에서 빠져나가는 거예요!" 멋진 벤첼이 설명했다.

"로젠블라트 박사는 살인을 즐기는 황소 같은 인간입니다! 어떤 죄수의 머리가 날아가도 그 작자는 '이 사람 아주 건강해요!'라고 말하지요. 그런데 이 로젠블라트라는 자는 간질 발작만큼은 아주 무서워해요. 그 작자만 잘 속여 넘기면 당신은 금방 환자용 감방으로 옮겨지는 거요. 그곳에서 탈출하는 것은 식은 죽 먹기지요."

그는 더욱 은밀한 목소리로 말했다.

"환자용 감방의 창살은 가운데 부분을 톱으로 잘라서 살짝 붙여 놓은 거예요. 이건 우리 부대의 또 다른 비밀이지요! 당신은 며칠 동안 밤마다 주의 깊게 관찰하다 지붕에서 밧줄 올가미가 창문까지 내려오면 아무도 깨지 않게 조심해서 창살을 살짝 들어낸 다음, 올가미에 양어깨를 끼우고 위쪽에 있는 나를 향해 신호를 하기만 하면 돼요. 그러면 당신은 아래로 내려오게 되는 거예요. 자, 이상입니다."

"그런데 왜 내가 탈옥을 해야 합니까?" 내가 겁먹은 목소리로 물었다. "나는 결백해요."

"그것이 탈옥을 하지 않을 이유는 되지 않아요!"

멋진 벤첼이 놀란 듯 눈을 크게 뜨고 반박했다. 그의 표현대로 '부대'의 결정에 따른 그 무모한 계획을 그만두게 하려고 나는 나의 말재주를 다 동원해야 했다. 내가 '하느님의 선물'을 거절하고 차라리 석방될 때까지 기다리려 한다는 게 그로서는 이해가 되지 않는 모양이었다.

"어쨌든 나는 당신과 당신의 멋진 동료들에게 마음 깊이 감사드립니다."

나는 울먹이는 소리로 말하면서 그의 손을 잡았다.

"이 어려운 시기가 지나고 나면 가장 먼저 여러분 모두에게 정식으로 감사의 뜻을 표하겠습니다."

"그럴 필요 전혀 없어요." 벤첼이 다정하게 내 생각을 밀어냈다.

"필스너 몇 잔을 사 주신다면 고맙게 받겠지만, 그 밖에는 아무것도 필요 없어요. 현재 우리 부대의 회계 담당인 차루세크 씨는 당신이 익명의 자선 사업가라고 이미 우리에게 얘기해 주었어요. 며칠 뒤 내가 여기서 나갈 때 차루세크 씨에게 전할 말이라도 있나요?"

"그래요." 나는 얼른 그의 말에 끼어들었다.

"제발 어서 힐렐을 찾아가서 내가 그의 딸 미리암의 건강 때문에 무척 걱정하고 있다고 직접 말하라고 전해 줘요. 힐렐 씨가 한시도 그녀에게서 눈을 떼면 안 된다는 말도 함께 전해 줘요. 내가 말한 이름을 잊지 않겠죠? 힐렐이에요!"

"히르렐이라고요?"

"아뇨, 힐렐."

"힐레르요?"

"아뇨. 힐-렐."

벤첼은 체코인으로서는 발음하기 힘든 이름을 말하느라 혀가 뒤틀릴 지경이었다. 그러나 마침내 그는 인상을 잔뜩 찌푸리면서 그 이름을 겨우 발음했다.

"그리고 또 한 가지. 차루세크 씨에게 ― 이건 진심으로 부탁드리는 겁니다 ― 그의 힘이 닿는 한 그 고귀한 숙녀분을 ― 누구를 말하는 건지 그는 잘 알고 있어요 ― 잘 보살펴 달라고 전해 줘요."

"혹시 니메츠 사폴리 박사하고 놀아났다는 그 귀족 여성을 말하는 건가요? 그 여자는 이혼하고 아이를 데리고 사폴리와 함께 어디론가 떠났어요."

"확실한가요?"

나는 내 목소리가 떨리는 것을 느꼈다. 안겔리나를 생각하면 기쁜 일이었지만, 그 사실을 생각하면 가슴이 두근거리는 것은 어쩔 수 없었다. 그녀 때문에 내가 얼마나 걱정했던가. 그런데 지금 나는 그녀에게 잊힌 사람이다. 혹시 그녀는 내가 정말로 살인강도라고 생각한 것일까. 목구멍으로 쓴맛이 올라왔다. 이 친구는 제멋대로 거칠게 자란 사람들이 이상할 정도로 사랑과 관련된 일에서 발휘하는 특유의 섬세한 감각으로 내 기분을 짐작한 모양이었다. 왜냐하면 그가 멋쩍은 듯 내 눈길을 피하면서 대답하지 않았기 때문이다.

"그렇다면 혹시 힐렐 씨의 딸인 미리암 양이 어떻게 지내고 있는지도 알고 있나요? 그녀를 알아요?"

나는 다급하게 물었다.

"미리암? 미리암?"

벤첼은 골똘히 생각하느라 이마에 주름살을 지었다.

"혹시 밤에 로이시체크 주점에 자주 들르는 여자인가요?"

나는 나도 모르게 미소를 짓지 않을 수 없었다.

"아뇨. 전혀 그렇지 않아요."

"그렇다면 알지 못해요." 벤첼은 짧게 말했다.

우리는 잠시 아무 말도 하지 않았다. 나는 차루세크의 편지 속에 그녀에 대한 소식이 들어 있기를 바랐다.

"그렇지만 악마가 바서트룸을 잡아갔다는 소식은 이미 들어서 알고 있겠죠?"

벤첼이 느닷없이 이렇게 말했다. 나는 소스라치게 놀랐다.

"그럼요." 벤첼이 손가락으로 자기 목을 가리켰다.

"살인이요! 살인! 정말 끔찍했어요. 그 사람이 며칠째 보이지 않아 사람들이 그의 가게 문을 부수고 안으로 들어갔어요. 물론 내가 가장 앞장서서 들어갔지요. 그러지 말걸 그랬어요! 안에 들어가 보니 바서트룸은 지저분한 안락의자에 앉아 있었어요. 가슴엔 피가 흥건하게 고여 있었고, 눈은 멍하니 앞을 바라보고 있었어요. 내가 얼마나 당찬 놈인지 아세요? 그런데도 도무지 역겨워서 참을 수가 없었어요. 어지러워서 쓰러질 것만 같았어요. 나는 계속 나 자신에게 이렇게 말했어요. '벤첼, 그렇게 흥분할 것 없어. 이건 죽은 유대인일 뿐이야.' 누군가가 그의 목을 끌로 찔렀어요. 가게 안은 온통 난장판이었어요. 물론 강도 살인이지요."

끌이라고! 끌! 나는 두려움에 숨이 차가워지는 것을 느꼈다. 끌! 그렇게 해서 그 끌은 제 갈 길을 찾은 것이다!

"나는 그게 누구의 소행인지도 알아요."

벤첼은 잠시 후 작은 소리로 말했다.

"다름 아닌 곰보 로이자의 짓이었어요. 그의 주머니칼을 가게 바닥에서 발견했거든요. 나는 경찰이 눈치채기 전에 그것을 얼른 주머니에 챙겼어요. 그 녀석은 지하 통로를 통해 가게 안으로 숨어든 거였어요."

그는 갑자기 말을 멈추더니 몇 초 동안 신경을 곤두세우고 귀를 기울였다. 다음 순간 그는 침대 위에 벌렁 드러누워 엄청나게 큰 소리로 코를 골기 시작했다. 곧이어 자물쇠 여는 소리가 들리고 간수가 안으로 들어와 나를 미심쩍은 눈길로 훑어보았다. 나는 무표정한 얼굴을 해 보였다. 벤첼은 깨울 수가 없을

"끝이라고! 끝!
나는 두려움에 숨이 차가워지는 것을 느꼈다. 끝!
그렇게 해서 그 끝은 제 갈 길을 찾은 것이다!"

정도였다. 그는 몇 번의 주먹질에 겨우 하품을 하면서 일어났다. 그러고는 잠에 취해 비틀거리면서 밖으로 나갔다. 간수가 그의 뒤를 따라갔다. 나는 기대감에 몸을 떨면서 차루세크의 편지를 펼쳐 들고 읽기 시작했다.

　5월 12일
　친애하는 친구이자 후원자님!
　저는 지난 몇 주 동안 당신이 마침내 석방되기만을 기다렸습니다. 그렇지만 늘 헛수고였습니다. 당신의 혐의를 벗기는 데 도움이 될 만한 자료들을 모으려고 백방으로 노력해 보았지만 단 하나도 찾지 못했습니다. 저는 예심 판사에게 재판 수속을 좀 신속하게 해 달라고 부탁했습니다. 그러나 그때마다 그건 검사의 소관이지 자기 소관이 아니라는 대답뿐이었습니다. 이 빌어먹을 관료주의자들!
　그렇지만 한 시간 전에 비로소 제가 큰 기대를 걸 만한 일을 해 냈습니다. 그러니까 당시에 로이자가 체포된 뒤 그의 동생 야로미르가 자기 형의 침대에서 금시계를 발견하고 그것을 바서트룸에게 팔았다는 사실을 알아낸 것입니다.
　당신도 아시겠지만, 경찰들이 드나드는 로이시체크 주점에서는 살해된 것으로 알려진 초트만 — 그런데 그의 시체는 아직도 발견되지 않았습니다 — 의 시계가 당신의 범행임을 증명하는 증거물로서 당신 집에서 발견되었다는 소문이 돌고 있습니다. 저는 그때부터 모든 정황을 종합해서 생각해 보기 시작했습니다. 바서트룸 등. 그때 즉시 저는 야로미르에게 1000플로린을 주기로 결심했습니다…….

나는 편지를 내려놓았다. 기쁨의 눈물이 고여 왔다. 그만한 액수를 차루세크에게 줄 수 있는 사람은 안겔리나밖에 없었기 때문이다. 그러니까 그녀가 나를 잊지 않은 것이다! 나는 계속 읽어 내려갔다.

저는 그에게 1000플로린을 주었으며, 저와 함께 당장 경찰서에 가서 그의 형의 방에서 그 시계를 슬쩍해 팔아먹었다는 자백을 하면 2000플로린을 더 주겠다고 약속했습니다. 이 모든 일은 이 편지가 벤첼을 통해 당신의 손에 들어간 후에나 이루어질 것입니다. 시간이 촉박합니다. 그렇지만 안심하십시오. 어쨌든 그 일을 해낼 테니까요. 오늘 안으로 말입니다. 약속합니다. 저는 살인을 저지른 범인은 로이자이며, 그 시계는 초트만의 것이라는 사실을 추호도 의심해 본 적이 없습니다.

예상과 달리 그 시계가 초트만의 것이 아닌 경우에는 어떻게 해야 하는지에 대해서도, 야로미르는 분명하게 알고 있습니다. 그 경우 그는 그 시계를 당신의 집에서 발견했다고 말할 것입니다. 그러니 절망하지 마시고 꾹 참고 기다리세요! 당신께서 자유의 몸이 될 날이 멀지 않았습니다. 그렇다면 우리가 재회할 날도 찾아올까요? 그것은 말씀드릴 수가 없군요.

저는 이렇게 말씀드리고 싶습니다. 왜냐하면 저는 지금 종말을 향해 치닫고 있기 때문입니다. 그러므로 저는 마지막 순간을 갑작스럽게 맞지 않도록 주의를 기울이고 있어야 합니다. 그렇지만 한 가지는 확실히 말씀드릴 수 있습니다. 그건 바로 우리가 재회하리라는 사실입니다. 이승에서도 아니고, 죽은 사람들처럼 저승에서도 아니라면, 우리는 성경에서 말하는 것처럼 하느님께서 뜨겁지도 않고 차갑지도 않은 모든 미지근한 존재들을 그분의 입에서 뱉어 버리는 날 재회하게 될 것입니다.

제가 이렇게 말한다고 해서 놀라지 마십시오. 저는 이런 것들에 대해서 당신과 이야기해 본 적이 한 번도 없습니다. 언젠가 당신이 카발라에 대해 이야기하시기에 저는 이런 것들과 관련된 이야기는 되도록 피했습니다. 그렇지만 제가 아는 것은 아는 것입니다.

제 말이 무슨 뜻인지 아시겠지요. 만약 이해하지 못하시겠다면, 부탁드리건대 제가 말한 것을 기억에서 지워 버리시기 바랍니다. 언젠가 저는 정신이 몽롱한 상태에서 당신의 가슴에 어떤 표시가 쓰여 있는 것을 보았습니다. 어쩌면 제가 백일몽을 꾸면서 상상한 것인지도 모르죠. 제 말이 이해되지 않으신다면, 제가 마음속에 남다른 인식을 갖고 있다고 생각하십시오. 이 인식은 이미 어렸을 적부터 저를 남다른 인생길로 이끌어 왔습니다. 저의 이 인식은 의학이 우리에게 가르쳐 주는 것과는 일치되지 않습니다. 다행스럽게도 의학은 이 인식에 대해 아직 알지 못합니다. 저는 의학이 앞으로도 이 인식을 알지 못하기를 바랍니다. 저는 의학으로 인해 어리석어지고 싶지 않습니다. 의학의 최고 목표는 대기실을 부자 손님들로 가득 채우는 것입니다. 이 얘기는 그만하겠습니다. 이제 그동안 있었던 일들을 말씀드리겠습니다.

4월 말에 이르러 저의 암시가 바서트룸에게서 효과를 보이기 시작했습니다. 저는 그것을 그가 길거리에 서서 손짓 발짓을 해 가면서 혼자서 큰 소리로 떠드는 것을 보고 알았습니다. 그것은 사람의 생각들이 마음속에서 부글부글 끓다 보면 결국 그 사람을 압도하게 된다는 확실한 증거이죠. 그러더니 그는 공책을 한 권 사서 거기에다 뭔가 쓰기 시작했습니다. 그는 썼습니다! 정말로 썼습니다!

저는 웃음조차 나오지 않았습니다! 그는 썼습니다. 그러고 나서 그는 공증인을 찾아갔습니다. 저는 바로 그의 집 아래쪽 지하실에 살았기 때문에 그가 무엇을 하고 있는지 알 수 있었습니다. 그는 유언장을 쓰고 있었던 것입니다.

그렇지만 저는 그가 저를 상속인으로 정하리라고는 꿈에도 생각하지 못했습니다. 진작 알았더라면 저는 너무나 기뻐서 분명히 무도병 환자가 되었을 것입니다. 그가 저를 상속인으로 정한 것은, 자신이 이 세상에서 진 빚을 얼마간이라도 갚을 수 있는 유일한 존재가 저라고 믿었기 때문입니다. 자신도 모르게 그의 양심이 움직인 것입니다. 그가 죽은 뒤에 그 호의로 제가 갑자기 백만장자가 되면 제가 그를 위해 복을 빌어 주고, 그가 옆방에 있을 때 제가 마구 퍼부었던 저주를 없었던 것으로 해 주리라 기대했는지도 모르지요. 그러니까 저의 암시는 상당한 효과를 발휘한 거예요. 그는 살아 있을 땐 늘 대수롭지 않게 생각하려 했지만 마음속 깊은 곳에서는 저승에 가서 보복당한다는 것을 믿은 겁니다. 소위 똑똑하다는 사람들은 다 그렇습니다. 우리가 면전에 대고 그런 말을 하면 그들이 미친 듯이 화를 내는 데서 그것을 알 수 있습니다. 나쁜 일을 저지르다 현장에서 들킨 것 같은 기분을 느끼니까요.

바서트룸이 공증인에게 다녀온 이후 저는 그 사람에게서 한순간도 눈을 떼지 않았습니다. 저는 밤마다 그의 가게 덧문에 기대어서 엿들었습니다. 그가 언제 결단을 내릴지 알 수 없었으니까요. 그가 독이 든 병의 마개를 열기만 했다면 고대하고 고대하던 딸꾹소리가 벽 너머에서 들려왔을 겁니다. 한 시간만 더 있었으면 제 필생의 숙원은 이루어졌을 겁니다. 그런데 그때 뜻밖의 불청객이 개입해서 그를 살해한 것입니다. 그것도 끌로 말입니다.

더 자세한 설명은 벤첼이 해 드릴 겁니다. 모든 상황을 다 적기에는 제 가슴이 너무 아픕니다. 혹시 미신으로 생각하실지 모르겠지만 그의 몸에서 피가 쏟아져 가게 안에 있던 물건들이 모두 흠뻑 젖은 것을 보는 순간, 저는 그의 영혼이 저에게서 도망친 것 같은 느낌을 받았습니다. 제 안에서 무언가 — 거짓말을 할 줄 모르는 섬세한 본능 같은 것 — 가 제게 이렇게 말했습니다. 한 인간이 남의 손에 죽느냐, 아니면 스스로 목숨을 끊느냐 하는 것은 전혀 다른 것이라고요. 바서트룸이 자기 피를 온전히 무덤으로 가져가야만 저의 사명은 완수되는 것이었죠. 상황이 완전히 다르게 전개된 지금, 저는 소외된 듯한 기분이 듭니다. 저 자신이 죽음의 천사가 보잘것없는 것으로 간주한 별 볼일 없는 연장 같다는 생각이 듭니다.

그렇다고 해서 쓸데없이 분풀이를 하지는 않겠습니다. 저의 증오는 무덤을 넘어서는 종류의 것이니까요. 게다가 저는 마음껏 쏟을 수 있는 피를 여전히 갖고 있습니다. 제가 피를 쏟으면, 그것은 한 발 두 발 그의 피를 따라 저승으로 들어갈 것입니다.

바서트룸의 장례가 치러진 후, 저는 날마다 공동묘지의 그의 무덤 앞에 앉아 앞으로 어떻게 해야 할지 제 가슴에 귀를 기울입니다. 저는 저 자신이 그것을 이미 알고 있다고 생각합니다. 그러나 제 안에서 흘러나올 목소리가 샘물처럼 맑아질 때까지 기다리려고 합니다. 우리 인간들은 순수하지 못한 존재인지라, 영혼의 속삭임을 알아듣기 위해서는 오랜 금식과 각성이 필요합니다.

지난주에 법원으로부터 바서트룸이 저를 단독 상속인으로 정했다는 공식 통고를 받았습니다. 제가 그 돈을 단 한 푼도 건드리지 않을 것이라는 점은 굳이 말씀드리지 않아도 아실 겁니다, 페르나트 선생님. 저는 저세상에서도 그에게 어떤 구실도 주지 않을 작정입니다. 그가 소유했던 집들은 경매에 부칠 것이고, 그가 손을 댄 물건들은 모두 태워 버릴 것입니다. 그리고 현금과 귀중품 중 3분의 1은 제가 이 세상을 하직한 뒤 당신이 가지는 걸로 하겠습니다.

펄쩍 뛰면서 무슨 소리냐고 외치는 당신의 모습이 눈에 선합니다. 진정하십시오. 그 돈은 의당 당신이 받아야 할 몫입니다. 바서트룀이 몇 해 전에 당신의 부친과 그 가정의 재산을 몽땅 빼앗아 갔다는 사실을 저는 이미 오래전부터 알고 있었습니다. 이제야 그 사실을 서류상으로 입증할 수 있게 된 것입니다. 그리고 3분의 1은 아직도 훌베르트 박사를 개인적으로 기억하는, '부대'의 열두 회원에게 돌아갈 것입니다. 저는 그로써 그들이 부자가 되어 프라하의 이른바 '훌륭한 상류층'으로 진입하기를 바랍니다. 마지막 3분의 1은 앞으로 이 땅에서 체포되어 증거 불충분으로 석방될 일곱 명의 강도 살인범들에게 똑같이 나누어 줄 겁니다. 사람들을 좀 웃기면 안 된다는 법 있나요? 자, 이걸로 제 얘기는 다 끝난 것 같군요.

그러면 친애하는 선생님, 부디 안녕히 계십시오. 그리고 가끔 저를 기억해 주신다면 고맙겠습니다. 당신의 은혜에 늘 감사드리며

당신의 진실한 이노첸츠 차루세크 올림.

나는 마음이 어수선해져 손에 들고 있던 편지를 내려놓았다. 내가 곧 석방된다는 소식이 전혀 즐겁지가 않았다. 차루세크! 불쌍한 인간! 그는 마치 형제처럼 내 앞날을 걱정해 주고 있다. 지난번에 내가 100굴덴을 주었다는 이유 하나만으로. 그와 한 번만이라도 악수를 나눌 수 있다면 좋으련만! 그렇지만 나는 그의 말이 맞다고 생각했다. 그날은 결코 찾아오지 않으리라. 내 눈에 그의 모습이 뚜렷이 떠올랐다. 이상하게 반짝이는

"그의 영혼은 그를 인생의 거친 계곡과 심연을 지나
만년설이 쌓여 있는 전인미답의 산봉우리로 데리고 올라갔다."

눈동자, 결핵에 걸려 축 처진 어깨, 고상하게 생긴 훤한 이마. 구원의 손길이 메마른 그의 인생을 제때 어루만져 주었다면 모든 것이 아마도 다르게 전개되었으리라.

나는 편지를 다시 한번 읽어 보았다. 차루세크의 정신 착란 증세는 참으로 다양했다! 그는 정말로 미친 것이 아닐까? 나는 잠시라도 그런 생각을 한 것이 창피했다. 그가 준 암시만으로도 충분하지 않은가? 그는 힐렐이나 미리암, 또는 나 자신과 똑같은 부류의 인간이었다. 그러니까 그는 그 자신의 영혼에 의해 좌지우지되는 인간이었다. 그의 영혼은 그를 인생의 거친 계곡과 심연을 지나 만년설이 쌓여 있는 전인미답의 산봉우리로 데리고 올라갔다. 비록 평생 동안 살인만 생각하며 살아왔다 해도, 그는 미지의 신비스러운 예언가의 계명을 그저 쫓는 시늉만 하는 그 어떤 사람보다 순수하지 않은가? 그는 이승이나 저승에서의 어떤 '보상' 같은 것을 생각하지 않고 그를 넘어서는 어떤 강력한 충동이 명하는 계명을 그냥 따랐을 뿐이다. 그가 한 일은 그 이면을 생각할 때, 이 세상에서 가장 경건한 의무를 이행한 것이 아니던가? '비겁하고 교활하고 살인욕에 불타며 병들어 있는, 한마디로 문제가 많은 범죄자의 성격이야.' 만약 사람들이 그의 영혼 속을 멍청한 램프로 비춰 본다면 그에 대한 그들의 평가는 분명히 이렇게 나올 것이다. 남을 헐뜯기 좋아하는 이 사람들은 먹기 좋은 골파보다 독성이 있는 콜키쿰이 훨씬 아름답고 고상하다는 것을 결코 깨닫지 못할 것이다.

문밖에서 자물쇠 여는 소리가 다시 들렸다. 그리고 누군가가 떠밀려 들어오는 소리도 들렸다. 나는 뒤를 돌아보지 않았다. 편지의 인상이 내 마음을 가득 채우고 있었기 때문이다. 안젤리나에 대해서는 한마디도 없었고, 힐렐에 대한 이야기도 없었다. 물론 차루세크는 편지를 아주 급하게 쓴 것 같았다. 글씨를 보면 알 수 있었다. 그의 편지가 다시 한번 바깥세상으로부터 은밀한 경로를 통해 내게 전달되지는 않을까? 나는 은근히 내일이 되기를 기다렸다. 어쩌면 죄수들이 형무소 마당을 걷는 운동을 할 때 가능하지 않을까? '부대'에서 온 누군가가 내게 뭔가를 슬쩍 찔러 주기에는 그때가 가장 안성맞춤이었다. 한 나직한 목소리가 골똘히 생각에 잠겨 있는 나를 깜짝 놀라게 했다.

"제 소개를 드려도 될까요, 선생님? 제 이름은 라폰더입니다. 아마데우스 라폰더."

나는 뒤를 돌아보았다. 다른 미결수들처럼, 모자는 쓰지 않았지만 깔끔하게 옷을 차려입은, 작은 키에 몸이 허약해 보이는 매우 젊은 청년이 내게 정중하게 인사를 했다. 배우처럼 매끈하게 면도했으며, 연푸른빛으로 반짝이는 편도 모양의 큰 눈이 아주 독특해 보였다. 그의 눈은 분명 나를 향하고 있었지만 나를 쳐다보는 것 같지는 않았다. 그러니까 그 눈에서는 뭔가 넋이 나간 듯한 기색이 엿보였다. 나는 내 이름을 대충 중얼대면서 마찬가지로 허리를 굽혀 인사했다. 그러고 나서 다시 등을 돌리려고 했지만 한참 동안 그의 눈길을 차마 저버릴 수가 없었다. 부처와 같은 미소를 짓는 그의 표정이 야릇한 기분을 불러일으켰던 것이다. 도톰한 입술에 위로 살짝 치켜 올라간 입 가장자리의 모양새가 그의 얼굴에 늘 웃는 모습을 만들어 주었다.

주름 하나 없는 투명한 피부, 소녀처럼 갸름한 코, 예민하게 생긴 콧구멍 등 그의 모습은 어쩌면 장미 석영으로 만든 중국의 부처상 같았다.

"아마데우스 라퐁더, 아마데우스 라퐁더." 나는 속으로 되뇌어 보았다. "이 친구는 어떤 범죄를 저질렀을까?"

달빛

"심문은 받았소?"

잠시 후 내가 물었다.

"방금 심문을 받고 오는 길입니다. 제가 이곳에서 선생님을
괴롭히는 일이 길지 않았으면 해요."

라폰더가 상냥한 목소리로 말했다.

'불쌍한 녀석.' 나는 생각했다. '미결수에게 앞으로 어떤 일
이 닥칠지 모르고 있군.' 나는 서서히 마음의 준비를 시켜 놓을
작정으로 그에게 이렇게 말했다.

"일단 처음의 가장 힘든 날들이 지나고 나면 이곳에 가만히
앉아 있는 일에 차츰 적응이 될 거요."

그는 고개를 끄덕이며 미소 지었다.

"심문이 오래 걸렸소, 라폰더 씨?"

그는 묘한 미소를 지었다.

"아닙니다. 유죄를 인정하느냐고 묻더군요. 저는 그저 조서
에 서명만 했습니다."

"유죄를 인정한다는 서명을 했다고요?"

내 입에서 이런 질문이 그냥 터져 나왔다.

"물론입니다."

그는 당연하다는 듯이 말했다.

'이 친구가 그다지 흥분하지 않는 걸 보니 그렇게 심각한 일은 아닌 것 같군.' 나는 생각했다. '결투 신청 정도의 일인 모양이야.'

"나는 이곳에 온 지 꽤 오래됐소. 평생 여기 있었던 것 같은 느낌이 들어요."

나도 모르게 한숨이 나왔다. 그러자 그는 금방 동정의 표정을 지었다.

"나처럼 되지 않기를 바라오, 라폰더 씨. 내가 보기에 당신은 곧 풀려날 것 같소."

"그렇게 생각할 수도 있겠지요."

그가 차분한 목소리로 말했다. 그의 목소리에는 이중적인 의미가 들어 있는 것 같았다.

"당신은 그렇게 생각하지 않소?"

내가 미소를 지으며 물었다. 그러자 그는 고개를 저었다.

"그 말을 어떻게 이해해야 하오? 그렇다면 끔찍한 범죄를 저질렀단 말이오? 미안하오, 라폰더 씨. 호기심에서 묻는 것이 아니오. 단지 당신에게 동정이 가서 그러는 거요."

그는 잠시 머뭇거리더니 이내 눈썹 하나 까딱하지 않고 말했다.

"강간 살인입니다."

나는 몽둥이로 머리를 한 대 얻어맞은 기분이었다. 혐오스럽고 끔찍한 생각이 들어 순간 한마디도 할 수가 없었다. 그것을 눈치챘는지 그는 눈길을 슬며시 다른 쪽으로 돌렸다. 그러나 늘 미소 짓는 그의 얼굴에서는 나의 갑작스러운 태도 변화로 인해 마음의 상처를 입은 표정은 전혀 찾아볼 수 없었다. 우리는 더 이상의 대화를 나누지 않았고 말없이 서로의 눈길을 피했다.

날이 어두워져 내가 자리에 눕자, 그도 금방 나를 따라 옷을 벗어 조심스럽게 벽에 박힌 못에 걸고 침대에 누웠다. 조용하고 깊은 숨소리로 짐작건대 그는 금방 깊이 잠이 든 것 같았다. 나는 밤새도록 마음의 안정을 찾을 수가 없었다. 그처럼 흉측한 녀석을 바로 옆에 두고 함께 같은 공기를 마셔야 한다는 생각에 자꾸 오금이 저리고 흥분되었다. 그 바람에 낮에 받았던 인상들, 즉 차루세크의 편지가 가져다준 새로운 체험들은 모두 뒷전으로 밀려나고 말았다. 나는 그 살인범을 계속 지켜볼 수 있는 자세로 누웠다. 그가 내 등 뒤에 있는 것을 참을 수 없었기 때문이다.

감방은 은은한 달빛을 받아 희뿌옇게 빛났다. 라폰더가 굳어 버린 듯이 꼼짝하지 않고 누워 있는 모습을 알아볼 수 있었다. 그의 표정은 어딘가 시체 같은 느낌을 주었다. 반쯤 열려 있는 입은 이런 인상을 더욱 확고하게 해 주었다. 몇 시간이 지나도록 그는 자세를 한 번도 바꾸지 않았다. 자정이 지난 뒤 달빛이 그의 얼굴에 비쳤을 때 그에게 약간의 변화가 생겼다. 그는 꿈을 꾸면서 말을 하는 사람처럼 계속 입술을 움직였다. 항상 똑같은 낱말인 듯했다. 어쩌면 두 개의 음절로 된 문장 같기도 했다. 가령 "놔둬. 놔둬. 놔둬." 같은.

그다음 며칠 동안도 나는 그를 전혀 신경 쓰지 않았다. 그 역시 한 번도 침묵을 깨지 않았다. 그의 태도는 여전히 친절했다. 내가 방 안에서 왔다 갔다 하려고 하면 그는 금방 눈치를 채,

침대에 앉아 있다가 나에게 방해가 되지 않으려고 정중하게 얼른 발을 거두어들였다. 나는 내가 너무 쌀쌀맞았다고 스스로를 책망하기 시작했다. 그렇지만 그에 대한 혐오감은 아무리 해도 지울 수가 없었다. 그와 함께 있는 것에 익숙해지려고 노력해 보았지만 도무지 그렇게 되지 않았다. 밤에도 잠을 잘 수가 없었다. 십오 분도 채 잠을 자지 못했다. 밤마다 한 치의 오차도 없이 똑같은 일이 반복되었다. 그는 내가 침대에 누울 때까지 공손하게 기다렸다가, 내가 눕고 나면 옷을 벗어서 꼼꼼하게 접어 못에 걸었다.

어느 날 밤 — 2시 정도 되었던 것 같다 — 나는 피곤해서 약간 잠에 취한 채 다시 선반 위에 올라가 보름달을 바라보고 있었다. 달빛은 시계탑의 황동 얼굴에 비쳐 번들거리는 기름처럼 반짝였다. 나는 서글픈 마음으로 미리암을 생각했다. 그때 갑자기 등 뒤에서 나직이 그녀의 목소리가 들려왔다. 순간 나는 정신이 번쩍 들었다. 찬물을 뒤집어쓴 것 같았다. 나는 깜짝 놀라 뒤를 돌아보았다. 일 분이 지났다. 나는 잘못 들은 것이라고 생각했다. 그때 그녀의 목소리가 다시 들려왔다. 무슨 말인지 정확하게 이해할 수는 없었다. 그러나 대략 이런 말인 듯했다.

"물어보세요. 물어보세요."

분명히 미리암의 목소리였다. 흥분으로 다리를 후들거리면서 나는 가능한 한 발소리를 죽여 라폰더의 침대 쪽으로 가 보았다. 달빛이 그의 얼굴에 가득했다. 나는 그가 눈을 뜨고 있음을 똑똑히 보았다. 하지만 눈동자의 흰자위만 보였다. 얼굴 근육이 전혀 움직이지 않는 것으로 보아 그가 깊이 잠들었음을 알 수 있었다. 그러나 입술만은 다시 움직이기 시작했다. 나는 그의 이 사이로 나오는 말을 점차 이해할 수 있었다.

"물어보세요. 물어보세요."

그 목소리는 미리암의 목소리와 너무 비슷했다.

"미리암? 미리암?"

내 목소리가 저절로 커졌다. 그러나 잠들어 있는 젊은 친구가 깰까 봐 얼른 목소리 톤을 낮추었다. 나는 그의 얼굴이 다시 굳어질 때까지 기다렸다가 다시 살며시 반복했다.

"미리암? 미리암?"

소리는 거의 들리지 않았지만 그의 입술은 뚜렷이 이렇게 말했다.

"맞아요."

나는 귀를 그의 입술에 바싹 갖다 댔다. 잠시 후 속삭이는 미리암의 목소리가 들려왔다. 틀림없는 그녀의 목소리였다. 순간 등골이 오싹했다. 나는 그녀가 하는 말을 게걸스럽게 들이마시는 바람에 그 뜻만 겨우 알아들었다. 그녀는 나에 대한 사랑에 대해서, 그리고 결국 우리가 다시 만나 다시는 헤어지지 않게 되는 말할 수 없는 행복에 대해서, 자기 말이 끊길까 봐 조바심을 내며 최후의 한순간까지 남김없이 이용하려는 사람처럼 쉬지 않고 말을 마구 쏟아놓았다. 그러다가 그녀의 목소리는 더듬거리더니 잠시 완전히 꺼져 버렸다.

"미리암?" 내가 두려워 떨리는 목소리로 물었다. 숨을 깊이 들이마시면서.

"미리암, 죽은 거예요?"

한참 동안 아무 대답이 없었다. 그러더니 거의 들릴까 말까 한 목소리가 이렇게 말했다.

"아니에요. 살아 있어요. 자는 중이에요."

그것이 전부였다. 나는 귀를 기울이고 또 기울였다. 그러나 헛된 일이었다. 너무나 감격한 나머지 몸이 떨려 나는 라폰더의 얼굴 쪽으로 고꾸라지지 않으려고 양팔로 침대 모서리를 잡고 버텼다. 모습이 너무나 흡사해서 한동안 미리암이 실제로 내 눈앞에 누워 있는 듯한 기분이었다. 그래서 나는 그 살인자의 입술에 키스하지 않기 위해 온 힘을 기울여야 했다.

"헤노흐! 헤노흐!"

갑자기 그가 희미하게 중얼거렸다. 조금 있으니 더욱 뚜렷하게 말했다.

"헤노흐! 헤노흐!"

나는 그것이 힐렐의 목소리임을 금방 알아챘다.

"당신은 힐렐이죠?"

아무 대답이 없었다. 잠든 사람에게 말을 시키려면 귀에 대고 질문하지 말고 명치 부분의 신경 쪽을 향해 질문을 던져야 한다고 어디선가 읽은 기억이 났다. 나는 그렇게 해 보았다.

"힐렐?"

"그래, 듣고 있네"

"미리암은 건강한가? 그곳의 사정을 잘 알고 있나?"

나는 얼른 물었다.

"물론이야, 잘 알고 있어. 오래전부터 알고 있었지. 걱정하지 말게, 헤노흐. 두려워할 것 없어."

"나를 용서해 줄 수 있나, 힐렐?"

"다시 한번 말하지만 걱정하지 말게."

"곧 다시 만날 수 있을까?"

나는 그의 대답을 알아듣지 못할까 봐 두려웠다. 바로 앞의 문장이 입김에 지나지 않았기 때문이다.

"그러길 바라네. 기다릴 거야, 자네를. 내가 할 수 있는 한. 그런 다음 나는 다른 곳으로."

"다른 곳이라니? 그게 어딘가?" 나는 라폰더의 몸 위로 쓰러지다시피 했다.

"어디로 가나? 어디로?"

"다른 곳 — 가드 — 남쪽 — 팔레스타인."

그의 목소리는 사라졌다.

내 머릿속은 수백 가지 질문으로 끓어올랐다. 그는 왜 나를 헤노흐라고 불렀을까? 츠바크는, 야로미르는, 시계는, 프리슬란더는, 안겔리나는, 차루세크는 어떻게 됐을까?

"부디 안녕히 계십시오. 그리고 가끔 저를 기억해 주신다면 고맙겠습니다."

살인자의 입술에서 갑자기 이런 말이 크고 뚜렷하게 들려왔다. 이번엔 차루세크의 목소리였다. 그런데 내가 직접 말하는 듯한 기분이 들었다. 나는 기억을 더듬어 보았다. 그것은 차루세크가 보낸 편지의 마지막 문장과 글자 하나 틀리지 않았다.

라폰더의 얼굴은 이미 어둠 속에 묻혀 있었다. 달빛은 이제 밀짚 자루 침대의 머리맡으로 올라갔다. 십오 분만 있으면 달빛은 이 방에서 완전히 사라질 것이다. 나는 질문에 질문을 던져 보았지만 더 이상 대답을 듣지 못했다. 살인범은 시체처럼 꼼짝 않고 누워 있었다. 그의 눈꺼풀은 감겨 있었다. 나는 지난 며칠 동안 라폰더를 범죄자로만 여기고 인간으로서의 그를 고려하지 않은 것에 대해 심한 자책을 했다. 내가 방금 겪은 일로 미루어 짐작건대 그는 분명 몽유병 환자인 것 같았다. 보름달이 뜨면 민감하게 반응하는 인간 말이다. 어쩌면 그는 정신 착란 상태에서 강간 살인을 저질렀는지도 모른다. 아니, 거의 확실하다.

아침이 밝아 오자 그의 얼굴에서 경직된 기운이 빠져나가고 그 자리에 행복하고 평화로운 표정이 드리워졌다. 살인을 저질러 양심의 가책에 시달리고 있는 사람은 그처럼 평화롭게 잘 수 없을 거라고 나는 생각했다. 그가 깨어날 때를 기다리는 것이 고통스럽게 느껴졌다. 그도 밤새 일어난 일들을 알고 있을까? 마침내 그가 눈을 떴다. 나와 눈이 마주치자 그는 살짝 고개를 돌렸다. 나는 당장 그에게 다가가 손을 덥석 잡으며 말했다.

"지금까지 당신을 차갑게 대한 것을 용서해 줘요, 라폰더 씨. 지금까지 겪어 보지 못한 일이라서……."

"아닙니다, 선생님. 저도 다 이해합니다."

그가 활기찬 말투로 내 말을 가로막았다.

"강간 살인범과 함께 있는 것은 끔찍한 일임에 틀림없어요."

"그 얘기는 더 이상 하지 말아요." 내가 부탁했다.

"간밤에 여러 가지 생각을 해 봤소. 나는 이런 생각을 지울 수 없소. 당신이 혹시……."

"제가 병에 걸렸다고 생각하시는군요."

그가 내 말을 도왔다. 나는 그렇다고 말했다.

"몇 가지 징후를 보고 그런 생각을 하게 됐소. 좀 더 직접적인 질문을 해도 되겠소, 라폰더 씨?"

"네, 괜찮습니다."

"다소 이상하게 들릴지 모르지만, 간밤에 무슨 꿈을 꾸었는지 말해 줄 수 있겠소?"

그가 미소를 띠며 고개를 가로저었다.

"저는 꿈을 꾸지 않습니다."

"그런데 어젯밤에는 잠든 상태에서 말까지 하던데요."

그는 놀란 표정으로 나를 올려다보았다. 그는 잠시 생각하더니 결심한 듯 이렇게 말했다.

"선생님이 제게 질문을 하셨다면 그런 일이 일어났을 수 있습니다."

나는 그렇다고 시인했다.

"아까도 말씀드렸지만, 저는 꿈을 꾸지 않습니다. 다만 방랑을 합니다."

잠시 후 그가 낮은 소리로 이렇게 덧붙였다.

"방랑을 한다고요? 그게 무슨 말인가요?"

그는 더 이상 말하고 싶지 않은 것 같았다. 사정이 그렇다면 이쯤에서 내가 왜 그런 것들을 알려고 하는지 이유를 설명하는 것이 좋을 듯싶었다. 그래서 나는 간밤에 일어난 일들을 대략 이야기해 주었다.

"선생님, 한 가지는 확실히 믿으셔도 됩니다."

내가 이야기를 마치자 그가 진지하게 말했다.

"제가 잠결에 말한 것은 모두 진실에 기반하고 있다는 겁니다. 아까 저는 꿈꾸는 것이 아니라 '방랑'한다고 말씀드렸는데, 그것은 제가 꿈꾸는 방식이 보통 사람들과 다르다는 뜻입니다. 그것을 육체로부터 영혼의 이탈이라고 부르셔도 괜찮습니다. 이를테면 저는 간밤에 아주 특이한 모습의 방에 들어가 있었습니다. 그곳에 가려면 아래에서 뚜껑 문을 열고 올라가야 합니다."

"생김새가 어땠소?" 내가 얼른 물었다. "사람 사는 흔적이 없었죠? 비어 있었죠?"

"아닙니다. 그곳엔 많지는 않지만 가구들도 있었습니다. 침대에는 젊은 처녀가 하나 누워 있었는데, 잠들었거나 가사 상태거나 둘 중 하나였고, 한 남자가 그 옆에 앉아 그녀의 손을 잡아 자기 이마에 갖다 댔습니다."

라폰더는 두 사람의 얼굴을 묘사했다. 그것은 의심할 여지 없이 힐렐과 미리암이었다. 나는 너무나 긴장해서 숨을 쉬는 것조차 힘들었다.

"어서 좀 더 들려줘요. 그 밖에는 아무도 없었나요?"

"그 밖에 아무도 없었냐고요? 잠시만 기다리세요. 네, 방에는 다른 사람은 없었어요. 일곱 개의 가지가 달린 양초만이 식탁 위에서 외롭게 타고 있었어요. 그런 다음 저는 나선형 계단을 따라 내려갔어요."

"그 나선형 계단은 박살 나 있던가요?"

나는 갑자기 이런 생각이 났다.

"박살 나 있었냐고요? 아뇨, 아닙니다. 계단 상태는 아주 좋았습니다. 계단을 따라가다 보니 조그만 방이 하나 나오더군요. 그곳엔 은빛 버클이 달린 장화를 신은 남자가 앉아 있었습니다. 한 번도 본 적이 없는, 특이하게 생긴 사람이었습니다. 얼굴은 황색이고 눈은 양쪽 끝이 올라가 있었습니다. 몸을 앞으로 구부린 채 뭔가를 기다리고 있는 것처럼 보였습니다. 어쩌면 어떤 임무를 기다리고 있는 건지도 몰라요."

"책은? 커다란 낡은 책을 혹시 보지 못했소?"

내가 캐물었다. 그는 이마를 문지르며 말했다.

"책이라고 하셨나요? 네. 맞아요. 바닥에 책이 하나 놓여 있었습니다. 양피지로 된 것인데, 펼쳐져 있었어요. 커다란 황금빛 'A' 자로 시작되는 페이지였습니다."

"혹시 'I' 자를 말하는 거 아니오?"

"아닙니다. 'A' 자입니다."

"확실하오? 'I' 자가 아니었나요?"

"아닙니다. 틀림없이 'A' 자였습니다."

나는 머리를 가로젓고 의심하기 시작했다.

'라폰더가 잠결에 내 의식 세계에 침투하여 그 내용들을 읽은 다음 그 모든 것을 지금 자기 마음대로 뒤섞어 놓고 있는 거야. 힐렐, 미리암, 골렘, '이부르' 책, 그리고 지하 통로 등을 말이야.'

"당신이 말하는 그 '방랑'의 재주를 당신은 오래전부터 갖고 있었소?" 내가 물었다.

"제가 스물한 살 되던 해부터였습니다."

그는 말하기를 꺼리는 듯 주춤거렸다. 그러더니 갑자기 엄청나게 놀란 표정을 지으며, 뭐라도 보이는지 내 가슴을 뚫어져라 쳐다보았다. 내가 의아해하는 것 따위는 아랑곳하지 않고 그는 급히 내 손을 잡으며 간곡하게 부탁했다.

"제발, 제게 그 모든 얘기를 들려주십시오. 오늘이 제가 선생님과 함께 보낼 수 있는 마지막 날입니다. 어쩌면 한 시간 후에 끌려가서 사형 선고를 들을지도 모릅니다."

나는 깜짝 놀라 그의 말을 중단시켰다.

"그렇다면 나를 증인으로 데려가도록 해요! 당신이 병에 걸렸다고 증언해 주겠소. 당신은 달의 영향을 받는 몽유병에 걸려 있소. 당신의 정신 상태를 알아보지도 않고 처형하는 것은 있을 수 없는 일이오. 이성적으로 생각해 봐요!"

그러나 그는 내 말에 대해 신경질적으로 거부 반응을 보였다.

"그런 건 다 부차적인 일입니다. 어서 그 모든 것을 들려주십시오!"

"그렇지만 내가 당신한테 무슨 이야기를 하겠소? 차라리 당신 이야기나 합시다. 그리고."

"지금 알게 된 사실이지만, 선생님께서는 아주 특별한 일을 겪으신 게 틀림없어요. 그것들은 저와 관계 있는 일입니다. 선생님께서 생각하시는 것보다 훨씬 더 관련이 있습니다. 그러니 제발 그 이야기들을 모두 들려주십시오!"

그는 간청했다. 자신에게 지금 당장 시급한 일이 있는데도, 내 인생에 더 관심을 집중하다니 이해할 수가 없었다. 그렇지만 나는 그의 마음을 가라앉히기 위해 내가 겪은 신비스러운 일들을 모두 들려주었다. 여러 가지 사건들을 간략하게 설명했지만, 그는 마치 사건의 본질을 꿰뚫는 혜안을 가진 사람처럼 고개를 끄덕였다. 머리가 없는 유령이 내 앞에 나타나 검붉은 씨앗을 내밀었다는 대목에 이르자, 그는 내가 결말을 말할 때까지 가만히 듣지 못하고 이렇게 말했다.

"선생님은 유령의 손에 들려 있던 그 씨앗을 손으로 쳐 버렸지요." 그는 생각에 잠겨 중얼거리듯이 말했다.

"저 같으면 제삼의 길이 있으리라고는 생각하지 못했을 거예요."

"그건 제삼의 길이 아니었소." 내가 말했다.

"내가 그 씨앗을 받지 않겠다고 말했다고 해도 결과는 마찬가지였을 거요."

그가 미소를 지었다.

"내 말을 못 믿겠소, 라폰더 씨?"

"만약 선생님이 그 씨앗들을 거부했다면 선생님은 그냥 '생명의 길'을 갔을 겁니다. 그렇지만 그 경우 마법의 힘을 상징하는 그 날알들은 남아 있지 않았을 겁니다. 선생님은 그것들이 바닥으로 굴러떨어졌다고 하셨죠? 다시 말해 그것들은 이곳에 남아 선생님 조상들의 보호를 받을 겁니다. 싹이 틀 날이 올 때까지 말입니다. 그러면 선생님의 내면에서 아직은 잠들어 있는 힘들이 살아날 것입니다."

나는 무슨 소린지 이해할 수가 없었다.

"그 씨앗들이 내 조상들의 비호를 받는다고요?"

"선생님이 겪은 일들을 부분적으로는 상징적으로 이해하셔야 합니다." 라폰더가 설명했다.

"파랗게 빛나며 선생님 주위에 빙 둘러서 있던 사람들은 선생님이 조상들한테서 상속받은 '여러 개의 나'의 고리입니다. 어느 어머니에 의해 이 세상에 태어난 사람은 누구나 그런 고리를 갖고 다니지요. 영혼은 '개별적인 것'이 아닙니다. 영혼은 궁극적으로는 고리의 상태가 되어야 합니다. 그런 상태에 이르렀을 때 우리는 그것을 '불멸'이라고 부르지요. 선생님의 영혼은 개미 집단이 무수한 개별 개미들로 이루어져 있듯이 수많은 '나'로 구성되어 있습니다. 선생님은 수많은 조상들, 즉 선생님 가문의 선조들의 영혼의 흔적을 가슴에 지니고 있는 것입니다. 모든 생명체가 다 그렇습니다. 수천 수만 년에 걸친 경험이 몸속에 축적되어 있지 않다면, 인공 부화로 태어난 닭이 어떻게 그렇게 금방 먹이를 찾겠습니까? '본능'이 존재한다는 것은 우리의 몸과 마음속에 조상들이 함께하고 있음을 보여 주는 것입니다. 아, 죄송합니다. 선생님의 말씀을 가로막을 생각은 없었습니다."

나는 내 이야기를 끝까지 다 해 주었다. 모든 것을 다 이야기해 주었다. 미리암이 말한 '자웅 동체' 이야기까지도. 내가 말을 멈추고 눈을 들었을 때, 나는 라퐁더의 얼굴이 백지장처럼 하얗게 질리고 두 뺨 위로 눈물이 흘러내리는 것을 보았다. 나는 그것을 못 본 척하고 얼른 자리에서 일어나, 그가 마음의 안정을 되찾기를 기다리면서 감방 안을 이리저리 거닐었다. 이윽고 나는 그의 맞은편에 앉아서, 판사들에게 그의 병적인 정신 상태를 호소하는 것이 얼마나 절실하게 필요한지 온갖 말주변을 동원해 설득해 보려고 했다.

"적어도 살인했다는 자백만 하지 않아도 괜찮았을 텐데!"

내가 결론적으로 말했다.

"하지만 저는 그럴 수밖에 없었어요! 그들이 저의 양심을 걸겠냐고 물었거든요."

그가 순진하게 말했다.

"그렇다면 당신은 강간 살인보다 거짓말을 더 나쁘게 생각한단 말이오?"

내가 너무나 황당해서 물었다.

"일반적으로 본다면 그렇지 않지만, 제 경우에는 그렇다고 말씀드리고 싶습니다. 예심 판사한테서 죄를 자백하겠냐는 질문을 받았을 때, 제게는 진실을 말할 수 있는 힘이 솟아났습니다. 말하자면 거짓말을 하느냐 마느냐는 제 손에 달려 있었던 것입니다. 제가 강간 살인을 저지르던 당시에도 ── 자세한 것은 묻지 말아 주십시오. 다시는 기억하고 싶지 않은 끔찍한 일이었으니까요 ── 저는 다른 선택의 여지가 없었습니다. 그 당시 저는 정신이 말짱했지만 그렇게 행동할 수밖에 없었습니다. 제 안에 존재하는 줄 꿈에도 생각하지 못했던 그 무언가가 살아나서 저를 제압해 버렸던 겁니다. 만약 제게 선택권이 있었다면 제가 살인을 저질렀을 것 같습니까? 저는 그때까지 단 한 번도 생명체를 해친 적이 없었습니다. 아무리 작은 동물이라도 말입니다. 그리고 지금도 그렇게 하지 못할 것 같습니다. 이렇게 한번 생각해 보십시오. 전쟁에서처럼 살인은 인간의 법칙이며, 살인을 하지 않는 것은 채무 불이행이 된다고 말입니다. 그 순간에는 다른 선택의 여지가 없기 때문에 저는 기꺼이 죽음을 받아들일 것입니다. 저는 그런 식으로 쉽게 살인을 하지는 못할 테니까요. 그러나 제가 강간 살인을 저지르던 당시에는 상황이 정반대였습니다."

"그만큼 이제 당신이 스스로를 다른 사람으로 생각하고 있으니 형벌을 피할 방도를 강구해야 되지 않겠소!"

나는 그를 설득해 보려 했다. 라폰더는 절대 그런 일은 하지 않겠다고 손을 내저었다.

"그건 잘못 생각하시는 겁니다. 저를 심판한 판사들의 판단은 옳았습니다. 저와 같은 인간을 자유롭게 돌아다니도록 두면 되겠습니까? 내일이나 모레 또다시 똑같은 사건이 일어나라고요?"

"그렇지 않소. 정신 질환자를 위한 요양소에 수용하면 되지 않소. 내가 하고 싶은 말은 바로 이거요!"

"제가 미쳤다면 선생님의 말씀이 맞겠지요."

라폰더가 감정의 변화 없이 대답했다.

"하지만 저는 미치지 않았습니다. 저의 증세는 전혀 다릅니다. 정신병과 아주 유사해 보일 수 있지만, 실은 완전히 반대입니다. 제 말 들어 보십시오. 그러면 저를 금방 이해하시게 될 겁니다. 아까 선생님이 머리 없는 유령 — 이것은 물론 상징입니다 — 에 대해 말씀하셨죠. 그 유령의 비밀을 여는 열쇠는 조금만 생각해 보시면 쉽게 찾을 수 있습니다. 저도 언젠가 아주 똑같은 경험을 했습니다. 다만 다른 점은 저는 그 씨앗들을 받았다는 것입니다. 그래서 저는 '죽음의 길'을 가고 있습니다! 제가 생각하는 가장 성스러운 것은 제 안의 영성(靈性)이 명하는 대로 발걸음을 옮기는 것입니다. 그 길이 어디를 향하든, 즉 교수대를 향하든, 왕좌를 향하든, 가난을 향하든, 아니면 풍요를 향하든, 믿음을 가지고 많은 것을 따지지 않으면서요. 저는 결단을 내릴 수 있는 권한이 제 손안에 있을 때 한 번도 주저하지 않았습니다. 선택권이 제게 있을 때 결코 속이지 않는 이유가 여기 있는 것입니다. 혹시 예언가 미카가 한 말을 아시나요? '오, 인간들아, 그분께서는 너희에게 선이 무엇인지 보여 주셨다. 그렇다면 주님께서 너희에게 원하는 것이 무엇이겠느냐?' 만약 제가 거짓말을 했다면 그것은 어떤 원인을 만들어 냈을 겁니다. 왜냐하면 그 경우에는 제게 선택권이 있었다는 것이니까요. 하지만 살인을 저질렀을 때 저는 어떤 원인도 만들지 않았습니다. 그저 오래전부터 제 안에 잠들어 있던 원인의 결과만이 드러났을 뿐입니다. 그 원인에 대해서는 제가 어떤 힘도 쓸 수 없었으니까요. 그렇기 때문에 제 손은 깨끗합니다. 제 안의 영성이 저를 살인자로 만들었기 때문에 이제 저는 처형당하게 되었고, 사람들이 저를 교수대에 매달므로 저의 운명은 그들의 운명과 작별하게 되었습니다. 그래서 저는 자유의 몸입니다."

그를 보며 나는 그가 성자라고 느꼈고, 나 자신의 초라함에 소름이 돋았다.

"선생님은 어떤 의사가 최면을 걸어 오래도록 젊은 시절의 기억을 잃었다고 말씀하셨죠." 그는 계속해서 말했다.

"그것은 '정신의 왕국의 뱀'에게 물린 모든 사람의 징표이자 성흔입니다. 각성의 기적이 일어나기 전에 야생의 나무와 접목된 가지처럼 우리의 내면에서는 두 가지 삶이 서로 접목되어야 할 것 같습니다. 보통은 죽음에 따르는 현상이 기억 상실이나 심지어 가끔은 갑작스러운 마음의 급변(急變)으로 나타납니다. 저의 경우도 그랬습니다. 제가 스물한 살 되던 해의 어느 날 아침, 외부의 어떤 원인도 없이 제가 변한 듯한 느낌을 받았습니다. 그때까지 소중했던 것들이 갑자기 시시해 보이고, 인생은 무미건조한 이야기처럼 느껴졌습니다. 현실과의 연대감이 사라지고, 오히려 꿈이 확실한 것으로 여겨졌습니다. 자명하고 증명 가능한 확실성이 된 것입니다. 제 말을 이해하시겠습니까. 꿈이 증거력을 지닌 현실적인 존재가 된 것입니다. 그때부터 일상사는 꿈이 되었습니다. 사람은 누구나 그렇게 할 수 있습니다. 물론 그러기 위해서는 열쇠를 갖고 있어야 한다는 조건이 붙습니다. 그 열쇠는 꿈속에서 '자아의 모습'을, 즉 자신의 피부를 자각하고, 의식이 각성과 수면 사이의 조그만 틈을 발견함으로써 손에 넣을 수 있습니다. 그래서 저는 아까 '꿈꾼다'라고 하지 않고 '방랑한다'라고 말씀드린 겁니다. 불멸을 향한 우리의 노력은 우리 안에 존재하는 불온한 것들과 유령들을 다스릴 수 있는 왕홀(王笏)을 얻기 위한 싸움입니다. 우리의 자아가 왕관을 쓰기를 기다리는 것은 메시아를 기다리는 것과 같습니다. 선생님이 본 카발라에서 일명 '뼈의 숨결'이라고 하는 유령 하발 가림은 왕이었습니다. 그가 왕관을 쓰는 순간, 육체의 감각과 오성의 굴뚝을 통해 선생님과 바깥세상을 연결해 주던 줄은 끊어지는 겁니다.

그렇게 생과 동떨어져 있으면서 어떻게 하룻밤 사이에 강간 살인범으로 돌변할 수 있느냐고 물으시겠죠? 인간이란 여러 가지 색깔의 구슬이 굴러다니는 유리관과 같지요. 사람들은 대개는 한 가지 색깔로 국한되지요. 구슬의 색깔이 붉으면 그 사람은 '나쁜' 사람이고, 노란색이면 '좋은' 사람입니다. 붉은색과 노란색의 구슬이 함께 굴러다니면 그 사람은 성격이 불안정한 사람입니다. 그러나 '뱀에게 물린 존재'인 우리는 사는 동안 인류가 겪은 모든 경험을 압축해서 겪습니다. 온갖 색깔의 구슬들은 유리관 속에서 미쳐 날뛰며 서로의 뒤를 쫓습니다. 그것이 끝날 때 우리는 '예언자'가 되는 겁니다. 즉 하느님의 거울이 되는 것이죠."

라폰더는 말을 멈추었다. 나는 한동안 한마디도 할 수 없었다. 그의 말이 나를 거의 마비시켰기 때문이다.

"내가 보기에 나보다 몇 수 위인 듯한데, 왜 아까는 그렇게 초조하게 내 경험을 들어 보고 싶다고 한 거요?"

나는 다시 말을 꺼냈다.

"그렇지 않습니다." 라폰더가 말했다.

"저는 선생님보다 한참 아래입니다. 제가 선생님께 그런 부탁을 한 것은 선생님은 제가 아직 갖고 있지 못한 열쇠를 갖고 계신 듯했기 때문입니다."

"내가? 열쇠를 갖고 있다고? 하느님 맙소사!"

"그렇습니다, 선생님. 게다가 선생님께서는 그 열쇠를 제게 주셨습니다. 오늘의 저보다 더 행복한 사람은 이 세상에 없을 겁니다."

밖에서 소리가 났다. 빗장이 열렸다. 그러나 라폰더는 거의 거들떠보지도 않았다.

"선생님이 들려주신 말씀 중 자웅 동체가 바로 열쇠였습니다. 저는 이제 확신합니다. 그렇기 때문에 사람들이 저를 데리러 왔어도 이렇게 기뻐하는 것입니다. 저는 곧 목표에 도달할 테니까요."

눈물이 앞을 가려 나는 라폰더의 얼굴을 제대로 볼 수 없었다. 그러나 그의 목소리에서는 웃음기가 느껴졌다.

"자 그럼 안녕히 계십시오, 페르나트 선생님. 사람들이 내일 교수대에 매달아 죽이는 저는 제 옷일 뿐이라는 것을 알아 두세요. 선생님은 저에게 이 세상에서 가장 아름답고 궁극적인 것을 알려 주셨습니다. 오늘이 바로 제 결혼식입니다……."

그는 자리에서 일어나 간수를 따라 감방에서 나갔다.

"그것과 저의 범죄는 밀접한 관계가 있습니다."

그것이 그가 남긴 마지막 말이었다. 나는 그 뜻을 어렴풋이 이해했을 뿐이다.

그날 밤 이후 하늘에 보름달이 뜨면 나는 자꾸 잠든 라폰더의 얼굴이 잿빛 침대 위에 누워 있는 듯한 느낌을 받았다. 그가 끌려가고 며칠 동안 처형장 쪽에서 나무를 짜맞추는 망치질 소리가 쿵쿵쿵 들려왔다. 어느 때는 그 소리가 먼동이 틀 때까지 계속되었다. 그것이 무엇을 하는 소리인지는 충분히 짐작이 갔다. 절망감에 빠져 나는 몇 시간 동안 귀를 막고 있었다.

몇 달이 지나갔고, 마당의 병든 나뭇잎을 보고 여름이 도망치고 있음을 느꼈다. 벽 틈으로 새어 들어오는 마른 바람에서도 그것을 느낄 수 있었다. 마당을 걷다가 죽어 가는 나무와 나무 껍질에 박혀 있는 성모의 유리 그림에 눈길이 닿을 때마다 나는 나도 모르게 라폰더의 얼굴이 내 가슴에 얼마나 깊숙이 새겨져 있는지를 그것과 비교해 생각하곤 했다. 언제나 야릇한 미소를 띠고 주름살 하나 없는, 부처의 얼굴 같은 그 얼굴을 나는 한순간도 떨쳐 버릴 수가 없었다.

예심 판사는 딱 한 번 더, 그러니까 9월에 나를 불렀다. 그는 내게 왜 은행 창구 직원에게 서둘러 여행을 떠나야 한다고 말했는지, 체포되기 전 몇 시간 동안 왜 그렇게 초조한 기색을 보였는지, 그리고 왜 보석들을 몽땅 챙겼는지 미심쩍은 투로 물어보았다. 그 모든 건 스스로 목숨을 끊을 생각에서 한 일이었다고 대답하자 책상 뒤에서 다시 조롱조의 웃음소리가 들려왔다. 그때까지 감방에는 나 혼자뿐이었다. 그래서 나는 내 생각에 자유롭게 매달릴 수 있었다. 이미 오래전에 목숨이 끊어진 게 틀림없는 차루세크와 라폰더 생각에 눈물이 나기도 했으며, 미리암이 너무 보고 싶기도 했다.

그러던 중 새로운 죄수들이 들어왔다. 유흥으로 얼굴이 망가진 좀도둑 점원들과 배가 불룩하게 나온 은행 출납계원들이 그들이었다. 검은 보삿카식으로 말한다면 이들은 '길 잃은 미아들'이었다. 이들은 나의 기분과 감방의 분위기를 망치기 시작했다. 어느 날 그들 중 하나가 나서서 아주 오래전에 시내에서 강간 살인 사건이 일어났다고 열을 내며 떠들어 댔다. 다행히도 범인은 곧 붙잡혀 사형에 처해졌다고 그는 말했다.

"그 더러운 녀석의 이름은 라폰더야."

얼굴이 맹수같이 생긴 녀석이 끼어들면서 큰 소리로 지껄였다. 아동 학대 행위로 이 주 형을 받은 녀석이었다.

"그놈은 현장에서 붙잡혔어. 그 소동 중에 램프가 엎어져서 집이 불에 타 버렸대. 처녀의 시체가 불에 타는 바람에 지금까지도 그녀의 신원을 모른대. 검은 머리카락에 얼굴이 갸름하다는 게 사람들이 아는 전부야. 그 라폰더라는 녀석이 그녀의 이름을 끝까지 불지 않은 거야. 내가 만약 그 녀석과 마주쳤다면 그놈의 껍질을 벗기고 후추를 쳐서 먹어 버렸을 거야. 이건 그런 녀석들이 좋아하는 거지. 살인자들은 다 똑같아. 여자를 갖고 싶을 때 다른 방법이 없는 것처럼 말이야."

그러면서 그는 능글맞게 웃었다. 나는 화가 부글부글 끓었다. 당장이라도 그 녀석을 때려눕히고 싶은 심정이었다. 밤마다 그 녀석은 라폰더가 누웠던 침대에서 드르렁드르렁 코를 골았다. 그 녀석이 마침내 석방되고 나서야 나는 한숨을 돌릴 수 있었다. 그렇지만 나는 그 녀석에게서 벗어날 수가 없었다. 그 녀석이 지껄여 댄 말은 날카로운 낚싯바늘처럼 아직도 내 가슴에 박혀 있었다. 거의 언제나, 특히 어두운 밤이 되면 혹시 미리암이 라폰더의 희생물이 된 것은 아닌가 하는 섬뜩한 의구심이 내 가슴을 갉아먹었다. 그럴 리가 없다고 마음속으로 확신할수록 오히려 그 생각 속으로 자꾸만 끌려 들어갔다. 그러다 보면 그 생각은 거의 기정사실이 되어 버렸다.

가끔 특히 창문 너머로 달빛이 환하게 비칠 때면 마음이 한결 가벼워졌다. 그럴 때면 라폰더와 함께 보낸 시간들이 생생하게 떠올랐으며, 그를 향한 깊은 감정은 마음속의 번민을 쫓아주었다. 그러나 그 순간도 잠시뿐, 이내 끔찍한 순간들이 다시 찾아왔다. 그러면 미리암이 살해되어 시커멓게 불에 탄 모습이 눈에 보이는 듯했다. 불안감 때문에 정신을 잃을 것만 같았다. 나의 의구심은 사실 근거가 약한 것이었지만 그런 순간이면 내 마음속에 굳건하게 자리를 잡았다. 날마다 세세한 사실이 첨가되어 나중에는 완벽하게 하나의 끔찍한 그림이 되었다.

11월 초순의 어느 날, 밤 10시쯤의 일이었다. 이미 사방엔 칠흑 같은 어둠이 깔려 있었다. 내 마음의 절망감은 극에 달했고, 터져 나오는 절규의 소리를 죽이느라 나는 목말라 죽어 가는 짐승처럼 밀짚 자루를 마구 물어뜯고 있었다. 그때 갑자기 감방 문이 열리더니 간수가 들어와 내게 예심 판사한테 가자고 말했다. 몸이 너무 약해져 있었기 때문에 내 걸음걸이는 걷는 것이 아니라 비틀거리는 것이었다. 이 끔찍한 감옥을 언젠가 떠날 수 있으리라는 희망은 이미 사라진 지 오래였다. 이번에도 싸늘한 질문을 받고 책상 뒤에서 들려오는 조롱 섞인 웃음소리를 들은 뒤 다시 컴컴한 감방으로 돌아오게 될 것이라고 생각했다. 예심 판사인 라이제트레터 남작은 이미 퇴근하고 없었고, 방에는 손가락이 가느다란 늙은 곱사등이 서기만 있었다. 나는 앞으로 무슨 일이 일어날 것인지 가슴을 두근거리며 기다렸다. 그때 간수도 함께 들어와 있는 것이 눈에 띄었다. 그는 나를 향해 친절하게 눈을 찡긋거렸다. 그러나 나는 너무나 망가져 있었기 때문에 그 모든 것이 무엇을 의미하는지 제대로 감을 잡을 수 없었다.

"조사 결과는 다음과 같소."

서기가 목소리를 높이며 말을 꺼냈다. 이어서 의자 위로 올라가 서가에 있는 서류들을 한참 뒤적거려 뭔가를 찾아낸 뒤 다시 말을 이었다.

"앞서 언급한 카를 초트만은 사망하기 전에 과거에 창녀로 일했던 독신녀 로지나 메첼레 — 그녀는 당시에 '빨간 머리 로지나'라는 별명으로 불렸는데, 술집 '카우츠키'에서 일하던 중, 현재 경찰의 감시를 받고 있는 귀가 먹은 실루엣 예술가 야로미르 크바스니치카에 의해 몸값을 치르고 나와 몇 달 전부터 페리 아텐슈테트 후작의 정부가 되어 살고 있다 — 와 밀회를 나누기 위해 나갔다가 누군가의 교활한 속임수에 넘어가 현 한파스가세 7번지, 집 번호 21873의 로마 숫자 III으로 표시된 한 버려진 지하실로 끌려갔으며, 그곳에 감금되어 굶주림이나 추위로 사망한 것으로 판명되었다. 그러니까 앞서 언급한 초트만은……."

서기가 안경 너머로 나를 쳐다보면서 다시 한번 서류를 뒤적거렸다.

"그러나 조사 결과 카를 초트만은 모든 정황으로 볼 때 숨을 거둔 뒤 몸에 지니고 있던 모든 소지품을 강탈당했는데, 그중에는 손상을 입어 뚜껑 안쪽의 글씨가 부분적으로 지워진 시계도 포함되어 있다."

서기는 시계 줄을 잡고 시계를 들어 보여 주었다.

"십칠 년 전에 성체용 빵 만드는 일을 하던 같은 이름의 아버지를 여의어 고아가 된 야로미르 크바스니치카의 진술, 즉 그가 그 사건이 일어난 직후 도망쳐 버린 그의 형의 침대에서 그 시계를 발견했으며, 얼마 전에 죽은 고물 장수 아론 바서트룸을 찾아가 그 시계를 일정 금액을 받고 넘겼다는 진술은 증거 부족으로 채택되지 않았다. 또한 조사 결과 카를 초트만의 시신의 바지 뒷주머니에는 발견 당시 메모지가 들어 있었는데, 그가 죽기 며칠 전에 쓴 것으로 보이는 그 메모에는 사건의 정황을 밝혀 주고 경찰이 범인을 잡는 데 도움이 될 만한 몇 가지 사항이 적혀 있었다. 따라서 검찰은 초트만이 남긴 메모에 근거하여 가장 혐의가 짙으며 현재 도망 중인 야로미르 크바스니치카를 쫓고 있다. 그러므로 검찰은 아무 혐의가 없는 것으로 판명된 보석 세공사 아타나시우스 페르나트에 대한 구류 처분을 중지하고 그에 대한 소송을 포기한다. 7월, 폰 라이제트레터 박사 서명."

내 발밑의 바닥이 흔들리는 것 같았다. 그리고 나는 한순간 의식을 잃었다. 깨어나 보니 나는 의자에 앉아 있었고, 간수가 친절하게 내 어깨를 두드려 주었다. 서기는 아무 말 없이 앉아서 코를 훌쩍거리더니 코를 풀고 이렇게 말했다.

"오늘에 이르도록 조사 결과의 발표가 늦어진 것은 당신의 이름이 '페'로 시작하기 때문이오. 철자상 당신의 이름이 거의 끝부분에 해당하기 때문이오."

그리고 나서 그는 계속 읽어 나갔다.

"그 외에 보석 세공사인 아타나시우스 페르나트에게는 지난 5월에 숨진 의과 대학생 이노첸츠 차루세크의 유언에 따라 그가 남긴 전체 유산의 3분의 1을 준다. 그리고 본 서류는 아타나시우스 페르나트의 서명으로 효력을 발한다."

서기는 이 마지막 말과 함께 잉크병에 펜을 담갔다가 글씨를 휘갈겨 쓰기 시작했다. 나는 평소대로 그가 염소처럼 조롱의 웃음을 흘릴 것을 기대했다. 그러나 그는 그러지 않았다.

"이노첸츠 차루세크."

나는 정신 나간 사람처럼 그의 말을 따라 중얼거렸다. 간수가 내 쪽으로 허리를 굽히더니 내 귀에 대고 이렇게 속삭였다.

"죽기 직전에 차루세크 박사님이 나를 찾아와 당신의 안부를 물었어요. 당신한테 진심 어린 안부의 인사를 전해 달라고 했어요. 하지만 그때는 그 부탁을 들어줄 수 없었어요. 그런 일은 엄격하게 금지되어 있었거든요. 그런데 차루세크 박사님은 끔찍한 종말을 맞았어요. 자살을 했습니다. 그분이 아론 바서트룸의 무덤 위에 죽어 있는 것을 사람들이 발견했습니다. 그분은 바서트룸의 무덤 위에 두 개의 구멍을 판 뒤 양팔의 동맥을 절단한 채로 그 구멍에 끼운 거예요. 그렇게 그분은 피를 흘리면서 죽었어요. 아마도 차루세크 박사님은 좀 정신이 나갔던 것 같습니다."

서기는 소리가 나도록 의자를 뒤로 밀면서 서명을 하라고 내게 펜을 내밀었다. 내가 서명을 마치자 그는 거만한 표정을 지으며 자리에서 일어나 그의 상관과 똑같은 말투로 이렇게 말했다.

"간수, 이 사람을 데리고 나가."

군도를 차고 헐렁한 바지를 입은 문간방의 그 남자는 무릎에 올려놓고 있던 커피밀을 옆으로 치웠다. 그러나 이번엔 내 몸을 수색하는 대신 내가 맡겼던 보석과 10굴덴이 들어 있는 지갑과 외투와 그 밖의 자질구레한 물건들을 내게 돌려주었다. 이윽고 나는 거리로 나왔다.

"미리암! 미리암! 이제 드디어 재회의 시간이 다가오는구나!"

나는 너무나 기뻐 비명이 터져 나오려는 것을 지그시 눌렀다. 한밤중임에 틀림없었다. 보름달은 안개의 베일 저편에 빛바랜 청동 접시처럼 희미하게 떠 있었다. 도로는 질펀한 진흙으로 뒤덮여 지저분했다. 나는 비틀대며 합승 마차를 향해 걸어갔다. 안개 속에 서 있는 마차는 지쳐서 쓰러진 태곳적 괴물처럼 보였다. 나의 두 다리가 거의 말을 듣지 않았다. 걷는 법을 잊어버린 나는 감각 없는 발바닥을 땅에 디디며 척수병 환자처럼 비틀댔다.

"어서 빨리 한파스가세 7번지로 갑시다. 알아들었소? 한파스가세 7번지요."

풀려나다

마차는 조금 달리다가 멈추어 섰다.

"한파스가세라고요, 손님?"

"그렇소, 자, 어서 갑시다."

마차는 이번에도 조금 달리다가 다시 멈추어 섰다.

"이런, 도대체 왜 그러는 거요?"

"한파스가세라고요, 손님?"

"그렇다니까요."

"한파스가세에는 갈 수가 없는데요!"

"왜 못 간다는 거요?"

"도로가 온통 파헤쳐져 있어서요. 게토 지역은 지금 재건축 중이거든요."

"갈 수 있는 데까지 가 봅시다. 어서 서둘러요."

마차는 한번 크게 들썩이더니 이내 편안하게 계속 달렸다. 나는 덜컹대는 창문을 내리고 밤공기를 한번 크게 들이마셨다. 모든 것이 너무나 낯설었다. 이해할 수 없을 만큼 새로웠다. 집들, 도로, 문 닫은 가게들 모두가. 흰 개 한 마리가 젖은 보도 위를 시무룩한 표정으로 어슬렁댔다. 나는 개의 뒷모습을 쳐다보았다. 참으로 희한하다! 개라니! 나는 그런 짐승이 있다는 것도 까맣게 잊고 있었던 것이다. 나는 너무 기뻐 개를 향해 이렇게 소리쳤다.

"어이, 그렇지만 그렇게 시무룩한 표정은 짓지 마!"

나를 만나면 힐렐은 무슨 말을 할까? 그리고 미리암은? 조금만 있으면 그들을 만날 수 있다. 가서 그들이 잠에서 깰 때까지 문을 마구 두드릴 거야. 이젠 모든 일이 잘되어 가고 있어. 지난 한 해의 모든 고통은 이제 끝났다! 성탄절 밤 같군! 그렇지만 이번엔 잠으로 망치지 않을 거야. 지난번처럼 말이야. 잠시 이전의 공포가 떠올라 나는 온몸이 마비되었다. 맹수의 얼굴을 한 그 죄수의 말이 귓전에 쟁쟁하게 들려왔던 것이다. 불에 탄 얼굴. 강간 살인. 아니야, 그럴 리 없어! 나는 그 얼굴 모습을 세차게 털어 버렸다. 아니야, 아니야, 그럴 리 없어. 미리암은 살아 있었어! 라폰더의 입을 통해서 그녀의 목소리를 들었잖아. 일 분만 있으면, 아니 삼십 초만 있으면, 그러면……

마차는 폐허 더미 앞에서 멈추었다. 도로의 포석들이 사방에 바리케이드를 이루고 있었다. 그리고 그 위엔 붉은 횃불이 밝혀져 있었다. 횃불의 불빛을 받으며 한 무리의 일꾼들이 삽질을 하고 있었다. 돌과 쓰레기 더미가 길을 가로막았다. 나는 그것들 위로 기어 올라갔다. 무릎까지 푹푹 빠졌다. 여기가, 여기가 정말 한파스가세가 맞단 말인가? 나는 방향을 가늠해 보려고 무진 애를 썼다. 그러나 주변엔 폐허뿐이었다. 내가 살던 집은 이제 없어져 버린 것인가? 건물의 전면부는 헐리고 없었다. 나는 한 흙더미 위로 올라갔다. 예전의 골목을 따라 검은 벽으로 둘러싸인 통로가 보였다. 눈을 들어 위를 보았다. 횃불의 불빛과 희미한 달빛을 받아 속을 드러낸 방들이 거대한 벌집처럼 공중에 나란히 매달려 있었다.

저기 저것이 내 방임에 틀림없다. 벽의 색깔로 그것을 알 수 있었다. 그러나 내 방의 흔적도 남아 있는 것은 얼마 되지 않았다. 내 방 옆은 바로 사비올리의 아틀리에였다. 나는 갑자기 가슴이 허전해졌다. 정말 이상했다! 아틀리에! 안겔리나! 정말 이 모든 것이 나로부터 까마득히 멀어져 있었다! 나는 고개를 돌려 보았다. 바서트룸이 살던 집은 돌멩이 하나 남아 있지 않았다. 모든 것이 땅바닥이 되어 버렸다. 고물상, 차루세크의 지하실 할 것 없이 몽땅.

"인간은 그림자처럼 사라지는 법이다."

언제 어디선가 읽은 구절이 떠올랐다. 나는 일꾼 하나를 붙들고 이곳에 살던 사람들이 모두 어디로 이사 갔는지 아느냐고 물어보았다. 그리고 혹시 호적계원인 셰마야 힐렐을 아는지도 물어보았다.

"독일어 할 줄 모르는데."

이것이 대답이었다. 나는 그에게 1굴덴을 주었다. 그러자 그는 금방 독일어를 알아들었다. 하지만 내게 아무런 정보도 주지 못했다. 다른 일꾼들도 마찬가지였다. 로이시체크 주점에 가면 무슨 소식을 들을 수 있을지 그들에게 물어보았다. 로이시체크 주점은 문을 닫았으며 앞으로 수리할 예정이라고 그들은 말했다. 그렇다면 주변에 사는 사람들을 깨워서 물어보자! 그러면 안 될까?

"이 주변엔 고양이 새끼 한 마리 안 살아요." 일꾼 중 하나가 말했다.

"당국에서 금지했어요. 발진티푸스 때문에."

"여기가, 여기가 정말 한파스가세가 맞단 말인가?……
인간은 그림자처럼 사라지는 법이다."

"그렇다면 알테운겔트는? 그 집은 열려 있겠죠?"

"그 술집도 문을 닫았소."

"확실해요?"

"확실해요."

나는 기억나는 대로 이웃에 살았던 다른 사람들의 이름을 열거해 보았다. 곱사등이와 담배 장수들의 이름, 그다음엔 츠바크, 프리슬란더, 프로코프 등의 이름을 대 보았다. 이름을 댈 때마다 그는 고개를 가로저었다.

"혹시 야로미르 크바스니치카를 알아요?"

그러자 그 일꾼은 귀를 곤두세웠다.

"야로미르? 귀머거리에 벙어리인 사람을 말하는 건가요?"

나는 환호성을 질렀다. 하느님 고맙습니다. 그는 적어도 내가 조금은 아는 사람이다.

"맞아요. 귀머거리에 벙어리이죠. 지금 어디 살고 있나요?"

"사람들 초상을 오려서 주지요? 검은 종이로요?"

"그래요. 예전에 그랬었지요. 어디 가면 만날 수 있을까요?"

그는 성심성의껏 아주 자세하게 시내 한복판에 있는 어느 카페를 알려 주고는 금방 다시 삽질을 하기 시작했다. 나는 한 시간이 넘게 폐허의 벌판을 비틀거리며 걸었다. 뒤뚱대는 판자 위를 균형을 잡아 가며 걸어갔고, 도로를 차단하고 있는 횡목 밑을 기어서 통과했다. 지진이라도 일어났던 것처럼 게토 지역은 온통 폐허 더미였다. 흥분으로 가쁘게 숨을 몰아쉬면서 나는 신발이 완전히 엉망이 된 채 마침내 그 미궁에서 빠져나가는 길을 찾아냈다. 몇 개의 건물을 지나자 마침내 내가 찾는 싸구려 술집이 나타났다. 문간에는 '카페 카오스'라는 간판이 붙어 있었다. 손님도 없는 아주 조그만 술집이었다. 테이블 몇 개를 놓기에도 비좁아 테이블들을 모두 벽 쪽에 붙여 놓은 모습이었다. 실내 한가운데 놓인 다리 세 개 달린 당구대 위에서는 종업원이 코를 골며 자고 있었다. 한쪽 구석에서는 한 장꾼 여편네가 채소 바구니를 앞에 놓은 채 맥주를 마시다가 졸고 있었다. 다행스럽게도 마침내 종업원이 잠에서 깨어 내게 뭘 하느냐고 물었다. 머리끝에서 발끝까지 나를 훑어보는 그의 뻔뻔한 눈길을 보고서야 나는 내 몰골이 어떤지 깨닫게 되었다. 얼른 거울을 들여다본 나는 기겁을 했다. 턱수염은 텁수룩하고 머리는 봉두난발이고 핏기 하나 없이 도장용 풀처럼 칙칙한 빛깔에 주름투성이 낯선 얼굴이 거울 속에서 나를 쳐다보고 있었다. 나는 블랙커피를 주문하면서 실루엣 예술가인 야로미르가 그곳에 오지 않았는지 물어보았다.

"어디에 가 있는지 아직 나타나지 않았는데요."

종업원이 하품을 하면서 대답했다. 그러더니 다시 당구대에 누워 잠을 청했다. 나는 벽에 걸려 있는 《프라하 신문》을 집어 들고 기다렸다. 신문의 글자들이 마치 개미 떼처럼 신문의 각 면을 이리저리 돌아다녔다. 그래서 나는 읽은 것 중에서 단 한 단어도 이해하지 못했다.

시간이 흘러갔다. 유리창으로 어느새 짙은 암청색의 빛이 새어 들어왔다. 그 빛은 가스등으로 밝혀져 있는 그 술집에는 아침의 여명과 맞먹는 것이었다. 모자에 푸르스름하게 반짝이는 깃털을 꽂은 두서너 명의 경찰이 가끔 안을 들여다보다가 무거운 걸음걸이로 천천히 가던 길을 다시 가곤 했다. 꼬박 밤을 새운 듯한 군인 셋이 들어왔다. 도로 청소부가 들어와 소주를 한 잔 마셨다.

마침내, 마침내 야로미르가 왔다. 모습이 너무 많이 변해서 나는 처음에는 그를 전혀 알아보지 못했다. 눈은 무기력해 보였고, 앞니는 빠졌으며, 머리카락은 듬성듬성하고, 귀 뒤에는 움푹 들어간 상처가 나 있었다. 그렇게 오랜만에 아는 얼굴을 보게 되자 나는 너무나 기뻐 자리에서 벌떡 일어나 그에게 달려가 손을 덥석 잡았다. 그는 몹시 쑥스러운지 자꾸 문 쪽을 쳐다보았다. 내가 그를 만나게 되어 정말 기쁘다는 것을 알리기 위해 온갖 손짓발짓을 했지만, 그는 한참 동안 믿지 못하는 눈치였다. 내가 무슨 질문을 해도 그는 계속 모르겠다는 손짓만 해댔다. 어떻게 하면 그에게 내 뜻을 알릴 수 있을까? 아! 좋은 생각이 떠올랐다! 나는 연필을 하나 부탁해서 츠바크, 프리슬란더, 프로코프의 얼굴을 차례로 그렸다.

"뭐라고? 이제 다들 프라하에 살지 않는다고?"

그는 양팔을 허공에서 힘차게 휘두르더니, 돈을 세는 동작을 하고, 손가락으로 테이블 위를 행진하는 흉내를 내고, 손등을 두드리고 했다. 나는 이렇게 짐작했다. 세 사람 모두 차루세크에게서 돈을 받아 가지고, 인형극 극장의 규모를 상업적으로 확대해 함께 세상 곳곳을 돌아다니고 있다고.

"그렇다면 힐렐은? 지금 어디 살고 있지?"

나는 그의 얼굴을 그리고 그 옆에 건물을 하나 그렸으며, 마지막으로 커다란 의문 부호를 써 넣었다. 야로미르는 의문 부호를 이해하지 못했다. 그는 글을 읽을 줄 몰랐던 것이다. 그러나 그는 내가 뭘 원하는지 알고 있었다. 그는 성냥개비를 하나 집어 허공으로 던졌다가 마술사가 하듯 얼른 사라지게 했다.

저게 무슨 뜻일까? 힐렐도 이 고장을 떠난 것인가? 나는 유대인 시청을 그렸다. 농아인 그가 머리를 세게 가로저었다.

"그렇다면 힐렐은 이곳에 살지 않는단 말인가?"

"살지 않아요!"

(그가 고개를 저었다.)

"그럼 어디에 있지?"

또다시 성냥개비 놀이.

"이 친구 말이 그 신사는 떠났고, 지금 어디에 있는지 아무도 모른대요."

그동안 우리 쪽을 관심 있게 지켜보던 도로 청소부가 끼어들었다. 나는 너무 놀라 심장이 경련을 일으키는 것 같았다. 힐렐이 떠났다! 이제 나는 이 세상에서 완전히 혼자였다. 실내의 물건들이 내 눈앞에서 반짝이기 시작했다.

"그렇다면 미리암은?"

손이 너무나 떨려서 나는 그녀의 얼굴을 한참 동안 제대로 그릴 수가 없었다.

"미리암도 사라졌나요?"

"그래요. 그녀도 사라졌어요. 흔적도 없이."

나는 크게 신음하며 실내를 정신없이 서성거렸다. 그러자 세 명의 군인은 왜 저러는 거냐고 묻는 듯한 눈초리로 서로를 쳐다보았다. 야로미르는 나를 안심시키려고 애쓰며 그가 알고 있는 듯한 것을 내게 전달하려고 했다. 그는 잠자는 사람처럼 머리를 팔에 갖다 댔다.

나는 테이블을 꽉 잡았다.

"하느님 맙소사, 미리암이 죽었다고?"

그는 고개를 저었다. 야로미르는 다시 잠자는 시늉을 했다.

"미리암이 아팠었나?"

나는 약병을 그렸다. 그는 고개를 저었다. 야로미르는 또다시 머리를 팔에 갖다 댔다. 여명이 비쳐 들자 가스등이 하나둘 꺼졌다. 나는 여전히 그의 몸짓이 무엇을 뜻하는지 알아차리지 못했다. 나는 그것을 포기하고 앉아 생각에 잠겼다. 이제 내가 할 수 있는 일은 아침 일찍 유대인 시청에 가서 힐렐이 미리암과 함께 어디로 떠났는지 알아보는 것뿐이었다. 그가 어디로 갔든 나는 그를 따라가야 한다. 나는 말없이 야로미르 옆에 앉아 있었다. 그와 마찬가지로 귀머거리, 벙어리가 되어. 한참 뒤 눈을 들어 보니 그는 가위로 실루엣을 오리고 있었다. 그것은 로지나의 프로필이었다. 그는 그것을 테이블 위로 내게 넘겨주었다. 그러고는 두 손으로 눈을 가리고 조용히 울기 시작했다. 그러다가 갑자기 벌떡 일어나 인사도 없이 비틀대며 문밖으로 나가 버렸다.

호적계원 셰마야 힐렐은 어느 날 갑자기 사라져 다시는 나타나지 않았다. 그의 딸도 함께 데리고 간 것 같았다. 그가 사라진 이후 그녀를 보았다는 사람은 한 명도 없었다. 이것이 유대인 시청에서 내가 들은 대답이었다. 그리고 그것이 그곳 사람들이 내게 말해 줄 수 있는 전부였다. 그들이 어디로 갔는지 알아낼 수 있는 흔적은 하나도 없었다. 은행 직원은 법적으로 아직은 내 돈을 인출하는 것이 불가능하지만, 조금만 기다리면 해결될 거라고 말했다. 차루세크가 내게 남긴 유산에 대해서도 적법한 절차를 거쳐야 했다. 나는 돈을 손에 넣기를 초조한 마음으로 기다렸다. 그래야만 힐렐과 미리암을 찾아 나설 수 있기 때문이다.

나는 주머니에 지니고 있던 보석들을 팔아, 그 돈으로 알트 슐가세 거리에 가구가 딸린 작은 다락방 두 개를 얻었다. 그곳은 게토 지역의 재건 사업에서 살아남은 유일한 거리였다. 그 건물은 우연히도 골렘이 들어가서 사라졌다는 옛 전설이 떠도는 유명한 곳이었다. 나는 그곳에 사는 사람들 — 그들은 주로 소매 상인들과 수공업자들이었다 — 에게 '출입구가 없는 방'에 얽힌 소문 중 진실이 무엇인지 물었다가 비웃음을 샀다. 그런 것을 믿는 것은 멍청한 짓이라는 것이었다!

골렘과 관련한 내 경험들은 감옥에서 오래전에 사라진 꿈의 형상처럼 창백해졌고, 나는 거기서 피와 생명이 없는 상징들만 보았으며, 그 체험들을 내 기억의 책에서 지워 버렸다. 라폰더의 말은 마치 그가 감방에서 나와 마주 앉아 내게 이야기를 들려주는 것처럼 뚜렷하게 들려와 내 가슴에 깊은 인상을 심어 주었다. 나는 예전에 내가 진짜 현실로 여겼던 것들이 당시 순전히 내면의 눈으로 본 것일지도 모른다는 생각이 들었다. 예전에 내가 가졌던 것들은 모두 사라진 것이 아닌가? '이부르' 책, 환상적인 타로 카드 게임, 안겔리나, 그리고 심지어 나의 오랜 친구들인 츠바크, 프리슬란더, 프로코프도!

성탄절 전야였다. 나는 붉은 초들과 함께 작은 나무 한 그루를 사 가지고 집으로 왔다. 다시 한번 젊어지고 싶었다. 그리고 내 주위에서 반짝이는 불빛을 느끼고 싶었다. 전나무와 불타는 촛불의 향내를 맡으면서. 이해가 다 가기 전에 길을 나서야 할 것 같다. 이 마을 저 도시, 그리고 어디든 마음이 이끄는 곳으로 발길을 옮겨 힐렐과 미리암을 찾으리라. 초조함과 기다림은 점차 내 마음에서 사라져 갔다. 미리암이 살해되었을지 모른다는 두려움도 더 이상 느끼지 않았다. 그 두 사람, 힐렐과 미리암을 찾을 수 있다는 확신이 마음 깊은 곳에서 솟아났다. 내 마음속에는 항상 지속적인 행복한 미소가 있었고, 내가 손을 대는 것마다 그 손에서 치유의 힘이 흘러나오는 것처럼 느껴졌다. 오랜 방랑에서 돌아와 먼발치에서 반짝이는 고향 마을의 탑을 바라보는 사람의 만족감 같은 것이 이상하리만큼 내 가슴을 가득 채웠다.

나는 한번은 카페에 가서 야로미르를 기다렸다. 내 방에서 그와 함께 성탄절 전야를 보내고 싶었기 때문이다. 사람들은 그가 나타나지 않을 것이라고 했다. 마음이 혼란스러워 막 자리를 뜨려던 순간, 한 행상이 가게 안으로 들어와 자질구레한 물건들을 내밀었다. 나는 시계 장식품, 조그만 십자가, 머리빗, 브로치 등 그의 상자 안에 들어 있는 온갖 잡동사니들을 뒤적거렸다. 그러다가 낡은 비단 줄에 매달린 심장 모양의 빨간 보석이 손에 잡혔다. 그것은 너무나 놀랍게도 안겔리나가 어린 소녀였던 시절, 그녀의 집 정원 분수대 옆에서 내가 그녀에게 주었던 이별의 선물이었다. 그 순간, 갑자기 요지경 속에 그려진 어린아이의 그림을 보듯이 내 젊은 시절의 모습이 선명하게 떠올랐다. 깊은 충격을 받은 나는 그 자리에 한참 동안 꼼짝 않고 서서, 그 조그만 심장 모양의 붉은 보석을 손에 들고 계속 들여다보았다.

나는 다락방에 앉아 작은 나뭇가지들이 촛불로 밝혀질 때마다 전나무 잎사귀들이 바스락대는 소리에 귀를 기울였다. "어쩌면 지금 이 시간에 늙은 츠바크가 세상 어딘가에서 '성탄절 전야 인형극' 놀이를 벌이고 있을지도 몰라." 나는 그것을 머릿속으로 그려 보았다. "신비스러운 목소리로 그가 좋아하는 시인인 오스카 비너의 시구를 읊고 있을 거야.

심장 모양의 붉은 보석은 어디에 있나?
그것은 비단실에 매달려 있지.
오, 그대여, 심장을 다른 이에게 넘겨주지 마오.
나 그 심장을 굳게 받들고 사랑했으니,
칠 년 동안 그 심장을 위해 이렇게
힘겹게 봉사하고 사랑했으니!"

갑자기 숭고함이 느껴졌다. 양초는 다 타서 녹아내렸다. 단 하나만이 아직도 깜박거리며 타고 있다. 연기가 둥근 고리를 만들며 방 안에 퍼졌다. 누군가의 손이 나를 잡아끄는 것처럼 나는 갑자기 등을 돌렸다. 그러자 나와 똑같이 생긴 사람이 문지방에 서 있었다. 나의 도플갱어가. 하얀 외투를 입고. 머리에는 왕관을 쓰고 있었다. 그러나 그 한순간뿐이었다. 나무로 된 문을 뚫고 불길이 쳐들어왔다. 숨이 턱턱 막히는 뜨거운 연기 구름도 따라서 들어왔다. 이 집에 불이 났다! 불이야! 불이야!

나는 창문을 열어젖히고 밖으로 나가 지붕으로 기어 올라간다. 어느새 요란한 소방차 소리가 멀리서부터 들려온다. 번쩍이는 헬멧과 지휘관들이 질러 대는 짧고 날카로운 명령 소리. 기묘하게 규칙적으로 콸콸대는 펌프의 숨소리, 마치 물의 악마가 몸을 잔뜩 움츠렸다가 자신의 적인 불을 향해 달려드는 것 같다. 유리창이 쨍그랑 깨지고, 창문마다 붉은 불길이 치솟는다.

매트리스가 땅으로 던져지고, 온 거리가 매트리스 천지가 된다. 사람들이 매트리스를 향해 뛰어내리다가 부상을 입고 병원으로 후송된다. 그러나 내 마음속에서는 뭔가가 황홀경에 취해 미친 듯이 환호한다. 왜 그런지는 알 수가 없다. 머리털이 곤두선다. 나를 쫓아오는 불꽃을 피해 나는 굴뚝으로 달려간다. 굴뚝에는 굴뚝 청소부의 밧줄이 매어져 있다. 나는 밧줄을 풀어서 어릴 때 체조를 하면서 배운 대로 손목과 다리에다 감는다. 그리고 건물의 정면을 따라 침착하게 내려간다. 나는 어느 집 창문을 지난다. 집 안을 들여다본다. 안에는 모든 것이 환하게 밝혀져 있다. 그곳에서 뭔가가 보인다……. 그곳에서 뭔가가 보인다……. 나의 온몸이 단 하나의 커다란 기쁨의 외침이 된다.

"힐렐! 미리암! 힐렐!"

나는 창살을 향해 펄쩍 뛴다. 그러나 헛짚는다. 잡고 있던 밧줄이 균형을 잃는다. 한순간 나는 두 다리를 꼰 채 하늘과 땅 사이에 거꾸로 매달린다. 밧줄이 홱 당겨지면서 후두둑 소리를 지른다. 뿌드득 소리와 함께 밧줄의 가닥이 늘어난다. 나는 추락한다. 나의 의식이 꺼진다. 나는 추락하면서도 창문의 문턱을 잡는다. 그러나 이내 미끄러진다. 아무것도 잡을 게 없다. 돌멩이는 미끄럽다. 비곗덩어리처럼 미끄럽다.

대단원

"······비곗덩어리처럼!"

저것은 비곗덩어리처럼 보이는 돌멩이다. 이 말이 아직도 귓가에 쟁쟁 울린다. 나는 잠자리에서 일어난다. 내가 어디 있는지 생각해 보아야 한다. 나는 지금 내 침대에 누워 있다. 현재 호텔에 묵고 있다. 내 이름은 페르나트가 절대 아니다. 그렇다면 그 모든 건 꿈이었나? 아니다. 꿈은 그렇지 않다. 시계를 본다. 채 한 시간도 자지 않았다. 지금은 2시 30분이다. 그리고 저기, 오늘 흐라친 성당의 대미사 때 기도석에 앉아 있다가 잘못 가지고 온 남의 모자가 걸려 있다. 모자 안에 이름이 적혀 있던가?

나는 모자를 내려 하얀 비단 바탕에 금빛 글씨로 새겨진 낯설면서도 익숙한 이름을 읽어 본다.

아타나시우스 페르나트

이제 더 이상 가만히 있을 수 없다. 나는 급히 옷을 주워 입고 계단을 달려 내려간다.

"수위! 어서 문 좀 열어요! 한 시간 정도 산책하고 올 거요."

"죄송합니다만, 어디로 가시는데요?"

"게토 지역으로요. 한파스가세 거리로요. 그런 이름의 거리가 있긴 한가요?"

"물론 있습니다. 있고말고요." 수위가 심술궂은 미소를 지으며 말한다.

"미리 말씀드립니다만, 이젠 유대인 거리에서 많은 것이 사라졌습니다. 모두 새로 지었거든요."

"상관없어요. 한파스가세 거리가 어딥니까?"

수위의 살진 손가락이 지도의 한 부분을 가리킨다.

"여깁니다, 여기."

"그리고 로이시체크 주점은요?"

"여깁니다, 손님."

"큰 종이 한 장만 줘요."

"여기 있습니다, 손님."

나는 종이로 페르나트의 모자를 싼다. 그런데 이상하게도, 그의 모자는 거의 새것 같고 흠잡을 데 없이 깨끗한데도 마치 아주 오래된 것처럼 부서질 것만 같다.

길을 가면서 나는 생각한다. 아타나시우스 페르나트가 겪은 모든 것을 나는 꿈에서 함께 체험했다. 마치 내가 그가 된 것처럼 하룻밤 사이에 같이 보고, 같이 듣고, 같이 느꼈다. 그런데 왜 나는 알지 못하는 걸까? 밧줄이 끊어지면서 "힐렐! 힐렐!" 하고 외치던 순간 유리창 창살 너머로 그가 본 것이 무엇인지를? 그 순간에 그는 나와 분리되었다고 생각한다.

나는 사흘 밤 사흘 낮을 헤매더라도 이 아타나시우스 페르나트를 찾아야 한다.

저게 한파스가세 거리인가? 내 꿈속에서는 저런 모양이 아니었는데! 새로 지은 건물들뿐이다. 잠시 후 나는 로이시체크 카페에 앉아 있다. 특별한 장식이 없는 조용한 술집이다. 물론 안쪽에는 나무 난간이 설치된 단상이 있다. 꿈속에서 본 로이시체크와 비슷하다는 점을 부인할 수 없다.

"뭘로 하시겠어요?"

오동통하게 살이 찐 여종업원이 다가와서 묻는다. 붉은색 벨벳 연미복 속에 몸을 구겨 넣었다는 표현이 맞을 듯싶다.

"코냑으로 줘요, 아가씨, 고마워요. 그리고 아가씨!"

"네, 말씀하시죠."

"이 카페의 주인이 누구죠?"

"상업 고문관이신 로이시체크 씨예요. 이 건물 전체가 그분 거예요. 아주 부유하고 멋진 분이죠."

아하, 시계 줄에 돼지 이빨 장식을 달고 있던 녀석이군! 나는 기억을 떠올렸다. 그때 사건을 풀어 갈 묘안이 떠올랐다.

"아가씨!"

"네?"

"석조 다리 무너진 게 언제죠?"

"삼십삼 년 전이죠."

'흠. 삼십삼 년 전의 일이군!' 나는 속으로 헤아려 보았다. '그렇다면 보석 세공사 페르나트는 지금쯤 거의 아흔 살은 됐겠군.'

"아가씨."

"네?"

"혹시 여기 있는 손님들 중에 당시의 게토 지역이 어떤 모습이었는지 알 만한 사람이 있을까요? 나는 작가인데 그 일에 관심이 좀 있어서요."

웨이터리스는 잠시 생각했다.

"손님들 중에서요? 없는데요. 하지만 잠깐 기다려 보세요. 저기 젊은 대학생과 당구를 치고 있는 노인 보이죠? 매부리코 노인 말이에요. 저분은 줄곧 이곳에 살았어요. 그러니까 손님께 모든 것을 이야기해 줄 수 있을 거예요. 게임이 끝나면 불러 드릴까요?"

나는 웨이트리스의 눈길을 좇았다. 호리호리한 체격에 머리가 흰 노인이 건너편 거울에 기대서 당구 큐의 끄트머리를 초크로 문지르고 있었다. 마르긴 했지만 어딘가 모르게 기품이 느껴지는 얼굴이었다. 그는 내게 무엇을 연상시킬까?

"아가씨, 그분 이름이 뭐죠?"

웨이트리스는 서서 양쪽 팔꿈치를 테이블에 올려놓고는, 연필심에 침을 묻혀 대리석판 위에 수도 없이 자기 이름을 썼다가 손가락으로 얼른 지우곤 했다. 그러면서 그녀는 내 반응에 따라 수위를 조절해 가면서 불타는 눈길로 나를 쳐다보았다. 동시에 그녀는 눈썹을 치켜올리곤 했다. 그렇게 하면 그녀의 눈이 더욱 호소력을 발휘할 수 있기 때문이었다.

"아가씨, 그분 이름이 뭐죠?"

나는 다시 한번 물었다. 그녀의 눈빛에서 나는 그녀가 다른 질문을 해 주기를 바라고 있음을 알아차렸다. '아가씨, 왜 연미복만 입고 있나요?' 또는 이와 유사한 질문을 바랐을 것이다. 그러나 나는 그런 질문을 하지 않았다. 나의 정신은 온통 내가 꾼 꿈에 쏠려 있었기 때문이다.

"저분 이름이 뭐냐고요?" 그녀는 뾰로통해져서 말했다.

"그분 이름은 페리예요. 페리 아텐슈테트."

정말로? 페리 아텐슈테트라고? 또 한 사람의 옛 지인을 만났군.

"어서 저분 이야기 좀 아는 대로 들려줘요, 아가씨."

나는 그녀에게 졸랐다. 코냑을 한 잔 들이켜지 않고는 배길 수 없었다.

"당신의 그 꾀꼬리 같은 목소리로요!"

(이런 말을 하는 나 자신이 역겨웠다.)

그녀는 허리를 잔뜩 구부려 머리카락이 내 얼굴을 간지럽힐 정도로 은근슬쩍 내 쪽으로 바싹 다가와서는 이렇게 속삭였다.

"페리라는 저 사람, 젊었을 땐 아주 약삭빨랐대요. 사람들 얘기로는 아주 오래된 귀족 가문 출신이래요. 그렇지만 얼굴에 수염이 없는 걸로 봐서 그냥 소문에 불과한 것 같아요. 그리고 돈도 엄청나게 많았다는 거예요. 그런데 어렸을 때부터 '끼'가 많았던 빨간 머리 유대인 여자한테 재산을 다 뜯겼대요."

그녀는 또다시 자기 이름을 얼른 몇 번 썼다가 지웠다.

"저는 물론 돈에 대해서 말씀드리는 거예요. 그가 빈털터리가 되자 그녀는 그를 버리고 높은 신분의 신사와 결혼했대요."

그녀가 이름 하나를 내 귀에 대고 속삭였으나 나는 알아듣지 못했다.

"그 높은 신분의 신사는 모든 명예를 버려야 했어요. 그때부터 그냥 리터 폰 데머리히라는 이름으로 불렸어요. 그래요. 그런데 그녀가 예전에 거리의 여자였다는 사실을 그는 완전히 떨쳐 버릴 수가 없었어요. 제가 늘 말하지만……."

"프리치! 계산 좀 해 줘요!"

단상 쪽에서 누군가가 아래쪽을 향해 소리쳤다.

나는 주점 안을 한번 휙 둘러보았다. 그때 갑자기 등 뒤에서 마치 귀뚜라미 소리 같은 나직한 찌륵 소리가 들려왔다. 나는 호기심에 등을 돌렸다. 내 눈을 믿을 수가 없었다. 무드셀라[12]만큼 늙은 모습으로 뼈만 남은 떨리는 손에 담배 상자만 한 자동 주악기를 들고 잔뜩 몸을 움츠린 채 구석에 벽을 보며 앉아 있는 것은 바로 눈먼 네프탈리 샤프라네크 노인이었던 것이다. 그가 조그만 손잡이를 돌릴 때마다 현을 울리는 듯한 소리가 났다. 나는 그에게 다가갔다. 그는 속삭이는 듯한 음조로 혼자서 희미하게 노래를 부르고 있었다.

피크 부인,
호크 부인,
그리고 붉은 별, 파란 별
이들은 온갖 입에 발린 말을 늘어놓네.
놋쇠에 대해서, 로이혀를과 론에게.

"저 노인 이름이 뭔지 알아요?"

나는 급하게 지나가는 웨이터를 불러서 물어보았다.

"모르겠는데요, 손님. 저 노인이 누구며 이름이 뭔지 아는 사람은 아무도 없어요. 노인 자신도 자기 이름을 잊어버렸어요. 저 노인은 이 세상에 혼자입니다. 나이가 110살이에요. 저 노인은 매일 밤 우리 가게에 와서 '자비의 커피'를 얻어 마셔요."

나는 허리를 굽혀 노인의 귀에 대고 말했다.

12 성경에 나오는 노아의 조부로 969살까지 살았다.

"샤프라네크!"

이 말이 그의 머리를 강타했다. 그는 뭐라고 지껄이더니 뭔가 생각해 내려는 듯 손으로 이마를 문질렀다.

"샤프라네크 씨, 제 말을 알아들으시겠어요?"

그는 고개를 끄덕였다.

"자, 잘 들어 보세요! 몇 가지 옛날 얘기를 여쭤볼 테니까요. 제가 묻는 모든 말에 답변을 잘하시면 여기 테이블에 있는 2굴덴을 가지시는 거예요."

"굴덴."

노인은 앵무새처럼 따라 하고는, 미친 듯이 자동 주악기의 손잡이를 돌려 연주를 시작했다. 나는 얼른 그의 손을 꼭 잡았다.

"한번 잘 생각해 보세요! 지금으로부터 삼십삼 년 전쯤에 페르나트라는 보석 세공사에 대해서 들어 본 적 없으세요?"

"하드르볼레츠! 바지 만드는 사람!"

그가 천식 환자처럼 헐떡이며 말했다. 그러고는 내가 정말 웃기는 말이라도 한 것처럼 얼굴을 활짝 펴면서 웃었다.

"아뇨, 하드르볼레츠가 아니라 페르나트요!"

"페렐레스?!"

그가 기뻐서 소리를 질렀다.

"아뇨, 페렐레스도 아니고요. 페르—나트요!"

"파셀레스?"

그는 너무 기뻐서 새된 목소리로 말했다. 나는 실망해서 더 이상의 시도를 하지 않았다.

"날 만나고 싶다고 했다면서요, 신사 양반?"

페리 아텐슈테트가 내 앞에 나타나 사무적인 투로 인사를 했다.

"예, 그렇습니다. 당구나 한 게임 할까 해서요."

"돈내기를 하자는 건가요, 신사 양반? 100개 중에 90개를 잡아 주겠소."

"좋습니다. 1굴덴을 걸지요. 먼저 시작하시지요."

높으신 분은 큐를 잡고 겨냥한 다음 탁 소리와 함께 당구공을 쳤다. 그러나 그의 인상은 일그러졌다. 나는 그의 속셈을 알아챘다. 그는 내가 99개를 칠 때까지 그냥 내버려두었다가 한 큐에 '끝장' 낼 계획을 하고 있었던 것이다. 나의 호기심은 더 이상 참을 수 없는 지경에 이르렀다. 그래서 나는 곧장 본론으로 들어가기로 했다.

"한번 기억을 되살려 주시겠습니까, 선생님? 아주 오래전에, 그러니까 석조 다리가 무너지던 해 즈음에 당시의 게토 지역에 살았던 아타나시우스 페르나트라는 사람을 아십니까?"

사팔눈에 귀에는 조그만 귀고리를 하고 빨간 줄과 흰 줄무늬의 재킷을 입은 남자가 벽 쪽의 긴 의자에 앉아 신문을 읽고 있다가 벌떡 일어나더니 나를 뚫어지게 쳐다보면서 성호를 그었다.

"페르나트라? 페르나트?" 노인은 이 말을 되뇌이면서 신경을 곤두세우고 생각했다. "페르나트? 체격이 호리호리하지 않았나요? 갈색 머리카락, 짧게 깎은 턱수염?"

"그렇습니다. 정확하게 맞습니다."

"당시 마흔 살쯤 되었죠? 그리고 그 사람의 생김새는……"

높은 분은 갑자기 놀란 눈빛으로 나를 쳐다보았다.

"혹시 당신은 그 사람과 친척 관계인가요?"

사팔눈의 사내가 다시 성호를 그었다.

"제가요? 그 사람과 친척 간이냐고요? 정말 재미있는 얘기군요. 아니에요. 저는 다만 그 사람에 대해서 관심이 있을 뿐입니다. 혹시 더 아시는 게 있나요?"

말은 차분하게 했지만 그 순간 심장이 얼어붙는 기분을 느꼈다. 페리 아텐슈테트는 다시 생각에 잠겼다.

"내 기억이 틀리지 않다면, 당시에 그는 미친 사람 취급을 받았어요. 어떤 때는 자기가 라폰더라고 하고, 또 어떤 때는 차루세크라고 했어요."

"그건 단 한마디도 사실이 아닙니다." 사팔눈의 남자가 끼어들었다. "차루세크라는 인물은 실제로 존재했어요. 나의 부친은 그분한테서 몇천 플로린을 상속받았어요."

"이분은 누구죠?"

내가 노인에게 낮은 목소리로 물었다.

"뱃사공 일을 하는 참르다라는 사람이지요. 페르나트와 관련해서 내 기억에 떠오르는 사실은, 페르나트가 뒷날 거무스름한 피부의 아름다운 유대인 아가씨와 결혼을 했다는 겁니다."

'미리암!'

나는 속으로 말했다. 흥분으로 손이 떨려서 더 이상 당구를 치지 못할 것 같았다. 뱃사공은 성호를 그었다.

"그런데 참르다 씨, 오늘 무슨 일이라도 있어요?"

노인이 놀란 눈으로 물었다.

"페르나트가 실존 인물이 아니라니!" 사팔눈의 사내가 마구 소리를 지르기 시작했다.

"나는 그렇게 생각하지 않아요."

그가 더 많은 것을 털어놓도록 나는 얼른 그에게 코냑을 한 잔 따라주었다.

"페르나트가 아직 살아 있다고 말하는 사람들이 있어요." 뱃사공은 마침내 털어놓았다.

"내가 듣기로는, 그는 머리빗을 만드는 사람으로 흐라친에 살고 있다는 겁니다."

"흐라친 어디에요?"

뱃사공은 성호를 그었다.

"바로 거기요! 보통 사람들이 살 수 없는 곳에 살고 있어요. '마지막 등불의 집'에요."

"혹시 그가 사는 집을 아십니까, 참르다 씨?"

"나는 이 세상을 다 준다 해도 그쪽으로는 올라가지 않을 겁니다!" 사팔눈의 사내가 항의조로 말했다.

"도대체 나를 어떻게 생각하는 겁니까? 예수, 마리아, 그리고 요셉이여!"

"그렇지만 참르다 씨, 그리로 올라가는 길을 멀리서라도 좀 가르쳐 주실 수는 있지 않을까요?"

"그 정도는 해 줄 수 있어요." 뱃사공은 큰 소리로 말했다.

"내일 아침 6시까지 기다릴 수 있다면요. 내가 블타바강을 타고 내려갈 때 같이 가는 겁니다. 하지만 나는 그만두라고 하고 싶어요. 혹시라도 잘못했다간 히르슈그라벤 계곡으로 굴러 떨어져 목과 뼈가 박살 날 거예요! 성스러운 성모님이시여!"

우리는 이른 아침의 공기를 가르며 걸어갔다. 신선한 바람이 강 쪽에서 불어왔다. 설레는 기대감으로 발밑에서 땅바닥이 거의 느껴지지 않았다. 갑자기 내 눈앞에 알트슐가세의 그 건물이 나타났다. 나는 그 건물의 창문을 대번에 알아보았다. 휘어진 추녀의 홈통, 창살, 비곗덩어리처럼 번들대는 돌로 된 문턱 등 모든 것을!

"이 건물에 불이 난 게 언제였죠?"

나는 사팔눈의 남자에게 물었다. 대답을 기다리는 동안 긴장감으로 귀에서 윙윙 소리가 났다.

"불이 났었다고요? 불이 난 적은 한 번도 없는데요!"

"불이 났어요! 확실해요."

"그럴 리가 없어요."

"난 똑똑히 알고 있어요! 내기할까요?"

"얼마나 걸 겁니까?"

"1굴덴 걸겠어요."

"좋아요!"

이윽고 참르다가 건물 관리인을 데리고 왔다.

"이 건물에 언젠가 불이 난 적이 있습니까?"

"도대체 무슨 소리죠?"

관리인이 웃었다. 나는 정말 믿을 수가 없었다.

"내가 이 집에 산 지 벌써 칠십 년이 됐어요." 관리인이 말했다. "그런 내가 그걸 모를 리가 있겠소?"

이상한 일이다, 정말 이상한 일이다!

뱃사공은 거칠기 짝이 없는 여덟 개의 판자로 만들어진 그의 배에 나를 태우고 우스꽝스럽게 비칠거리면서 블타바강을 건넜다. 누런 강물이 뱃전에 와서 거품을 내며 부서졌다. 프라

"페르나트는 보통 사람들이
살 수 없는 곳에 살고 있어요.
'마지막 등불의 집'에요."

하성의 지붕들이 아침 햇살을 받아 붉게 반짝였다. 더할 나위 없는 장엄한 느낌이 나를 사로잡았다. 막연하지만 전생에 경험해 본 느낌 같았다. 내 주변의 세계가 온통 마법에 걸린 것 같았다. 꿈속에서처럼 내가 동시에 여러 시대 속에 여러 곳에 살고 있는 것 같은 생각이 들었다. 나는 배에서 내렸다.

"얼마 드리면 될까요, 참르다 씨?"

"1크로이처요. 만약 당신이 노 젓는 일을 도와주겠다고 했다면 2크로이처를 받았을 겁니다."

간밤에 꿈속에서 이미 한 번 걸었던 것과 똑같은 길을 나는 다시 걸어서 올라갔다. 성으로 이어지는 조그만 비탈길이었다. 심장이 심하게 요동쳤다. 나는 미리 알고 있었다. 이제 가지를 담 너머로 뻗고 있는 앙상한 나무가 나올 것이다. 그러나 아니었다. 그 나무에는 흰 꽃이 만개해 있었다. 대기는 달콤한 라일락 향기로 가득 차 있었다. 발치에 펼쳐져 있는 도시는 아침 햇살을 받아 환상 속 약속의 땅처럼 보였다. 아무 소리도 들리지 않았다. 향기와 빛뿐이었다. 눈을 감고도 그 작고 희한한 연금술사 거리를 찾아낼 수 있을 것 같았다. 그곳의 모든 것이 갑자기 아주 친숙하게 느껴졌다. 그러나 간밤의 꿈속에서 하얗게 반짝이는 집으로 통하는 나무 창살 문이 서 있던 곳엔 지금 금도금을 한, 배가 불룩하게 나온 화려한 창살문이 자리 잡고 서서 길을 막고 있었다. 꽃이 흐드러지게 핀 작은 관목들 위로 두 그루의 주목(朱木)이 솟아올라 창살 문 바로 뒤쪽, 담장에 있는 입구를 양쪽에서 호위하고 있었다.

나는 관목들 너머로 안을 들여다보기 위해 발꿈치를 들었다. 순간 처음 보는 찬란한 모습에 눈이 부셨다. 정원의 담은 모자이크 장식으로 뒤덮여 있었다. 암녹색 바탕에 이집트의 신 오시리스 숭배를 보여 주는 독특한 문양의 황금빛 프레스코였다. 날개 대문은 오시리스 신 자체를 보여 주었다. 오른쪽 문은 여자, 왼쪽 문은 남자, 이렇게 반쪽씩 두 개의 문이 합쳐져서 하나의 자웅 동체를 이루었다. 자웅 동체는 진주모를 써서 반부조 형식으로 새긴 평평하고 화려한 왕좌 위에 앉아 있었다. 그리고 그의 황금빛 머리는 토끼 머리 형상을 하고 있었다. 양쪽 귀가 위로 쫑긋 솟아 나란히 붙어 있어서 마치 펼쳐져 있는 책의 양면 같았다. 대기엔 신선한 이슬 내음이 배어 있었고, 담장 너머에서 히아신스 향기가 풍겨왔다. 나는 놀라움에 휩싸여 그 자리에 화석이 된 듯 오랫동안 서 있었다. 미지의 세계가 내 앞으로 다가온 것 같았다. 잠시 후 정원사나 하인인 듯한 노인이 은빛 버클이 달린 장화를 신고 이상하게 재단된 상의에 자보를 입은 차림으로 창살문 뒤 왼쪽에서 나를 향해 다가와 창살 사이로 무슨 용건이냐고 물었다. 나는 말없이 종이에 싼 아타나시우스 페르나트의 모자를 내밀었다. 그는 그것을 받아 들고는 날개 문을 열고 안으로 들어갔다.

문이 열렸을 때, 나는 그 안쪽에 사원처럼 웅장한 대리석 건물이 서 있는 것을 보았다. 계단에는 아타나시우스 페르나트 그리고 그의 어깨에 기대어 미리암, 이 두 사람이 서서 도시를 내려다보고 있었다. 한순간 미리암이 고개를 돌려 나를 발견하고는 미소를 지었다. 그녀는 아타나시우스 페르나트에게 뭔가 속삭였다. 나는 그녀의 아름다움에 넋이 나가 버렸다. 그녀는 간밤에 꿈속에서 보았던 것처럼 젊었다. 아타나시우스 페르

"문이 열렸을 때 계단에는 아타나시우스 페르나트
그리고 그의 어깨에 기대어 미리암,
이 두 사람이 서서 도시를 내려다보고 있었다."

나트가 천천히 내 쪽으로 고개를 돌렸다. 순간 나는 심장이 멎었다. 마치 거울 속 나를 보는 것 같았다. 그의 얼굴은 내 얼굴과 너무나 흡사했다. 이윽고 다시 날개 문이 닫혔다. 내 눈에 보이는 것은 반짝이는 자웅 동체의 모습뿐이었다. 늙은 하인이 내 모자를 건네주면서 말했다. 그의 목소리는 땅속 깊은 곳에서 들려오는 것 같았다.

"아타나시우스 페르나트 씨께서 고맙다는 인사를 정중하게 전하라고 하셨습니다. 그리고 당신을 집 안으로 모시지 않은 것 때문에 자신을 손님 접대를 할 줄 모르는 사람이라고 여기지 말아 주시기를 부탁하셨습니다. 옛날부터 이 가문에 전해 내려온 엄격한 규칙이라 어쩔 수 없다고 하셨습니다. 그리고 우리 주인님께서 모자가 바뀐 것을 금방 알아봤기 때문에 당신 것은 한 번도 쓰지 않았다고 전하라십니다. 주인님의 모자가 당신에게 두통을 일으키지 않았기를 바란다고 말씀하셨습니다."

구스타프 마이링크와의 인터뷰*

김재혁   안녕하세요? 마이링크 선생님! 그간 선생님
         의 작품은 여러 나라의 언어로 번역되어 널리
알려졌고, 영화로도 제작되고, 현재는 연극 무대에서도 관객
을 만나는 기쁨을 누리고 있습니다. 이는 선생님의 작품이 갖
는 명성을 여실히 증명하는 사실입니다. 우선 선생님의 대표작
『골렘』부터 말씀을 나눠 볼까요? 이 작품은 1915년에 발표되
었지만, 그 누구도 이 책이 베스트셀러가 될 것이라고 예상하
지 못했죠. 그런데 막상 출간되자마자 그 예상을 뒤엎고 베스
트셀러가 된 이유가 무엇일까요?

마이링크   『골렘』은 원래 1913년에서 1914년 사이에 르
         네 쉬켈레가 주관하던 잡지 《디 바이센 블레
터》에 연재되었어요. 원래 1907년부터 1913년까지 총 육 년의
작업을 거쳐 완성해 놓았지요. 그런데 연재가 끝나 책으로 출간
하려고 하니 출판사를 찾는 게 쉽지 않았습니다. 그러던 중, 라
이프치히의 젊은 출판업자 쿠르트 볼프만이 이 책의 진가를 알
아보고 출간을 맡아 주었죠. 그 결과는 놀라웠습니다. 1915년에
출간되고 이 년 만에 25만 부가 팔리는 경이로운 기록을 세웠

*   이 인터뷰는 옮긴이가 가상으로 구성한 것이다.

고, 이를 통해 구스타프 마이링크라는 이름은 독일을 넘어 유럽 전역에 알려지게 되었습니다. 더욱이 이 책은 한 번도 문학의 뒷전으로 물러나지 않았고, 이후로도 계속해서 판을 거듭했죠. 전설적인 존재인 '골렘'을 다룬 덕분에 이 작품은 사라졌다가도 다시 부활하여 독자들의 가슴 깊숙이 스며들곤 합니다.

베스트셀러가 된 이유를 명확하게 설명하기는 어렵지만, 이 작품이 지닌 정신적 내용이나 문학적 양식이 독자의 마음을 사로잡았던 것 같습니다. 20세기로의 전환기에 독일에서 에드거 앨런 포의 작품이 인기를 끌었던 상황도 한몫했을 것이고, 그 당시 유행했던 정신주의적, 신비주의적 경향도 큰 영향을 미쳤던 것 같습니다.

김재혁   『골렘』이 짧은 기간에 25만 부가 넘게 팔린
                        베스트셀러가 되었다면 당시 상당한 수익을
올렸을 것 같아요.

마이링크   많은 분들이 그렇게 생각하시겠지만, 사실은
                        그렇지 않아요. 큰돈을 벌지는 못했어요. 당시 재정적으로 무척 힘들던 시기라서 책을 출간하기 전에 미리 판권을 출판업자 쿠르트 볼프에게 팔아 버렸기 때문이지요. 그것이 1912년 3월 14일이었습니다. 원고를 매절로 넘기면서 받은 돈은 한화로 계산하면 250만 원 정도였어요. 그 돈으로 상부 바이에른 지방의 아름다운 슈타른베르거제 호반에 조그만 집을 마련했죠. 호숫가에 앉아 명상도 하고 글도 쓰며 마음의 안정을 찾고 싶었어요. 뮌헨, 함부르크, 빈, 프라하 등 여러 도시를

떠돌다가 마침내 정착지를 얻게 된 셈입니다.

김재혁 　　　　　『골렘』을 집필하는 과정에서 많은 어려움을
　　　　　　　　 겪으셨다고 들었습니다. 이 작품은 이미 1906년
부터 집필이 시작된 것으로 보이는데, 선생님의 친구인 알프레
트 쿠빈과 주고받은 편지에서 이 작품에 대한 논의가 엿보이더
군요. 애초 계획은『골렘』이 공동 작품이 될 예정이었죠? 선생
님이 작품 각 장이 끝날 때마다 그것을 쿠빈에게 보내면 쿠빈은
그에 맞는 삽화를 그리기로 했던 걸로 알고 있습니다. 처음에
선생님이 보낸 첫 몇 장에 대해 쿠빈은 그 내용을 바탕으로 삽
화를 작업했죠. 그런데 쿠빈의 메모를 보면 그 후 선생님은 더
이상 글을 쓰지 못했다고 하더군요. 그래서 쿠빈은 마냥 기다
릴 수만은 없어서『골렘』과 관련된 삽화들을 자신의 작품『다른
쪽』(1908)에 활용했다고 하던데, 그 이유를 들려주시겠습니까?

마이링크 　　　　　『골렘』은 작품의 원형인 '골렘'처럼 몇 년 동
　　　　　　　　 안 제 마음속에 떠오르기도 하고 사라지기도
했습니다. 1911년에는 소설의 일부가 잡지《판》에 게재되기도
했죠. 하지만 작품을 완성하기까지는 몇 년이 더 걸렸습니다.
『골렘』의 첫 80페이지 정도는 순식간에 써 내려갔지만, 머릿속
에 떠오른 환상과 인물이 너무 많아 오히려 가닥을 잡지 못하
게 되었죠. 그때 중국학 학자이자 수학자인 친구 펠릭스 뇌거
라트가 저의 혼란스러운 생각을 정리하는 데 도움을 주었습니
다. 이렇게 해서 총 120명이 넘던 등장인물이 30명 정도로 줄어
들었죠. 물론 지금도 그 인물들을 다 살려 냈다면 어땠을까 하

는 아쉬움이 남습니다. 하지만 이러한 응축 작업 덕분에 작품에 긴장감이 생긴 같습니다.

김재혁   그렇다면 원래 작품 줄거리에 약간의 변형이 생겼겠군요.

마이링크   그렇습니다. 원래 로지나는 이 작품의 변두리를 맴도는 창녀로 등장하며, 정숙한 유대인 처녀 미리암과 대척되는 중요한 역할을 할 예정이었어요. 사비올리 박사의 정부인 안겔리나에게도 더 큰 역할을 부여할 생각이었죠. 반면 페르나트는 본래 그렇게 중심적인 인물로 설정할 생각이 없었습니다. 대신 차루세크에게 많은 비중을 주고 그를 골렘으로 변장시켜, 사비올리 박사와 안겔리나를 상대로 복수극을 펼치려는 고물 장수 바서트룸을 놀라게 하고 자살로 몰고가려는 구상을 했습니다. 집필 초기 단계에서 골렘은 지금처럼 많은 의미를 지닌 존재가 아니라, 단순한 유령에 불과했지요. 하지만 작품의 가닥을 푸는 과정에서 이 모든 것이 변화하게 된 것입니다.

김재혁   보통『골렘』을 이해하기 위해서는 선생님의 생애를 알아야 한다고 하더군요. 즉 선생님 삶의 많은 부분이 이 작품에 녹아 있다는 말이지요. 작품의 극적 치밀성이 순전한 상상력의 소산처럼 느껴지지 않기 때문에 이런 말이 나오는 것 같습니다. 그렇다면 실화 소설 같은 이 작품과 마찬가지로 선생님의 삶에서도 극적인 부분을 발견할 수 있을 것 같은데요. 이런 사실은 선생님이 냉정하게 계산해서 글을 쓰는 작가가 아니라, 내면에서 분출하는 정신적 체험을 바탕으로 글을 쓰는 작가임을 의미하는 것 같습니다. 선생님이 쓴 언어 역시 그것을 증명해 줍니다. 언어가 꾸밈이 없고 문장 구조가 분명하지만, 그 안에 많은 뜻이 함축되어 있고 자체의 생명력으로 가득 차 있거든요. 우리 주변의 죽고 굳은 것들이 선생님의 소설 속에서는 갑자기 생명력을 얻고 있어요. 다음과 같은 묘사를 보면 알 수 있지요. "집들은 버림받은 늙은 짐승들처럼 쏟아지는 빗줄기를 맞으며 나란히 웅크리고 앉아 있었다." 또는 "두 건물 중 하나는 반쯤 기울어 이마가 쑥 들어갔으며, 바로 옆에 있는 다른 하나는 송곳니처럼 툭 튀어나와 있다." 이런 묘사는 현실적이면서도 초현실적인 느낌을 줍니다. "나는 꿈속에서 자주 이 집들이 유령처럼 그들끼리 교류하는 것을 목격했다. 그리고 나는 공포심을 느끼면서, 그것들이 이 거리의 숨겨진 실제 주인이라는 것을, 그리고 그것들은 자신들의 삶과 감정을 드러내 놓고 있다가 다시 자신에게 가져간다는 것을, 다시 말해 그것들은 자신들의 삶과 감정을 낮 동안에는 이곳에 살고 있는 사람들에게 빌려주었다가 밤이 되면 터무니없는 이자를 붙여서 다시 돌려달라고 요구할 수 있다는 것을 깨닫곤 했다." 이러한 묘사에 대해 말씀해 주시겠습니까?

마이링크   상당히 심오한 질문이군요. 하지만 하나만 말하자면, 이 작품에는 나의 외적인 삶과 함께 정신적인 삶의 문제도 많이 얽혀 있습니다. 나는 1868년 1월 19일, 빈의 한 호텔에서 뷔르템베르크 공국의 국무 대신인 폰 파른빌

381

러 남작과 궁정 극장 여배우인 마리아 마이어 사이에서 사생아로 태어났습니다. 어머니는 유대인이었어요. 나의 이런 출생 과정은 상징적이라면 상징적이라고 할 수 있을 것 같습니다. 그래서인지 저는 보통 사람들과 거리를 두는 귀족적인 성향과 인생에서 기쁨을 얻으려는 보헤미안적 성향을 동시에 갖고 있습니다. 출생과 관련하여 혈통에도 많은 관심을 두었고, 결국 작품에서도 혈통에 대한 이야기가 자주 등장하게 된 것 같습니다.

사회적으로 성공하기 위해 은행 일을 시작했지만, 결국 모든 것을 잃고 내면적이고 정신적인 쪽으로 나아가게 되었어요. 제 인생에서 결정적인 체험이 있었습니다. 스무 살 무렵, 조카인 시인 크리스티안 모르겐슈테른과 함께 프라하에서 '마이어 운트 모르겐슈테른'이라는 은행을 열었죠. 사업은 재미있었고 금전적인 여유도 생겨 많은 여성과 염문을 뿌렸습니다. 하지만 그런 생활을 계속하다 보니 모든 것이 시들해지더군요. 한마디로 왜 사는 건지 갈피를 잡을 수가 없었습니다. 그래서 스물세 살 되던 해의 어느 날 아침, 자살하기로 결심하고 머리에 권총을 겨누었죠. 바로 그때 현관 문틈으로 누군가가 전단지를 한 장 밀어 넣었습니다. 무심결에 살펴보니 신비주의에 대한 가르침이 적혀 있었어요. 저는 그것을 생을 다시 살라는 경고로, 그리고 일상의 의식 저편에 자리 잡은 신비주의에로의 초대로 받아들였죠. 그때부터 제 삶은 내적이고 정신적인 방향으로 나아가게 되었습니다. 당시 여러 신비주의 모임에 가입하기도 했습니다. 그때 저는 제가 작가로서의 천분을 타고났음을 깨닫게 되었고, 신비주의처럼 내면을 다루는 영역에 대한 경도가 제 작품에 풍부한 상상력을 부여했는지도 모르겠습니다.

김재혁   그러니까 선생님의 주변 생활이 작품에 많이
          반영된 것은 사실이군요. 작품에는 여러 인물
이 등장하는데, 그 인물들도 현실에서 불러왔나요?

마이링크   네, 맞습니다.『골렘』의 많은 부분은 프라하
          게토 지역의 현실에 기반을 두고 있습니다. 작
품에서 화가로 등장하는 프리슬란더는 실제로 제가 아는 친구
로서, 여러 잡지에 글을 기고하고 있죠. 로이시체크라는 음식
점도 프라하에 실존했던 곳이며, 그곳에서 일했던 눈먼 샤프라
네크와 그의 동반자 여인도 실제 인물입니다. 대학생 차루세크
는 체스계의 거장이었던 실존 인물에서 따온 것이고요. 도둑들
의 부대도 실제로 존재했죠. 페르나트를 심문하는 무자비한 경
찰서장은 저를 곤경에 빠뜨렸던 올리치크를 염두에 두고 만든
캐릭터입니다.

    하지만 이 작품을 너무 제 개인사적인 측면에서만 바라보
지 않으셨으면 합니다. 제 모든 인식과 고백이 문학적으로 정
화되고 순화된 결과물로 보아 주셨으면 해요. 한 인간의 가장
깊은 내밀한 고백이 가장 보편적인 성격을 띠는 것 아닐까요?
작품 첫머리에 저는 이렇게 밝혔습니다. "반수면 상태에서 내
마음속에는 내가 겪은 일들과 책에서 읽거나 다른 사람들에게
서 들은 이야기들이 한데 뭉쳐서 온갖 빛깔로 반짝이며 흘러가
는 강물이 되어 서로 뒤섞인다." 이러한 다양한 요소들이 이 작
품 속에서 하나로 녹아들어 있다는 점을 강조하고 싶습니다.

김재혁   이 작품은 기본적으로 프라하, 그중에서도 지

저분하고 음산한 게토 지역을 배경으로 하고 있습니다. 왜 체코의 프라하를 작품의 배경으로 삼았는지 궁금합니다. 19세기 말 프라하의 유대인 게토 지역에 대해 설명해 주실 수 있나요?

마이링크   네, 이 소설의 배경은 프라하의 게토 지역입니다. 물론 제가 김나지움을 졸업한 뒤 은행을 설립하고 사교계에 발을 들여놓은 것이 다 프라하에서 벌어진 일이라, 그때의 강렬한 인상이 작품의 배경이 된 것은 어쩌면 자연스러운 일이었죠.

이 게토 지역이 언제 형성되었는지는 정확히 말씀드리기 어렵지만, 아마도 12세기에서 13세기로 넘어가는 전환기에 기원을 두고 있을 것입니다. 이미 몇 세기 전부터, 즉 중세 초부터 유대인들은 이 지역에 거주해 왔습니다. 이곳 사람들의 운명은 시대에 따라 곤궁과 평화가 교차하는 복잡한 양상이었습니다. 언제나 불안의 분위기가 도사리고 있었고, 20세기로의 전환기에도 그 독특한 정서가 여전히 스며들어 있었습니다. 1885년, 당국이 이 빈곤한 지역을 재건했음에도 불구하고, 그곳 분위기는 쉽게 사라지지 않았습니다. 제 소설은 바로 이러한 옛 담과 거리의 풍경이 해체되던 시기를 배경으로 하고 있습니다. 그때조차 뿌리 깊은 신비주의 분위기가 여전히 남아 있었죠. 이곳에 사는 사람들은 두 가지 영역의 경계에 서 있습니다. 하나는 이쪽 세계, 다른 하나는 저쪽 세계입니다. 이러한 분위기는 작품의 큰 줄기를 형성하는 데 매우 적합했습니다. 한쪽은 셰마야 힐렐의 정신세계, 다른 한쪽은 아론 바서트룸의 물질세계를 대변합니다. 그래서 이곳은 영적인 상승, 즉 더 높은 세계로의 여정을 꿈꾸는 인물을 묘사하기에 가장 적합한 배경이라고 생각했습니다.

김재혁　　　잘 아시다시피 프란츠 카프카 역시 체코 프라하 출신입니다. 그는 "우리 가슴속에는 아직도 어두운 모퉁이와 비밀스러운 복도들, 눈먼 창문들, 지저분한 뜰, 소란스러운 주점들 그리고 문을 닫은 여관들이 남아 있다. 옛날의 지저분한 게토 지역이 현대화된 새로운 도시의 모습보다 훨씬 더 현실적으로 가슴속에 남아 있다."라고 말합니다. 선생님의 작품에서는 이러한 측면이 어떻게 반영되어 있다고 생각하십니까?

마이링크　　　이 작품의 배경이 되는 프라하는 낭만적인 도시입니다. 안락함과 쇠퇴가 공존하는 곳이지요. 그러나 체코 민족주의의 중심지는 아닙니다. 프라하는 역사적인 유적이 풍부한 도시로, 보헤미아 왕들과 신성 로마 제국과 깊은 연관이 있습니다. 중세 초부터 프라하는 세 민족 — 체코인, 독일인, 유대인 — 이 함께 살아온 도시였습니다. 이곳에서 슬라브족과 게르만족, 유대인들이 융합되었기에, 프라하는 유럽의 중요한 무역 거점으로 자리매김할 수 있었습니다.

옛 시가지의 꼬불꼬불한 골목에서는 범죄가 기승을 부렸습니다. 특히 게토 지역은 도시 안의 기이한 또 다른 도시처럼 여겨졌죠. 17세기의 위대한 랍비인 유다 뢰브가 만든 골렘이 여전히 그곳에 살아 숨 쉬는 듯한 분위기를 느낄 수 있습니다.

이러한 프라하의 정서를 제 작품에 녹여 내려 했습니다. 저는 프라하를 미워하기도 했지만 동시에 사랑하기도 했습니다. 그만큼 이 도시는 제 작품 속에서 자주 등장합니다.

김재혁   랍비 뢰브에 대한 이야기를 빼놓을 수 없군요. 이 작품이 골렘의 존재를 배경으로 전개되고 있으니까요. 랍비 뢰브는 골렘을 만든 사람으로 알려져 있습니다. 골렘의 정체는 무엇이며, 게토 지역에서 어떤 역할을 했는지 말씀해 주실 수 있나요?

마이링크   골렘이라는 이름은 중세 유럽의 한 카발리스트가 지어낸 것입니다. 카발리스트란 밀교 신앙자를 의미하죠. 그가 성서의 문자를 조작하며 수수께끼를 풀던 중 '골렘'이라는 말을 만들어 냈다고 합니다. 프라하의 골렘은 랍비 뢰브가 만든 존재로서, 그는 진흙으로 골렘을 만들었습니다. 원래는 게토 지역의 유대인들을 보호하기 위해 만들어진 존재입니다. 즉 게토 지역에 해를 끼치려는 세력을 미연에 방지하고 무력화하는 역할이 부여된 것이지요. 랍비 뢰브는 골렘에게 생명을 부여할 때 혀 안쪽에 부적을 넣었다고 전해집니다. 그러나 어느 날, 그가 이것을 빼놓는 것을 잊게 되어 골렘이 거리를 활보하며 사람들에게 피해를 입히게 됩니다. 결국 뢰브는 골렘을 한 옛 유대인 교회의 골방에 가두어 두었고, 그렇게 해서 골렘은 그곳에 수백 년 동안 갇히게 되었습니다. 정의감에 불타는 기자 E. E. 키슈가 그곳을 찾아갔지만, 골렘은 보이지 않았고, 이상한 흔적만이 남아 있었다고 합니다. 그 흔적을 추적할 방법은 없었습니다.

김재혁   그렇다면 골렘은 이후 눈에 보이지 않는 상징
          적인 존재로 상승된다고 볼 수 있겠군요. 좀
더 깊이 들어가서, 골렘이 갖는 상징적 의미에 대해 말씀해 주
실 수 있나요?

마이링크   골렘은 두 가지 측면에서 해석될 수 있습니다.
            첫째는 어둡고 미로 같은 게토 지역에 감도는
집단적인 심리입니다. 성스러움과 악함이 기묘하게 얽혀 있는
분위기는 게토의 건물들과 사람들 사이에 흐르고 있습니다. 저
는 이를 작품에서 이렇게 표현했습니다. "한 세대에 한 번씩 하
나의 정신적인 전염병이 번개처럼 이 게토 지역을 훑고 지나가
면서 우리가 알 수 없는 그 어떤 목적을 위해 사람들의 영혼을
습격한다. 그때 어떤 특별한 존재의 윤곽을 신기루처럼 나타나
게 한다. 어쩌면 이곳에 수백 년 전에 살았던 그 존재가 이제 형
태와 모습을 갖추고 싶어 하는 것인지도 모른다." 따라서 골렘
은 삼십삼 년마다 한 번씩 나타나 게토 사람들을 공포로 몰아넣
는 하나의 집단적 심리의 상징입니다. 정체 모를 존재에 대한
공포는 그곳의 억눌린 분위기를 말해 주죠.
      또한 이보다 더 중요한 의미로서, 골렘은 우리 안에 존재하
는 또 다른 자아를 상징합니다. 주인공 페르나트는 게토의 지하
통로를 헤매다 올라간 방에서 또 다른 자아를 체험하게 됩니다.
그가 본 것은 실제 유령이 아니라, 자기 자신의 의식의 반영이
지요. 특정한 상황에서 등장하는 도플갱어인 셈입니다. 따라서

골렘은 물질과 모든 구속, 제약으로부터의 자유를 상징합니다.

김재혁   선생님은 그렇다면 골렘의 전설을 그대로 수
                  용하신 건가요? 아니면 선생님 나름대로 골렘
전설을 재해석하셨나요? 그 점이 궁금합니다.

마이링크   제가 수용한 골렘은 역사적인 골렘과는 다소
                  다릅니다. 전설에서 말하는 진흙으로 만든 인
간이라는 점에서는 공통점이 있지만, 저는 골렘을 상징적인 의
미로 사용했습니다. 앞서 언급했듯이, 골렘은 게토 지역에 사
는 사람들의 물질화된 집단적 영혼을 나타내는 동시에 주인공
의 영적 체험을 반영하는 존재입니다. 화자는 보석 세공사인
아타나시우스 페르나트가 되고 싶은 꿈을 꾸고, '출구 없는 방'
에 들어가서 자신의 존재의 수수께끼를 풀어냅니다. 이 '출구
없는 방'은 자신이 미쳤던 시절에 겪은 체험을 상징합니다. 텅
빈 공간에서 골렘의 존재가 형성되는 것이지요. 이 소설에서
골렘은 중심 인물이 아닙니다. 골렘은 주인공 페르나트의 카운
터파트로 등장합니다.

김재혁   『골렘』의 화자는 그러한 상황을 꿈을 통해서
                  경험합니다. 아타나시우스 페르나트라는 인
물을 통해서 간접적으로 말입니다. 그리고 페르나트는 그런 상
태를 정신병과 최면술을 통해서 겪습니다. 왜 이런 상황을 설
정하셨나요?

마이링크   이쯤에서 『골렘』에 대한 줄거리 설명이 필요
            하겠군요. 배경은 20세기로의 전환기입니다.
몇 년 전부터 프라하의 게토 지역에 와서 살고 있는 보석 세공
사 아타나시우스 페르나트에게 어느 날 이상한 손님이 찾아옵
니다. 그 손님은 그에게 책을 한 권 내밀면서 수선을 부탁합니
다. '이부르' 장의 첫 글자인 'I' 자가 훼손되어 있었습니다. 그
일을 계기로 페르나트는 잃어버린 자신의 과거를 찾아 나서게
됩니다. 친구들과 대화를 나누다 피곤해서 잠시 의자에 몸을
기대고 있을 때 그는 친구 중 하나가 그에 대해 이야기하는 것
을 듣습니다. 그가 과거에 정신병을 앓아서 모든 기억을 상실
했다는 거였지요. 그때부터 그는 조금씩 자신의 과거를 되찾아
갑니다. 그에겐 안겔리나와의 관계가 가장 직접적으로 다가옵
니다. 그녀의 간절한 부탁을 듣고 과거를 되살리게 되는데, 그
때 그녀가 과거 자신의 애인이었다는 것을 깨닫죠. 그런데 그
녀는 사비올리 박사와 은밀한 관계에 빠져 있었습니다. 그 사
이에는 아론 바서트룸이라는 고물 장수와 의사였던 그의 아들
바소리 박사의 죽음이 개입되어 있죠. 사비올리 박사 때문에
자기 아들이 자살하게 되었다고 생각하는 바서트룸은 그녀에
게도 복수의 칼을 갈고 있었던 거지요. 그녀를 도우려는 과정
에서 주인공 페르나트는 한 보험 회사 직원의 살인 사건에 연루
되어 감옥까지 갔다 옵니다. 막상 감옥에서 나와 게토 지역으
로 돌아와 보니 그곳은 온통 파헤쳐져 새로운 건물들이 들어서
고 있었습니다. 자기 집 아래층에 살던 유대인 부녀인 힐렐과
미리암을 찾았지만 그들의 모습은 보이지 않았습니다. 게토 지
역에 남아 있는 유일한 건물에 세를 들고 다시 그곳 생활을 시

작하려 했을 때 화재가 발생했습니다. 그 건물은 골렘이 들어가 사라져 버린 바로 그 건물이었습니다. 그가 불을 피해 옥상에 매인 밧줄을 타고 내려가는데, 어느 방 창문을 지날 때 그의 눈에 무언가가 들어왔습니다. 그는 마구 소리를 질렀죠. 그런데 그때 잠에서 깬 것은 바로 이 소설의 화자입니다. 그는 어느 성당의 미사에 갔다가 모자를 바꿔 쓰고 왔는데 그 모자에 아타나시우스 페르나트라는 이름이 적혀 있었던 것이며, 그는 꿈속에서 바로 페르나트로서 모든 체험을 한 것이지요. 정신이 돌아온 화자는 그 길로 아타나시우스 페르나트를 찾아나섭니다. 그런데 그가 확인해 본 결과 꿈에서 겪은 그 모든 것은 삼십삼년 전 실제로 일어난 일들이었습니다. 수소문 끝에 그는 인적이 드문 프라하 언덕바지의 연금술사 거리를 찾아갑니다. 그곳에서 그는 안개 속에 파묻혀 있는 집에서 미리암과 페르나트가 영생의 젊은 모습으로 살아 있는 것을 목격합니다.

김재혁   소설 속의 미로를 헤매던 저는 이 대목에서 엄
             청난 해방감을 느꼈습니다. 이런 기술 방식의
궁극적 목적은 무엇일까요?

마이링크   나는 삶 속에서 죽음을 통해 죽음을 극복하는
             것을 주제로 삼으려고 했습니다. 그것은 마지
막 장면에서 페르나트와 미리암이 영생하는 것으로 나타나지요. 따라서 이 작품의 주제는 '영혼의 수태', 즉 정신적 자기실현입니다. '이부르'라는 말이 이것을 알려 줍니다. 이부르란 바로 '영혼의 수태'를 뜻하기 때문이지요. 이것은 보석 세공사인

주인공 페르나트가 '이부르'라는 글자의 손상된 첫 글자를 복원해야 하는 것과 맥을 같이합니다. 자웅 동체 역시 이를 상징합니다. 이집트의 신 오시리스의 숭배가 이를 말해 줍니다. 자신과 도플갱어가 하나가 될 때 자기실현은 이루어지는 겁니다. 골렘이 '이부르' 책을 가져온 것이 바로 자기실현의 전제가 되는 것이지요. 그 글자를 고치는 것은 곧 자기 자신과의 진정한 만남을 뜻하니까요. 페르나트의 내면 기행을 그리고 있는 것이 이 작품입니다. 페르나트는 소설의 앞뒤로 있으면서 틀의 역할을 하는 화자의 이상적 인물이면서 화자 자신이 되는 셈이죠. 즉 화자는 페르나트의 내면을 반영하며 그의 감정과 생각을 전달합니다.

김재혁   사실 작품을 읽다 보면 어느 것이 꿈이고 어느 것이 현실인지 분간이 안 되는데요. 이것을 선생님이 의도하신 건가요?

마이링크   네, 사실 제가 의도한 거지요. 저는 이를 두고 '꿈과 현실의 거울 구조'라는 말을 쓰고 싶습니다. 『골렘』에서 골렘은 인간의 두려움과 욕망을 반영하는 거울로 기능합니다. 인간이 골렘을 통해 자신의 감정을 투영하고, 그 결과로 발생하는 갈등은 꿈의 세계에서 나타나는 내면의 갈등과 유사합니다. 즉 골렘은 인간의 꿈이 현실에서 어떻게 왜곡되고 실현되는지를 보여 주는 상징적 존재입니다. 작품 속에서 꿈과 현실은 경계가 모호합니다. 현실이 꿈이 되고 꿈이 현실이 되는 구조이죠. 다른 말로 하자면 현실과 꿈의 삼투 현상이라고

할 수 있습니다. 둘은 나누려야 나눌 수 없는 것이죠.

김재혁   『골렘』은 매력과 정감, 그리고 전율이 함께
             하는 신비주의적인 러브 스토리라고 할 수 있
습니다. 주인공 아타나시우스 페르나트는 사비올리 박사와 내
연 관계에 있는 안겔리나뿐만 아니라 유대인 처녀 미리암과도
정신적으로 사랑을 나누고 있거든요. 그런가 하면 셰마야 힐렐
을 비롯한 그 밖에 인물들의 등장이 흥미롭습니다. 이들의 역
할은 각각 어떤 것인가요? 작품의 주제와 관련해서 설명해 주
셨으면 합니다.

마이링크   작품에서 인물 구도로 보면 유대인인 셰마야
             힐렐과 아론 바서트룸은 대척점을 이룹니다.
물질과 정신의 대립 같은 것이죠. 작품에서 외적으로 드러나는
모티프는 물론 탐욕과 사랑입니다. 그럼에도 이 모든 것을 넘
어설 수 있는 현실적인 인물로서 '랍비'로 불리는 힐렐이 거론
됩니다. 그는 보이지 않는 운명의 힘을 넘어설 수 있는 존재이
지요. 일반적인 사람들은 이 운명의 힘에 의해 좌우되기 마련
입니다. 따라서 이 작품은 개별적인 인간들이 현실의 한계를
넘어 정신의 세계에 도달하려는 노력을 그리고 있다고 해도 무
방할 것입니다.
       저는 평생 동안 인간에게 깨어나라고 외쳐 왔습니다. 인간
은 어떻게 하면 예속과 노예 상태, 잠과 죽음의 상태에서 깨어
나 초인적인 위치에 이를 수 있을까요? 어떻게 하면 전능한 힘
을 손에 넣을 수 있을까요? 어떻게 하면 이 협소하고 판에 박힌

현실을 박차고 구원의 길에 이를 수 있을까요?

　이를 위해 저는 물질적인 가치보다는 정신적인 가치에 더 의미를 둡니다. 그렇기에 정신적으로 노력하는 인간의 성장을 보면서 깊은 기쁨을 느끼지요. 제가 쓴 작품들은 언제나 저의 내적 고백의 변형된 증언이라고 할 수 있습니다. 저는 저 자신의 내면의 길을 기록하고, 인물들을 통하여 저 자신의 상황을 독자들에게 알리고 싶은 겁니다. 단테, 윌리엄 블레이크, 야코프 뵈메, E. T. A. 호프만 등이 그랬듯이 말입니다.

김재혁　　　　지금까지 말씀 잘 들었습니다. 그러면『골렘』전체를 진정한 자아를 찾아가는 주인공의 방랑의 길로 이해해도 되겠군요.

마이링크　　　네, 그렇습니다.

구스타프 마이링크 소개

구스타프 마이링크(Gustav Meyrink, 본명은 구스타프 마이어(Gustav Meyer))는 1868년 1월 19일, 빈의 한 호텔에서 뷔르템베르크 공국의 국무대신 폰 파른빌러 남작과 궁정 극장 여배우인 유대인 처녀 마리아 마이어 사이에서 사생아로 태어났다. 아버지는 그를 늘 거부했고, 어머니는 배우로서의 직업적 성공에만 몰두했기에 어린 시절 마이링크의 삶은 주변 세계로부터의 소외와 외로움으로 채색되었다.

그는 불우한 어린 시절을 보내고 뮌헨에 있는 빌헬름 김나지움에 입학한 후, 최종적으로 프라하에서 김나지움을 졸업했다. 유년기는 뮌헨에서, 청년기는 프라하에서 보낸 셈이다. 이후 그는 프라하의 상과 대학에 진학하고, 졸업 후 한 무역 회사에서 잠시 일하다가, 1888년 스무 살의 나이로 조카인 시인 크리스티안 모르겐슈테른과 함께 프라하에 '마이어 운트 모르겐슈테른'이라는 은행을 설립한다. 이 시기 마이링크는 극장의 여가수들과 염문을 퍼뜨리고 바람둥이 행세를 하며 프라하의 사교계를 주름잡고, 프라하에서 처음으로 자동차를 구입해 타고 다니는 등 감각적인 생활을 즐긴다.

그러나 이십 대 초반의 어느 날, 사업과 사교계의 방탕한 생활로 인생에 염증을 느낀 그가 권총 자살을 하려는 순간, 누군가가 현관 문틈으로 전단지 한 장을 집어넣었는데, 이것으로 인생이 바뀐다. 그 전단지에는 신비주의의 가르침을 알리는 내용이 적혀 있었다. 그는 그것을 경고로서뿐만 아니라 새로운 세계로의 초대로 받아들인다. 곧잘 몽상에 빠지던 그는 일상이나 물질세계 저편에 자리 잡은 영역에 관심을 갖게 된다. 이때부터 그의 삶은 내적이고 정신적인 것 쪽으로 나아간다. 마법, 신비적 직관, 신비주의, 연금술, 카발라, 요가, 그리고 도교 등에 대한 서적들을 구할 수 있는 한 모두 구해 철저히 독파한다. 그러나 본디 비판적인 관찰자였던 그는 이러한 성향에서 또다시 빠져나온다. 거기서 자기기만을 보았기 때문이다.

당시 많은 사람들이 신비주의적 분위기에 빠져 있었지만 실제로 정신적인 왕국에 발을 들여놓은 사람은 거의 없었다. 그렇지만 그는 포기하지 않고 정신적인 영역에 발을 들여놓기 위해 끊임없이 노력한다. 그 역시 점차 그러한 환각 상태에서 빠져나오지만 신비주의의 존재를 무시하지 않고 절충적인 입장을 취한다. 그는 프라하 구시가지의 탑에 살면서 그 안에 온갖 이국적인 장식을 해 놓는다. 벽에서 나타나는 귀신의 형상을 묘사한 조각이 있는가 하면 집에다 고해실까지 갖춘다. 이러한 성향은 바로 몽상가요 신비주의자로서 마이링크의 측면을 보여 준다. 그는 이와 같은 정신적인 영역을 향한 도정에서 겪은 경험과 신비주의, 심령론에 대한 지식을 모두 소설에 반영한 흥미로운 작가이다. 그래서 그는 20세기 전환기의 유럽에서 가장 중요한 신비주의자로 간주된다. 그는 쓰기보다는 체험하려 했다.

첫 결혼에서 불만을 느낀 그는 다른 여자와 교제한다. 결국 첫 번째 부인의 동의로 정식으로 이혼하고 다시 결혼한다. 그런데 어느 날 두 번째 부인이 바우어 박사라는 한 예비역 장교로부터 모욕을 당한다. 마이링크는 사과를 요구했지만 바우어는 거절한다. 다혈질 성격에 결투를 즐기던 마이링크는 결투를 신청한다. 그러나 바우어는 그것 역시 거절한다. 사실 당시에는 그러한 결투가 불법은 아니었다. 바우어가 그렇게 버틸 수 있었던 것은 그의 뒤에 그를 비호해 주는 세력이 있었기 때문이다. 그것은 바로 군인들 편에 서 있는 프라하 신문들과 틈만 나면 마이링크를 괴롭힌 경찰이었다. 마이링크는 바우어를 명예 훼손 혐의로 고소했지만, 법원은 그가 아무런 보상도 받을 수 없다는 판결을 내린다. 마이링크가 서출이라는 이유였다. 마이링크는 이 판결에 대항해 싸워 원심 파기를 이끌어 낸다. 그때 그가 사용한 무기는 자신이 귀족 혈통 출신이라는 것이었다. 실제로 그의 아버지와 어머니는 귀족 출신이었다. 그때 마이링크는 잠시 체포된다. 바우어는 요행히도 재판을 피해 갈 수 있었다.

끊임없이 기행과 순진한 행동을 일삼던 마이링크는 1902년 1월 사기 혐의로 구속되어 조사를 받는 몇 달 동안 감옥에 구금된다. 이때 엄청난 정신적 상처를 입는다. 사실 그는 동업자였던 모르겐슈테른이 저지른 불법 행위에 희생된 것이었다. 마이링크는 감옥에서 석 달을 보내고 1902년 4월에 무혐의로 풀려난다. 그때 그는 신체적으로나 정신적으로 피폐해져 있었다. 그의 명성은 이미 사라진 후였고, 적들은 그를 비웃었다. 출소 후 그는 척추 결핵으로 몇 달 동안 생사를 넘나드는 고통을 겪는다. 이후 복권되지만 그는 사업상 완전히 파산하여 프라하를 떠난다. 군과 경찰에 의해 요주의 인물로 낙인찍혀 더 이상 프라하에서 지낼 수가 없었기 때문이다.

바우어 사건이 터지기 훨씬 전 요양소에 있을 때 마이링크는 오스카 슈미츠라는 작가를 알게 되는데, 슈미츠는 마이링크의 독설적인 위트와 넘치는 기이한 상상력, 그리고 타고난 언어 능력을 알아보고 그에게 글을 써 보라고 권한다. 그의 권고에 따라 마이링크는 독일의 문학 잡지 중 최고 권위를 자랑하던 《짐플리치시무스》에 구스타프 마이어라는 본명 대신 구스타프 마이링크라는 필명으로 「뜨거운 군인(Der heisse Soldat)」이라는 에세이를 보낸다. 인도차이나를 배경으로 해서 군인들과 군대를 비꼰 날카롭고 환상적인 작품이었다. 그러나 편집부 직원은 그의 원고를 쓰레기통에 집어 던지고 만다. 그 후 편집 회의 중 지루해진 편집 주간 루트비히 토마가 지팡이로 쓰레기통을 헤집어 보다가 마이링크의 원고를 발견한다. 그리고 그것을 흥미진진하게 읽기 시작한다. "이건 뭔가?" 그가 물었다. "어떤 녀석이 보낸 건데요." 편집부원이 대답했다. "이거 실어 주자고. 정말 미친놈이긴 하지만, 천재임엔 틀림없어!" 그렇게 해서 「뜨거운 군인」은 1901년 10월 《짐플리치시무스》에 구스타프 마이링크라는 이름으로 발표된다. 마이링크는 마이어 집안의 한 조상의 이름이다. 현재 그의 저작은 모두 구스타프 마이링크라는 이름으로 남아 있다. 1911년부터 독일의 슈타른베르크에 거주한 작가는 1917년에 바이에른 왕의 허가를 받아 이 이름을 자신의 정식 이름으로 사용하게 된다.

그가 경영하던 은행이 파산을 맞은 것은 1901년에서 1902년 사이이다. 이때부터 십 년 동안 마이링크는 잡다한 글을 써서 먹고살아야 하는 형편에 놓이는데,《짐플리치시무스》에 온갖 자료를 팔아서 생계를 유지한다. 마이링크는 힘차고 독창적인 풍자 작가로서의 면모도 자랑했지만 패러디에도 섬세한 재능을 보인다. 그는 공격적이고 날카로운 풍자의 글을 많이 써서 프라하의 부르주아들에게 충격을 주고 그들을 화나게 만들었다. 이 시절에 마이링크는《짐플리치시무스》의 월급쟁이였던 셈이다. 이 기간에 낸 책으로는『뜨거운 군인과 그 밖의 이야기(Der heisse Soldat und andere Geschichten)』(1903),『난초와 진기한 이야기(Orchideen, sonderbare Geschichten)』(1904),『밀랍 인형 전시관과 진기한 이야기(Das Wachsfigurenkabinett, sonderbare Geschichten)』(1907),『독일 속물의 마술피리(Des deutschen Spiessers Wunderhorn)』(1913) 등이 있다. 이 작품들은《짐플리치시무스》와 헤세가 주관하던 잡지《3월》에 발표되었다. '독일 속물의 마술 피리'라는 작품 제목은 마이링크가 글에서 지향한 바가 무엇인지 잘 알려 준다. 사실 이것은 브렌타노의 민요 모음집으로 독일 민족주의의 신성불가침의 고전인『소년의 마술 피리』를 패러디한 것이다. 이렇게 그는 독설적인 시대 비판에 나서기도 했다.

　　『골렘』을 내기 전까지 마이링크는 프라하, 빈, 베를린, 뮌헨 등 이곳저곳으로 수없이 이사를 다녔다. 1904년 그는 빈에서《사랑스러운 아우구스틴》이라는 잡지의 편집 일을 맡게 된다. 그는《짐플리치시무스》에 필적할 만한 잡지를 만들 생각이었다. 실제로 그에 걸맞은 필진도 만난다. 막스 클링거, 막스 브로트, 프리스랜더, 슈테판 츠바이크, 베데킨트 등 국제적인 명성이 있는 작가들이었다. 그러나 불행하게도《사랑스러운 아우구스틴》은 재정적인 뒷받침이 제대로 이루어지지 않아 곧 파산한다. 이 시기 마이링크는 정해진 일을 처리하느라 늘 바쁘게 지낸다. 찰스 디킨스의 작품을 독일어로 옮기는 일도 그 중 하나였다. 1909년에서 1914년에 걸쳐『크리스마스 이야기』, 『데이비드 코퍼필드』, 『황량한 집』, 『피크위크』, 『니컬러스 니클비』, 『마틴 처즐윗』, 『올리버 트위스트』등을 번역한다. 그의 영어 실력은 탁월했으며, 그의 후기 작품은 E. T. A. 호프만뿐만 아니라 디킨스한테서도 그로테스크한 측면을 받아들인 듯하다.

1912년부터 1914년까지 그는 연극 무대 일에 손을 댄다. 네 편의 희곡을 쓰지만 예술적으로나 경제적으로 성공을 거두지 못한다. 또한 그는 신비주의 저술에 대한 공부를 바탕으로 상징적인 내용의 진지한 극을 보여 주는 인형극을 시도해 보려 계획한다. 이 계획은 실현되지 못했지만『골렘』에 그 흔적을 남긴다. 빈과 뮌헨에서 마이링크는 아주 열정적인 카페 애호가였다. 그는 여러 카페에서 문학을 좋아하는 사람들과 만나 체스도 두고 커피를 마시면서 예술에 대한 문제뿐만 아니라 세상 돌아가는 이야기를 나눈다. 마이링크는 젊은이들에게 호의적이었으며 막스 브로트와 오스카 코코슈카가 그를 만난 장소도 카페였다. 마이링크는 종종 젊은이들의 토론에도 참여하고 술도 한잔 사 주었다. 그의 주변에 모여든 사람들은 전위적이고 국제적인 감각을 지녔으며 대부분 유대인이었다. 이것이 나중에 마이링크를 싫어하는 나치 문학인들이 즐겨 걸고넘어지게 되는 부분이다.

마이링크의 인생에서 가장 큰 변화는 『골렘』의 출간과 함께 일어났다. 『골렘』은 1913년에서 1914년 사이 잡지에 연재되었으며, 이것이 책으로 나온 것은 1915년의 일이다. 이 책은 출간과 함께 즉시 베스트셀러가 된다. 이로써 마이링크의 이름은 그의 문학 서클을 넘어서 일반 대중에게까지 알려진다. 어쨌든 이렇게 해서 그는 다시 유명인이 된다. 음울하고 그로테스크한 줄거리로 마이링크는 E. T. A. 호프만과 에드거 앨런 포의 계열에 있다. 『골렘』은 사랑을 주제로 한 공포 소설이다. 환상과 꿈과 현실의 경계를 작가는 능수능란한 솜씨로 넘나든다. 구체적으로 그려진 몇몇 초현실적이고 위협적인 장면은 프란츠 카프카를 연상케 한다. 매 페이지에서 전혀 예기치 않은 사건들이 벌어진다. 이것이 소설 읽기의 맛을 더해 준다. 이것을 뒷받침하는 것은 작가의 현란한 언어 능력이다. 그리고 촘촘하게 짜인 작품의 구조와 상징의 세계 역시 여기에 일조한다. 『골렘』은 마이링크의 가장 성공적인 작품으로 볼 수 있다. 이 작품의 성공을 등에 없고 뒤이어 나온 그의 두 번째 소설 『녹색 얼굴(Das grüne Gesicht)』(1916)은 이 작품에 미치지 못한다.

평화주의자였던 그는 1차 세계 대전 중에 제국의 적으로 간주되어 고초를 겪고, 1917년에는 그의 책이 오스트리아에서 출간 금지된다. 나치 독일 시절에는 친나치 문학가, 역사가들과 불화를 일으킨 그의 저작들이 다른 어떤 책들보다 먼저 분서된다. 1916년에는 그가 쓴『독일 속물의 마술 피리』가 오스트리아에서 판금된다. 그는 전쟁 기간 동안 항간에 떠돌던 생각들을 조롱하고, 범게르만주의와 독일 여성의 신성함을 비판한다. 또한 독일 문화가 그렇게 우월한지에 대해서도 의문을 표한다. 그러나 전쟁이 점차 진행되면서 마이링크는 개인주의적인 발언에 대한 대가를 치르게 된다. 그는 언론으로부터 맹렬한 공격을 받고 민족주의 진영 사람들에게서도 비난의 대상이 된다. 아르투어 치머만(Arthur Zimmermann)은 그를 일러 "독일 민족 이념의 가장 위험스러운 적대자"라고 하면서 "그는 하이네와 마찬가지로 수십만 명의 머리를 오염시킨다."라고 고발한다. 작가연맹은 그를 공공의 적으로 선포한다. 반면 헤세와 베데킨트 그리고 만 형제는 그를 옹호해 준다. 1918년에 그의 친구들이 뮌헨에서 그의 쉰 번째 생일을 축하해 줄 때는 혹시 있을지도 모를 방해꾼들에 대비해 경찰에 보호를 요청해야 했다.

『골렘』을 출간하여 번 돈으로 그는 상부 바이에른 지방의 슈타른베르크 호숫가에 조그만 집을 한 채 마련한다. 1차 세계대전이 끝난 뒤 그는 바이에른의 주민으로서 그곳에서 반은둔 생활을 한다. 그는 나무 위에 조그만 오두막집을 지어 놓고 거기서 공부를 하거나 집필을 한다. 그리고 때론 호숫가에 앉아서 명상에 잠긴다. 그곳에서 살면서 그는 계속해서 신문에 글을 쓰고 번역을 하고 편집 일을 하고 단편도 몇 편 쓴다. 그때 나온 중요한 작품은『박쥐(Fledermäuse)』(1916),『녹색 얼굴』,『발푸르기스의 밤(Walpurgisnacht)』(1917),『흰옷 도미니카회 수

사(Der weiße Dominikaner)』(1921), 『서쪽 창에서 날아온 천사 (Der Engel vom westlichen Fenster)』(1927) 등이다. 그러나 책들이 점차 시대의 유행을 따르지 못하게 되면서 그는 재정적인 압박을 받는다. 그의 문체도 바뀌었고 후기 저작들은 내용이 지나치게 개인적이고 모호해졌다. 그는 최종적으로 민족주의 문학사가에 대한 소송에서 승리를 거두긴 했지만 결코 안정을 얻지 못한다. 오래된 그의 척추 질환은 갈수록 악화된다. 1927년에 그는 대승 불교로 개종한다. 1932년에는 죽음이 임박했음이 분명해진다. 그리고 스키를 타다 몸을 다쳐 불구가 된 아들의 자살은 삶의 의욕을 꺾어 버린다. 스스로 자신의 인생의 마지막이라고 생각한 날 그는 아내와 딸에게 작별 인사를 고한 뒤 고통을 삭여 줄 아편도 거부하고 명상하는 자세로 태양을 마주한 채 의자에 앉아 죽음을 기다렸다. 그리고 그의 죽음은『서쪽 창에서 날아온 천사』의 주인공 존 디에게 왔던 것처럼 그렇게 그에게 찾아왔다. 그는 1932년 12월 4일 독일의 슈타른베르크 호숫가에서 세상을 떴다. 그의 묘비에는 "나는 살아 있다 (VIVO)"라고 적혀 있다. 인생에서 정신적 기쁨과 즐거움을 추구했던 그의 역정을 잘 요약해서 보여 주는 말이다.

옮긴이의 말

2003년에 처음 출간했던 『골렘』을 이십여 년 만에 여러 차례 다시 읽으며 복간 작업을 마무리했다. 1915년 독일 현지에서 출간과 함께 베스트셀러 반열에 오른 이 소설은 독일 최초의 환상 문학으로서 중요한 위치를 차지하고 있지만, 아쉽게도 오랜 시간 동안 절판 상태에 있었다. 많은 독자들이 그리워했던 만큼 이번 재출간은 큰 의미를 지닌다.

이번 판본에서는 1931년에 후고 슈타이너 프라크가 그린 스물다섯 점의 골렘 관련 그림을 포함했고, 그가 작가 마이링크에게 보낸 편지도 부록으로 추가했다. 이 편지는 작품을 이해하는 데 훌륭한 동반자가 될 것이다. 슈타이너의 일러스트는 작품 『골렘』에 대한 깊은 이해를 바탕으로 창작된 것으로, 스물다섯 점의 그림만으로도 하나의 훌륭한 화첩을 이룬다. 이 그림들은 독자에게 시각적 상상력을 자극하며, 마이링크의 세계를 더욱 풍부하게 경험할 수 있게 해 준다.

마이링크와 원래 친분이 있던 릴케는 1916년 2월에 『골렘』을 접하고, "피곤함을 덜어 보려고 골렘을 읽었다."고 말한다. 이는 그가 이 작품에서 삶을 북돋아 주는 신선한 기운을 느꼈음을 시사한다.

번역을 검토하면서 특히 눈에 띈 것은, 시시각각 변하는 작품의 무대와 주인공의 심리 상태에 따라 새롭게 형성되는 각각의 독특한 언어 환경이었다. 이 언어를 통해 작가는 주인공의 의식의 지하 통로를 탐구하며 인간의 정체성 문제를 흥미롭게 펼쳐 보이고 있다.

원고를 다시 정독한 후, 보르헤스가 이 작품에 매료된 이유가 더욱 명확해졌다. 환상과 감성, 철학이 어우러지는 이 작품은 독자의 마음에 깊은 여운을 남긴다. 보르헤스는 이 책을 읽고 시「골렘」을 썼다. 진흙으로 골렘을 만든 랍비 유다 뢰브는 신의 비밀을 알고 있다는 믿음을 가지고 있었다. 히브리어 알파벳을 조합하여 생겨난 명칭인 '골렘'은 '형체 없는 덩어리', '다듬어지지 않은 인간'을 의미한다. 이는 골렘이 다양한 의미를 가질 수 있는 빈 공간이 많다는 것을 나타낸다. 보르헤스의 경우에는 골렘을 만들어 놓고 회오의 감정에 빠져 있는 랍비의 모습을 시의 마지막에서 노래한다.

마이링크의 '골렘'은 우리가 삶에서 직면하는 내적 갈등과 우리와 외부 세계와의 긴장된 관계를 상징한다. 이 책의 한국어판을 첫 출간한 뒤 이십여 년의 세월이 지나는 사이, 우리 곁에는 어디로 튈지 모르는 또 하나의 골렘인 AI가 와 있다. 우리는 인간의 미래를 몰래 짓고 있는 골렘을 상상하며 두려움을 느끼기도 한다. 이러한 공포의 공간을 우리는 직접 체험하며, 이를 친숙하게 우리의 것으로 내면화해야 한다. 작가 마이링크는 주인공 페르나트를 통해 이 길로 가는 방법과 그 이유에 대해 많은 이야기를 전한다. 그것은 진정한 자아를 찾아가는 길이다. 마이링크는 이 방향에서 '골렘' 전설을 재해석하고 있다.

개인적으로 아끼던 이 책을 새롭게 펴내게 되어 매우 기쁘다. 번역을 전반적으로 손보고, 원문의 뉘앙스를 최대한 살리기 위해 심혈을 기울였다. 이 작품이 독자에게 새로운 통찰과 감동을 선사하기를 기대한다.

2025년 초봄
김재혁

옮긴이 김재혁

고려대학교 독문학과를 졸업하고 같은 학교 대학원에서 릴케 연구로 박사학위를 받았다. 독일 튀빙겐 대학교 방문 교수를 역임했다. 1994년 《현대시》로 등단하였으며 시집으로 『내 사는 아름다운 동굴에 달이 진다』, 『아버지의 도장』, 『딴생각』이 있다. 저서로 『릴케와 한국의 시인들』, 『릴케의 시적 방랑과 유럽여행』, 『서정시의 미학』이 있고, 옮긴 책으로 『푸른 순간, 검은 예감』, 『네 가슴속의 양을 찢어라』, 『푸른 꽃』, 『넙치』, 『베를린 알렉산더 광장』, 『릴케전집』 외 다수의 번역서가 있다. 고려대학교 독문과 교수를 역임하고 현재 명예교수로 재직 중이다.

골렘

1판 1쇄 찍음 2025년 2월 20일
1판 1쇄 펴냄 2025년 2월 28일

지은이   구스타프 마이링크
옮긴이   김재혁
발행인   박근섭·박상준
펴낸곳   (주)민음사

출판등록 1966. 5. 19. 제16-490호
주소   서울특별시 강남구 도산대로1길 62(신사동)
          강남출판문화센터 5층 (우편번호 06027)
대표전화 02-515-2000 | 팩시밀리 02-515-2007
홈페이지 www.minumsa.com

ISBN   978-89-374-2859-3 (03850)
잘못 만들어진 책은 구입처에서 교환해 드립니다.